Melissa Foster

Von der Liebe berührt

DIE AUTORIN

Melissa Foster ist eine preisgekrönte *New-York-Times-* und *USA-Today-*Bestsellerautorin. Ihre Bücher werden vom *USA-Today-Bücherblog*, vom *Hagerstown Magazin*, von *The Patriot* und vielen anderen Printmedien empfohlen. Melissa hat mehrere Wandgemälde für das *Hospital for Sick Children*, eine Kinderklinik in Washington, D. C., gemalt.

Besuchen Sie Melissa auf ihrer Website oder chatten Sie mit ihr in den sozialen Netzwerken. Sie diskutiert gern mit Lesezirkeln und Bücherclubs über ihre Romane und freut sich über Einladungen. Melissas Bücher sind bei den meisten Online-Buchhändlern als Taschenbuch und E-Book erhältlich.

www.MelissaFoster.com

Melissa Foster

Von der Liebe berührt

Die Remingtons

LOVE IN BLOOM – HERZEN IM AUFBRUCH

Aus dem Amerikanischen von Usch Pilz

Die Originalausgabe erschien erstmals 2016 unter dem Titel
»Touched By Love« bei World Literary Press, MD, USA.

Deutsche Erstveröffentlichung
2021 bei World Literary Press, MD, USA
© 2016 der Originalausgabe: Melissa Foster
© 2021 der deutschsprachigen Ausgabe: Melissa Foster
Lektorat: Judith Zimmer, Hamburg
Umschlaggestaltung: Natasha Brown
V1 9.9.21
ISBN: 9781948868747

Für Mel Finefrock,
eine der warmherzigsten, mutigsten und inspirierendsten Frauen,
die ich kenne.

Vorwort

Seit dem Moment, in dem Janie und Boyd mir zum ersten Mal begegnet sind (in meinem vor Geschichten überquellenden Kopf), wusste ich, dass ich ihre Liebesgeschichte zum Leben erwecken muss. Janie, die stets mit vollem Einsatz für ihre Unabhängigkeit kämpft, und Boyd, der Held mit dem großen Herzen, hatten es mir sofort angetan. Und ich hoffe, Sie werden diese beiden und unsere Remington-Welt ebenso sehr lieben wie ich.

Abonnieren Sie meinen Newsletter, um immer auf dem Laufenden zu sein:
www.MelissaFoster.com/Newsletter_German

Die Remingtons sind nur eine von mehreren Serien in der Reihe »Love in Bloom – Herzen im Aufbruch«, meiner großen Sammlung von prickelnden Liebesromanen voller Familiensinn.

Ihre Lieblingsfiguren werden Ihnen in verschiedenen Büchern immer wieder begegnen, sodass Sie nie eine Verlobung, eine Hochzeit oder eine Geburt verpassen. Eine vollständige Liste aller Serientitel sowie eine Vorschau auf kommende Veröffentlichungen finden Sie am Ende dieses Buches und auf meiner Website:
www.MelissaFoster.com/Herzen-im-Aufbruch

Melissa Foster

Eins

Blaines Mund küsste sich an der Innenseite ihres Oberschenkels nach oben. Sein heißer Atem streichelte ihre feuchte Mitte. Kenya krallte die Hände in die Laken, grub die Fersen in die Matratze und reckte sich ihm entgegen. Sie sehnte sich nach seiner talentierten Zunge an der Stelle, wo sie ihn am meisten brauchte. Blaine hob den Blick. In seinen dunklen Augen lagen Glut und sündige Versprechen, seine Zunge glitt über seine Lippen. Er war ein Meister der raffinierten Verführung. Geschenkt. Sie wollte nicht kunstvoll verführt werden, sie wollte es hart. Und zwar jetzt. Sie brauchte seinen …

Eine große Hand landete neben dem Braille-Display auf Janie Jansens Schreibtisch. Erschrocken zuckte sie zusammen und zog hektisch die Stöpsel aus ihren Ohren. *Heiliger Zeiger.* Eigentlich sollte sie die Texte für ein Handbuch überprüfen, anstatt ihre Zeit mit einem prickelnden Hörbuch zu verträumen.

»Schöner Artikel im Newsletter diese Woche, Janie. ›Die Oxford-Komma-Revolution‹. Griffig.« Ihr Boss, Clay Bishop, war ein äußerst sachlicher Typ. Nüchterner als ein Schluck Wasser. Aber für Janie ging das in Ordnung. Vor vier Jahren hatte er sie probehalber bei *Tech Ed Co*, oder kurz TEC, eingestellt, und ihr Respekt für ihn war seither nur noch größer geworden. Als Vorgesetzter war er stets fair und korrekt, und er unterstützte ihren Wunsch, innerhalb der Firma voranzukommen.

Eine wöchentliche Kolumne über Grammatik und Textlektorat aufzupeppen, war eine Herausforderung. Aber Janie gab sich alle Mühe. Sie betrachtete es als weiteren Schritt auf ihrem Weg zu dem Job als technische Autorin, auf den sie aus war. Sie wollte nicht ewig als Lektorin arbeiten.

»Machst du Überstunden? Gibt es Probleme mit dem Arkens-Handbuch?«

»Ich erledige bloß noch ein paar Kleinigkeiten. Das Handbuch ist fast fertig.« Nun ja, vielleicht noch nicht *ganz* fast. Aber sie würde den Abgabetermin einhalten. So wie immer. Texte zu überarbeiten und ihnen den Feinschliff zu verpassen, gefiel ihr im Grunde ganz gut, obwohl sie nach dem College andere Pläne gehabt hatte. Eigentlich hatte sie Journalistin werden wollen, doch diese Tür hatte sich geschlossen. Sie hatte ihren Traum fürs Erste abgehakt und als Lektorin begonnen. Normalerweise war sie hoch konzentriert bei der Sache. Doch nach vielen Wochen Feinarbeit an diesem speziellen Handbuch für Medizintechnik hatte sie eine kleine mentale Pause gebraucht. Für Clay war *Pause* ein Fremdwort. Er war immer sehr beschäftigt und ganz auf seine Arbeit fixiert, selbst Stunden nach dem offiziellen Feierabend.

»Wunderbar. Und am Montagnachmittag besprechen wir im Team deine Textprobe. Wenn es gut läuft, liegt deine Versetzung in den Händen des Managements. Ich bin da völlig unbesorgt. Was du ablieferst, ist immer erstklassig.«

»Das kann ich bestätigen.« Boyd Hudsons amüsierte Stimme zauberte unwillkürlich ein Lächeln auf Janies Lippen.

Boyd arbeitete nur ein paar Tage im Monat bei TEC. Janie kannte ihn eher flüchtig, doch er hatte meist einen Scherz auf Lager und war immer zum Flirten aufgelegt. Damit brachte er etwas Leben in ihre ansonsten sehr einförmigen Arbeitstage.

»Hudson«, begrüßte Clay ihn trocken. »Okay. Es ist schon spät, also …«

»Dann also bis Montag, Clay.« Janie hörte ihn weggehen und atmete erleichtert durch.

»Er hätte dich beinahe wieder ertappt, stimmt's?«

Sie hörte das Grinsen in Boyds Stimme. »Beim letzten Mal hat er mich nicht *ertappt*. Da hatte ich Mittagspause. Und außerdem habe ich nur die Nuancen romantischer Literatur analysiert.«

»Wenn ›analysiert‹ bedeutet, in das brandheiße erfundene Leben eines unfassbar unerreichbaren Romanhelden abzutauchen, kaufe ich dir das ab.«

»Warum hackst du auf meinen Büchern rum, wo du doch weißt, dass sie für mich pure Entspannung bedeuten?« Sie sammelte ihre Sachen zusammen.

»Weil es mir Spaß macht. Ein so kluger Kopf wie du passt nicht ins Klischee. Das ist dir sicher bewusst, oder? Blindes Mädchen verträumt seine freie Zeit mit Liebesromanen, weil seine Eltern es immer viel zu sehr behütet haben. Wünscht sich in ein fiktives Leben, das es in Wahrheit niemals geben kann.« Er redete sich in Rage. »Mach dich frei davon. Liebesromane haben mit der Realität nichts zu tun. Sie sind wie Junkfood, nur zum Lesen. Seichte Geschichten über fiktive Figuren.«

Hätte sie mal letzte Woche im Pausenraum lieber den Mund gehalten und nichts über ihre Eltern gesagt. Ein paar Kollegen hatten Kindheitserinnerungen ausgetauscht, und während die anderen lustige Geschichten über Ausflüge in

Shopping-Malls oder spontane Unternehmungen mit Freunden erzählt hatten, hatte sie kaum etwas beisteuern können. Ihre Eltern hatten jeden ihrer Schritte genauestens beobachtet, sich ständig gesorgt, ob sie sich in Gefahr brachte und ob sie sich auch wirklich zurechtfand, wenn sie sie gerade einmal nicht an der Hand hielten. Manchmal hatte sie die beiden fast als Schlinge um ihren Hals empfunden, und sich in eine Fantasiewelt zu flüchten, war schlichtweg einfacher gewesen, als ständig um ihre Freiheit zu kämpfen.

»Weil deine Science-Fiction-Abenteuer ja so viel realer sind als meine Liebesromane. Ha!« Sie warf sich ihre Tasche über die Schulter. »Ich nehme an, du hast noch nie eine romantische Geschichte gelesen.«

»Muss ich auch nicht. Purer Mist.«

»Von wegen. Ich wette, ich könnte einen Liebesroman schreiben, den du nicht bloß lesen, sondern verschlingen würdest.« Janie schaltete ihren Computer und das Braille-Display aus.

»Höchstens wenn die Heldin darin Science-Fiction mag, schlauer ist als ich und Spaß an ausgefallenen Sexspielchen hat.«

»Himmel, was hast du bloß für eine versaute Fantasie. Aber okay, Science-Fiction mit ausgefallenen sündigen Spielchen. Und die Protagonistin schlauer als dich zu machen, dürfte nicht allzu schwer sein.« Sie hob in gutmütigem Spott die Brauen. »Aber wenn ich die Geschichte schreibe, musst du nicht bloß jede einzelne Seite davon lesen, sondern auch im Oktober mit mir zum Romance Writers Festival kommen und den ganzen Tag bleiben. Und …«, die Idee mit der Wette gefiel ihr immer besser, »… du musst mir einen Monat lang jeden Liebesroman auf meiner Wunschliste kaufen.«

Er legte Janie ihren Stock in die Hand. »Kann es sein, dass

du ein bisschen unersättlich bist?«

»Wenn ich ein ganzes Buch schreibe, muss sich das auch lohnen.«

»Okay. Aber dass ich dir einen vollen Monat lang kitschige Geschichten kaufe, kannst du dir abschminken.«

»Na schön. Dich einen ganzen Tag mit dem Festival zu quälen, ist vielleicht schon Belohnung genug. Aber, hey, es ist Freitagabend. Was tust du noch hier?« Es war bereits nach neun, und ein paar Leute aus der Abteilung saßen sicher im NightCaps, einer Bar um die Ecke.

»Bei mir war heute tagsüber ziemlich viel los, deshalb bin ich erst später gekommen.«

»Und gehst du jetzt noch ins NightCaps, oder *verträumst du deine freie Zeit* mit einem Weltraumroman?«

Janie liebte die Atmosphäre im NightCaps. Lachen, Flüstern, Flirten, die Bar war voller prickelnder Schwingungen. Aber ihre beste Freundin, Kiki Vernon, war gerade nicht da, und ohne Kiki ging sie nicht gerne in Bars oder Kneipen. Deshalb hatte sie ein ruhiges Wochenende zu Hause geplant, aber sie nahm an, dass Boyd ins NightCaps wollte.

»Ich habe ein Date, der Weltraum muss warten. Aber wir können gerne ein Stück zusammen gehen. Ich wollte sowieso in die Richtung. Vorher aber noch ein Handschlag auf unsere Wette.«

»Die Wette gilt, Freundchen.« Sie drückte ihm die Hand. »Du wirst dich wundern. Für mich fällt das NightCaps heute aus. Eigentlich wollte ich gemütlich auf dem Sofa ein bisschen lesen, aber jetzt denke ich mir lieber schon mal die Handlung für meinen Liebesroman aus. Hmmm. Wie soll ich ihn nennen? *Raumschiff Erotika?*« Sie konnte es kaum erwarten, Kiki von der Wette zu erzählen. Auch Kiki mochte heiße Liebesromane und würde es sicher spannend finden, wenn Janie versuchte, einen zu schreiben.

»Das klingt kein bisschen romantisch«, gab Boyd zurück. »Diese Wette werde ich gewinnen. Und dann musst du mit mir zur Comic-Con. In einem sexy Catwoman-Kostüm.«

Janie lachte. »Träum weiter. Ich werde dieses Buch schreiben und du wirst einen ganzen Tag lang andächtig Romanautorinnen lauschen und die männlichen Cover-Models bewundern.«

Boyd hakte sie unter, sie ließ die Spitze ihres Stocks auf den Boden sinken.

»Weißt du, was mir für Gedanken kommen, wenn ich den Stock in deiner Hand sehe?«, schnurrte er.

»Ich weiß, was dieser Stock mit dir machen wird, wenn du nicht aufhörst, mich aufzuziehen.«

Draußen strich die kühle Nachtluft über Janies Haut. Die Geräusche der Passanten, der vorbeifahrenden Autos und das übliche Gehupe waren ihr bestens vertraut. Abgasdunst mischte sich mit dem, was sie als die dunklen Gerüche der Stadt bezeichnete. Nachts lag in New York City eine besondere Spannung in der Luft. So als wären alle noch wacher, so als müsste bald etwas Besonderes geschehen. Janie spürte es als Kribbeln auf der Haut.

»Soll ich ein Taxi für dich herwinken?«, fragte Boyd.

»Nein danke. Hier in New York macht mir Taxifahren eine Heidenangst. Ich nehme lieber die U-Bahn.« Als sie und Kiki nach dem College in die Stadt gezogen waren, hatten sie ein paarmal ein Taxi genommen. Aber der ständige Wechsel aus heftigem Beschleunigen und ruckartigem Abbremsen, auf den sie keinerlei Einfluss hatte, war purer Stress. Und nicht nur die Fahrt selbst war eine Herausforderung. Auch die Vorstellung, sich auf Gedeih und Verderb einem Wildfremden anzuvertrauen und schlimmstenfalls mit einem irren Taxi-Mörder in einer verlassenen Seitenstraße zu landen, war alles andere als verlockend.

»Die U-Bahn? Wenn du meinst …«

Janies Telefon klingelte. Sie blieb stehen und kramte es aus ihrer Tasche. »Sorry. Wenn du mich führst, können wir weitergehen. Aber meinen Stock benutzen und gleichzeitig telefonieren, geht nicht. Da bin ich zu abgelenkt.«

Boyd legte eine Hand an ihren Arm. »Ganz schön raffiniert. So kriegst du mich dazu, dich anzufassen.«

Janie schüttelte den Kopf und nahm den Anruf an. Kiki begrüßte sie mit aufgeregter Stimme.

»Hi. Ich wollte dir bloß sagen: Weil du an diesem Wochenende nicht mit mir nach Hause fahren wolltest, erzähle ich dir auch nichts von meinem Date gestern Abend.«

Kiki war seit der dritten Klasse ihre beste Freundin. Damals hatte sie sich mit einem Jungen angelegt, der Janie wegen der beleuchteten Leselupe und der Bücher in Großdruck verspottet hatte. Nicht, dass Janie eine Beschützerin gebraucht hätte. Schon als Kind war ihr klar gewesen, dass manche Leute sich vor allem um sich selbst drehten und sich wenig für das Leben anderer interessierten. Im Gegensatz zu Kiki. Sobald sie mit dem Jungen fertig gewesen war, hatte sie alles über Janies Augen wissen wollen. Die Zapfen-Stäbchen-Dystrophie war eine degenerative Erkrankung, bei der die Sehfähigkeit im Lauf der Zeit immer weiter abnehmen konnte. Möglich war eine Bandbreite von schweren Sehstörungen bis hin zur völligen Erblindung. Janie schätzte sich glücklich, dass sie noch Helligkeitsunterschiede wahrnehmen konnte. Sehr helles Licht oder große Flächen mit starken Farben und ganz bestimmte

Kontrastverhältnisse ermöglichten es ihr manchmal, am Rand ihres Blickfeldes Umrisse zu erkennen. Allerdings musste sie dazu sehr nahe an die Person oder den Gegenstand heranrücken.

»Also waren das deine Bettfedern, die ich um drei Uhr morgens habe quietschen hören?« Sie zog Kiki nur allzu gerne mit deren erotischen Abenteuern auf.

»Schön wär's. Aber sobald ich zurück bin, brauchen wir einen Mädelsabend«, sagte Kiki. »Außerdem muss ich deinen Ansatz nachfärben. Wir treffen uns zu Margaritas, Farbe und Fixierer. Geniale Kombination.«

Kiki hatte von Anfang an darauf bestanden, Janie mit allem Mädelszeug zu helfen, wie sie das nannte. Aus Kikis Sicht gehörten dazu Haare, Make-up, Kleidung und Fingernägel. Sie war der einzige Mensch, der sich nie gescheut hatte, Janie in diesen sehr persönlichen Dingen unter die Arme zu greifen. Dafür liebte Janie sie noch mehr. Außerdem sorgte Kiki dafür, dass sie nichts verpasste. Da konnte sie richtig hartnäckig werden.

»Als wir uns das letzte Mal zu Margaritas, Farbe und Fixierer getroffen haben, hast du mich komplett erblonden lassen. Nur deshalb gibt es Ansätze, die nachgefärbt werden müssen.«

»Dafür bist du jetzt eine heiße Blondine«, gab Kiki zurück.

»Früher hast du behauptet, ich wäre eine heiße Brünette. Du, ich muss Schluss machen. Hab ein schönes Wochenende.« Sie beendete den Anruf.

Boyd lachte leise. »Du bist immer heiß, ganz gleich mit welcher Haarfarbe. Vorsicht, gleich endet der Gehsteig.«

Janie war an Boyds flapsigen Flirtmodus gewöhnt und nahm seine Worte nicht persönlich. Im Büro verteilte er

Komplimente, so wie sie Punkte auf ihre Is setzte und Striche durch ihre Ts zog. Damit lockerte er die ansonsten recht gleichförmigen Tage in der Firma immer ein bisschen auf.

»Achtung, Gehsteigkante«, sagte er, als sie die Straße überquert hatten.

Sie fand es toll, mit welcher Selbstverständlichkeit er sie auf diese Hindernisse aufmerksam machte. So viel Umsicht war selten, deshalb benutzte sie vorsichtshalber immer zusätzlich ihren Stock. Vor allem wenn jemand sie führte, den sie nicht gut kannte. Bis zur U-Bahn-Station war es nun nicht mehr weit, deshalb hängte sie sich schon mal die Tasche über die andere Schulter. Dabei fiel ihr das Handy zu Boden.

»Ich mach das.« Boyd hob es für sie auf. »Du willst diesen Roman also tatsächlich schreiben?«

»Worauf du dich verlassen kannst.« Sie rückte ihre Tasche zurecht und fasste den Stock etwas fester. Dann gingen sie weiter.

»Willst du wirklich mit der U-Bahn fahren?«, fragte Boyd noch einmal. »Falls du dir Gedanken ums Geld machst, kann ich dir das Taxi spendieren.«

»Ums Geld geht es mir nicht. Aber hier in New York beschleunigen die Taxifahrer immer gnadenlos, um gleich darauf wieder heftig auf die Bremse zu treten. Da ist mir die U-Bahn lieber. Viel Spaß bei deinem Date. Und bis bald, wenn du wieder bei uns in der Firma bist.«

Während sie die Stufen zur U-Bahn hinunterstieg, dachte Janie bereits über die Zutaten für ihre Liebesgeschichte nach. Mit ihren siebenundzwanzig Jahren konnte sie durchaus ein paar eigene erotische Erfahrungen zugrunde legen. Auch wenn die weit entfernt waren von den atemberaubenden Erlebnissen der Figuren in ihren geliebten Romanen. Und über Science-

Fiction und ausgefallene Sexpraktiken wusste sie sowieso nur das, was sie darüber gelesen hatte. Kenntnisse aus erster Hand mochten ihr fehlen, doch schließlich musste sie auch in ihrem Job ständig Neues recherchieren.

Ihr fiel auf, wie ungewöhnlich still es heute auf dem Bahnsteig war. Geradezu unheimlich. Sie versuchte, sich auf die Wette zu konzentrieren, anstatt dem Hall bei jedem Auftippen ihres Stockes nachzulauschen. War die Haltestelle denn wirklich völlig menschenleer? Sie fuhr häufig ohne Begleitung U-Bahn. Und während viele New Yorker die Gegenwart Fremder lieber argwöhnisch mieden, gaben ihr die Geräusche der anderen Fahrgäste wichtige Hinweise auf das, was in ihrer Umgebung gerade vorging. Beklommenheit machte sich in ihr breit, das Klicken ihrer Absätze schien viel zu laut.

Mithilfe ihres Stocks tastete sie sich bis zu dem mit Rillen und Erhöhungen versehenen Fliesenstreifen auf dem Boden vor, der signalisierte, dass sie sich der Bahnsteigkante näherte. Ihre Tasche rutschte ihr auf den Arm, und um sie aufzufangen, drehte sie sich rasch zur Seite. Dabei blieb sie mit der Fußspitze an einer Unebenheit hängen und stolperte. Im nächsten Moment stach ihr Stock ins Leere und plötzlich befand sie sich im freien Fall. Panik durchzuckte sie, und schon landete sie dumpf und hart auf der Seite. Sie schnappte nach Luft, spürte Schmerz. Eine Sekunde lang war sie vor Schreck wie gelähmt. Aber etwas Spitzes grub sich in ihre Wange. Steine? In der kalten, abgestandenen Luft hing der durchdringende Geruch von Schmieröl und Metall. Sie war ganz offenbar vom Bahnsteig ins Gleisbett gestürzt.

Ihr Herz begann zu rasen und lieferte sich einen Wettlauf mit dem Blut, das in ihren Ohren rauschte. Fieberhaft tastete sie nach ihrem Stock, während sie gleichzeitig angespannt auf die

Geräusche lauschte, die einen einfahrenden Zug ankündigten. Tränen schossen ihr in die Augen, die Angst drohte, sie zu überwältigen. *Steh auf. Runter von den Schienen. Beweg dich. Weg hier. Weg!* Sie fand den Stock, drückte ihn an ihre schmerzende Brust und zog die Knie unter sich. Ein messerscharfer Schmerz in ihrem Knöchel nahm ihr den Atem. Sie kämpfte den aufkommenden Schwindel nieder, rappelte sich vorsichtig hoch und winkelte das rechte Knie ab, um den Knöchel möglichst nicht zu belasten. Dann umklammerte sie die kalte, harte Kante des Bahnsteigs und versuchte, sich hochzuziehen.

»Hilfe!« Der Hall ihrer Stimme in dem verlassenen Bahnhof machte ihre Angst noch größer.

Die Steine unter ihren Füßen boten keinen festen Halt. Sie rollten weg, ihr Knöchel knickte ein, und erneut landete sie im Gleisbett. Der Aufprall tat rasend weh. *Aufstehen. Schnell!* Entschlossen, sich in Sicherheit zu bringen, ignorierte sie den Schmerz und stemmte sich hektisch hoch. Ihre Finger ertasteten die Unebenheiten auf dem Bahnsteig über ihr, die sie hatten stolpern lassen. Mit dem linken, unverletzten Fuß drückte sie sich ab und zog sich mit den Händen hoch. Tief unter sich hörte sie ein Rumpeln und spürte Vibrationen. In der Ferne quietschten die Räder eines Zuges. Endlich lag sie oben auf dem Bahnsteig. Sie rollte sich auf den Rücken. Nach Luft ringend drückte sie den Stock an die Brust. Der näherkommende Zug ließ den Beton unter ihr vibrieren. Sie schluchzte auf, spürte aber zugleich, wie sich von irgendwo ein Lächeln auf ihre Lippen stahl. Denn der verdammte Zug würde sie nicht überrollen.

Boyd Hudson fuhr sich mit der Hand durch sein dichtes Haar und stieg die Stufen zum Bahnsteig hinunter. Als er hörte, dass sich ein Zug näherte, ging er schneller. Er hatte eine knochenharte Schicht auf der Feuerwache hinter sich, gefolgt von ein paar Stunden bei TEC. Vermutlich war sein Hirn einfach zu müde gewesen, um zu registrieren, dass er Janies Telefon noch in der Hand hielt. Er erreichte den verwaisten Bahnsteig. Weshalb kam er sich plötzlich vor wie in einer Geisterstadt? Warum war hier keiner? Er ging um den Treppenaufgang herum und sein Herzschlag setzte aus. Ein paar Schritte entfernt lag Janie auf dem Rücken, gefährlich nahe an der Bahnsteigkante.

»Nicht bewegen!« Er rannte zu ihr, ging zwischen ihr und der Bahnsteigkante auf die Knie und suchte sie mit Blicken nach Verletzungen ab. Ihren Stock hielt sie so fest, dass ihre Fingerknöchel weiß hervortraten. Über einem Auge hatte sie eine böse Platzwunde, auf ihrer Wange bildete sich gerade ein Bluterguss. Zorn und Mitgefühl packten ihn, sein Magen zog sich zusammen. Er schaute den verlassenen Bahnsteig entlang.

»Wer zum Teufel war das?«

»Boyd?« Sie setzte sich auf, versuchte, etwas zu sagen, doch es wurde nur ein Schluchzen daraus.

Großer Gott, er wollte jemandem den Hals umdrehen. Vorsichtig nahm er die zitternde junge Frau in die Arme. »Beweg dich so wenig wie möglich, Janie. Alles wird gut. Ich bin bei dir. Was ist denn passiert?«

Er hielt sie fest, bis ihr Atem wieder ruhiger ging, murmelte beschwichtigende Worte und versuchte, seine wachsende Wut im Zaum zu halten. Als Janies Zittern etwas nachließ, lehnte er sich zurück und musterte ihre Arme und Beine und die Schürfwunden und Blutergüsse in ihrem Gesicht noch einmal eingehend.

»Du bist ziemlich durcheinander. Kannst du mir trotzdem sagen, was passiert ist?«

»Ich bin gestolpert und ins Gleisbett gefallen. Mein Knöchel …« Sie versuchte, ihr Bein anzuheben, und schnappte nach Luft. Neue Tränen rannen ihr über die Wangen, und sie begann, den Boden um sich mit den Händen abzutasten.

Ins Gleisbett? Die Vorstellung, wie geschockt und verängstigt sie gewesen sein musste, tat ihm geradezu körperlich weh. Ein Zug fuhr ein und er schaute gebannt auf die Gleise. Wie in aller Welt hatte sie es ohne Hilfe aus diesem Graben mit den hohen, steilen Wänden geschafft?

»Meine Tasche. Hast du meine Handtasche irgendwo gesehen?« Sie warf sich hektisch herum. Die Bewegung erschütterte auch ihren Knöchel und sie schrie wieder auf.

»Nicht bewegen, Janie. Nach der Tasche suche ich gleich. Ich will mir nur kurz deinen Knöchel ansehen. Glaubst du, du warst bewusstlos?«

»Nein, ich denke nicht. Bitte, nicht anfassen.« Abwehrend hob sie die Hand.

Nur wenige Leute stiegen aus dem Zug. Boyd bat einen Mann, einen Krankenwagen zu rufen. Glücklicherweise gab es nur ein paar neugierige Blicke. Niemand blieb stehen und gaffte.

»Ich will mir bloß ein Bild von deinen Verletzungen machen.« Er griff nach Janies Hand. »Ich werde dir nicht wehtun. Je mehr du dich bewegst, desto schlimmer werden die Schmerzen. Lass mich einfach kurz nachschauen und deinen Knöchel stabilisieren. Dann wird es gleich ein bisschen besser.«

Sie drückte seine Hand, wieder rannen ihr Tränen übers Gesicht. Boyd nahm sie noch einmal vorsichtig in die Arme.

Der Zug verließ den Bahnhof. Über die Schulter schaute er erneut ins Gleisbett.

»Keine Sorge, Janie, alles wird gut. Ich bin bei dir, ich passe auf dich auf.«

Sie nickte an seiner Schulter. »D… Danke. Du riechst gut.«

Es dauerte einen Moment, bis ihm klar wurde, was sie gesagt hatte. Erleichterung durchrieselte ihn. Wenn sie schon wieder scherzen konnte, waren die Schmerzen wohl nicht völlig unerträglich.

»Falls das ein Anmachspruch war, muss ich dich warnen. Ein Date mit mir kann kostspielig werden.«

Er lehnte sich zurück, schaute ihr ins Gesicht und wischte ihr die Tränen ab. Nicht zum ersten Mal fuhr ihm dabei durch den Kopf, wie schön sie war. Trotz der Kratzer, Wunden und Blutergüsse. Janie hatte ihm vom ersten Augenblick an gefallen. Sie hatte zarte, geradezu exquisite Züge, eine schmale Nase, deren Spitze ein wenig nach oben zeigte, hohe Wangenknochen und mandelförmige Augen. Ihre Brauen waren dunkler als ihr blondes Haar und sie hatte einen vollen kleinen Mund. *Einen Erdbeermund.* Wo um alles in der Welt kam das jetzt bloß her?

»Das war kein Anmachspruch, das war eine Feststellung.« Wundersamerweise hob ein Lächeln ihre Lippen. »Ich bin jetzt eine Liebesromanautorin. Da fällt mir so was auf.«

»Ach, tatsächlich?« Boyd war baff. Janie hatte gerade einen Sturz hinter sich, nach dem die meisten Menschen in eine Schockstarre gefallen oder in Panik geraten wären, und sie machte Witze?

Sie straffte die Schultern und schniefte, versuchte offenbar mit aller Macht, ihre Gefühle unter Kontrolle zu bekommen. Ihre Bluse war zerrissen, ein Stück von ihrem BH war zu sehen. Boyd streifte sein Hemd ab und legte es ihr um die Schultern.

Sie lehnte sich von ihm weg. »Was tust du da?«

»Deine Bluse hat einen Riss, und ich leihe dir mein Hemd, damit du keine allzu tiefen Einblicke bietest.« Er half ihr, die Arme in die Ärmel zu stecken und krempelte sie hoch.

»Danke, dass du mir einen Busenblitzer ersparst.«

»Gern geschehen.«

»Das kann ich mir vorstellen«, schnaubte sie.

»Ich habe nicht hinge…« Er bemerkte ihr kleines Grinsen. Janie Jansen war anders als die anderen Frauen, die er kannte. Die hätten viel heftiger geweint, und aus gutem Grund. Aber sie hätten die sowieso schon schlimme Situation noch zusätzlich dramatisiert, hätten geheult und lamentiert, um Aufmerksamkeit zu erregen. Und sie hätten sich um ihr Haar und ihr Make-up gesorgt. »Kann ich jemanden für dich anrufen? Angehörige? Deinen Freund?«

Sie schüttelte den Kopf. »Nein. Aber das war eine raffinierte Art rauszufinden, ob ich single bin.«

»Hey, du hast mit den Anmachsprüchen angefangen …« Klug, humorvoll und schön, das war eine seltene Kombination. Und Boyd konnte nicht abstreiten, dass sein Interesse an Janie immer größer wurde. Doch er schob diese Gefühle beiseite. Erst mal wollte er sich um ihren Knöchel kümmern.

»Ich bin ausgebildeter Rettungssanitäter. Tut außer deinem Knöchel noch was weh? Dein Rücken? Deine Brust? Dein Kopf?«

Sie schüttelte den Kopf.

»Es muss doch jemanden geben, den ich für dich anrufen kann.«

»Weshalb wegen eines verstauchten Knöchels noch andere in Angst und Schrecken versetzen?«

Er dachte an seinen Bruder und seine Schwester. Beim Tod

ihrer Eltern waren sie alle noch sehr jung gewesen, und wenn einem von den beiden so etwas passiert wäre wie jetzt Janie, wäre er gerne für sie da gewesen. Umgekehrt galt das auch, das wusste er. Dass Janie glaubte, diese Notsituation alleine durchstehen zu müssen, machte ihn beklommen. »Du hast ganz schön was abgekriegt. Du musst dich dringend durchchecken lassen. Und weil ich mir deinen Knöchel nicht anschauen darf, wissen wir nicht, ob er verstaucht, gezerrt oder vielleicht sogar gebrochen ist.« Er wischte ihr eine Träne von der Wange.

Sie schüttelte den Kopf. »Ich bin bald wieder fit. Aber … meine Tasche.« Sie wollte sich hochstemmen.

»Nein, Janie, nicht …«

Beim ersten Versuch, den Knöchel zu belasten, knickte sie weg und landete in seinen starken Armen.

»Du bist mindestens so stur wie schön.« Er half ihr, sich wieder auf den Boden zu setzen.

»Schmeicheleien bringen dich nicht weiter«, scherzte sie trotz ihrer schmerzverzerrten Grimasse.

»Ich gebe dir nur Futter für deinen Roman. Kannst du eine Minute lang hier sitzen bleiben? Oder rennst du gleich davon?«

»Ha, ha.«

Froh, dass sie nun nicht mehr zitterte, hielt er ihre zarte Hand zwischen seinen. Er wollte sicher sein können, dass sie ganz ruhig hier wartete und ihre Verletzungen nicht noch schlimmer machte. »Ich schaue nach, ob deine Tasche unten auf den Gleisen liegt. Bitte keine weiteren Aufstehversuche.«

Sie nickte. Er spähte über den Rand des Bahnsteigs, entdeckte die Tasche und sprang ins Gleisbett, um sie zu holen. Während er sich wieder hochzog, rätselte er erneut, wie zum Teufel es ihr gelungen war, sich ohne Hilfe in Sicherheit zu bringen. Schließlich hatte sie sich nur mit einem Fuß abdrücken können. Er ging neben ihr auf die Knie und legte ihr die Tasche in den Schoß.

»Sie lag zum Glück ganz an der Wand, nicht auf den Gleisen. Der Krankenwagen müsste eigentlich längst hier sein. Ich glaube, ich rufe noch mal an.«

»Ein Krankenwagen? Ich …« Neue Tränen stiegen ihr in die Augen und er legte die Arme um sie.

»Ich bleibe bei dir. Aber du musst dich unbedingt durchchecken lassen.«

Sie biss sich auf die Unterlippe und wandte sich ab.

»Jetzt mal ganz ehrlich, Janie. Tut dir sonst noch was weh?«

»Nein. Ja. Meine ganze rechte Seite. Aber das ist nicht das Problem. Ich … ich habe dir doch gesagt, dass ich hier in New York lieber nicht in irgendwelchen Fahrzeugen auf den Straßen unterwegs bin.«

Er legte einen Finger unter ihr Kinn und drehte ihr Gesicht zu sich. Ihre Schönheit, ihre Stärke, aber auch diese plötzlich durchschimmernde Verletzlichkeit nahmen ihm den Atem.

»Ich fahre mit. Und ich bleibe bei dir. Aber lass dich bitte untersuchen.«

Für den Fall, dass der Mann vorhin es nicht getan hatte, wählte er noch mal den Notruf. Zu gerne hätte er gewusst, was mit ihrem Knöchel los war, denn jedes Mal, wenn sie sich bewegte, zuckte sie zusammen und verzog das Gesicht. Endlich erlaubte sie ihm, einen Blick darauf zu werfen. Nach einem Bruch sah es nicht aus. Er war zwar kein Arzt, aber das würde sich hoffentlich ändern. Vor zwei Wochen hatte er ein Bewerbungsgespräch an der medizinischen Fakultät der Universität von Washington gehabt und hoffte, noch an weiteren Unis zu einem Gespräch eingeladen zu werden.

»Ich stabilisiere deinen Knöchel jetzt mit meinen Händen.

Je weniger er bewegt wird, desto besser.«

»Okay.«

»Wie hast du es bloß geschafft, dich in Sicherheit zu bringen?«

»Ich habe mich hochgezogen. Die Angst, dass ein Zug kommen könnte, muss mir Superkräfte gegeben haben.«

»Unfassbar. Du bist eine mutige Frau, Janie.«

Sie hob das Gesicht, als könnte sie ihn anschauen. Oder als würde sie ihn mustern, wie man es tat, wenn man überlegte, ob jemand wirklich ehrlich war. Boyd wollte das Knistern nicht spüren, das zwischen ihnen in der Luft lag. Doch er konnte es nicht verleugnen.

»Mutig? Ich weiß nicht. Ich wollte vor allem keinen grauenvollen Tod in einer New Yorker U-Bahn-Station sterben.«

Ihre Bescheidenheit machte sie noch attraktiver. Ein paar Minuten später trafen die Sanitäter ein. Auf dem Weg zum Krankenwagen krallte sie die Hände in die Seiten der Trage und begann erneut zu zittern. Boyd stieg hinter ihr ein und hielt ihre Hand.

»Ich bin da. Und ich bleibe bei dir.«

»Ich … ich hasse es einfach, hier im Auto gefahren zu werden. An anderen Orten komme ich klar. Aber hier in New York kriege ich meine Angst nicht unter Kontrolle. Seltsam, ich weiß. Aber das ist mein einziger Spleen.« Sie hielt seine Hand so fest, dass sich ihre Fingernägel in seine Haut gruben. »Wirklich. Abgesehen davon bin ich völlig normal.«

Sie war gerade in ein Gleisbett gestürzt und hatte es ganz allein wieder zurück auf den Bahnsteig geschafft. Und jetzt sorgte sie sich, dass er ihre Angst vor einer Fahrt im Krankenwagen spleenig fand?

»Da hast du mir was voraus. Ich glaube, ich habe mehr als eine Macke.«

»Du musst nicht bei mir bleiben«, sagte sie zittrig.

Er fragte sich, ob ihr klar war, dass ihr Schraubstockgriff um seine Hand etwas anderes sagte als ihre Worte.

»Wolltest du nicht zu einem Date?« Sie stellte die Frage in dem leicht angriffslustigen Ton, den er inzwischen als ihren Schutzmechanismus betrachtete.

»Was für eine raffinierte Art herauszufinden, ob ich single bin.«

»Du hast vorhin von einem Date gesprochen.«

»Stimmt. Aber es wurde abgesagt.« Dass er die angebliche Verabredung nur vorgeschoben hatte, behielt er lieber für sich. Er hatte nicht wie ein Loser klingen wollen, der an einem Freitagabend nach Hause ging, um für die Bewerbungsgespräche zu büffeln, die er hoffentlich noch haben würde. Dass Janie ihm schon seit ihrer ersten Begegnung im Empfangsbereich ihrer Firma unheimlich gut gefallen hatte, musste sie ebenfalls nicht erfahren. Schon zu diesem Zeitpunkt hatte er an den Bewerbungen für das Medizinstudium getüftelt. Für eine Freundin war in seinem Leben einfach kein Platz. Deshalb hatte er den sonnigen Playboy gespielt. Zum Teil wohl auch, um sein eigenes Interesse an ihr in Schach zu halten. Netter Versuch.

»Jetzt habe ich ein neues«, fuhr er fort. »Im Krankenhaus. Mit einer ziemlich eigenwilligen Blondine, die nicht auf den Mund gefallen ist. Ich wüsste nicht, wo ich lieber wäre.«

Zwei

Auf der Fahrt zum Krankenhaus redete Boyd ununterbrochen mit Janie und sie war ihm zutiefst dankbar dafür. Seine Stimme hatte etwas ungeheuer Beruhigendes, war gleichzeitig aber so tief und sexy, dass jedes Wort ihr Gehirn ein wenig mehr in Brei verwandelte. Er überredete sie sogar zu einem Foto, damit sie später darüber lachen konnte. Hatte er vergessen, dass sie blind war? Dass ihr zum Lachen war, wenn ihr irgendwann jemand dieses Foto beschrieb, bezweifelte sie. Aber Boyd war so locker und lustig, dass sie einwilligte. Außerdem erzählte er ihr, wie er als kleiner Junge von einem Baum gefallen war und sich den Knöchel gebrochen hatte. Am Ende der Geschichte hielten sie schon vor dem Krankenhaus, und sie hatte fast vergessen, sich unterwegs zu ängstigen.

Nach der Ankunft in der Klinik ging alles sehr schnell. Und wenn Boyd ihr nicht erklärt hätte, was um sie herum passierte, hätte sie das sicher sehr verunsichert. *Sie stufen jetzt erst mal die Dringlichkeit ein. In der Notaufnahme ist heute zum Glück nicht allzu viel los.* Das Klinikpersonal sprach Boyd mit seinem Namen an.

»Woher kennen die dich alle?«, fragte sie.

»Bevor ich zur Feuerwehr gegangen bin, war ich

Rettungssanitäter. Stundenweise bin ich immer noch im Einsatz und übernehme hier ab und zu eine Schicht.« Dann erklärte er ihr wieder, was gerade geschah. Ganz als hätte er sie nicht mit seinen Worten komplett verblüfft. »Jetzt wirst du in ein Untersuchungszimmer gebracht.«

Während sie durch den Flur geschoben wurde, hielt er ihre Hand. Er war Feuerwehrmann, Rettungssanitäter *und* arbeitete zusätzlich noch bei ihr in der Firma? Sie hatte immer geglaubt, er wäre ein lockerer Typ, der sich unbeschwert durch seine Tage flirtete und nur hin und wieder ein paar Tage im Monat den Beraterjob bei TEC machte.

Eine Schwester kümmerte sich um Janies Platzwunden und Hautabschürfungen, Dr. Blankenship, *Dr. B*, untersuchte sie und erklärte, dass er zur Sicherheit ein paar Röntgenaufnahmen machen lassen wollte.

Boyd strich ihr das Haar aus der Stirn und beugte sich so nah zu ihr, dass sie seinen inzwischen schon vertrauten, leicht moschusartigen, sehr männlichen Geruch wahrnahm. »Keine Sorge. Ich warte hier auf dich.«

Wie versprochen saß Boyd noch immer in dem Behandlungszimmer, als sie nach einer Weile dorthin zurückgebracht wurde.

»Alles klar?«, fragte er.

Sie nickte, obwohl ihr Herz wegen allem, was heute Abend auf sie einstürzte, ein bisschen verrücktspielte. Hier war es so hell, dass sie sich wünschte, sie könnte ganz nahe an Boyds Gesicht heranrücken und den speziellen Winkel finden, aus dem sie vielleicht seine Haarfarbe und die Form seines Kopfes erkennen konnte. Nur um einen besseren Eindruck von ihm zu bekommen. Anscheinend war sie gerade dabei, sich in etwas zu verrennen. Sie sollte sich nicht ausmalen, dass der sexy klingende Boyd Hudson mehr sein könnte als ein Kollege, der ihr in einer schwierigen Situation zur Seite stand.

»Ich will dir nicht noch mehr Umstände machen. Du kannst jetzt wirklich gehen.«

Insgeheim hoffte sie, er würde bleiben. Aber sicher hatte er an einem Freitagabend Besseres zu tun, als in einem Krankenhaus herumzusitzen.

Er drückte ihre Hand. »Kommt nicht infrage. Aber keine Sorge. Ich bleibe nur aus purer, vielleicht etwas kranker Neugier. Ich will nämlich wissen, was mit deinem Knöchel ist.«

Trotz seines leichten Tons kroch Enttäuschung in ihr hoch.

Er beugte sich zu ihr, erwärmte damit die Luft zwischen ihnen sofort um ein paar Grad und weckte in ihr ein Gefühl, das sie nicht benennen konnte. »Das war ein Scherz. Ich möchte wirklich hier bei dir sein.«

Sie konnte einen erleichterten Seufzer nicht unterdrücken. Zum Glück hörte er ihn nicht. Oder aber er ging freundlicherweise darüber hinweg.

»Soll ich dir den stylischen, mit Vorhängen abgetrennten Raum beschreiben, in dem wir hier sind?«

Sie wollte ihn am liebsten die ganze Nacht lang reden hören. Ohne ihn hätte sie sich hier vermutlich vor Angst in die Hose gemacht. Und nicht bloß, weil sie nichts sehen konnte. Sie war von einem verdammten Bahnsteig gestürzt. Sie hätte von einem Zug erfasst werden und auf scheußlichste Weise umkommen können. Sie hatte sich am Knöchel verletzt und wurde nun von völlig fremden Menschen berührt und behandelt. Alles mehr als beunruhigend. Gelinde gesagt. Obwohl sie Boyd nicht besonders gut kannte, war die Situation mit einer halbwegs vertrauten Person an ihrer Seite viel leichter zu ertragen. Nur Mitleid wollte sie nicht. Er sollte sie nicht für ein hilfloses Fräulein halten, das einen kühnen Retter brauchte.

Herrje. Ich denke wirklich schon wie eine Liebesromanautorin.

»Verrätst du mir, weshalb du wirklich bleibst? Ich bin zwar blind, aber ich kann auf mich aufpassen.« Selbstbewusst hob sie das Kinn. »Wenn ich nicht gerade von irgendeinem blöden Bahnsteig plumpse. Aber dafür konnte ich nichts. Ich bin gestolpert.«

»Glaubst du, ich bleibe aus Mitleid?«

Seine Stimme klang verletzt und sie bekam sofort ein schlechtes Gewissen. »Ich weiß nicht.«

Neben ihr senkte sich die Matratze unter seinem Gewicht. Ein Adrenalinstoß durchjagte ihre Adern.

»Stört es dich, wenn ich mich hierhersetze? Bevor ich heute Nachmittag zu euch in die Firma gekommen bin, hatte ich eine lange Schicht in der Feuerwache. Ich bin ganz schön geschafft.«

»Nein, kein Problem. Aber das ist ein weiterer Grund, weshalb du nach Hause gehen und dich ausruhen solltest.«

»Ich bin definitiv nicht aus Mitleid hier, Janie.« Er strich mit dem Daumen über ihre Hand. Das fühlte sich sehr vertraut an und ließ seine Worte noch aufrichtiger wirken. »Du hast mir nicht erlaubt, jemanden für dich anzurufen. Dabei hast du gerade einen traumatischen Sturz hinter dir, der selbst gestandene Kerle ziemlich aus der Spur geworfen hätte. Und du hast mir verraten, dass du dich nicht gerne durch diese Stadt chauffieren lässt. Wie willst du nach Hause kommen, wenn dein Knöchel versorgt ist?«

So weit hatte sie noch gar nicht gedacht. Vielleicht konnte sie Kiki anrufen. Aber die verbrachte das Wochenende ein paar Stunden entfernt in Maryland. Kiki wohnte direkt neben ihr, und sie saßen so oft beieinander, dass sie sich eigentlich eine Wohnung hätten teilen können. Doch dafür war ihnen ihre

Privatsphäre zu wichtig.

Bevor sie etwas sagen konnte, holte sie die Stimme des Arztes in die Gegenwart zurück.

»Hallo, Janie. Wir sind's wieder, Dr. B und Schwester Kelly. Wir haben uns die Röntgenaufnahmen angesehen.«

»Danke, Doc«, sagte Boyd. »Hi, Kelly. Wie geht's?«

Janie spürte, wie die Matratze sich hob und nahm an, dass Boyd aufgestanden war. Doch er blieb an ihrer Seite und seine Hand lag noch immer auf ihrer. Ein tröstliches Gefühl.

»Prima, Boyd«, antwortete die Schwester. »Du bist nicht im Dienst, oder?«

»Nein. Ich wollte Janie ihr Telefon zurückbringen und habe sie direkt nach ihrer Begegnung mit den U-Bahn-Gleisen gefunden. Muss wohl Schicksal gewesen sein.«

Janie fiel beinahe die Kinnlade herunter.

»Jedenfalls war es großes Glück«, sagte Dr. B.

»Ja, wirklich«, bestätigte Kelly. »Janie, Boyd ist ein Schatz. Ein super Sanitäter und Feuerwehrmann, und einer von den Guten.«

»Na großartig, Kelly. Du hast mich verraten«, scherzte Boyd. »Ich wollte Janie unbedingt weismachen, dass ich ein Mistkerl bin.«

Ja, klar.

»Als würde dir das irgendwer abkaufen.« Kelly tätschelte Janies Schulter. »Er ist ein süßer Kerl, auch wenn er das nicht hören möchte. Du kennst ja die Jungs. Sie wollen knallhart und cool rüberkommen. Aber Boyd ist wie Schokolade.«

»Besten Dank auch«, murmelte er.

Janie lachte.

»Okay, jetzt, wo wir Boyds Männlichkeit auf *süß und schokoladig* reduziert haben«, lachte Dr. B, »zurück zu den

Röntgenaufnahmen. Es hätte schlimmer kommen können. Der Knöchel ist nur verstaucht.«

»Ich glaube, ich bin mit der Fußspitze hängengeblieben und habe ihn mir verdreht«, sagte Janie.

»Ich denke auch, dass die Verletzung daher kommt und nicht von dem Sturz«, bestätigte Dr. B. »Aber nach der harten Landung auf der rechten Seite werden Sie noch eine ganze Weile mit schmerzhaften Prellungen zu kämpfen haben.«

Damit hatte sie gerechnet. Doch seit Boyds Frage, wie sie sich den Heimweg vorstellte, ging ihr noch allerlei anderes durch den Kopf. Wie würde sie in ihrer Wohnung klarkommen, wie zur Arbeit in die Firma gelangen, wenn sie nicht laufen konnte?

»Wann bin ich wieder gehfähig?«, fragte sie.

»Schwer zu sagen«, antwortete der Arzt. »Bis die Schwellung abklingt, wird es ein, zwei Tage dauern. Herumlaufen sollten Sie erst wieder, wenn Sie den Knöchel schmerzfrei ein bisschen belasten können. Boyd weiß, wie man so was behandelt …«

Boyd drückte tröstend ihre Hand.

»Schonen, kühlen, stabilisieren, hochlegen«, erklärte Dr. B. »Die Schwellung kriegen Sie mit kalten Kompressen in den Griff, und die Stabilisierung erfolgt durch die Schiene, die wir Ihnen gleich anlegen. Sie verhindert auch, dass die Verletzung noch schlimmer wird. Und wann immer möglich legen Sie das Bein hoch.«

»Sprechen wir von Tagen? Oder Wochen?« Die Vorstellung, eine Weile nicht gehen zu können, beschleunigte ihren Puls.

»Jede Verletzung ist anders. Aber Ihre ist nicht sehr schwer, deshalb dauert es vermutlich nicht lange. Bis in einer Woche müssten Sie den Knöchel vorsichtig belasten können. Aber genau lässt sich das kaum sagen. Und wenn Sie sich nicht schonen, kann es einen Monat oder sogar länger dauern, bis Sie wieder ganz fit sind.«

»Einen Monat oder länger?« Erschrocken griff sie in das Laken. »Ich werde wohl außer meinem Stock auch noch eine Krücke brauchen. Aber wie komme ich zur Arbeit, bis ich eine Krücke benutzen kann?«

»Ich helfe dir«, bot Boyd in dem aufrichtigen und gleichzeitig sexy Ton an, der ihren Magen zum Flattern brachte und ihr Gehirn zu Mus werden ließ.

Aber Mus im Kopf konnte sie sich im Augenblick nicht leisten. Ihre Unabhängigkeit stand auf dem Spiel. »Das ist lieb von dir, aber ich meine es ernst.«

»Ich auch«, versicherte ihr Boyd.

»Und was schlagen Sie vor, Dr. B?« Sie spürte, wie sich die Atmosphäre im Raum veränderte. Die Luft zwischen ihr und Boyd schien sich ein wenig abzukühlen, und sie stellte überrascht fest, dass ihr das einen Stich versetzte. Doch sie schob das Gefühl beiseite und konzentrierte sich auf die Antwort des Arztes.

»Was Ihre Mobilität angeht, sind die Möglichkeiten begrenzt. Wenn die Schwellung zurückgegangen ist und Sie den Knöchel mit der Schiene ein wenig belasten können, können Sie es zu Hause mit einem Gehgestell versuchen und draußen mit Krücke und Stock. Aber das Gehen mit der Krücke üben Sie am besten erst mal daheim. Für die nächsten achtundvierzig Stunden schlage ich für draußen einen Rollstuhl vor. Das ist zwar etwas umständlich ...«

Während Dr. B erklärte, welchen Aufwand sie in nächster Zeit betreiben musste und wie wenig ratsam es war, den Knöchel zu früh wieder zu belasten, konnte sie die Tränen nur mühsam zurückhalten. Schon ihr ganzes Leben lang kämpfte sie zäh für ihre Unabhängigkeit und war so weit gekommen. Und jetzt brauchte sie plötzlich jemanden, der sie in einem Rollstuhl umherschob? Sie versuchte, sich auf die Erklärungen zu der Schiene zu konzentrieren, die jetzt an ihren Knöchel gelegt wurde, doch ihre Gedanken waren meilenweit weg.

»Janie? Honey? Alles in Ordnung?«

Die Besorgnis in Boyds Stimme brachte sie wieder zu sich. Der Kosename überraschte sie – vor allem, weil er so selbstverständlich klang. Sanft wischte er mit dem Daumen eine Träne von ihrer Wange. Eine weitere vertrauliche Geste.

»Ja.« Doch neue Tränen drängten nach.

»Du hast gerade ein bisschen benommen gewirkt. Irgendwie abwesend. Dr. B und Kelly sind weg. Wir sind allein. Aber ich kann nicht einfach dasitzen und dich weinen sehen. Ich würde dich gerne in den Arm nehmen, aber nur, wenn du …«

Noch bevor er zu Ende gesprochen hatte, streckte sie die Arme nach ihm aus.

»Das mit deinem Sturz tut mir sehr leid.« Er rieb sanft ihren Rücken und ließ sie weinen.

Sie klammerte sich an die Hinterseite seines Shirts, während ihre Tränen sich in die Vorderseite saugten. »Ich bin keine Heulsuse«, schniefte sie zwischen zwei Schluchzern.

»Ich weiß. Du weinst aus purem Frust, nicht aus Schwäche.«

Obwohl ihr so elend zumute war, lächelte sie in sein weiches T-Shirt. »Warum bist du so nett zu mir? Du kennst mich doch kaum.«

Er lehnte sich zurück und ihre Hände glitten von seinem Rücken auf seine muskulösen Oberarme. Sie spürte, wie er ihr Gesicht musterte. Ein Finger strich über ihre Wange und er schob ihr das Haar hinters Ohr. Noch nie zuvor hatte sie sich danach gesehnt, das Gesicht eines Mannes betrachten zu können. Doch sich Boyds Gesicht anzusehen wurde plötzlich zu einem Herzenswunsch. Sein bedächtiger Ton ließ sie rätseln, wie er sie jetzt wohl anschaute und was er dabei sah. Nur eine blinde, verletzte junge Frau? Oder, wie sie hoffte, die Frau, die er gerade besser kennenlernte? Die Frau, die lange nicht so schwach war, wie sie sich im Augenblick fühlte.

»Für mich bist du eine unglaublich liebenswerte, schöne und sehr unabhängige Person, die einen üblen Sturz hinter sich hat und jetzt ein bisschen Hilfe braucht. Und ich bin ein Typ, der ein paar Tage frei und noch keine großen Pläne hat. Außer den, dich besser kennenzulernen.«

Redeten Männer wirklich so? »Du klingst wie einer, der direkt aus einem meiner Liebesromane spaziert ist. Das heißt, du weißt, wie man Frauen bezirzt. Ich bin blind, nicht blöd. Woher soll ich wissen, ob du nicht bloß auf eine schnelle Nummer aus bist?«

Er lachte. »Hast du mich das jetzt gerade ernsthaft gefragt?«

Sie wischte sich die Tränen ab und zeigte ihm ein Gesicht, von dem sie hoffte, dass es sagte: *Verdammt richtig, Junge. Das habe ich.*

»Erstens, nein, ich bin nicht auf eine schnelle Nummer aus. Die wäre anderswo vermutlich leichter zu kriegen. Zweitens, ich habe eine Schwester, die mit Männern bislang wenig Glück hatte. Deshalb weiß ich, wie man Frauen *nicht* behandeln sollte. Und drittens, ich kann immer noch nicht glauben, dass du mich das gefragt hast. Was, wenn ich wirklich ein skrupelloser Aufreißer wäre und dich tatsächlich nur ins Bett kriegen wollte, würde ich dir das dann verraten?«

Mit jagendem Puls wartete er darauf, dass Janie etwas sagte. Dass sie irgendetwas sagte. Sie legte die Stirn in Falten, als müsste sie seine Worte abwägen.

Ihre rechte Hand glitt von seinem Arm auf seine Brust. »Darf ich dich anfassen?« Auf seine Frage ging sie nicht weiter ein.

»Janie.« Er legte eine Hand auf ihre und drückte sie an sich. Warum wollte er sie unbedingt lächeln sehen und all ihre Sorgen vertreiben?

»Selbstverständlich darfst du mich anfassen. Aber falls du bloß auf eine schnelle Nummer aus bist, sei gewarnt: Ich bin kein leichtes Opfer. Ich lerne die Frauen, mit denen ich ins Bett gehe, gerne erst besser kennen. Ein schönes Abendessen und ein guter Wein sind das Mindeste. Und vielleicht bringst du mir ein paar Blumen mit.«

Spielerisch schlug sie nach ihm und endlich hoben sich ihre Lippen zu einem Lächeln. Und er liebte dieses Lächeln einfach.

»Ich möchte einfach gerne wissen, wie du aussiehst«, erklärte sie.

»Nur zu, Honey. Fass mich an. Aber nutz die Situation nicht aus. Das würde Dr. B sicher nicht gefallen.«

»Ach, ich glaube, Dr. B fände das völlig in Ordnung. Die Ärzte in der Geschichte, die ich bald schreibe, hätten jedenfalls nichts dagegen.« Ihre Hände bewegten sich über seine Brust. »Dein Herz schlägt so schnell. Bist du nervös?«

»Ein bisschen.« Boyd versuchte, völlig unbeeindruckt davon zu sein, wie zart ihre Berührungen waren. Und wie ihre Zunge über ihre Lippen huschte, als ihre Finger seine Brustmuskeln nachzeichneten. Doch seine Gefühle gehorchten ihm nicht. Janie war so ernsthaft und konzentriert, dass er geradezu sehen konnte, wie sie sich ein inneres Bild von seinem Körper machte. Ein aufregender Gedanke.

Was ging ihr durch den Kopf, während ihre Hände an seinem muskulösen Hals hinaufwanderten und kurz an seinem Adamsapfel liegen blieben? Ihre sinnlichen Lippen waren leicht geöffnet, und als ihre Finger die Unterseite seines Kiefers und dann seine stoppeligen Wangen erforschten, schluckte sie. War das ein gutes Zeichen? Spürte sie, wie anziehend er sie fand? Ihre Fingerkuppen streiften seine Wangenknochen und berührten ihn seitlich neben den Augen. Fühlte sie dabei, wie gerne er ihr versichern wollte, dass er anders war als andere Männer? Dass er gut war und ehrlich und sein Leben mit Anstand führte? Wenn sie hätte sehen können, hätte sie das in seinen Augen gelesen? Mit seinen Prinzipien ging er nicht hausieren, gab sich im Zweifel lieber desinteressiert. Aber Janie, da war er sich fast sicher, hätte ihn mühelos durchschaut.

Ihre Finger erreichten seine dunklen Brauen und sie atmete laut aus.

»Darf ich …« Wieder glitt ihre Zunge über ihre Lippen, erschien gerade lange genug, um tief in seinem Inneren etwas aufzuwecken. »Ich möchte gerne dein Haar berühren.«

»Ja, mach das. Alles, was du willst.« Er klang atemlos, erkannte seine eigene Stimme kaum wieder. *Großer Gott.* Was stellte diese Frau bloß mit ihm an?

Ihre Finger strichen durch das kurzgeschnittene Haar an den Seiten, dann durch die längeren, wuscheligen Strähnen oben, die er heute Morgen nur hastig mit einem Handtuch trockengerubbelt hatte, bevor es auf der Feuerwache einen Alarm gegeben hatte und sie losgejagt waren, um einen Brand zu löschen.

Nachdem ihre Hände sein Haar erkundet hatten, zitterten sie, und er zitterte auch. Ihre Berührungen weckten in ihm den Wunsch nach mehr. Nicht nur körperlich. Nein, er wollte wissen, was sie stark genug machte, sich in dieser verrückten Stadt zu behaupten. Schließlich hätte sie auch an einem ruhigen Ort leben können, wo es weder U-Bahnen noch Menschenmengen gab. Er sah, wie sie die Lider senkte, und fragte sich, wie so viel innere Stärke in eine derart zerbrechliche Schönheit verpackt sein konnte.

Sie seufzte. »Ja.«

»Ja?« Hatte er irgendetwas nicht mitbekommen? Gesprochen, ohne es zu merken?

»Ich glaube, wenn du wirklich nur eine schnelle Nummer wolltest, würdest du es mir sagen.« Sie hob den Kopf ein wenig, und obwohl er wusste, dass sie blind war, hätte er schwören können, dass sie nicht nur seine äußere Hülle sah, sondern bis tief hinein in seine Seele blickte.

Er räusperte sich, versuchte, sein Gehirn wieder in Gang zu setzen und seine wildgewordenen Hormone unter Kontrolle zu bringen. »Das kannst du rausfinden, indem du mich anfasst? Du musst einen siebten Sinn haben.«

»Leider nein. Aber du verlässt dich vor allem auf sichtbare Eindrücke. Ich dagegen höre erst mal gut hin. Manchmal kommt noch der Geruch hinzu. So erfahre ich viel über einen Menschen, auch ohne ihn zu sehen.« Das sagte sie ganz sachlich. Doch dann wurde ihr Ton wärmer, eindringlicher. »Dich zu berühren, hilft mir vor allem, mir ein Bild von deinem Äußeren zu machen. Ob ich dir trauen kann, kann ich dabei nur bedingt herausfinden. Aber wenn ich Zweifel hätte, hätte ich nie zusammen mit dir die Firma verlassen.«

»Woher wusstest du, dass du mir trauen konntest? Wir haben uns doch nur hin und wieder kurz unterhalten.« Das interessierte ihn tatsächlich brennend. Er schätzte Menschen anhand dessen ein, was er in ihren Augen sah, manchmal auch anhand ihrer Haltung. Aber Janie war das nicht möglich.

»Das ist schwer zu erklären. Wenn wir in der Firma miteinander gesprochen haben, warst du immer nett. Du hast geflirtet, aber nie auf unangenehme Art. Und jetzt kommt noch all das hinzu, was du vorhin in der U-Bahn-Station gesagt und getan hast.« Ihre Finger spielten mit der Seitennaht ihrer Hose.

Menschen, die ihm wichtig waren, konnte Boyd nur schwer etwas vormachen. Und mit Janie wollte er ehrlich sein. »Eigentlich hatte ich heute Abend gar kein Date«, gestand er etwas verlegen.

»Ach. Vielleicht sollte ich dir doch nicht vertrauen. Weshalb hast du gesagt, du hättest eins? Damit du nicht mit mir in die Bar gehen musstest?« Sie lehnte sich zurück, und er ließ ihr den Raum, den sie offenbar brauchte. Obwohl er sie nicht böswillig belogen hatte, kam er sich jetzt wie ein Mistkerl vor.

»Nein. So war das nicht. Du bist umwerfend. Süß. Klug. Und schlagfertig. Es war mir nur peinlich, dass ich an einem Freitagabend zu Hause lesen wollte. Ich wollte nicht wie ein Loser erscheinen.«

»Im Ernst? Vor unserer Wette hatte ich auch einen Leseabend geplant. Bin ich deshalb jetzt eine Loserin?«

Er lächelte und konnte einfach nicht widerstehen. Er berührte ihre Wange, denn wenn er das tat, dann lächelte auch sie. Und lächeln sah er sie furchtbar gerne.

»Nein, kein bisschen. Das macht dich nur noch anziehender. Aber ich muss dir noch was sagen.«

»Na prima, du stehst auf Männer, und jetzt willst du, dass

ich eine Gay Romance schreibe.«

»Wenn es nur so einfach wäre. Nein.« Er atmete tief durch und rückte mit der Wahrheit heraus. »Zu behaupten, ich würde mich nicht für dich interessieren, wäre gelogen. Falls das für dich ein Problem ist, sagst du es mir am besten jetzt gleich.«

»Möchtest du deine Antwort von vorhin, von wegen schnelle Nummer, noch mal überdenken?«

Er musste lachen. »Nein. Ich kann dir versichern, belanglose Abenteuer waren nie mein Ding.«

»Oh.« Ihr Lächeln erlosch, und sie schob die Unterlippe zu dem sexy Schmollmund vor, den viele Frauen bis zur Perfektion beherrschten. »So viel zu meiner Idee, dich zum Helden meines Liebesromans zu machen.«

»Wie bitte? Liebesromanhelden wollen nur heiße Nächte und kurze Abenteuer? Klingt ziemlich oberflächlich. Aber ich habe dir ja gesagt, diese Bücher sind Mist. Ich werde dir mal ein paar richtig gute mitbringen.«

»Science-Fiction? Nein danke. Und natürlich ist eine Bettgeschichte nicht ihr einziges Ziel. Aber wenn sie mit der Frau zusammen sind, die ihnen gefällt, haben sie durchaus auch das im Kopf.«

Einigermaßen verwirrt strich er sich mit der Hand übers Gesicht. »Ist das eine Art Test? Wenn ja, dann falle ich vermutlich krachend durch.«

»Kein Test.« Sie hob kaum merklich das Kinn. »Bloß ein Austausch von Informationen. Gibst du mir bitte meinen Stock?«

Er reichte ihr den Stock und fragte sich, womit er diesen plötzlichen Umschwung von verspielt zu ernst ausgelöst hatte. Fände sie es okay, wenn er sexy Fantasien über sie hatte? War sie enttäuscht, weil er das nicht offen zugab?

Kelly schob einen Rollstuhl durch den Vorhang. »Bitte schön, Janie. Dein Wagen. Ich nehme an, heute Abend ist Boyd dein Chauffeur?«

Janie unterdrückte ein Stöhnen. »Ich muss wirklich in einem Rollstuhl hier raus?«

»Komm schon. Das wird lustig«, drängte Boyd. »Die Alternative wäre, dass ich dich huckepack nehme.«

»Verdammt«, seufzte Kelly. »Dieses Angebot würde ich sofort annehmen. Ein starker Kerl wie Boyd?« Sie ließ die Augenbrauen tanzen und gab ihm Janies Entlassungspapiere.

»Okay, okay. Schon gut, Kel. Janie, ich stecke den Arztbericht in deine Tasche.«

»Ob du's glaubst oder nicht«, sagte Janie. »Huckepack wäre mir lieber als im Rollstuhl zu fahren.«

»Wenn wir hier keine Regeln und Vorschriften hätten, würde ich dir helfen, ihn zu besteigen, aber ...« Kellys blaue Augen blitzten schelmisch.

»Großer Gott, Kel. Hast du nicht noch was anderes zu tun?«

»Ach, Herzchen. Mache ich dich verlegen?« Sie stieß ihn mit der Schulter an. »Du solltest stolz sein, aber du bist so unglaublich brav. Ich hab's ja gesagt, Janie. Süß und sexy. Großartige Kombination.«

»Die anderen Patienten warten.« Boyd gab Kelly einen freundlichen kleinen Schubs Richtung Vorhang und freute sich, Janie wieder lächeln zu sehen. »Großer Gott, man könnte glauben, sie betreibt einen Dating-Service.«

Janie setzte sich auf die Kante der Liege. »Sie mag dich.«

»Ich jobbe schon seit Jahren hier. Sie ist eine gute Freundin und eine noch bessere Krankenschwester. Wenn sie mich nicht gerade aufzieht.« Er setzte sich neben Janie und nahm ihre Hand. Das machte er sehr gerne. Nach den vielen Monaten, in denen er nun bereits gegen seine Gefühle für sie ankämpfte, fiel es ihm schwer, auf Distanz zu bleiben.

»Janie, ich bin ein netter Kerl. Ich möchte dich gerne nach Hause bringen. Aber falls du dabei ein ungutes Gefühl hast, rufe ich meinen Kumpel Cash an. Seine Frau wäre sicher gerne bereit, herzukommen und dich zu begleiten.«

Die Frustration war ihr deutlich anzusehen und klang auch hörbar aus ihrer Stimme. »Hast du irgendeine Ahnung, wie ärgerlich es ist, dass ich Hilfe brauche, um nach Hause zu kommen? Weißt du, wie lange und hart ich daran gearbeitet habe, mich selbstständig durch diese Stadt bewegen zu können?«

»Ich kann es nur vermuten. Aber ich möchte dich nicht noch zusätzlich beklommen machen. Soll ich Cash anrufen?«

Eine Weile lang schwieg sie nachdenklich, und Boyd hoffte von Herzen, dass sie ihn nicht wegschicken würde.

»Nein«, sagte sie schließlich. »Ich möchte deinem Freund und seiner Frau keine Umstände bereiten. Außerdem hat Kelly uns zusammen gesehen. Falls mir etwas zustößt, weiß sie, dass ich zuletzt mit dir zusammen war.«

»Wow. Das gibt mir ein richtig gutes Gefühl.«

»Das war Spaß. Ich bin bloß furchtbar genervt und frustriert. Wenn du dir den Knöchel verstauchst, schnappst du dir ein paar Krücken und fertig. Bei mir ist es ein bisschen komplizierter.«

»Ich weiß. Und das tut mir wirklich leid. Aber lass uns das Beste daraus machen. Willst du dich an mir abstützen, um in den Rollstuhl zu kommen, oder soll ich dich hochheben und reinsetzen?«

»Kannst du mich bitte reinsetzen? Einbeinig die Balance zu halten, traue ich mir im Moment nicht zu.«

Er legte einen Arm um ihren Rücken, schob den anderen

unter ihre Knie und hob sie mühelos hoch. Sie schlang die Arme um seinen Hals, und er registrierte, dass sie gegen ein Lächeln ankämpfte.

»Bloß gut, dass du mich jetzt nicht sehen kannst«, sagte er. »Ich grinse nämlich wie ein Trottel.«

»Du bist wirklich schonungslos ehrlich.« Sie strich mit den Fingern über seinen Arm und schickte damit heiße Wellen durch seinen Körper. »Und stark.«

»Ehrlich? Ja. Stark?« Er zuckte die Achseln und setzte sie behutsam in den Rollstuhl. Dann half er ihr, die Fußstütze hochzuklappen und den verletzten Fuß darauf zu platzieren. Als er neben ihr kniete, nahm er wieder ihre Hand. »Schließ die Augen.«

»Ist das in meinem Fall nicht ziemlich überflüssig?«

»Tu mir bitte den Gefallen. Auch wenn es dir seltsam vorkommt.«

Sie seufzte, doch ihre Mundwinkel kräuselten sich nach oben. »Normalerweise bittet mich niemand darum, die Augen zuzumachen.«

»Offenbar bist du nicht mit den richtigen Leuten zusammen.« Der Anblick des Blutergusses auf ihrer Wange gab ihm einen Stich und verstärkte seinen Wunsch, ihr alles so leicht wie möglich zu machen. »Wenn man die Augen schließt, lässt man innerlich ein bisschen mehr los. Obwohl du selbst mit offenen Augen nichts sehen kannst, macht das doch bestimmt auch für dich einen Unterschied, oder?«

»Langsam habe ich den Verdacht, dass Kiki dich beauftragt hat, dieses Wochenende auf mich aufzupassen. Nur sie hätte den Mut, so etwas zu mir zu sagen.«

»Kiki?«

»Seit der dritten Klasse meine beste Freundin. Sie ist die, die vorhin angerufen hat. Wir wohnen Tür an Tür.«

»Ich mag sie jetzt schon. Okay. Bereit?« Als sie mit geschlossenen Augen nickte, sagte er: »Stell dir vor, du sitzt in einer Kutsche. Du bist die Königin, ich der ungepflegte Kerl, den du herumkommandieren kannst.«

Sie lachte. »Musst du ungepflegt sein? Kann ich mir dich nicht so vorstellen, wie du bist, und dich trotzdem herumkommandieren?«

»Okay. Ja. Das geht auch. Aber ich will dich nicht von der Kutschfahrt ablenken.«

»Manche Ablenkungen mag ich ganz gerne«, sagte sie.

Gut zu wissen. »Dann wird dir auch gefallen, wie ich dich während der Taxifahrt nach Hause ablenke.«

Die Kinnlade fiel ihr herunter und ein leises Rot überzog ihre Wangen.

»Haben alle Liebesromanautorinnen so eine schmutzige Fantasie?«, frotzelte er. »Mit *ablenken* meine ich, dass ich mit dir reden werde.«

»Ich habe nicht … Ich …«

Er lachte, klappte ihren Stock zusammen und legte ihn ihr in den Schoß. »Willst du deine Tasche selbst halten oder soll ich sie für dich nehmen?«

Sie streckte eine Hand nach der Tasche aus. »Du bist ein Scheusal.« Grinsend verstaute sie ihren Stock in der Tasche.

»Wenigstens habe ich dafür gesorgt, dass du erst mal gar nicht an die Taxifahrt gedacht hast.«

Er schob sie Richtung Ausgang. Unterwegs sagte sie: »Eigentlich würde ich lieber kein Taxi nehmen.«

Er berührte sie an der Schulter. Am Ausgang kniete er sich neben sie und sah, dass sie die Stirn in Falten gelegt hatte.

»Keine Sorge, Janie. Ich werde sehr, sehr artig sein.«

»Ich weiß. Es ist bloß …« Sie krallte die Hände in ihre Tasche. »Als ich gesagt habe, dass Taxifahrten in New York für mich die Hölle sind, war das absolut ernst gemeint.«

Er zog sein Handy aus der Tasche. »Weißt du was? Ich mag sie auch nicht. Augenblick. Vielleicht kann ich etwas arrangieren.« Boyd machte ein paar Anrufe, sprach mit ein paar Leuten und schaffte es, den Rollstuhl für zwei Tage zu borgen.

Drei

Boyd schob den Rollstuhl durch den Klinikausgang und ging einfach weiter.

»Bitte sag mir, dass wir nicht gerade einen Rollstuhl klauen.« Janie umklammerte die Armstützen.

»Pssst. Nichts verraten.«

»*Ogottogott.*«

»Das war ein Witz. Ich habe nachgefragt und ihn ausgeliehen. Wohin soll ich dich bringen?«

»Was, wenn ich zwanzig Blocks von hier entfernt wohne?«

»Dann haben wir Glück, dass ich ganz gut in Form bin.«

Sie hatte inzwischen eine recht klare Vorstellung von seinen Brustmuskeln und seinem Bizeps und wusste, dass er den Rollstuhl vermutlich meilenweit schieben konnte.

»Bis zu mir sind es bloß ein paar Minuten.« Sie gab ihm die Adresse.

»Das liegt ja wirklich um die Ecke. Ich hätte dich also doch huckepack nehmen können.«

»Jap. Aber danke, dass du den Rollstuhl für mich geliehen hast. Ich kann gar nicht glauben, was du alles für mich tust.«

»Mach dir keine Gedanken. Ist dir warm genug?«

Es war ein kühler Abend, und ihr fiel ein, dass sie noch

immer Boyds Hemd trug. Unauffällig hob sie einen Arm an die Nase und sog seinen männlichen Duft ein. Sie hoffte, dass er es nicht merkte.

»Ja«, antwortete sie. »Aber was ist mit dir?«

»Alles in Ordnung. Danke, dass du fragst. Aber du bist hier die Verletzte.«

»Stimmt. Und du schaffst es, dass ich das immer wieder vergesse. Irgendwie ist mir, als würden wir alle möglichen Regeln brechen. Und das tue ich sonst nie.« Das Regelbrechen gefiel ihr viel besser, als sie wahrhaben wollte. »Kiki wird sich freuen.«

»Deine Freundin verstößt gern gegen Regeln?« Bei jeder Unebenheit auf dem Gehsteig bremste er sachte ab und manövrierte den Rollstuhl vorsichtig darüber.

»Sie findet bloß manchmal Hintertürchen. Ach herrje. Mein Handy. Ich muss ihr eine Nachricht schicken.«

»Ich habe es hier bei mir. Ohne dieses Ding hättest du jetzt nicht den besten Chauffeur der Stadt.«

»Vielen Dank, dass du es mir gleich zurückgebracht hast. Das war mein Glück.«

»Nach deinem schlimmen Sturz heute sage ich das nur sehr ungern, Honey. Aber ich glaube, dass *ich* heute Abend der Glückspilz bin.«

Ein leises Kribbeln durchlief sie. Er hatte sie schon wieder *Honey* genannt. Ganz so, als würde er das schon ewig tun. Sie fragte sich, ob er alle Frauen so nannte. Aber er und Kelly kannten einander offenbar seit Jahren, und zu ihr hatte er das nicht gesagt. Ein klein wenig kam sie sich jetzt wie etwas Besonderes vor.

Sie musste dringend aufhören, alles zu interpretieren, was er sagte oder tat. Doch mit jeder Minute, die sie zusammen verbrachten, fand sie ihn anziehender.

»Vielleicht höre ich mir besser erst mal meine Nachrichten an. Für den Fall, dass Kiki mich angerufen hat.« Sie suchte in der Tasche nach ihren Ohrstöpseln, fand sie aber nicht. Seufzend hielt sie das Smartphone in die Höhe. »Ich hoffe, es macht dir nichts aus, wenn ich die Vorlese- und Diktierfunktion benutze. Eigentlich habe ich Ohrstöpsel, aber die sind wohl bei dem Sturz verlorengegangen.«

Er blieb stehen und berührte sie an der Schulter. »Ich glaube, die liegen noch auf deinem Schreibtisch.«

»Das sind die fürs Büro, die lasse ich immer dort. Aber halb so schlimm. Ich besorge mir neue.«

»Ich kann gerne ein Stück weg gehen, während du deine Nachrichten abhörst.«

»Das musst du nicht, aber danke.« Sie stellte die Lautstärke leiser, hörte ihn ein paar Schritte zur Seite treten und rief ihre Mailbox ab.

Hi, Janie, wo bist du? Ich bin zu Hause und Sinny geht mir jetzt schon auf die Nerven. Die Stimme von Sinclair, Kikis älterem Bruder, sprach dazwischen. *Yo! Du fehlst mir, Babygirl! Wenn du mal Zeit hast, ruf mich an. Dann quatschen wir.* Sie hörte, wie die beiden um das Telefon rangelten. Kiki lachte, dann kam ihre Stimme laut und deutlich zurück. *Melde dich. Und bitte, bitte sag, dass du nur nicht ans Telefon gehst, weil du mit einem heißen Kerl beschäftigt bist.*

Janie hörte Boyd auf und ab gehen. *Wenn man vom Teufel spricht.* Sie schickte Kiki eine kurze Textnachricht.

Ich hatte einen kleinen Sturz. Hab mir den Knöchel verstaucht, aber ich bin in guten Händen. Ich melde mich morgen. Sie steckte das Handy weg. Boyd telefonierte offenbar.

»Hi, Haylie.« Eine kurze Pause. »Gut. Und mein kleiner

Kumpel? Ihr fehlt mir.«

Haylie? Kleiner Kumpel?

»Wer ist er? Was macht er?« Wieder eine Pause. Janie konnte nicht einmal so tun, als würde sie nicht lauschen. Boyd klang angespannt. »Hm-hm. Sorg dafür, dass Chet ihn sich ansieht.« Jetzt redete offenbar diese Haylie. Dann war er wieder an der Reihe. »In Ordnung. Okay. Hab dich lieb. Bis bald.«

Sie hörte ihn wieder näherkommen und kramte in ihrer Tasche, als würde sie etwas suchen. Boyd berührte sie an der Schulter.

»Alles in Ordnung? Hast du Kiki erreicht?«

»Ich habe ihr eine Nachricht geschickt.« Sie hätte zu gerne gewusst, wen er als *kleinen Kumpel* bezeichnete. Hatte er vielleicht einen Sohn?

»Ich weiß, es ist spät, und du hattest einen anstrengenden Abend. Aber auf dem Weg zu dir gibt es ein Café, wo wir heiße Schokolade trinken können, wenn du magst.«

»Ich sitze in einem Rollstuhl«, sagte sie sarkastisch. Sie versuchte, die Vorstellung von einem verheirateten Mann und dem stets zum Flirten aufgelegten Boyd zur Deckung zu bringen, den sie aus der Firma kannte. Keine Chance. Und weshalb sollte er mit ihr in ein Café gehen wollen, wenn er verheiratet war? Sie war nicht gerade leicht rumzukriegen, und er behauptete, schnelle Abenteuer würden ihn nicht interessieren. Trotzdem. Er hatte *Hab dich lieb* gesagt.

»Ach so. Leute in Rollstühlen können keine heiße Schokolade trinken«, frotzelte er und schob sie weiter. »Mit den Rollstuhlregeln muss ich mich wohl noch vertraut machen.«

»Es ist eben irgendwie peinlich.« Selbst in ihren Ohren hörte sich das ziemlich lahm an. Doch ihre Unabhängigkeit ging ihr nun mal über alles, während er die Situation offenbar ganz locker nahm.

»Hey, sei nicht so streng«, schimpfte er mit einem Lächeln in der Stimme. »Schön, ich hatte einen langen Arbeitstag. Aber ganz so schlimm sehe ich nun auch wieder nicht aus.«

Noch während sie lachte, ging ihr durch den Kopf, dass sie in den letzten Stunden mehr gelacht hatte als in der gesamten vergangenen Woche. Und das trotz des scheußlichen Sturzes und der Fahrt in einem Krankenwagen. Eigentlich hätte dies die bislang schlimmste Nacht ihres Lebens sein sollen. Aber weit gefehlt. Der Sturz war ein furchtbarer Schock gewesen. Und ihre Verletzung war nicht bloß schmerzhaft, sondern auch sehr ärgerlich. Aber mit Boyd zusammen zu sein, machte alles viel weniger schlimm. Vom ersten Augenblick an, in dem er sich in der U-Bahn-Station zu ihr gekniet hatte, hatte er ihr das Gefühl gegeben, alles würde gut werden. Und jetzt wollte er mit ihr heiße Schokolade trinken?

Aber … Er liebte jemanden. Jemanden mit einem *kleinen Kumpel.*

»Falls es dir zu spät ist, kein Problem«, lenkte er ein. »Oder falls du zu müde bist.«

»Boyd, bevor ich dir eine Antwort gebe … Bist du verheiratet?«

»Verheiratet?« Er klang ungläubig, geradezu fassungslos.

»Ich habe gehört, was du am Telefon gesagt hast. Ich wollte nicht lauschen, aber …«

Wieder berührte er sie am Arm. Ganz sanft und locker. Und sofort fühlte sie sich wieder besser. Falls er ein aalglatter Dreckskerl war, hätte sie doch bestimmt irgendeine Art von Spannung in seiner Berührung wahrgenommen.

»Ich bin nicht verheiratet, Janie. Ich habe mit meiner Schwester Haylie gesprochen. Sie ist eine alleinerziehende

Mutter und ich mache mir Sorgen um sie und meinen dreijährigen Neffen Scotty. Wir telefonieren mindestens einmal die Woche.«

»Deine Schwester? Tut mir leid. Jetzt komme ich mir ziemlich bescheuert vor. Ich dachte …«

»Du dachtest, ich wäre ein Dreckskerl auf Beutezug? Verstehe. Um zu wissen, wie wenig das zu mir passt, kennst du mich nicht gut genug. Aber ich hoffe, das ändert sich bald.« Er schob den Rollstuhl weiter. »Was meinst du? Heiße Schokolade, oder bist du zu müde?«

»Das Angebot steht noch? Obwohl ich dich in eine völlig falsche Schublade gesteckt habe?« War er denn kein bisschen eingeschnappt?

»Ich kann dir das nicht vorwerfen. Wir leben in einer verrückten Welt. Man muss sich in Acht nehmen. Also?«

»Von mir aus gerne. Aber nur, wenn es dir nichts ausmacht. Ich habe dir heute schon so viel von deiner Zeit gestohlen.«

»Aber noch lange nicht genug, Honey.«

»Ich hebe jetzt die Vorderräder an, um deine Kutsche über die Schwelle zu fahren. Also festhalten.« Boyd kippte den Rollstuhl leicht nach hinten.

»Alle Männer hier im Café checken dich ab«, flüsterte er Janie ins Ohr. »Könnte sein, dass ich ein bisschen besitzergreifend werden muss.«

Sie lachte.

»Okay. Hier drin sitzen einige Paare, die sich leise unterhalten. Aber die Männer haben dich bereits auf dem Radar. Die

Frauen werden dir also bald giftige Blicke zuwerfen. Vielleicht hätten wir dich im Gesicht ein bisschen zusammenflicken lassen sollen, damit du nicht ganz so attraktiv bist.«

Janie wusste, dass sie jetzt diejenige war, die grinste wie ein Trottel. Aber sie konnte einfach nicht anders. Boyd verscheuchte mühelos all ihre Ängste und Bedenken und das schenkte ihr ein Gefühl von Leichtigkeit.

»Kiki wird dich lieben«, sagte sie, als er mit ihr stehen blieb.

»Ach ja? Wieso das denn?« Stuhlbeine schabten über den Boden, und sie hörte, wie er einen Stuhl an sie heranrückte.

»Weil meine Behinderung für dich nicht im Mittelpunkt steht.«

»Jetzt hör aber auf. Du hast eine Behinderung?«

»Scherzkeks.« Sie schüttelte grinsend den Kopf.

»Weshalb sollte die Tatsache, dass du nicht sehen kannst, so wichtig für mich sein? Es gibt ja auch so einiges, was ich nicht kann. Und ich hoffe, dass das für dich nicht im Mittelpunkt steht.«

»Nenn mir ein Beispiel.«

»Na ja, du bist eine großartige Lektorin und außerdem ziemlich zuversichtlich, dass du sogar einen Roman schreiben kannst. Und daran habe ich keinen Zweifel. Aber selbst könnte ich nie eine Geschichte erfinden. Da bin ich absolut talentfrei.«

»Das ist nicht dasselbe. Und außerdem hast du den Beraterjob bei TEC. Wie soll das gehen, wenn du nicht schreiben kannst?«

»Bei euch in der Firma überprüfe ich bloß technische Handbücher über medizinische Hilfsmittel. So was kriege ich recht gut hin. Aber kreatives Schreiben? Fehlanzeige. Und Braille lesen kann ich genauso wenig wie einen Stock benutzen, ohne damit anderen Leuten reihenweise ein Bein zu stellen.

Außerdem bin ich im Tennis eine Niete und was Beziehungen angeht, eine absolute Null.«

»Tatsächlich? Du hast wirklich ziemlich viele Defizite.« Sie lachte leise. »Ich mache nur Spaß. Und dass du Probleme mit Beziehungen hast, kann ich nicht glauben. Du bist so warmherzig und aufmerksam. Aber selbst wenn Beziehungen nicht deine Stärke sind, dann ist das doch etwas anderes, als blind zu sein.«

»Das ist mir klar. Ich verstehe, was du meinst. Aber manche Menschen tragen ihre Behinderungen tief in sich. Man bemerkt sie nicht sofort.«

Die Traurigkeit in seiner Stimme zerrte an ihrem Herzen. Sie fragte sich, was er ungesagt ließ. Doch so schnell, wie die düstere Wolke gekommen war, verflog sie auch, und er klang wieder heiterer.

»Ich hoffe, es macht dir nichts aus, dass ich mich neben dich gesetzt habe und nicht dir gegenüber. Mit all den Kerlen um uns herum wäre mir das zu weit weg. Ich habe meinen Stuhl direkt zu dir gestellt, damit ich das hier tun kann.« Er legte seine Hand auf ihre. »Okay?«

»Ähm ...« *Ja? Nein?* Sie wusste nicht, ob es okay war, ihn jetzt, wo die Aufregung wegen des Unfalls sich langsam legte und sie sich beruhigt hatte, ihre Hand halten zu lassen. Aber sie mochte ihn wirklich gerne. Viele Menschen benahmen sich in ihrer Gegenwart seltsam, weil sie blind war. Sie sprachen laut, so als wäre sie schwerhörig. Oder sie sprachen gar nicht mit ihr. Manche machten gar beklommen einen Bogen um sie, den sie spüren konnte. Dann fühlte sie sich ungewollt und ausgegrenzt. Aber Boyd behandelte sie so, wie er vermutlich jeden Menschen behandelte. Nur dass er sie darüber hinaus auch noch anziehend fand. Das hatte er ihr ja bereits gestanden.

Als er die Hand wegnahm, hätte sie sie am liebsten gleich wieder zurückgeholt. Er machte es ihr leicht, ihn zu mögen. Wo war der Kerl mit den lockeren Flirtsprüchen, bei dem man das Gefühl hatte, er hätte alle paar Wochen eine andere Lady am Arm hängen? Okay, er flirtete nach wie vor. Aber für einen, dem sie keinerlei Ernsthaftigkeit zugetraut hatte, war er überaus umsichtig und hilfsbereit.

»Sorry. Das war der Neandertaler in mir«, sagte er. »Seltsam, eigentlich war ich nie eifersüchtig. Aber jetzt lerne ich dich kennen, und plötzlich stört es mich, dass andere Männer dich abchecken.«

»Ich glaube, du täuschst dich. Sie schauen dich an und fragen sich bestürzt, was du für ein mieser Fahrer sein musst, dass ich blind und mit Schiene geendet bin.«

»Dir fällt wohl immer eine passende Antwort ein.« Er beugte sich wieder näher zu ihr. Ihr gefiel es, wenn er das machte. So als wären seine Worte ganz allein für ihre Ohren bestimmt. »Ich gehe jetzt zur Theke und bestelle uns heiße Schokolade. Und du arbeitest in der Zwischenzeit ein bisschen an deiner Fähigkeit, Komplimente anzunehmen.«

Autsch. Ihr Smartphone klingelte. Es war Kikis Klingelton. Während Boyd die Schokolade holen ging, kramte sie das Telefon aus ihrer Handtasche.

»Hi.«

»Ich bin gerade mal ein paar Stunden weg und du verstauchst dir den Knöchel? Verdammt, was ist los, Janie? Soll ich nach Hause kommen? Wie hast du es denn zum Arzt geschafft? Oh Gott, musstest du ein Taxi nehmen? Ich komme nach Hause.« Kiki sprach so schnell, dass Janie keine Chance hatte, etwas zu sagen.

Sie wartete, bis ihre Freundin Luft holen musste. »Beruhige

dich. Mir geht's gut.« Sie rieb sich die schmerzende Hüfte. »Ziemlich gut jedenfalls.«

»Jetzt erzähl schon. Ich bin hier kurz vor einem Nervenzusammenbruch.«

»Ich bin über irgendeine Unebenheit gestolpert und gestürzt.« Noch einmal spürte sie in der Erinnerung den furchtbaren Schreck und den Schmerz. »Leider vom U-Bahn-Steig.«

»Großer Gott«, japste Kiki erschrocken. »Vom Bahnsteig? Fuck! Tut mir leid … Aber *fuck*! Ist wirklich alles in Ordnung? Ich wusste, ich hätte dich mitnehmen sollen. Du musst doch furchtbare Angst gehabt haben. Wie ist das passiert? Du fährst seit Jahren mit der U-Bahn und das war nie ein Problem.«

Janie stiegen Tränen in die Augen. Nicht weil sie an den Unfall dachte, sondern weil Kiki sich Vorwürfe machte und am anderen Ende der Leitung anfing zu schniefen. Sie schluckte und blinzelte die Tränen weg. Heulend in einem Café zu sitzen, das fehlte noch.

»Es war einfach Pech. Der Bahnsteig war komplett leer und ich muss wohl abgelenkt gewesen sein. Ich habe mit einem Typen von der Arbeit gewettet, dass ich einen Liebesroman schreiben kann. Damit war ich in Gedanken beschäftigt. Dann habe ich plötzlich gemerkt, dass ich alleine bin, und bin nervös geworden. Die Tasche ist mir auf den Arm gerutscht und ich habe die Balance verloren. Ich bin gestolpert, und dann gab's kein Halten mehr. Aber es ist alles gut gegangen, Kiki. Ich hatte Glück. Boyd ist mir nachgelaufen, weil er vergessen hatte, mir mein Smartphone zurückzugeben. Dann ist er zusammen mit mir im Krankenwagen zur Untersuchung gefahren und bei mir geblieben …«

»Verdammt, und ich bin so beschissen weit weg in

Maryland«, unterbrach Kiki sie.

Janie hatte das Gefühl, dass Kiki kaum die Hälfte ihrer Erklärungen mitbekommen hatte.

»Bist du jetzt zu Hause? Hast du die Fahrt im Krankenwagen gut überstanden?«

»Es war überraschend undramatisch. Das habe ich Boyd zu verdanken. Er …«

»Boyd?«

»Der Typ, der mir geholfen hat. Während der Fahrt hat er mich abgelenkt. Er ist so wie du, Kiki. Er sagt mir die ganze Zeit, was um mich herum vor sich geht, ohne mir das Gefühl zu geben, dass ich eine Belastung bin.«

»Klingt gut. Wenn ich zurück bin, schicken wir ihm etwas Nettes als Dankeschön. Aber wo bist du jetzt?«

»In einem Café. Mit ihm.«

»Mit *diesem Typ*?« Kikis entsetzter Tonfall verriet Janie, dass ihre beste Freundin die Beschützerkrallen ausfuhr.

»Jap.«

»Kann ich mit ihm reden?«

»Kiki …« Janie wusste, dass sie diesen Kampf nicht gewinnen konnte. Kiki würde immer ihre Beschützerin sein, ganz gleich, wie sehr sie sich dagegen wehrte. Aber wenigstens erdrückte sie sie nicht, so wie ihre Eltern es früher getan hatten. Kiki suchte sich ihre Beschützermomente sehr genau aus.

»Woher weißt du, dass er vertrauenswürdig ist?«

»Er hat einen Beraterjob bei mir in der Firma und die Leute im Krankenhaus kennen ihn. Ich mag ihn. Er ist nett.«

»Ach du meine Güte.« Kiki schnaubte. »Ein Fremder bringt dich nach Hause und du bist völlig unbesorgt? Kann ich *bitte* mit ihm sprechen?«

»Du gehst ständig mit fremden Typen nach Hause«, gab

Janie zurück.

»Aber vorher schicke ich dir immer eine Nachricht mit ihrem Namen, ihrer Adresse und ihrer Telefonnummer!«

Ja, tatsächlich. Kiki war kein Kind von Traurigkeit, aber sie sicherte sich ab.

Boyds Hand landete auf Janies Schulter. »Vorsicht, die Tasse ist heiß«, raunte er und setzte sich neben sie. Er nahm ihre Hand und führte sie zu der Tasse.

»Danke.« Janie freute sich über seine Umsicht. Sie hatte keine Lust, heute auch noch heiße Schokolade über sich zu schütten und sich daran zu verbrennen.

»Ist er das?«, fragte Kiki.

»Hm-hm.«

»Bitte gib ihn mir.«

Janie seufzte. »Boyd, meine Freundin mit dem über-entwickelten Beschützerinstinkt möchte dich belästigen.«

»Na klar«, sagte er sofort. Als er ihr das Telefon aus der Hand nahm, berührten sich ihre Finger, und Janie war, als ob sie dabei ein Stromschlag durchzuckte.

»Tut mir leid«, flüsterte sie. Boyd drückte beschwichtigend ihre Hand und beugte sich mit dem Smartphone so nahe zu ihr, dass sie mithören konnte.

»Mir nicht«, sagte Kiki an seinem Ohr.

»Hi. Ich bin Boyd Hudson.«

»Hi. Ich bin Janies Freundin Kiki. Danke, dass du ihr heute beigestanden hast.«

»Gern geschehen. Janie geht es gut und ich fand es schön, ihr helfen zu können.«

»Schön für dich«, antwortete Kiki sarkastisch. »Verrate mir doch mal, wo du wohnst, Boyd. Und eins sage ich dir gleich: Ich bin zwar momentan nicht da, aber wenn du meiner

Freundin irgendwas antust, lasse ich meinen Bruder Sin auf dich los.«

Um sein kleines Lachen zu überdecken, räusperte er sich. »Ich glaube kaum, dass das nötig sein wird.« Er sagte ihr, auf welcher Feuerwache er arbeitete, gab ihr seine Wohnadresse, seine Telefonnummer und die Nummer seines Chiefs.

Janie war das alles furchtbar peinlich. Aber Boyd gab sich gelassen, als fände er nichts dabei, Kikis kritische Fragen zu beantworten. Auch wenn manche sehr persönlich waren.

»Okay«, sagte Kiki schließlich. »Ich werde dich googeln und auf der Feuerwache anrufen. Wenn sich herausstellt, dass irgendwas mit dir nicht stimmt, wartet vor Janies Wohnung die Polizei auf dich.«

»Kiki!«, japste Janie. Sie schnappte sich das Telefon. »Okay, das reicht. Ich würde jetzt gerne einfach meine heiße Schokolade trinken. Es ist alles in Ordnung. Versprochen.«

»Er klingt nett«, sagte Kiki. »Aber ich google ihn trotzdem.«

»Jetzt hör auf. Du bist die Allerbeste, aber hier ist wirklich alles im grünen Bereich, und jetzt lege ich auf. Du hörst dich nämlich ein bisschen zu sehr an wie meine Mutter.«

»Ich wäre jetzt einfach gerne bei dir. Pass bloß auf dich auf. Hab dich lieb.«

Janie beendete den Anruf und atmete laut aus. »Tut mir leid.«

»Du musst dich nicht entschuldigen. Sie klingt wie eine wirklich tolle Freundin. Und dass sie sich Sorgen macht, wundert mich nicht. Wir sind in einer riesigen Stadt, in der ziemlich viel passiert. Und wirklich gut kennen wir uns tatsächlich noch nicht. Wie wär's mit einem Ausflug zur Feuerwache morgen, dann kannst du mit den Jungs reden, mit denen ich arbeite.«

»Du willst dich morgen mit mir treffen?« Ihr Pulsschlag beschleunigte sich.

»Ja, sehr gerne. Was hältst du davon? Du kommst ein bisschen raus an die abgasverpestete Luft und machst eine kleine Kutschfahrt. Und ich kann dir zeigen, dass ich wirklich bin, wer ich bin.«

»Das glaube ich dir auch so, und du hast sicher Besseres zu tun, als mich durch die Gegend zu schieben.«

»Kannst du nicht einfach so tun, als würdest du mir glauben, wenn ich sage, wir haben noch nicht genügend Zeit miteinander verbracht, und dich auf meinen Vorschlag einlassen? Was ist das Schlimmste, was passieren kann? Du triffst ein paar coole Jungs und verbringst den Nachmittag mit mir. Sind das nicht großartige Aussichten?«

»Irgendwie schaffst du es immer, mir das Gefühl zu geben, alles wäre ganz unkompliziert und gut.«

Er nahm ihre Hand und beugte sich näher. Wieder spürte sie die eigentümliche Hitze, von der ihr ein wenig schwindelig wurde.

»Und irgendwie schaffst du es, mir das Gefühl zu geben, dass alles noch viel besser sein kann als nur unkompliziert und gut.«

Vier

Boyd schloss die Wohnungstür, und Janie spürte, wie ihre Anspannung nachließ. Zu Hause in ihren eigenen vier Wänden fiel ihr das Atmen immer ein wenig leichter, und heute Abend noch unendlich viel mehr. Es war spät geworden, aber sie war froh, dass Boyd sie zu dem Cafébesuch überredet und damit von den aufwühlenden Ereignissen in den letzten Stunden abgelenkt hatte. Jetzt stellte sie sich vor, wie er in ihre schmale Küche spähte und den Blick durch ihr gemütliches Wohnzimmer schweifen ließ. Obwohl sie nicht viel Platz hatte, war es ihr gelungen, den geliebten antiken Schreibtisch ihres Großvaters hier unterzubringen. Er stand direkt am Fenster.

»Dass du einen Hund hast, hast du mir gar nicht erzählt.«

Janie brauchte einen Moment, bis ihr klar wurde, dass er von Romeo sprach, dem kniehohen Hund aus Pappe. Sie hatte ihn zum Einzug geschenkt bekommen. Romeo saß neben dem Schreibtisch, und zu wissen, dass er da war, war ein schönes Gefühl.

»Ich habe mir immer einen Blindenführhund gewünscht, aber das Großstadtleben möchte ich keinem Tier zumuten. Deshalb gibt es bis jetzt leider nur Romeo.«

»*Romeo.* Weshalb überrascht mich dieser Name nicht?« Er

holte tief Luft. »Hier duftet es herrlich.«

Überall standen Vasen mit frischen Blumen.

»Blumen sind mein Laster. Ein paarmal die Woche kaufe ich mir im Blumenladen unten an der Ecke frische. Ich liebe den Duft, und Blumen um mich zu haben, macht mich glücklich.«

Er ging neben ihr in die Hocke. »Den Rollstuhl durch deine Wohnung zu manövrieren, dürfte nahezu unmöglich sein. Dafür ist es hier einfach zu eng.«

»Oh.« Sie legte die Stirn in Falten. »Daran habe ich nicht gedacht. Wie soll ich bloß duschen? Nach dem Tag heute ist das bitter nötig.«

Erneut krallten sich ihre Hände in ihre Tasche. Boyd löste ihre angespannten Finger und streichelte sie sanft mit dem Daumen.

»Bis du den Knöchel belasten kannst, dauert es noch ein bisschen. Erst mal musst du ihn hochlegen und kühlen. Wenn die Schwellung in ein oder zwei Tagen zurückgeht, kannst du es mit einer Krücke versuchen. Und für den Moment helfe ich dir gern, hier alles so gut es geht für dich einzurichten. Und ich kann dir ein Bad einlassen und draußen vor der Tür warten, falls du mich brauchst.«

»Alles ist so …« Konnte sie ihm vertrauen, wenn sie nackt hinter einer unverschlossenen Tür saß? Hatte sie eine Wahl? Dass sie sich ganz und gar auf jemanden hatte verlassen müssen, war lange her. Und sie wusste nicht, ob sie wütend, frustriert oder traurig war, dass es jetzt nötig wurde.

»Das ist eine riesige Umstellung für dich, und wie es dir damit geht, kann ich bloß vermuten. Aber ich bin da und unterstütze dich gerne, auf jede Art, die du willst.«

»Wie es mir damit geht, kann ich dir sagen. Es ist wie ein

ganz schlechter Witz. So wie damals, als ich noch jünger war, noch ein bisschen was sehen konnte, aber bereits wusste, dass ich erblinde. Darauf hatte ich keinerlei Einfluss. Ich habe mich nur fieberhaft bemüht, mir alles Mögliche einzuprägen, um eine Vorstellung von der Welt im Kopf zu haben und nicht wegen jeder Kleinigkeit um Hilfe bitten zu müssen.«

Der Ärger drückte ihr den Magen zusammen, die Worte brachen einfach so aus ihr heraus. »Die Krankheit habe ich verarbeitet und komme damit klar. Denk also bitte nicht, ich wäre bitter, weil ich nichts mehr sehe. Bitterkeit ist nämlich nicht mein Ding. Manchmal bin ich fast froh, dass ich in der U-Bahn nicht das Gesicht jedes Fieslings sehen muss, der seine Frau übel behandelt. Dass ich die mitleidigen Blicke, vielleicht auch die Angst in den Augen der anderen nicht mitbekomme, wenn ich mit meinem Stock vorbeigehe. Das wäre nämlich noch schlimmer.« Heiße Tränen bahnten sich einen Weg über ihre Wangen. »Und jetzt lerne ich dich kennen, und du bist so lieb, und du behandelst mich einfach ganz normal. Du bietest mir Hilfe an. Das ist unglaublich nett von dir, aber wer braucht schon gerne einen Pfleger?«

Zu ihrer Verblüffung nahm Boyd sie in die Arme. Müsste er denn nicht schreiend aus ihrer Wohnung flüchten? Ihr sagen, sie solle sich zusammenreißen? Sie ertrug ihren frustrierten Redeschwall ja selbst kaum. Wie schaffte er das?

Er legte eine Hand an ihren Hinterkopf, die andere um ihre Schulter. Die Stoppeln auf seiner Wange kratzten an ihrer Haut. »Laut Kelly wäre ich ein ziemlich guter Pfleger.«

Sie lachte trotz aller düsteren Gefühle.

»Aber ich würde mich lieber als Hausdiener bezeichnen. Denn schließlich bist du nicht krank. Du brauchst nur hin und wieder jemanden, der dich irgendwohin bringt. Und wenn deine Hüfte nicht mehr wehtut und die Prellungen abgeheilt sind, kannst du auf Händen und Knien umherwuseln und brauchst mich überhaupt nicht mehr. Im Moment habe ich ein paar Tage frei und außer Lesen hatte ich sowieso nichts vor. Ich stehe dir also zur Verfügung.«

Er hauchte ihr einen Kuss auf die Wange, und die Zartheit seiner Berührung und die Wärme seiner Worte lockten gleich noch mehr Tränen hervor. Denn falls er die Wahrheit sagte und sie tatsächlich mochte, wollte sie von ihm als starke, unabhängige Frau gesehen werden. Und wie sollte das gehen, wenn sie sich von ihm herumtragen lassen musste?

Boyd war, als wollte sein Herz zerreißen. Wie konnte es sein, dass Janie ihm innerhalb weniger Stunden so ungeheuer wichtig geworden war? Zum ersten Mal, seit durch den Tod seiner Eltern seine Welt komplett aus den Fugen geraten war, ging er nicht mit Scheuklappen durch den Tag, dachte nicht ununterbrochen nur daran, wie er vorankommen und einen Medizinstudienplatz ergattern konnte. Er wollte innehalten und Janie besser kennenlernen. Einfach alles über sie erfahren. Ihr durch die schwierigen Tage mit dem verletzten Knöchel zu helfen, war nur ein erster kleiner Schritt.

Er lehnte sich ein wenig zurück und wischte zärtlich ihre Tränen weg. »Sogar wenn du traurig bist, bist du wunderschön.«

Sie lächelte tapfer. »Schmeichler.«

»Ich bin bloß ehrlich.« Er legte seine Hände links und rechts an ihr Gesicht. »Aber es ist nicht nur dein Aussehen, Janie. Ich bewundere deine Stärke und Beharrlichkeit. Ich musste mich auch schon mal eine Zeit lang ganz und gar auf andere verlassen, und ich weiß, wie sich das anfühlt. *Beschissen* fasst es vermutlich ganz gut zusammen.«

»Was könnte so *beschissen* sein wie das hier?«

Er rieb eine verspannte Stelle in seinem Nacken. Zu gerne wollte er ihr das quälende Gefühl nehmen, plötzlich schwach und hilfsbedürftig zu sein. Denn mit diesem Gefühl kannte er sich aus und er hasste es. Es gab nur eine Möglichkeit, ihr Vertrauen zu gewinnen und ihr deutlich zu machen, dass es völlig in Ordnung war, zwischendurch nicht alles alleine zu können und sich helfen zu lassen. Sich von ihm helfen zu lassen.

Etwas so Persönliches von sich preiszugeben, war nicht leicht. Doch die Traurigkeit in Janies Augen ließ ihm keine andere Wahl.

»Ich möchte dir etwas zeigen. Es gibt nicht viele Menschen, die davon wissen. Aber mit dir möchte ich gerne offen sein.«

»Ist es was Ungezogenes?« Sie schniefte. »Dafür wäre jetzt nämlich nicht der beste Zeitpunkt.«

»Du bist ganz schön frech, und das gefällt mir, aber etwas Ungezogenes ist es leider nicht. Sorry.« Er nahm die Hände von ihrem Gesicht, doch der Kontakt fehlte ihm sofort.

»Du hast gesagt, die Heldin in meinem Roman muss ausgefallene Sexspielchen mögen.« Sie legte die Stirn in Falten, als wäre sie verwirrt.

»Stimmt.« Aber darüber wollte er jetzt nicht mit ihr sprechen, sonst hatte er im Nullkommanichts eine völlig unnütze Beule in der Hose. Es war schon schwer genug, nicht ständig daran zu denken, wie wunderbar sich Janie anfühlte, wenn er sie in die Arme nahm. All ihre weichen Kurven, so warm und …

Energisch schob er den Gedanken beiseite. »Ich trage dich jetzt zur Couch, wenn das okay ist.« Ohne ihre Antwort abzuwarten, hob er sie hoch.

»Ich muss zugeben«, sagte sie in einem verspielten Ton, »mich von dir herumtragen zu lassen, ist ziemlich angenehm. Auch wenn ich es vielleicht ablehnen müsste.«

»Weshalb solltest du es ablehnen?« Er setzte sie auf die Couch und bettete ihr Bein auf ein Kissen.

»Na ja, wir daten nicht, und trotzdem liege ich schon den halben Abend in deinen Armen.«

»Ich beklage mich sicher nicht darüber. Aber jetzt hole ich dir erst mal Eis für deinen Knöchel, und dann zeige ich dir das, wovon ich eben gesprochen habe. Okay?«

Das Eis hatte er schnell gefunden. Als er sich zu ihr drehte und nach einer Plastiktüte fragen wollte, sagte sie: »Plastiktüten sind in der Schublade rechts vom Kühlschrank.«

»Danke.« Während Boyd das Eis in die Tüte füllte, grummelte sein Magen nervös. Ihm fielen die aufgeklebten Plastikknöpfe auf dem Nummernpanel der Mikrowelle auf. Ähnliche Knöpfe gab es auch an den Drehschaltern des Herdes. Sie markierten die Aus-Stellung, mittlere und hohe Hitze. Bislang hatte er nie darüber nachgedacht, wie Blinde oder Sehbehinderte es schafften, bestimmte Geräte zu bedienen. Aber offenbar gab es clevere, einfache Lösungen.

»Hast du irgendwo ein sauberes Geschirrtuch, das ich benutzen kann?«

»In der Schublade unter den Plastiktüten.« Sie klopfte sich ein Kissen zurecht und steckte es sich in den Rücken. »Noch mal danke, dass du dich so lieb um mich kümmerst.«

Als er ihr behutsam die Schiene abnahm, schnappte sie nach Luft.

»Es tut mir wirklich leid, dass dir das passiert ist, Honey.« Er checkte die Uhrzeit auf seinem Smartphone und deponierte es auf dem Couchtisch. »Tut es sehr weh? Mit der nächsten Dosis Schmerzmittel musst du nämlich noch ein bisschen warten.«

»Kein Problem.« Während er den Eisbeutel auf ihren Knöchel legte, drückte sie sich ein Kissen an die Brust.

»Falls es trotz des Tuchs zu kalt wird, sag Bescheid.«

Sie nickte und er platzierte vorsichtig den selbstgemachten Eisbeutel an der richtigen Stelle.

»Okay?«

»Ja. Danke.«

»Kann ich mich zu dir setzen?« Sie nickte und er schob sich neben sie. »Wo hast du sonst noch Schmerzen?«

»In meiner rechten Schulter und in der rechten Hüfte.«

Er beugte sich zu ihr und küsste ihre Schulter. »Sorry. Ich konnte nicht widerstehen.« Ein leises Lächeln umspielte ihre Lippen. »Möchtest du auch Eis für die anderen Stellen?«

Sie schüttelte den Kopf. »Nein, es geht schon.«

»Deiner Schulter hilft sicher ein warmes Bad.« Er wollte etwas Zeit gewinnen, fürchtete die Gefühle, die in ihm hochkommen würden, wenn er gleich etwas sehr Privates mit ihr teilte. Doch nach allem, was Janie heute durchgemacht hatte, musste er das eben ertragen. Wichtig war nur, ihr zu zeigen, dass er wirklich verstand, was in ihr vorging.

»Alles klar? Du atmest so schnell.« Sie griff nach seiner Hand. »Und deine Hand ist ganz warm.«

»Ich könnte sagen, das liegt an der Person, die sie hält. Aber das wäre nur ein Teil der Wahrheit. Ich bin ein bisschen nervös.«

»Weshalb denn? Du warst die ganze Zeit so locker und

selbstbewusst. Außer wenn ich dich angefasst habe. Dann warst du immer ein bisschen durcheinander. Aber ich habe angenommen, na ja, das käme davon, dass ich dich angefasst habe.« Sie senkte die Lider, und er hob ihr Kinn ein wenig an, damit er ihr ins Gesicht schauen konnte.

»Damit liegst du völlig richtig. Aber es gibt noch einen Grund.« Was er vorhatte, war viel schwerer, als er gedacht hatte. »Ich muss mein Shirt ausziehen. Aber keine Sorge. Ich werde nicht über dich herfallen.«

»Du musst mich nicht warnen. Zieh es einfach aus.«

Sie ahnte gar nicht, wie sehr er sich wünschte, er könnte sie tatsächlich vorwarnen. Doch dafür fehlten ihm die Worte. Er griff über seine Schultern nach hinten, zog sich das Shirt über den Kopf und legte es auf den Couchtisch. Sie hatte recht, sein Atem ging tatsächlich schnell und klang gehetzt. *Mist, verdammter.* Warum war das so schwierig? Schließlich hatte er schon völlig nackt vor Frauen gestanden.

Aber ich habe nie irgendetwas erklärt.

»Boyd?« Sie streckte die Hand aus, suchte nach seiner.

»Ich bin hier.« Seine Stimme brach und er räusperte sich. »Sorry.«

»Du musst mir nichts zeigen oder offenbaren, wenn es dir so schwerfällt.«

Er legte seine Hand an ihre Wange und strich mit dem Daumen unter ihrer Unterlippe entlang. Nie zuvor hatte er sich jemandem so sehr öffnen wollen wie jetzt Janie.

»Danke. Aber ich möchte das tun.«

Er nahm ihre Hand, drehte sich ein wenig von ihr weg und legte sie auf seine Schulter. Dann schloss er die Augen und presste beide Handflächen fest auf seine Oberschenkel.

Janies Finger wanderten über die unebene Haut im oberen

Bereich seines Rückens. Und Boyd kämpfte stumm gegen die schmerzhaften Erinnerungen an die Ursache der Narben an, an das schreckliche Ereignis, das sein Leben für immer verändert hatte. Er rechnete damit, dass Janie zurückzuckte, so wie die meisten anderen Frauen. Doch ihre Berührungen waren federleicht, fast sinnlich. Sie zeichnete jede einzelne Narbe auf seinen Schultern und seinen Schulterblättern nach. Und dann die wenigen Zentimeter unverletzter Haut. Dort blieben ihre Finger einen Moment lang liegen, dann fanden sie ihren Weg zurück zu den Narben. Schließlich legte sie eine Hand auf die Stelle, wo die vernarbte Haut auf unverletzte traf. Es war, als würde sie aufsaugen, wie er sich anfühlte.

Boyd hielt den Atem an. Die Erinnerung, wie sein Vater ihn aus dem brennenden Haus trug, schnürte ihm die Brust zusammen. Mit einem starken Arm hatte sein Dad ihn fest an sich gepresst, mit dem anderen seinen kleinen Bruder Chet. Der Geruch von verbrannter Haut, verbranntem Haar, die Explosion. *Die verdammte Explosion.* Die Schreie seines Bruders und seiner Schwester hallten in seinen Ohren und zerrissen seine Gedanken. Ein paarmal rang er angestrengt nach Luft, doch es war unmöglich, Angst und Anspannung zurückzudrängen.

Er wartete auf die Fragen, doch Janie zeichnete nur schweigend und mit behutsamer Genauigkeit die Spuren der schlimmsten Nacht seines Lebens nach. Sie folgte diesen Spuren an den Seiten seines Körpers entlang und fand die Stellen, wo die Narben auf die transplantierte Spenderhaut trafen. Er konzentrierte sich auf ihre Berührungen. Und als ihre Hände auf seinen Rücken zurückkehrten, zu dem schrägen Streifen unversehrter Haut und zu den knotigen Erhebungen und Vertiefungen darunter, ließ er den Kopf zwischen die Schultern sinken. Ein Tumult von Gefühlen tobte in ihm. Da war die Liebe zu denen, die er verloren hatte, die Dankbarkeit für die Kraft seines Vaters, der ihn und seine Geschwister gerettet hatte, die tiefe Verzweiflung, die ihn in seinen Albträumen verfolgte und ins Bodenlose reißen wollte. Dann lag Janies Wange plötzlich warm und tröstend an seinem Rücken und weckte ganz unerwartete und sehr starke Empfindungen tief in seiner Brust.

Sie drückte die Hände an die Stelle kurz oberhalb des Bundes seiner Jeans und strich an seinen Seiten entlang bis hinauf zu seinen Schultern. Eine Sekunde später spürte er ihre Lippen an seinem Rücken. Er blinzelte gegen die Tränen an, die in seinen Augen stachen, und versuchte, den schmerzhaften Kloß in seiner Kehle hinunterzuschlucken.

Janie schlang von hinten die Arme um ihn und hielt ihn fest. Er legte seine Arme über ihre und sog die tröstliche Berührung in sich auf. Als er Feuchtigkeit auf dem unversehrten Hautstreifen spürte, den er dem schützenden Arm seines Vaters verdankte, wusste er, dass sie weinte. Damit brachte sie auch seine lange angestauten Tränen zum Fließen.

Er wandte sich zu ihr um, nahm ihr Gesicht zwischen die Hände und spürte ihre Tränen unter seinen Daumen. Sie war so süß, so schön, so vertrauensvoll. Zu gerne hätte er die Lippen auf ihre gedrückt und die Gefühle zwischen ihnen strömen lassen. Doch er widerstand diesem Drang, wollte so viel mehr, als ein Kuss ihm jemals geben konnte.

»Es tut mir leid, dass ich an dir gezweifelt habe«, sagte sie.

»Du konntest es nicht wissen.« Seine Stimme war rau und belegt, das Sprechen eine Anstrengung.

Sie bedeckte seine Hand an ihrer Wange mit ihrer, die andere legte sie an sein Gesicht. »Ich mag es, wenn du mich so anfasst. Magst du das auch?«

Sie war so mitfühlend, so behutsam. Und er verstand, wie wichtig es für sie war, Dinge laut auszusprechen und klare Worte zu finden. Schließlich konnte sie nicht sehen, wie ein Lächeln seine Augen erreichte oder wie er im Scherz eine Braue hob. Und sie konnte nicht sehen, wie sein Innerstes schmolz, wenn sie ihn berührte. Sicher war ihm das ins Gesicht geschrieben, denn derart starke Empfindungen mussten sich unweigerlich auf seinen Zügen spiegeln.

»Ja«, brachte er schließlich hervor. »Es ist wunderschön, wenn du mich berührst.«

Ihre Hand blieb an seiner Wange liegen und ihre Miene wurde ernst. Er konnte einen Hauch heißer Schokolade in ihrem Atem riechen, spürte den Kuss, der auf ihren Lippen wartete und ihn einlud. Normalerweise sagten ihm die Augen einer Frau, ob sie geküsst werden wollte. Bei Janie war es ihr weiches Lächeln, ein kleines Fältchen, das zwischen ihren Brauen erschien, und ihre Zunge, die langsam und wie von selbst über ihre Unterlippe glitt. Boyd wusste, wenn sie sich küssten, wenn er diese kleine Kostprobe von ihr bekam, würde sich eine Tür öffnen, die er nicht so leicht wieder schließen konnte. Schon jetzt fühlte er sich Janie viel zu nahe, um einfach wieder weggehen zu können. Nicht, dass er das wollte. Nein, zum ersten Mal im Leben wollte er genau da bleiben, wo er war.

»Sind das Narben von Verbrennungen?«, fragte sie.

»Ja.« Er schluckte. »Und viel transplantierte Haut.«

Die Traurigkeit, die in ihre Augen trat, schnürte ihm die Kehle zu.

»Du musst unsägliche Schmerzen gehabt haben«, sagte sie leise. »Und furchtbare Angst. Unvorstellbar ...«

Ihre Hände bewegten sich an seinem Gesicht nach oben

und er schloss die Augen, wollte nicht, dass sie seine Tränen spürte. Der Versuch war vergeblich. Ihre zarten Fingerspitzen fanden sie sofort. Gefolgt von ihren Lippen. Weich berührten sie ihn unter jedem Auge. Als sie schließlich den Kopf hob, legte Boyd seine Hände auf ihre. Ein paar Atemzüge lang blieben sie einfach still sitzen. Sein Geheimnis lag offen vor ihr ausgebreitet, ihre Gefühle fanden zueinander.

Dann führte sie eine Hand seitlich an seinen Kiefer und die Worte kamen ganz von selbst.

»Die Erinnerung ist ein bisschen verwischt. Es waren große körperliche und seelische Schmerzen. Den Wunsch, nicht auf andere angewiesen zu sein, verstehe ich sehr gut, Janie. Ich habe sehr lange im Krankenhaus gelegen und musste mir bei fast allem helfen lassen. Zum Glück habe ich die Spenderhaut bekommen. Sonst hätte ich nie Feuerwehrmann werden können. Aber meine Verbrennungen waren bei Weitem nicht das Schlimmste.«

»Boyd«, wisperte sie, und das eine Wort öffnete sein Herz und die Tür zu seiner Vergangenheit noch ein wenig mehr.

»Ich war neun und ich hatte riesige Angst. Nicht bloß um mich. Auch um meinen Bruder Chet. Er war acht. Und um meine Schwester Haylie, sie war sechs. Um meine Eltern. Mein Vater hat Chet und mich in Sicherheit gebracht. Ein Kind unter jedem Arm. Deshalb hast du diesen unversehrten Hautstreifen gespürt. Chets Verbrennungen waren glücklicherweise nicht so schwer wie meine. Nachdem unser Dad uns rausgetragen hatte, ist er noch mal zurückgerannt und hat unsere Schwester geholt.« Er brach ab, musste erst den Aufruhr der Gefühle ein wenig beruhigen, der mit diesen Erinnerungen in ihm losbrach. Gedanken an die schreckliche Nacht und an die qualvollen Wochen danach erlaubte er sich nur sehr selten.

»Der Rauch war so dicht und ich rieche ihn noch immer. Er ist undurchdringlich, aschig und schwarz wie die Nacht. Ich kann noch das Brennen in meinen Augen und meiner Kehle spüren. Mein Vater war ein Bär von einem Mann. Als er wieder ins Haus gestürzt ist, um Haylie zu holen, haben die Rauchwolken ihn sofort verschluckt. Aus den Fenstern im ersten Stock loderten Flammen. Nie werde ich das Klirren vergessen, mit dem die Scheiben zersprungen sind. Meine Mutter konnte Haylie mit ihrem Körper fast komplett abschirmen. Haylie hat nur eine kleine Verbrennung am Fuß erlitten. Mein Vater hat sie in Sicherheit gebracht und ist dann zurückgerannt, um meine Mutter zu holen.«

»Du zitterst.« Janie rieb seine Unterarme. »Boyd, du musst mir nicht noch mehr erzählen.«

»Du sollst wissen, was ich erlebt habe. Dann wird dir klar werden, wie gut ich verstehe, weshalb dir deine Unabhängigkeit so wichtig ist. Weshalb du nicht anders behandelt werden möchtest als andere Menschen. Ich will, dass du den echten Boyd kennenlernst.«

Er holte tief Luft und stieß sie langsam wieder aus. »Wir haben in einem alten Farmhaus in Meadowside in Virginia gewohnt. Holzrahmenbau nennt man die Bauweise. Es gab einen Kabelbrand, der sich langsam und unbemerkt durch die Wände bis zum Dachboden gefressen hat und um das gesamte Gebäude gelaufen ist. Der Schwelbrand hat die Wände geschwächt. Es war sehr stürmisch in dieser Nacht. Der Wind heulte durch die Bäume. Und dann gab es eine solche Verkettung unglücklicher Umstände, die manchmal ein perfekter Sturm genannt wird. Was für ein irrer Name für eine Tragödie. Dabei war es eigentlich gar kein richtiger Sturm, nur starker Wind. Und die Zutaten für eine Katastrophe waren alle da. Ein Gastank mit defektem Ventil neben dem Haus, Funken, die der Wind dorthin getragen hat und die sich unter dem Tank festfraßen. Ich erinnere mich, wie die Flammen um den Tank hochschlugen. Vielleicht habe ich geschrien, vielleicht war der Schrei bloß in meinem Kopf. Ich wusste nur, dass mein Dad sich beeilen musste. Sekunden, nachdem er im Rauch verschwunden war, um meine Mutter zu retten, ist das Dach eingestürzt. Dann gab es eine Explosion, die uns Kinder weggeschleudert hat. Ich muss bewusstlos geworden sein. Als ich aufgewacht bin, war ich im Krankenhaus, und meine Eltern waren nicht mehr da.«

Fast zwei Stunden lang redeten Janie und Boyd über seine Eltern. Er öffnete sich ihr auf eine Weise, die ihn selbst zutiefst überraschte. Zwischendurch holte er ihr Schmerztabletten und wechselte den Eisbeutel. Dann erzählte er ihr von der tiefen Verzweiflung nach dem Tod seiner Eltern, von dem langen Krankenhausaufenthalt und wie es gewesen war, bei seinen Großeltern aufzuwachsen. Janie spürte seinen von der Zeit kaum gemilderten Schmerz und seine Traurigkeit und wollte mit ihm genauso offen sein.

»Als ich jünger war, habe ich den Verlust meiner Sehfähigkeit betrauert, so wie jemand anders vielleicht den Verlust eines geliebten Angehörigen. Jetzt weiß ich, wie verkehrt das war. Ich habe ein erfülltes Leben, während deine Eltern ihres verloren haben und du ohne die Menschen sein musst, die dich am meisten geliebt haben.«

»Du hattest jedes Recht zu trauern. In diesen Dingen gibt es kein Richtig oder Falsch.«

»Bist du deshalb Rettungssanitäter und Feuerwehrmann geworden? Wegen dem, was deiner Familie passiert ist?«

»Ja. Wir haben so viel verloren. Ich wollte andere davor bewahren, so etwas ebenfalls durchmachen zu müssen. Chet, mein Bruder, ist übrigens auch Feuerwehrmann und Sanitäter.«

»Es tut mir leid, dass ich bezweifelt habe, dass du meine Gefühle verstehen kannst.« Jetzt fiel ihr auf, dass sie ihn während des gesamten Gesprächs immer berührt hatte. Mal hatten ihre Fingerspitzen an seinen Wangen gelegen, mal hatte sie eine Hand auf seine Brust gedrückt und dann wieder seine Arme gerieben. Sie hatte gespürt, wie sein Pulsschlag sich beschleunigte, gehört, wie aufkommendes Verlangen seine Stimme tiefer machte. Und jede Minute und jede Empfindung hatte sie einander nähergebracht.

»Das kann ich dir nicht verdenken«, antwortete Boyd. »Wie gesagt, kaum jemand kennt meine Geschichte. Danke, dass du wegen meiner Narben nicht aus der Fassung geraten bist.«

»Kommt das manchmal vor? Dass Leute deswegen aus der Fassung geraten, meine ich? Deine Freundinnen?« Sie knabberte an ihrer Unterlippe und hoffte, dass er keine Freundinnen hatte.

»Die meisten Menschen sind sehr taktvoll. Sie versuchen, ihre Reaktionen zu verbergen. Aber sicher weißt du, wie das ist. Ich spüre, was wirklich in ihnen vorgeht, wenn sie die Narben berühren und dabei erstarren oder wenn sie jede Berührung vermeiden.«

»Oh.« *Du hast also tatsächlich Freundinnen. Nun ja, ich habe gefragt.* Sie hätte gerne nachgehakt, wagte es aber nicht. Ihre Eifersucht war ihr peinlich, denn sie stand ihr nicht zu. Schließlich gab er ihr Einblicke in sein Leben und in seine Gefühlswelt, die er sonst kaum jemandem gab. Und schließlich waren sie kein Paar.

»Soll ich dir jetzt vielleicht ein Bad einlassen? Ich warte draußen, falls du mich brauchst. Danach bringe ich dich ins Bett und sage Gute Nacht. Oder vielmehr, Guten Morgen. Es ist schon spät.«

Völlig mühelos hatte er von der Vergangenheit in die Gegenwart gewechselt. Sie nahm an, dass er viel Übung darin hatte, seinen Schmerz zu vergraben, wenn er zu übermächtig wurde.

»Okay. Ich brauche meine Schlafsachen. Bringst du mich bitte ins Schlafzimmer?«

»Gerne. Aber nutz die Situation nicht aus.« Er hob sie hoch und sie berührte sein Gesicht. Sie war froh, darin ein Lächeln zu finden.

Überrascht stellte sie fest, wie unbeschwert sie in seiner Gegenwart war. Er brachte sie zum Lachen, er umsorgte sie. Und dann dieser brandheiße Körper. Dabei war er alles andere als der unbekümmerte Sunnyboy, für den sie ihn bis heute gehalten hatte. Sie lernten einander gerade erst kennen, doch schon jetzt fand sie in Boyd eine größere Tiefe, eine größere Echtheit als in jedem anderen Mann, den sie je gedatet hatte.

»Aber hallo, was haben wir denn da?« Er hatte sie ins Schlafzimmer getragen. »Weiße Tulpen neben dem Bett und auf der Kommode? Du musst ein ziemlich großzügiges Blumenbudget haben. Sind weiße Tulpen deine Lieblingsblumen?«

»Ja.« Noch nie zuvor hatte ein Mann ihr Schlafzimmer betreten und jetzt hielt Boyd sie hier in seinen starken Armen. Ihr Pulsschlag geriet ein wenig außer Kontrolle.

Er hauchte ihr einen zarten Kuss auf die Wange und flüsterte: »Willst du einen guten Grund hören, weshalb wir uns einfach begegnen mussten?«

»Hm-hm.« Mehr brachte sie nicht hervor. Sein Mund lag warm und weich an ihrer Haut, und am liebsten hätte sie sich zu ihm gedreht, um die Lippen des Mannes zu kosten, der ihr seine ganze Aufmerksamkeit schenkte und mit dem sie sich so rundum wohlfühlte.

»Weiße Tulpen waren die Lieblingsblumen meiner Mutter.«

»Hast du dir das jetzt gerade ausgedacht?«

»Nein. Großes Pfadfinderehrenwort. Sie hatte einen wunderschönen Garten mit ganzen Beeten voller weißer Tulpen. Das Grundstück, auf dem das Haus gestanden hat, gehört uns immer noch. Alle Trümmer wurden beseitigt, doch den Garten hat meine Großmutter weiterhin bestellt. Eines Tages werden Chet oder Haylie dort bestimmt ein neues Haus bauen.«

»Warum nicht du? Gefällt es dir dort nicht?«

»Die Gegend ist wunderschön. Sehr ländlich. Mehr Pferdeweiden als Baseballplätze.« Er hielt inne und sie spürte wieder seinen heftigen Herzschlag. »Aber diese Nacht ist in meinen Albträumen immer noch sehr lebendig. Ich will sie nicht wieder und wieder durchleben.«

»Du hast Albträume?« Als sie jünger gewesen war und noch ein bisschen mehr hatte sehen können, hatte sie Albträume gehabt, in denen sie erblindete. In diesen Träumen war sie vor der Dunkelheit weggerannt. Die Angst war ihr ständiger Begleiter gewesen, hatte sie fest in ihren Fängen gehabt, bis sie ihr Schicksal angenommen und Möglichkeiten gefunden hatte, damit umzugehen.

»Ab und zu.«

Dass er so sehr litt, quälte sie. Er war ein starker, mutiger Mann, der Flammen löschte und Leben rettete. Doch Albträume waren wie Geschwüre, die im Verborgenen wucherten, und selbst den stärksten Menschen die Kräfte rauben konnten.

»Sind sie sehr schlimm?«

»Manchmal. Aber man kann sich damit arrangieren.«

Seine Stimme sagte ihr etwas anderes.

»Wie bist du denn hier in dieser Stadt gelandet?«

»Ich bin in New York aufs College gegangen.« Sein Herz beruhigte sich ein bisschen. »In der Zeit habe ich ein paar Jungs von der Feuerwehr kennengelernt und fand sie schwer in Ordnung. Ich habe erst eine Ausbildung zum Rettungssanitäter gemacht, dann bin ich zur Feuerwehr gegangen. Ich versuche, Geld für ein Medizinstudium zurückzulegen, und hatte vor ein paar Wochen sogar schon ein Bewerbungsgespräch an einer Uni an der Westküste, in Washington.«

»Du willst Medizin studieren? Wow.« *Weit weg von hier in Washington?* Ein flaues Gefühl breitete sich in ihr aus. »Dann musst du vielleicht bald umziehen?«

»Ich habe mich bei mehreren Unis beworben und weiß nicht, wo ich einen Platz bekomme. Ich lasse dich jetzt auf deinen unverletzten Fuß runter, okay?«

»Okay.« Vielleicht würde er New York bald verlassen. Sie hatte ihn gerade erst gefunden und es mochte albern sein, doch der Gedanke, ihn nicht mehr in der Nähe zu haben, gefiel ihr ganz und gar nicht.

»Leg deinen Arm um mich, und zwar nicht, weil sich das für mich so gut anfühlt.« Er lachte leise und setzte sie vorsichtig ab.

»Du bist eine hervorragende Krücke, auch wenn es nur ein Vorwand ist, damit ich mich an dich lehne.«

»Ich bin gern deine Krücke, Honey, wann immer du eine brauchst.« Er hob ihre freie Hand an die Lippen und küsste sie. »Und auch sonst stehe ich für Wünsche aller Art zur Verfügung.«

Sie biss sich auf die Lippen und er legte einen Arm um ihre Taille und zog sie ein wenig näher zu sich. Wieder streifte sein Mund ihre Wange und jagte ihr einen Hitzestrahl vom Kopf bis in die Zehen.

»Sollte das irgendwie ungezogen klingen?«, fragte sie.

»Schon möglich.« Er gluckste leise. Dann legte er die Lippen an ihr Ohr und sprach mit rauer Stimme weiter. »Und sollte ich je das Glück haben, dein Freund zu sein, werde ich mit Vergnügen alle deine geheimsten Wünsche erfüllen. Mit vollem Einsatz und aus tiefstem Herzen. Aber eins weiß ich jetzt schon: Was immer sich gerade zwischen uns entwickelt, ist etwas ganz Neues, nie Dagewesenes für mich.« Sanft drückte er sie an seinen harten, aufgeheizten Körper.

Als er mit den Lippen zärtlich eine Stelle unter ihrem Ort berührte, stieß sie den Atem aus, den sie unwissentlich angehalten hatte. Ihre Knie fühlten sich plötzlich an wie gekochte Spaghetti und sie musste sich an ihm festhalten.

»Alles in Ordnung, Honey?«

Sie nickte und schon küsste er die empfindliche Stelle unter ihrem Ohr noch einmal. Behutsam drehte er ihr Gesicht zu sich. Ihr Puls begann zu jagen und die Glut tief in ihrem Inneren konnte kaum etwas anderes sein als Verlangen.

»Ich möchte …« *Dich so gerne küssen.*

»Was, Janie?« Seine Stimme klang verführerisch tief. Sie war wie schmeichelnde Nachtluft, die vom Ozean an Land wehte. »Was willst du? Deinen Pyjama? Wir stehen direkt vor deiner Kommode.«

Sie nickte, obwohl sie etwas ganz anderes wollte. Nämlich seine Lippen auf ihren. *Was willst du?* Die Frage erweckte ihre verborgensten Wünsche zum Leben, und dass sie sich von der Brust bis zu den Oberschenkeln berührten, fachte ihr Verlangen noch weiter an. Eine seiner Hände umschloss ihre Hüfte, die andere lag besitzergreifend an ihrem Bauch.

Zum Glück funktionierten ihre Hände unabhängig von ihrem Gehirn. Schnell nahm sie Schlafshorts und ein Shirt aus einer Schublade und drückte sich beides an die Brust, damit er nicht merkte, wie zittrig sie war. Sie spürte seinen Blick. Intensiv und voller Lust. Gerne hätte sie gewusst, was er gerade dachte. Was er fühlte, war nicht schwer zu erraten. Seine beeindruckende Erektion presste sich fest gegen sie. Doch trotz all der sexy Anspielungen machte er keine Anstalten, sie zu küssen. Sie war verwirrt und ihre Hormone führten wilde Tänze auf. Fast wünschte sie sich, sie könnte Kiki per Textnachricht um Rat fragen, wie sie Boyds widersprüchliche Signale deuten sollte. Doch obwohl Kiki immer beteuerte, wie sehr sie ihr einen wirklich heißen Kerl wünschte, würde sie wahrscheinlich Schnappatmung bekommen, wenn sie erfuhr, dass sie genau so einen jetzt im Schlafzimmer hatte. Und eine Freundin mit Schnappatmung half ihr im Moment nicht weiter. Zur Panik gab es ohnehin keinen Grund. Boyd war zärtlich, einfühlsam und …

»Soll ich deine Krücke sein oder dich lieber tragen?«

Seine Stimme holte sie aus ihren Gedanken. »Lieber tragen.« Bei all der heißen Glut in ihren Eingeweiden konnte sie sich auf ihre Beine nicht verlassen. Außerdem lag sie gerne in seinen Armen. Sie fühlte sich dabei nicht abhängig und schwach, sondern gut und ganz und von wohliger Hitze durchströmt.

Er hob sie hoch. Sie legte einen Arm um seinen Hals und den anderen über seine Brust. So trug er sie ins Badezimmer. Die Neugier brachte sie fast um. Sie wollte unbedingt wissen, was in seinem Kopf vorging. Deshalb legte sie eine Hand seitlich an seinen Kiefer. Er fühlte sich sehr gespannt an, trotz all der Zärtlichkeit in seinen Worten.

»Bin ich dir zu schwer? Du wirkst ein bisschen verkrampft.« Sie war eins fünfundsechzig groß und kurvig und er hatte sie bereits sehr viel umhergetragen. Zudem hatte er eine anstrengende Schicht bei der Feuerwehr und einige Stunden in ihrer Firma hinter sich. Er musste kurz vor dem Umfallen sein.

»Nein, Honey. Du bist die süßeste Frau, die mir je begegnet ist. Herrlich sexy, klug und lustig. Es fällt mir sehr schwer, meine Gefühle im Zaum zu halten.«

»Nennst du alle deine Freundinnen und weiblichen Bekannten ›Honey‹?«

»Nein. Aber bei dir kommt das wie von selbst.«

Zu gerne wollte sie ihn anschauen, brachte es aber nicht fertig, ihn zu bitten, die ziemlich umständliche, vielleicht sogar aufdringliche Position einnehmen zu dürfen, in der sie am Rand ihres Blickfeldes noch Umrisse erkennen konnte. Sie konnte sein Gesicht ertasten, aber sie wollte es tatsächlich *sehen*. Im Krankenhaus hatte sie sich das gewünscht, um ihn besser einschätzen zu können. Jetzt konnte sie ihn besser einschätzen, und der Wunsch war sogar noch größer geworden. Weshalb wollte sie ihm unbedingt noch näher kommen, ihn mit noch mehr Sinnen wahrnehmen? Solche Bedürfnisse hatte sie ewig nicht verspürt. Woher kam dieser heftige und gefährlich verlockende Drang?

»Ich mag deinen Mund. Ich möchte dich gerne küssen.« *Omeingott.* Sie konnte nicht glauben, dass ihr das herausgerutscht war. Schnell presste sie die Lippen zusammen, sonst drohten weitere Peinlichkeiten.

»Janie«, warnte er mit belegter Stimme. »Darf ich dich kurz absetzen, damit wir reden können?«

Sie nickte. Als er sie auf den Waschtisch hob, setzte ihr Herz einen Moment lang aus. Sie hatte eine rote Linie übertreten. Aber gab es denn überhaupt eine? Nach allem, was er bereits gesagt hatte? Sicher nicht. Oder doch?

Sanft drückte er ihre Knie auseinander und stellte sich zwischen ihre Beine. *Okay, vielleicht gibt es wirklich keine Linie.*

Offenbar hatte sie sie weggewischt. Ihr Pulsschlag beschleunigte sich. *Bitte küssen! Jetzt!*

Wieder nahm er ihr Gesicht zwischen die Hände, wieder diese vertraute Geste. Er hatte so viele davon. Eine wohlige Gänsehaut jagte ihr über die Arme.

»Janie, vor ein paar Stunden musste ich dich noch davon überzeugen, dass mein Hilfsangebot wirklich gut gemeint und ohne Hintergedanken ist. Es war mir ernst damit, und das ist immer noch so. Aber ich muss dir gestehen, dass ich dich sehr, sehr anziehend finde. Ich würde nichts lieber tun, als dich zu küssen, und …«

Zum Henker mit den roten Linien. Sie zog sein Gesicht zu sich und küsste ihn. Alle Gedanken, alle Fragen hatten jetzt einfach mal Pause. Sie verschmolz mit diesen herrlichen Lippen zum wärmsten, allerwunderbarsten Kuss ihres Lebens. Als Boyd sie tiefer küsste, vergrub sie die Finger in seinem Haar. Gott, sie liebte dieses Haar. Es fühlte sich genauso ungezähmt an wie die Empfindungen, die dieser Mann in ihr auslöste. Schon die erste Berührung ihrer Zungen war drängend und fieberhaft. Er schmeckte verführerisch, wie Sex und Sünde verpackt in Hitze und süße Verheißung. Sie wollte ihn verschlingen. Eine starke Hand fand zu ihrer Hüfte und hielt sie fest. Die andere lag an ihrem Hinterkopf. Er stöhnte in ihren Mund und sie stand in Flammen. Janies Hände gingen auf Entdeckungsreise, tasteten sich durch sein Haar, über seine Arme und seinen Hals. Ihre Begierde, ihn zu spüren, war überwältigend, das Spiel ihrer Zungen war sinnlich und besitzergreifend, und all das war magisch. Seine Hand schob sich von ihrem Hinterkopf in ihren Nacken, und, wow, was für ein schönes Gefühl! Er küsste, wie er redete. Selbstbewusst, ehrlich, warm und mit dem Versprechen von mehr.

Boyd hatte eine Tür zum Himmel aufgestoßen. Und eine Tür zur Hölle. Janies Mund war seidenweich, heiß und köstlich. Ihre Zunge spielte hungrig und leidenschaftlich mit seiner. Er spürte, wie Schauer ihren Körper durchjagten, so wie er vor Lust bebte. Er wehrte sich dagegen, diesen Kuss zu beenden. Diese sinnlichen Gefühle sollten niemals aufhören, Janies Hände sollten ihn immer weiter streicheln, ihn anfassen, ihn erobern. Dieser Kuss ließ ihn erahnen, wie es sein würde, sich mit ihr im Bett zu wälzen. Und genau das war das Problem. Sie war verletzt, hatte Schmerzen, und er hatte ihr ein Versprechen gegeben. Aber verdammt, er dachte bereits daran, wie sich ihre nackten Brüste unter seinen Händen anfühlen würden, wie sich ihre von Verlangen erhitzte Haut an seiner reiben würde, wenn ihre Körper zusammenkamen. Er kämpfte um seine Selbstbeherrschung, wollte diesen Kampf aber zu gerne verlieren. Ihn aufgeben.

Unter Aufbietung all seiner Willenskraft löste er sich schließlich widerstrebend von ihr. Sie antwortete mit einem sehnsüchtigen Seufzen. Der süße, sexy Laut war zu viel für ihn. Er brauchte mehr. Fragend schaute er in die Augen, die ihn nicht sehen konnten.

»Was hast du mit mir gemacht?«, flüsterte er. Dann küsste er sie so langsam und verführerisch, dass sein Körper sich in flüssiges Feuer verwandelte. Er küsste ihre Mundwinkel, streichelte ihre Unterlippe mit der Zunge, wollte mehr, mehr, *mehr*.

Schwer atmend hoben sie schließlich beide den Kopf. Ganz zart strich er mit dem Daumen über die Stelle unterhalb des

Blutergusses auf ihrer Wange und wünschte, er könnte die Verletzung einfach wegwischen. Warum war er ihr nicht sofort hinunter zur U-Bahn gefolgt? Er hätte sie niemals alleine gehen lassen sollen. Doch das wäre nicht richtig gewesen, denn sie derart mit Fürsorge zu überschütten, hätte ihm nicht zugestanden. Sie schätzte ihre Unabhängigkeit und hätte seine Begleitung abgelehnt.

»Sorry«, wisperte sie. Janies Finger fanden zu seinem Mund und er saugte ihre Fingerspitzen auf seine Zunge. »Boyd …«

Ihr atemloses Flüstern durchzuckte ihn. Er flocht die Finger zwischen ihre und küsste ihren Handrücken.

»Was machen wir da bloß, Janie?« Er durfte seinen Verstand nicht über Bord werfen. Ihretwegen. Aber auch in seinem eigenen Interesse.

Janies Antwort war ein Schulterzucken. Ihre süßen Erdbeerlippen kräuselten sich zu dem sinnlichen Lächeln, das ihn sofort wieder schwachmachte. Er küsste sie zärtlich, sehnte sich nach viel mehr.

»Ich weiß es auch nicht«, gab er zu. »Aber ich ziehe jetzt die Notbremse. Ich habe dir etwas versprochen, und obwohl ich dich küssen möchte, bis wir beide mein Versprechen vergessen, bist du mir bereits jetzt zu wichtig dafür.«

»Ich …« Versonnen glitt ihre Zunge über ihre Lippen, so als müsste sie seine Worte erst verarbeiten. »Ich wollte gar nicht so draufgängerisch sein. Normalerweise bin ich ganz anders.«

Er konnte einfach nicht widerstehen und küsste sie noch einmal. »Du brauchst mir nichts zu erklären. Ich mag es, wenn du so draufgängerisch bist. Und gegen den Wunsch, dich zu küssen, habe ich seit Stunden angekämpft. Aber Janie, ich bin nicht mit irgendwelchen Absichten mit zu dir gekommen. Nicht, um dich ins Bett zu kriegen. Das passt nicht zu mir.

Vermutlich habe ich mit weniger Frauen geschlafen als du mit Männern.«

»Das ist kaum möglich. Ich habe …«

Hastig legte er einen Finger an ihre Lippen. »Sag nichts. Allein bei der Vorstellung, dass du mit einem anderen zusammen bist, stellen sich mir die Nackenhaare auf.«

Sie küsste seinen Finger.

»Du hast keine Ahnung, wie sexy du bist. Alles, was du tust, ist so …« Er stöhnte auf und grub die Finger in ihre Oberschenkel, damit er sie nicht gleich noch einmal gierig küsste. »Aber jetzt ab in die Wanne mit dir und dann ins Bett.«

Sie lächelte und er fügte streng hinzu: »Alleine.«

»Ich bin blind, nicht asexuell«, frotzelte sie.

»Süße, du hast keine einzige asexuelle Faser im Leib. Aber ich will dich kennenlernen, richtig und ganz. Und falls du nicht bloß auf ein schnelles Abenteuer aus bist, hoffe ich, dass du mich ebenfalls kennenlernen willst.«

»Verdammt. Du hast mich durchschaut. Eigentlich will ich nur meinen Spaß. Und ich dachte, bei dir hätte ich leichtes Spiel. Herrje, was für eine Zeitverschwendung.« Sie kicherte leise.

»Großer Gott, du machst mich fertig.« Er musste ihr schönes Gesicht einfach noch einmal zwischen seine Hände nehmen und sie küssen. Wieder und wieder. Und noch einmal, damit er ein paar Minuten ohne sie durchhielt.

Er ließ Janie ein Bad ein und legte frische Handtücher, das Shirt und die Shorts griffbereit für sie hin.

»Kannst du die Tür einen Spalt breit offenlassen, ohne heimlich einen Blick zu riskieren?«, fragte sie. »Dann können wir uns weiter unterhalten.«

»Klar. Und ich werde mich bemühen, nicht daran zu

denken, dass du ganz und gar nackt bist.« Er räusperte sich und sie lachte.

Dann setzte er sich vor die Tür des Badezimmers, dachte an die atemberaubenden Küsse und hörte zu, wie das Wasser über ihre Haut plätscherte. Pure Folter.

»Boyd?«, rief sie.

»Ja? Ich bin hier.« Er lehnte den Kopf gegen die Wand. »Alles in Ordnung bei dir?«

»Ja. Verrate mir bitte, wie viele Freundinnen du bis jetzt hattest.«

»Janie …«

»Bitte?« Sie wartete einen Moment, und ihm wurde klar, dass er ihr alles sagen würde, was sie wissen wollte. »Ich bin neugierig.«

»Bist du sicher, dass du das hören willst? Ich weiß nämlich nicht, ob ich etwas über deine Ex-Freunde erfahren möchte.«

»Ja. Für meine Recherche. Schließlich schreibe ich in Zukunft Liebesromane.«

Er schloss die Augen und stellte sich vor, wie süß sie aussah, während sie ihn aufzog. »Okay, Honey. Aber falls du es dir anders überlegst, sag mir, ich soll den Mund halten.«

»Geht klar.«

»Ich hatte nicht viele Freundinnen. Als ich noch jünger war, war ich wegen meiner Narben ziemlich zurückhaltend. Inzwischen glaube ich, es steckte mehr dahinter. Es hatte auch etwas mit dem Verlust meiner Eltern zu tun. Jemanden wirklich nahe an mich heranzulassen, hat mir Angst gemacht.«

»Das kann ich verstehen«, sagte sie mit ruhiger Stimme.

»Ja, das glaube ich dir. In der Collegezeit ist es mir gelungen, ein bisschen offener und lockerer zu werden. Aber gute Noten und meine beruflichen Ziele waren mir wichtiger als alles andere, und ich hatte nicht viel Freizeit. Drei Dinge wollte ich unbedingt erreichen: Ich wollte Feuer löschen, Sanitäter werden und Medizin studieren. Dafür musste ich hart arbeiten.«

»Zwei Drittel deiner Träume hast du bereits Wirklichkeit werden lassen.« Er hörte das Lächeln in ihrer Stimme.

»Ja, es geht Schritt für Schritt voran. Wolltest du denn schon immer Fachlektorin werden?«

»Seit heute Abend bin ich zusätzlich Romanautorin. Und im Augenblick reden wir nicht von mir. Erzähl mir mehr über dich.«

»Über mich oder über die Frauen in meiner Vergangenheit?«

»Über beides. Was du mir über die Frauen sagst, sagt auch etwas über dich.«

»Was ist das hier? Die spanische Inquisition?«, scherzte er.

»Das ist die Schriftstellerin in mir.«

»Es ist die Frau in dir.« Männer wollten immer so wenig wie möglich über das zurückliegende Liebesleben ihrer Freundinnen wissen. Frauen hingegen interessierten sich für sämtliche Details. »Womöglich wirst du enttäuscht sein. Viel gibt es da nicht zu berichten. Während meiner Collegezeit habe ich zwei Jahre lang dasselbe Mädchen gedatet. Holly. Sie war meine erste …« Er fragte sich, ob er Janie damit vielleicht doch zu viel erzählte. Aber erneut stellte er fest, dass er ganz und gar offen mit ihr sein wollte. »Ich war jung und naiv und meine Berufswünsche haben für mich an erster Stelle gestanden. Holly spielte aber nicht gerne die zweite Geige.«

»Aber du hast sie gut behandelt?«

»Ja und nein. Ich denke, wenn wir zusammen waren, war alles in Ordnung. Die Zeit und die Aufmerksamkeit, die sie verdient hatte, bekam sie von mir allerdings nicht. Ihre

Freundinnen sind mit ihren Freunden feiern gegangen, ich habe die Nase in meine Bücher gesteckt. Ich war ein Nerd, der sich nur hin und wieder am Wochenende ein bisschen Spaß gegönnt hat.«

»Und das hat ihr nicht gefallen?«

»Würde dir das gefallen?« Er neigte den Kopf, war gespannt auf ihre Antwort.

»Damals in meiner Collegezeit? Keine Ahnung. Ich war viel mit Freunden unterwegs. Aber ich habe nur ganz selten mal was getrunken, war kein Partygirl. Feiern sind wir eigentlich nur an den Wochenenden gegangen.«

»Ich wünschte, ich hätte dich damals schon gekannt.«

»Warum denn?«

»Weil ich dich gerne viel besser kennen würde, als es jetzt der Fall ist. Mich interessiert, wie du zu der starken Frau geworden bist, die gerade in der Badewanne planscht. Ich weiß ja noch nicht mal, wie alt du bist. Ich bin neunundzwanzig.«

»Siebenundzwanzig. Und jetzt zurück zu deinen Eroberungen. Du bist der Meister des Themawechsels.«

»Und du bist unglaublich hartnäckig.« Er lächelte und war fast sicher, dass sie es ebenfalls tat. »Außer mit Holly war ich nur mit ganz wenigen Frauen im Bett. Ich hatte Dates, aber wie gesagt, kurze Abenteuer waren nie mein Ding.«

»Wegen deiner Narben?«

»Eine Zeit lang habe ich das gedacht. Aber dann ist mir klar geworden, dass es noch andere Gründe gibt. Ich weiß, wie schnell das Leben vorbei sein kann und wie wertvoll die Zeit ist, die wir haben. Nach Holly wollte ich keiner anderen Frau mehr wehtun oder ihr das Gefühl geben, dass sie mit mir ihre Zeit verschwendet. Das Beziehungsaus damals hat mich gelehrt, keine Versprechen zu geben, die ich nicht halten kann. Danach wussten meine Dates immer von Anfang an, dass mein Collegestudium für mich vorgeht. Und später meine Laufbahn als Feuerwehrmann. Zuerst dachten sie immer, sie kämen damit klar. Aber bald hatten sie keine Lust mehr, sich mit dem zu begnügen, was ich ihnen geben konnte.«

Er kannte seine Schwächen, schlug sich schon sein Leben lang mit ihnen herum. Darüber zu sprechen, war trotzdem nicht leicht. Er war froh, dass er die Notbremse gezogen und mit Janie keinen Schritt weiter gegangen war. Denn ihr wollte er auf gar keinen Fall wehtun. Und mit ziemlicher Sicherheit würde er in ein paar Monaten zum Medizinstudium aus New York wegziehen.

»Hast du eine dieser Frauen geliebt?«, fragte sie zögernd.

»Einfache Fragen sind nicht dein Ding, oder? Wird es dir nicht langsam kalt? Vielleicht wird es Zeit, aus der Wanne zu steigen.«

»Ich habe wohl einen Nerv getroffen.«

Er rieb sich das Gesicht. »Bei Holly habe ich geglaubt, ich würde sie lieben. Und vielleicht habe ich das in gewisser Weise auch getan. Aber ganz offensichtlich war ich nicht verliebt genug, um mich für sie zu ändern. Ja stimmt, du hast tatsächlich einen Nerv getroffen. Dass ich ihr wehgetan habe, ist kein schöner Gedanke.«

»Aber du warst von Anfang an ehrlich und hast ihr gesagt, womit du deine Zeit verbringst und warum?«

»Ja. Und sie dachte wohl, das würde schon noch anders werden.«

»Dann hat sie diese Enttäuschung vor allem sich selbst zuzuschreiben«, stellte Janie sachlich fest.

Er hörte, wie das Wasser aus der Wanne lief, und stellte sich vor, wie es von Janies nacktem Körper perlte. Wie sich ihre

Brustwarzen in der kühlen Luft aufrichteten und Wassertropfen darum bettelten, von ihrer Haut geleckt zu werden. Ihm zuckten die Finger. Zu gerne hätten sie ihre Hüfte umklammert.

»Menschen ändern sich nicht.« Sie klang angestrengt.

»Brauchst du Hilfe?«

»Nein, Mr. Spanner. Ich komme zurecht.«

»Versuch bloß nicht aufzustehen. Und ich bin kein Spanner. Ich habe nicht mal durch den Türspalt gespäht.« Er lachte leise, denn er hätte zu gerne einen Blick riskiert. Hinschauen, anfassen, küssen, lecken … *Na wunderbar.* Er war schon wieder hart. *Gütiger Himmel.* Schnell wechselte er das Thema.

»Menschen können sich doch ändern, Janie. Das ist es ja. Ich habe mich entschieden, so zu bleiben, wie ich bin. Nichts sollte zwischen mir und meinen Zukunftsplänen stehen. Holly gegenüber war das nicht fair, und dass sie mit mir Schluss gemacht hat, war nur konsequent. Das gilt übrigens auch für die anderen.«

»Ähm, ich glaube, ich brauche doch Hilfe.«

»Er erstarrte. Einer nackten Janie konnte er auf gar keinen Fall widerstehen. »Hast du was an?«

»Nein. Ich bin splitterfasernackt und bitte dich reinzukommen, weil ich es gar nicht erwarten kann, dass du mir eine Abfuhr erteilst. Ich quäle mich nämlich so gerne.«

»Autsch, das war hart.« Er öffnete die Tür und Janies Anblick verschlug ihm die Sprache. Sie trug ein Shirt, das nur knapp bis zu ihren Oberschenkeln reichte. Ihre frechen Nippel zeichneten sich durch den dünnen Stoff ab. Das rechte Knie hatte sie angewinkelt, um den verletzten Knöchel zu schonen. Mit einer Hand stützte sie sich am Waschtisch ab, in der anderen hielt sie ihre Shorts. Sie trug nun kein Make-up mehr, was sie nur noch schöner machte.

»Okay. Du hast was an. Aber nur sehr, sehr wenig, Honey.«

Sie strich mit der Hand über die Vorderseite des Shirts. »Es ist nichts zu sehen. Es sei denn, du beugst dich runter und guckst unter den Saum. Und jetzt mach mich bitte nicht nervös. Komm her. Ich habe nämlich keinen Schimmer, wie ich die Shorts anziehen soll, ohne mich dabei auf den rechten Fuß zu stellen.«

»Ähm?« Er gab sich alle Mühe, nicht daran zu denken, dass sie unter dem Shirt nackt war.

»Was für ein Mann.« Sie streckte kichernd die Hand nach ihm aus.

Hektisch packte er den Saum ihres Shirts und zog ihn nach unten. »Großer Gott, nicht bewegen.«

Sie gluckste.

»Nicht lachen. Kein Ton. Das kann bloß ein hundsgemeiner Test oder ein hundsgemeiner Witz sein.« Sie roch frisch und sauber, und als sie sich an seinem Arm festhielt, wollte er auf die Knie gehen, und herausfinden, wie sie schmeckte. Dass er mit einer Frau zusammen gewesen war, war lange her. Und in den letzten Monaten hatte er sich alle Mühe gegeben, seine Fantasien über Janie im Zaum zu halten. Natürlich ohne Erfolg. Ihre Hand strich über seinen Arm, ihr Mund war seinem gefährlich nahe. Er stand in Flammen.

Sie tippte ihm gegen die Brust. »Wo kommt denn plötzlich dieser Befehlston her?«

Die Antwort blieb er ihr schuldig. »Halt dich am Waschbecken fest. Ich helfe dir.«

Sie legte die Hände ans Waschbecken, dabei hob sich ihr Shirt und erlaubte ihm einen Blick auf die Rundung ihres

Hinterns. *Perfekt. Einfach perfekt, verdammt.* Er versuchte, nicht daran zu denken, wie ihre süßen Hinterbacken seine Hände füllen würden oder wie wahnsinnig prickelnd es wäre, sie von hinten zu nehmen. *Heiliger Strohsack. Das ist nicht wirklich hilfreich.* Wie üblich sorgte der Vorsatz, nicht an etwas zu denken, erst recht für jede Menge Kopfkino. Wie atemberaubend würde es sein, in ihre süße Hitze zu sinken. *Großartig.* Gleich würde er sich besabbern wie ein Teenager beim Durchblättern eines Playboy-Hefts.

Dabei war sie tausendmal verlockender als die Frauen in diesen Zeitschriften. Und sie stand zum Greifen nahe vor ihm. »Boyd? Hallo?«, kicherte sie.

»Vielleicht sagst du jetzt lieber nichts«, knurrte er. »Du stehst fast nackt hier herum und ich … Ach, verdammt. Ich schließe jetzt die Augen und helfe dir in deine Shorts. Aber bitte mach schnell. Meine Selbstbeherrschung hat Grenzen.« Er schnaubte.

Dann schloss er die Augen wie ein artiger Junge. Oder wie ein echter Trottel. Er ging in die Hocke und führte ihren rechten Fuß durch das Hosenbein. »Du hältst die Shorts fest, ich hebe dich hoch und du steckst dein zweites Bein in die Hose.« Was war bloß mit seinem Hirn passiert? Er hätte doch ganz einfach einen Stuhl ins Badezimmer bringen oder sie bitten können, sich auf den Rand des Toilettendeckels zu setzen. Aber nein, stattdessen bereitete er sich selbst die Hölle auf Erden, weil logisches Denken im Augenblick offenbar unmöglich war.

»Okay. Bin angezogen«, verkündete sie fröhlich. »Du kannst die Augen aufmachen.«

Boyd versuchte, an etwas zu denken, womit er sein wachsendes Verlangen nach ihr bezähmen konnte. Doch seine Gedanken steckten in einer Einbahnstraße fest. Und die hieß

Janie.

»Ich weiß nicht, ob das eine gute Idee ist«, sagte er ehrlich.

Janie schob seine Hände von ihrer Taille zu ihren Hüften.

»Siehst du? Alles bedeckt.« Sie legte die Arme um seinen Hals. »Trägst du mich jetzt ins Schlafzimmer?«

Er hob sie hoch, versuchte nicht zu spüren, wie verlockend sie sich anfühlte, und brachte sie in ihr Bett. Dort packte er ihr einen frischen Eisbeutel auf den Knöchel, bettete ihn hoch und legte die Schmerztabletten auf den Nachttisch. Er stellte ein Glas Wasser dazu, dann gab er seine Kontaktinformationen in ihr Smartphone ein.

»Treffen wir uns morgen?«, fragte er.

»Morgen?« Sie gähnte und kuschelte sich in die Laken.

Er wollte sich neben sie legen und die Arme um sie schlingen. »Zu einem Date mit Ausflug zur Feuerwache?«

»Ja, gerne.« Sie hob eine Hand, und als er sie nahm, zog sie seine Hand zu sich und legte sie an ihre Wange. »Ich mag dich, Boyd Hudson.« Er lächelte und sie fügte hinzu: »Und ich habe das Gefühl, du magst mich auch.«

»Meinst du?«

Sie schlug spielerisch nach ihm. »Lass das. Worte sind für mich sehr wichtig. Bevor du gehst und dann vielleicht doch feststellst, dass du dir kein hinkendes blindes Mädchen ans Bein binden willst, möchte ich dir noch sagen …«

»Wenn du ein Kerl wärst, würdest du dir für diesen Spruch über das Mädchen, das ich sehr mag, einen Kinnhaken einfangen.«

»Oh. Du magst dieses Mädchen wohl wirklich.« Sie gähnte. »Sorry.«

»Schon gut, Honey. Es ist spät, du solltest jetzt schlafen und davon träumen, wie sehr ich dich auch morgen noch mögen werde. Dein Handy liegt auf dem Nachttisch, meine Kontaktdaten findest du unter der Kurzwahlnummer sieben.«

»Weshalb sieben?«

»Weil sieben meine Glückszahl ist. Und ich das Glück hatte, dich zu treffen.«

»Wie kitschig.« Sie bohrte den Finger in seine Brust. »Aber schön. Danke für alles. Du bist ein absoluter Engel. Und falls du es dir wegen morgen anders überlegst, habe ich größtes Verständnis.«

»Das werde ich nicht tun. Und jetzt schlaf. Ich will morgen nicht von dir hören, du wärst zu müde für den Ausflug. Falls du etwas brauchst, ruf mich an. Ganz gleich, ob es in zehn Minuten oder in einer Stunde ist. Okay?«

»Zu Befehl.«

»Und versuch bloß nicht rumzulaufen. Ach, weißt du was? Melde dich gleich, wenn du aufwachst. Dann komme ich zu dir. Sicher ist sicher.«

Sie gähnte noch einmal. Als er sie auf die Stirn küsste, legte sie den Kopf in den Nacken und küsste ihn aufs Kinn.

»Du testest meine Willenskraft, oder?«

»Ich bin völlig unbesorgt. Schließlich bist du kein Playboy, wie ich jetzt weiß. Ich vertraue dir.«

Zum allerersten Mal in seinem Leben fragte sich Boyd, ob er sich selbst vertrauen konnte.

Sechs

Boyd fuhr hoch und rannte aus seinem Zimmer. Er suchte nach der Ursache des Geräuschs, das ihn geweckt hatte. Da waren Flammen und sie verfolgten ihn durch den Flur, die Treppe hinunter und bis in den Keller. Dann wurde er plötzlich von hinten gepackt. Sein Vater erdrückte ihn fast. Schwarzer Rauch füllte seine Lunge, Tränen brannten auf seinen Wangen. Durch den Rauch hindurch tauchte Chets gequältes Gesicht auf der anderen Seite seines Vaters auf. »Haylie!«, schrie er. »Mom!«

Boyd schnappte hektisch nach Luft. Der Klingelton seines Smartphones hatte ihn aus dem Albtraum gerissen. Ganz so oft wie früher quälten ihn diese Träume nun nicht mehr. Aber, verdammt, wenn sie kamen, dann mit Macht. Schweiß perlte von seiner Stirn, während er die entsetzlichen Bilder wegblinzelte. Den beißenden Rauchgestank aus dem Traum wurde er damit nicht los. Wieder klingelte sein Telefon und langsam nahm er auch seine Umgebung wahr. *Janie.* Nach dem Abschied von ihr hatte er sich einfach nicht durchringen können, sich weiter als ein paar Minuten von ihr zu entfernen, geschweige denn nach Hause zu gehen. Was, wenn sie ihn brauchte?

Er zog das Handy aus der Tasche und sah Cashs Namen auf

dem Display. An Cash und Heath Wild, einen befreundeten Orthopäden, hatte er noch mitten in der Nacht Nachrichten geschickt und jeden von ihnen um einen großen Gefallen gebeten. Jetzt war er den beiden etwas schuldig. Aber das war es ihm wert.

»Hi«, sagte Boyd und versuchte, sich vollends aus der Panik des Traums zu lösen.

»Hey, Mann. Alles klar bei dir?«

»Ja. Hab bloß schlecht geträumt. Du weißt ja.« Mit Cash war Boyd seit Jahren eng befreundet. Cashs Familie und die Jungs von der Feuerwehr waren die Einzigen, die das Schicksal seiner Familie kannten. Der Feuerwehrmannschaft vertraute er tagtäglich sein Leben an und Cashs Familie hatte ihn vom ersten Augenblick an aufgenommen wie einen Sohn. »Tut mir leid, dass ich dich behellige. Aber ich wollte Janie nicht allein lassen.« Boyd fuhr sich mit der Hand durchs Haar. Endlich beruhigte sich sein Pulsschlag ein wenig.

»Mach dir keine Gedanken. Geht's dir wirklich gut? Diese Nachricht von dir gleich beim Aufwachen – ganz schön heftig. Ist Janie okay? Du musst völlig geschafft sein.«

»Ihr geht's gut, denke ich, und ich bin bloß müde.«

»Heath hat sich schon bei mir gemeldet. Er hat alles bereitgestellt, was du brauchst.«

Cash kannte ihn gut genug, um keine weiteren Fragen zu seinem Albtraum zu stellen, und Boyd war ihm dankbar dafür.

»In einer halben Stunde fahren Siena und ich zu ihm und holen die Sachen ab. Er hat Frühdienst im Krankenhaus. Gutes Timing. Danach bringen wir alles zu der Adresse, die du mir gegeben hast. Okay?«

»Ja, Mann. Danke. Kannst du bitte auch noch zwei Becher Kaffee mitbringen?«

»Hey, du hast mich in all den Jahren nie um etwas gebeten. Wenn du willst, bringe ich dir den verdammten Barista.«

Sie beendeten den Anruf und Boyd stand auf und streckte sich. Er schickte Heath eine Nachricht und bedankte sich für die Hilfe. Dann ließ er sich vornüberfallen und machte fünfzig Liegestütze und fünfzig Sit-ups, um wach zu werden.

Eine knappe Dreiviertelstunde später signalisierte ihm ein leises *Ping*, dass er eine Textnachricht bekommen hatte. Sie war von Janie und er lächelte beim Lesen.

Hi, strenger Krankenpfleger. Ich bin wach, aber deshalb musst du nicht gleich lossprinten. Ins Badezimmer kann ich auch krabbeln.

Er freute sich, dass sie offenbar guter Dinge war. Dabei tat ihr sicher nicht nur der Knöchel weh. Schnell tippte er eine Antwort. *Pocht dein Knöchel vor Schmerzen?*

Sie meldete sich sofort zurück. *Nicht auszuschließen.*

Er tippte hastig. *Bleib, wo du bist. Ist es okay, wenn ich reinkomme?*

Die Antwort las er beim Öffnen der Wohnungstür. Sein Albtraum war vergessen.

Klar doch. Gib Bescheid, wenn du da bist.

Der Blumenduft hüllte ihn ein. »Honey, ich bin da!«, rief er.

»Boyd? Du bist hier?«, antwortete Janie aus dem Schlafzimmer. »Wie bist du denn reingekommen?«

Er ging über die Dielen zur Schlafzimmertür. Dort zögerte er einen Moment. Er wollte keine Grenzen überschreiten, doch ihm war klar, dass er das bereits getan hatte.

Janie lag noch in nahezu derselben Position wie bei ihrem Abschied vor ein paar Stunden. Der Anblick des bösen, nun lilafarbenen Blutergusses auf ihrer Wange und der dunklen Krusten auf den Abschürfungen gab ihm einen Stich. Sein

Magen zog sich zusammen. Zu gerne hätte er alle Schmerzen einfach weggeküsst.

»Unglaublich, dass du schon wieder hier bist.« Sie streckte eine Hand nach ihm aus.

»Ich war gar nicht weg. Mir war klar, dass du heute Morgen nicht zur Tür kommen und mich hereinlassen kannst. Deshalb habe ich sie offengelassen und bin draußen im Treppenhaus geblieben. Alles in Ordnung bei dir?«

Ihr fiel die Kinnlade herunter. »Die ganze Nacht? Draußen im Treppenhaus? Du kannst von Glück sagen, dass dich kein Nachbar verprügelt hat.«

»Keine Sorge. Einer oder zwei haben mich ein bisschen schief angeschaut. Aber wenn nötig wäre ich mit ihnen fertiggeworden.«

Sie klopfte neben sich aufs Bett. »Du hast wirklich im Treppenhaus geschlafen?«

Ihm fiel auf, wie vorsichtig sie den rechten Arm bewegte. Das konnte nur bedeuten, dass ihre Schulter heute mehr wehtat als gestern.

»Ich hatte Angst, dass du irgendwas brauchst, und ich dann nicht da wäre. Sorry. Vermutlich hätte ich dir sagen sollen, dass ich die Tür offengelassen habe. Aber ich habe die ganze Nacht direkt davor verbracht. Reinschleichen konnte sich also keiner.«

Sie legte eine Hand an seine Wange und er schmiegte das Gesicht an ihre Handfläche.

»Wenn du mir gesagt hättest, dass du nicht nach Hause gehst, hätte ich dir die Couch angeboten.«

»Ich wollte nicht, dass du dich bedrängt fühlst. Aber es ist noch sehr früh. Hast du nicht gut geschlafen?«

Sie zeigte auf ihren Knöchel und zog die Nase kraus.

»Dann nimmst du am besten gleich ein paar

Schmerztabletten.« Er reichte ihr das Schmerzmittel und das Wasserglas. »Soll ich dich ins Badezimmer tragen?«

»Ja, bitte.«

»Okay. Und dann brauchen wir frisches Eis für deinen Knöchel. Es ist wichtig, die Schwellung runterzukriegen.« Mühelos hob er sie hoch. Sie war noch ganz warm vom Schlafen. Und als sie die Arme um seinen Hals legte, merkte er, dass sie ihm in den wenigen Stunden, in denen sie getrennt gewesen waren, gefehlt hatte.

»Okay, Doc.«

Er küsste sie auf die Nasenspitze. Noch lieber hätte er ihre Lippen geküsst, aber er wollte sie nicht gleich wieder überfallen. Er hoffte, dass sie die Küsse vor dem Schlafengehen letzte Nacht nicht bereute.

»Noch bin ich kein Arzt. Aber vielleicht eines Tages. Wie sollen wir es machen? Ich kann dich vors Waschbecken stellen, und du hältst dich mit einer Hand daran fest, während du dir die Zähne putzt und das machst, was Mädels morgens so machen.«

»Ich glaube, wir machen so ziemlich dasselbe wie Jungs.«

Er setzte sie vor dem Waschbecken ab. »Tatsächlich? Du rasierst dir das Kinn und die Wangen? Ach deshalb fühlen die sich so weich an.«

Ihr Lächeln traf ihn direkt ins Herz. Jap, es hatte ihn bös erwischt. Kein Zweifel.

»Du rasierst dich offenbar nicht regelmäßig.« Erneut legte sie eine Hand an sein Gesicht. »Du bist ganz schön stoppelig.«

»Wo wir gerade davon sprechen: Cash bringt mir ein paar Sachen. Auch meinen Rasierer. Wenn du im Bad fertig bist und alles hast, was du brauchst, kann ich nach Hause gehen und duschen. Oder ich dusche hier. Was immer dir lieber ist.«

»Warte nur, bis Kiki hört, dass ich einen Mitbewohner habe.«

Junge, das klang gut. »Sie wird begeistert von mir sein. Ich kann kochen und Wäsche waschen. Und ein ganz passabler Kutscher bin ich auch. Falls du mich brauchst, ich stehe direkt vor der Tür.«

Die nächste Stunde verbrachten sie damit, Janie für den Tag fertigzumachen. Sie gingen ganz ähnlich vor wie am Abend, und Boyd tat, was er konnte, um nicht heimlich hinzuschauen, während er ihr half. Janie bereitete es einen Heidenspaß, ihn damit aufzuziehen. Zum Anziehen suchte sie sich schwarze Leggings, ein schwarzes Top mit Spaghettiträgern und ein gestreiftes Shirt in Rostrot und Beige aus, das ihr sexy von der Schulter rutschte.

Das Haar steckte sie sich mit einer Klemme hoch und zog ein paar blonde Strähnchen aus der Frisur, die verführerisch verspielt ihr Gesicht umrahmten. Trotz der blauen Flecken und Abschürfungen hätte sie gar nicht hübscher aussehen können.

»Du bist ganz anders, als die anderen Frauen, die ich kenne.« Er brachte sie zur Couch und legte ihr dort einen Eisbeutel auf den Knöchel.

»Ich wette, du kennst nicht viele blinde Frauen mit einem Hinkebein.«

»Da könntest du recht haben. Und wenn, dann wären sie sicher nicht so tapfer wie du. Du hast dich noch nicht einmal über die Schmerzen beklagt. Dabei weiß ich, dass dir auch die Schulter, die Hüfte und der Arm wehtun müssen. Außerdem hast du dich im Handumdrehen zurechtgemacht, siehst aber aus, als hättest du Stunden damit verbracht.«

»Hör auf. Du machst mich verlegen.«

»Honey, du musst lernen, Komplimente anzunehmen. Ich

sage nämlich meistens genau das, was mir gerade in den Kopf kommt. Dass ich mich dir gegenüber zurückhalte, ist eher unwahrscheinlich.«

»An Komplimente bin ich nicht gewöhnt. Okay, Kiki macht mir oft welche. Aber wenn andere Leute mir nette Dinge sagen, dann meistens, weil sie nicht wissen, was sie sonst sagen sollen. Ich weiß, du meinst es ernst. Aber für mich ist das neu. Und ich frage mich langsam, ob ich bald aufwache und rausfinde, dass ich das alles nur geträumt habe.«

»Ich hoffe, du träumst nicht regelmäßig davon, von einem Bahnsteig zu fallen. Das hier ist alles sehr real, Janie. Und ich wäre überglücklich, wenn du den Dingen ihren Lauf lassen würdest, damit wir rausfinden können, was mit uns beiden passiert.«

Sie rollte ihre Unterlippe zwischen den Zähnen. »Und du fühlst dich nicht bloß verpflichtet, dich um mich zu kümmern, weil du mich gestern Abend gefunden hast?«

»Ich bin Feuerwehrmann. Ich finde andauernd Verletzte. Und noch nie zuvor habe ich deshalb eine Nacht in einem Treppenhaus verbracht. Ich glaube, diese Sorge müssen wir im Keim ersticken. Du hast schon ein paarmal davon angefangen, und ich möchte nicht, dass du dir um etwas Gedanken machst, was einfach nicht der Fall ist. Okay?«

»Okay. Verstanden.« Die Antwort kam ein wenig zu schnell und zu nachdrücklich, um ihn zu überzeugen.

Zärtlich strich er über ihre unverletzte Wange. »Ernsthaft. Mir macht die Situation auch ein bisschen Angst. Du könntest feststellen, dass ich dich langweile oder dir auf die Nerven gehe.«

»Oder dass wir uns beide um Dinge sorgen, um die wir uns nicht sorgen sollten?«

Er legte die Hand in ihren Nacken und zog sie näher zu sich. »Ja. So in der Art. Ich möchte dich gerne küssen, aber meine Zähne sind nicht geputzt.«

»Sei still und küss mich.«

Ihre Lippen berührten sich und in Boyd erwachte Verlangen. Er wollte viel mehr als diesen Augenblick, diesen Kuss. Er wollte Janies Zweifel vertreiben, ihr zeigen, wie froh er war, bei ihr zu sein. Er küsste sie tiefer, schmeckte sie, erforschte ihren samtweichen Mund.

»Himmlisch. Dich zu küssen, ist wunderschön.« Er küsste ihre Mundwinkel, ihre Wange, ihr Kinn. Dann fing er ihren stoßweisen Atem mit einem weiteren Kuss ein. Sie erwiderte ihn ungehemmt, presste sich an Boyds Brust und krallte die Finger in seine Arme. Seine Hand schmuggelte sich an ihrer Seite entlang in ihr Kreuz und drückte sie fester an ihn.

»Hm«, schnurrte sie, ließ den Kopf in den Nacken fallen und bot ihm ihren schlanken Hals.

Boyd leckte und küsste die zarte Haut, saugte und knabberte daran. Janies Finger fanden den Weg unter sein Shirt und sie streichelte seinen Rücken. Dass sie die Hände ohne jedes Zögern auf seine Narben legte, machte das Gefühl von Verbundenheit noch tiefer. Jemand klopfte an die Tür, doch er weigerte sich, dieses wunderbare Band zwischen ihnen zu zerreißen. Janie so nahe zu sein, ihren fliegenden Atem zu hören und zu spüren, wie sie vor Verlangen bebte, war pure Ekstase. Er wollte sie den ganzen Tag in den Armen halten, sie küssen und berühren.

Wieder ein Klopfen und sie hielten inne.

»Da ist wer«, stieß sie atemlos hervor.

»Sorry.« Er stahl sich noch einen letzten Kuss. Er war steinhart und sein Herz spielte verrückt. Warum machte diese

Frau ihn bloß so unsagbar heiß? Er zog sein Shirt tiefer, um seine Erektion zu verbergen und stand auf. Ihre Zunge huschte über ihre Lippen. Obwohl sie das vermutlich ganz unbewusst tat und nicht etwa, um ihn weiter anzuheizen, machte sie sein Verlangen damit noch größer.

»Diesen Kuss muss ich mir merken«, sagte sie ernst. »Genau so will ich den ersten Kuss in meinem Buch beschreiben.«

Überwältigt von der Intensität ihrer lustvollen Wünsche, versuchte Janie sich zu beruhigen, während Boyd zur Tür ging. Sie spürte Hitze auf jedem Quadratzentimeter ihrer Haut. Und etwas, was sie so heftig fühlte, musste Boyd doch mit Sicherheit sehen können. Seine Küsse übertrafen all ihre Fantasien. Denn sie waren real, fordernd, tief und süß zugleich. Und alles, was er sagte und was er tat … Er hatte draußen im Hausflur geschlafen wie ein Wächter, der sie beschützte. Das gefiel ihr besser, als sie wahrhaben wollte. Ja, vielleicht sogar zu sehr. Oder aber es gefiel ihr genauso gut, wie es ihr gefallen sollte, denn dass sie Boyd wichtig genug war, dass er so etwas für sie tat, fühlte sich himmlisch an. Dass er ihr nichts von seinen Plänen verraten und nicht um einen Platz auf dem Sofa gebeten hatte, machte ihn zu einem perfekten Gentleman.

Zu gerne hätte sie jetzt Kiki angerufen und ein bisschen mit ihm angegeben. Denn normalerweise war Kiki diejenige, die etwas zu erzählen hatte. Das Gefühl, auf einer Wolke zu schweben, trotz der pulsierenden Schmerzen in ihrer rechten Seite und ihrem Knöchel so unverschämt glücklich zu sein, war so neu, so wunderbar, als müsste sie vor Freude platzen.

»Kommt rein«, sagte Boyd. Die Schritte zweier weiterer Personen klangen über den Fußboden. »Danke, Cash.«

Janie hörte die warmen Geräusche einer Umarmung, gefolgt von einem einzelnen, kräftigen Klaps auf den Rücken.

»Siena«, sagte Boyd. »Danke, dass ihr mir schon so früh einen riesigen Gefallen tut.«

»Sei nicht albern.« Zwischen Siena und Boyd herrschte ein freundlicher, vertrauter Ton. Sie sprach mit ihm, wie Janie mit Sin sprach, mehr wie mit einem Familienmitglied als mit einem Freund. »Wir freuen uns, dass wir mal etwas für dich tun können.«

Das Klicken ihrer Absätze kam näher. Sie berührte Janie an der Hand. »Hi. Du musst Janie sein. Ich bin Siena, Cashs Frau. Das mit deinem Sturz tut mir sehr leid, aber wenigstens bist du in guten Händen.«

Janie berührte instinktiv ihre lädierte Wange und fragte sich, wie schlimm sie aussah. »Danke. Boyd ist ein absoluter Engel.«

»Der Bluterguss sieht nicht allzu übel aus. Eigentlich sitzt er sogar an der perfekten Stelle, um deine Wangenknochen zu betonen. Ich habe Freundinnen, die töten würden, um so hübsch zu sein, wie du es trotz der blauen Flecken bist.« Siena klang ganz unbefangen. »Kann ich mich zu dir setzen, während die Jungs die Sachen reintragen?«

Sienas Kompliment erfüllte Janie mit Erleichterung. »Ja klar. Was denn für Sachen?«

»Hat Boyd dir nichts davon gesagt? Er meinte, du würdest nur ungern einen Rollstuhl benutzen. Deshalb hat er für dich eine Krücke und ein Gehgestell aufgetrieben. Wir haben beides hergebracht. Und ich glaube, Cash hat auch Kleider und ein paar Sachen für Boyd dabei, weil er ja draußen im Hausflur geschlafen hat. Ach, das hätte ich fast vergessen.« Sie öffnete Janies Hand und legte eine kleine Schachtel hinein. »Ohrstöpsel für dein Handy. Die sollten wir auch mitbringen.«

Janie drehte den Kopf in die Richtung, aus der sie Boyds Stimme hörte. »Das hat er alles organisiert? Gleich heute Morgen?« Sie war fassungslos, dass er sich so viel Mühe machte.

»Er hat Cash um drei Uhr nachts eine Nachricht geschickt und seinem Freund Heath vermutlich auch. Denn der hatte schon alles bereitgestellt, als Cash ihn angerufen hat.«

Boyd hatte drei Leuten, die sie gar nicht kannten, wegen ihr solche Umstände gemacht? »Tut mir leid, dass er euch wegen mir behelligt hat.« Einerseits war ihr das schrecklich peinlich, andererseits freute sie sich, dass er ihren Wunsch nach Unabhängigkeit so ernstnahm. Der einzige andere Mensch, der sich genauso für sie ins Zeug gelegt hätte, war Kiki.

»Kein Problem. Wir freuen uns, dass wir helfen können. Boyd bittet sonst nie um irgendwas. Manchmal macht mir das regelrecht Sorgen. Ständig arbeitet er oder er lernt.« Sie beugte sich näher und Janie roch ein edles Parfüm. »Schön, dass Boyd hier bei dir ist. Er hat fast nie irgendwelche Dates, dabei hat er ein so großes Herz. Ab und zu hätte ich gerne was für ihn eingefädelt. Aber er hat immer abgelehnt. Das Schicksal wollte wohl, dass ihr euch begegnet. Hat er dir erzählt, wie Cash und ich uns kennengelernt haben?«

Sich mit Siena zu unterhalten, war herrlich unkompliziert. Sie erzählte Janie von dem heftigen Wintersturm, bei dem ihr Wagen von der Straße abgekommen und beinahe einen Berghang hinuntergestürzt war, und wie Cash sie gerettet hatte.

»Ich hielt ihn für einen arroganten Dickschädel. Und er fand mich, gelinde gesagt, ziemlich anstrengend. Aber seither sind wir zusammen und könnten nicht glücklicher sein.«

»Verbreitest du Gerüchte über uns?« Cashs tiefe Stimme kam näher und Janie hörte einen Kuss. »Hi, Janie, ich bin Cash. Boyd und ich arbeiten bei der Feuerwehr zusammen. Das mit deinem Sturz tut mir wirklich leid.«

»Hi. Danke. Und danke, dass ihr mir die ganzen Sachen gebracht habt.« Janie spürte die vertraute Berührung von Boyds Hand an ihrer Schulter.

»Janie, ich hole dir frisches Eis für deinen Knöchel und …«

Die Wohnungstür öffnete sich erneut und Kiki rief: »Janie, ich bin wieder …«

»Hi, Kiki.« Janie stellte sich Kikis Verblüffung angesichts der vielen Leute und der medizinischen Gerätschaften in ihrer ansonsten so ruhigen kleinen Wohnung vor. »Hey, alle miteinander, das ist meine Freundin Kiki. Sie wohnt nebenan. Kiki, das ist Boyd und das sind seine Freunde Cash und Siena.«

»Hallo! Sieht aus, als hätte ich eine Party verpasst.«

Janie hörte die Zurückhaltung in Kikis Stimme. Vermutlich fragte sich ihre Freundin, weshalb all diese Fremden hier waren. »Du hättest nicht extra früher zurückkommen müssen.«

»Ich habe mir Sorgen um dich gemacht. Oh mein Gott, dein hübsches Gesicht! Den Bluterguss kann ich sicher mit Make-up kaschieren.«

»Das ist lieb, aber nicht nötig.« Das Einzige, was sie im Moment an ihre Wange lassen wollte, waren Boyds Lippen.

Kiki seufzte. »Du hast recht. Du bist auch so wunderschön. Aber hier sieht es aus wie auf einer Krankenstation. Hast du dir wirklich nur den Knöchel verstaucht?«

»Den Rollstuhl hat Boyd gestern Abend im Krankenhaus für mich ausgeliehen, damit wir nicht mit dem Taxi fahren mussten. Und heute Morgen hat er Cash und Siena gebeten, eine Krücke und ein Gehgestell herzubringen«, erklärte Janie.

»Wirklich?« Kiki klang verblüfft. »Danke. Wie lieb von euch. Offenbar hätte ich wirklich nicht nach Hause kommen müssen.«

»Bei Boyd ist sie in guten Händen«, versicherte ihr Siena. »Er hat die ganze Nacht im Treppenhaus verbracht und über sie gewacht.«

»Draußen vor der Tür?« Kiki setzte sich am Fußende zu Janie auf die Couch.

»Ich wollte in der Nähe sein, falls sie etwas braucht«, erklärte Boyd.

»Und er wollte nicht, dass ich mich bedrängt fühle, wenn er auf der Couch schläft.« Janie wusste, dass das Kiki gefallen würde. Sie stellte sich vor, wie sie Boyd mit einem langen, kritischen Blick musterte.

»Ich habe gestern Abend deinen Chief angerufen«, sagte Kiki zu Boyd. Janie registrierte erleichtert den etwas freundlicheren Ton. »Er meinte, man könnte dir trauen.«

»Du hast unseren Chief angerufen?«, fragte Cash. »Weber hat sich sicher kaputtgelacht.«

»Moment mal, das war genau richtig«, sprang Siena ihr bei. »Sie hat sich Sorgen um Janie gemacht, schließlich kennt sie Boyd nicht. Er ist wirklich einer von den Guten, Kiki. Für Cash ist er wie ein Bruder.«

»Während ihr euch über mich unterhaltet, als wäre ich gar nicht da …«, Boyd nahm Janie den warm gewordenen Eisbeutel vom Knöchel, »könnte ich uns ein zünftiges Frühstück brutzeln.«

»Du kannst kochen?«, fragte Kiki.

»Und Wäsche waschen und Rollstühle schieben«, bestätigte Boyd. »Janie, Cash und Siena haben Kaffee mitgebracht. Möchtest du welchen?«

»Morgens trinke ich eigentlich lieber Tee. Aber vielen Dank.«

»Tee. Das muss ich mir merken. Irgendeine bestimmte Sorte?«

»Am liebsten Earl Grey«, sagte Kiki. »Ich koche welchen.«

»Danke«, sagte Boyd. »Honey, worauf hast du denn Lust? Zum Frühstück, meine ich.«

Janie biss sich auf die Zunge, um nicht herauszuplatzen: *Auf dich.* »Mir ist alles recht.«

Cash bot an, Boyd in der Küche zu helfen, und Minuten später hantierten die Männer bereits mit Tellern und Pfannen, während Kiki ihnen die aufgeklebten Knöpfe erklärte, die Janie in der Küche die Arbeit erleichterten.

Zurück im Wohnzimmer setzte sie sich zu Janie und Siena. »Hier, dein Tee, Janie. Vorsicht, heiß. Willst du auch welchen, Siena?«

»Nein danke. Aber Janie, wenn du deinen Kaffee nicht magst, nehme ich ihn dir gerne ab.«

»Klar. Nur zu.«

»Du bist meine Rettung«, seufzte Siena. »Ich habe nämlich vergessen, für mich auch welchen mitzubringen.«

Janies Smartphone klingelte und sie stöhnte auf. Es war der Klingelton ihrer Eltern.

»Dafür gibt es die Mailbox«, sagte Kiki.

Janie nahm einen Schluck Tee und war froh, dass Kiki das Smartphone stummschaltete. Ihre Eltern mussten nun wirklich nicht gleich etwas von ihrem Unfall erfahren. Sie würden sie sonst nur noch mehr drängen, wieder nach Hause zu kommen.

»Und jetzt noch mal genauer«, sagte Kiki. »Wie war das mit dem Sturz?«

Janie erzählte kurz von dem Unfall und der Fahrt ins

Krankenhaus. Sie hatte keine Lust, ins Detail zu gehen. Lieber wollte sie an schönere Dinge denken, wie zum Beispiel daran, einen Liebesroman zu schreiben.

»Boyd und ich haben eine Wette laufen.«

»Eine sexy Wette?«, kicherte Kiki.

An Boyd ist alles sexy. »Könnte man sagen. Ich habe gewettet, dass ich einen Liebesroman schreiben kann, der ihm gefällt. Wenn ich gewinne, muss er mit mir zum Romance Writers Festival gehen.«

»Boyd?«, fragte Siena. »Zu einem Festival für romantische Unterhaltungsliteratur? An dem Tag, an dem die Hölle gefriert.«

»Falls er gewinnt«, fuhr Janie fort, »muss ich mit ihm zur Comic-Con.«

Kiki lachte. »Für diesen Anblick würde ich sogar Eintritt bezahlen. Aber ich denke, die Wette gewinnst du. Du verschlingst einen Liebesroman nach dem anderen und willst immer, dass ich dir meine Abenteuer in allen Einzelheiten schildere. Du wirst dir eine tolle Geschichte ausdenken.«

»Jap.« Janie senkte die Stimme. »Boyd weiß es noch nicht, aber er wird mir bei den Recherchen helfen.«

»Muss ich mir Ohropax besorgen?«, scherzte Kiki.

»Er unterstützt dich sicher gerne«, versicherte Siena.

Janies Wangen wurden heiß. Sie und Kiki hatten sich auf dem College ein kleines Apartment geteilt, und sie hatte einiges mehr von Kikis Abenteuern mitbekommen, als ihr lieb gewesen war. Auch ein Grund, weshalb sie beschlossen hatten, sich nach dem College keine gemeinsame Wohnung zu nehmen. Sie hatten Glück gehabt und bezahlbare Apartments Tür an Tür gefunden.

Na wunderbar. Jetzt dachte sie an heiße Stunden mit Boyd.

Sie versuchte, diese Tagträume wegzuschieben und sich lieber auf Sienas und Kikis Unterhaltung über sinnliche Szenen und romantische Dates in Romanen zu konzentrieren. Doch das fiel ihr nicht leicht. Anstatt Boyd ganz aus ihren Gedanken zu verbannen, erzählte sie mehr über die Wette.

»Die Heldin in meinem Buch muss schlauer sein als Boyd, ausgefallene Sexspielchen und Science-Fiction mögen.« Janie senkte die Stimme. »Über Science-Fiction weiß ich rein gar nichts.« Dass auch ihr Wissen über ausgefallenen Sex sehr begrenzt war, behielt sie lieber für sich.

»Wir können ja zusammen einen Dinosaurierporno lesen«, lachte Kiki.

»Oh mein Gott! So was gibt's?« Auch Siena lachte. »Dinosaurierpornos?«

Sie scherzten über Szenen für Janies Roman, überlegten sich Namen für die Hauptfiguren und Orte, an denen die Geschichte spielen konnte. Doch immer, wenn Boyds Stimme in der Küche ein wenig lauter wurde, drifteten Janies Gedanken zu ihm. Zu seinen perfekten Küssen. Zu den süßen Dingen, die er gesagt und getan hatte. Dem Gespräch aufmerksam zu folgen, war beinahe unmöglich. Doch sie gab sich alle Mühe.

Kiki erzählte von dem kurzen Trip zu ihrer Familie. Als Janies Sturz noch einmal zur Sprache kam, zwang sie sich, sich wieder aktiv zu beteiligen. Aber bald ging es wieder um die Nacht, in der Cash und Siena sich kennengelernt hatten, und dann um ihre Hochzeit vor Kurzem, die absolut traumhaft klang.

Boyd und Cash zauberten ein köstliches Frühstück mit Pancakes und Eiern, das sie sich am Couchtisch schmecken ließen, weil Janies Küchentisch zu klein war. Dabei unterhielten sie sich wie alte Freunde. Janie konnte sich nicht erinnern, wann sie zuletzt einen so lustigen, schönen Morgen gehabt hatte.

Cash und Boyd räumten den Tisch ab und kümmerten sich um das Geschirr. Danach schmiedeten sie alle zusammen Pläne für gemeinsame Unternehmungen später in der Woche. Gut gelaunt bot Siena an, Kiki mit einem heißen Kerl zu verkuppeln, bezweifelte aber, dass das nötig sein würde. Sie fand, mit dem dunklen Haar, den blauen Augen und der atemberaubenden Figur hätte Kiki einen geradezu exotischen Appeal. Kiki freute sich über das Kompliment und versicherte, dass sie keine Mühe hatte, ein Date zu kriegen. Viel schwerer war es doch, einen Mann zu finden, bei dem sich das wirklich lohnte.

Als die anderen gegangen waren, bestand Boyd darauf, noch einmal frisches Eis auf Janies Knöchel zu legen. Sie genoss seine Fürsorglichkeit und seine Berührungen in vollen Zügen.

»Woran denkst du?« Er setzte sich zu ihr auf die Couch.

Sie suchte erst gar nicht nach unverfänglichen Worten. Denn Boyd hatte vermutlich recht. Das hier war sehr echt und real.

»Ich dachte gerade, dass du so ein Mann bist, bei dem sich das Daten lohnt. Und ich bin wirklich froh, dass wir uns begegnet sind.«

»Da ist sie ja wieder, die selbstbewusste Frau, die ich so gerne mag.« Er legte die Lippen auf ihre und schon verloren sie sich in tiefen, betörenden Küssen.

Die Tür flog auf. »Ich habe meine Handtasche vergessen!« Kiki schnappte nach Luft. »Oh! Sorry! Muss ich jetzt jedes Mal, wenn ich hier reinkomme, mit prickelnden Szenen rechnen?«

»Kiki …« Janie schnaufte empört.

»Sorry, Kiki. Wir werden uns zusammenreißen«, sagte Boyd.

»Oh, nein. Bitte nicht! Das war nur Spaß«, beteuerte Kiki. »Einfach weitermachen. Und den Welpenblick, mit dem du Janie anschaust, könnte kein Mann faken. Glaub mir, Janie. Ich wünschte, du könntest sehen, wie dieser starke, sexy Kerl dich anhimmelt, als wollte er sagen: ›Du bist absolut umwerfend, mein Engel. Lass uns zusammen auf Wolke sieben sinken und nie wieder aufstehen.‹«

»Da kann ich nicht widersprechen.« Boyd drückte Janies Hand. »Obwohl sie mit *sexy* ein bisschen übertreibt.«

»Oh nein, das bist du definitiv. Und Janie liebt genaue Beschreibungen. Wenn ich keine Details liefern würde, würde sie mich umbringen.«

»Oh mein Gott.« *Welpenblick?* Ein Glücksgefühl durchrieselte Janie. »Das stimmt. Genaue Beschreibungen sind wichtig für mich. Und dass du sexy bist, weiß ich schon. Ich habe schließlich bereits einen großen Teil von dir gespürt.«

»Okay. Stopp. Bis hierher und nicht weiter«, sagte Kiki hektisch. »Eure schmutzigen kleinen Geheimnisse zu erfahren, während Boyd dabei ist, kommt mir irgendwie verkehrt vor.«

»Das wird ja immer lustiger hier«, scherzte Boyd. »Ist es okay, wenn ich kurz unter die Dusche steige? Anschließend kann ich die Blumen versorgen und dann könnten wir einen Spaziergang machen. Oder spazieren fahren. Oder hopsen.«

»Oder huckepack reiten?« Janie war beeindruckt, dass er an ihre Blumen dachte.

»Was immer du willst, Honey.« Er gab ihr einen braven kleinen Kuss, dann hörte sie ihn im Badezimmer verschwinden.

Kiki war in Lichtgeschwindigkeit neben ihr. »Der Typ ist der Hammer.«

»Ich weiß.«

»Wenn er dir wehtut, bringe ich ihn um. Und dann komme

ich in den Knast und du musst ohne deine BFF weiter existieren.«

»Ich weiß.« Janie lachte.

»Er ist ganz vernarrt in dich. Er nennt dich *Honey*, als wäret ihr seit Jahren ein Paar.«

»Ich weiß.«

»Habt ihr beide schon … Du weißt schon?«

»Kiki!« Janie gab ihr einen Klaps. »Nein. Aber wir haben uns geküsst.«

Kiki seufzte. »Und wie war das? Er hat tolle Lippen.«

»Hey! Hör auf, ihn abzuchecken!« Janie wusste genau, *wie* toll Boyds Lippen waren, wie sinnlich und wie weich. Selbst wenn er sie hart und fordernd küsste.

»Okay. Und jetzt die Details, Mädel. Ich verrate dir immer alles. Also: Wie sind seine Küsse?«

»Kennst du das Gefühl, wenn die Sommerhitze zum ersten Mal ein bisschen nachlässt und der Herbst in der Luft liegt? Wie alles plötzlich leichter wird? Heiterer? Glücklicher?«

»Hm. Ja. Und ich liebe diesen Moment. Er ist frisch und lebendig und irgendwie sehr prickelnd.«

»Genau. So fangen seine Küsse an. Aber dann werden sie sündig, und sie haben Suchtpotenzial. Ich will einfach nicht mehr aufhören. Mein Magen wird ganz flatterig, mein ganzer Körper wird wie flüssiges Wachs. Geschmolzene Lava. Großer Gott, Kiki. Wenn wir uns küssen, wünsche ich mir einfach nur mehr. Und wenn er mich anfasst, wenn er mit mir redet und seine Stimme vor Lust und Verlangen ganz tief wird, dann …«

Janie konnte den Satz nicht beenden, denn mit Boyd fühlte sich alles anders an. Wichtiger und sehr privat. Ganz besonders. Sie wollte Kiki nicht sämtliche Einzelheiten verraten. Sie wollte nur, dass es niemals aufhörte.

Sieben

Als sie allein waren, konnte sich Boyd davon überzeugen, wie hartnäckig Janie ihre Unabhängigkeit tatsächlich verteidigte. Fahrten im Rollstuhl lehnte sie ab, auch wenn das bedeutete, dass ihr Knöchel nicht so schnell abschwoll, wie es möglich gewesen wäre, wenn sie ihn durchgehend hochgelagert hätte. Trotzdem wollte sie die Wohnung unbedingt verlassen. Den Fuß auf dem Sofa hochzulegen, war also keine Option. Boyd gönnte ihr die Freiheit, sich mithilfe einer Krücke fortbewegen zu können, von Herzen. Doch bis sie den verletzten Knöchel ein wenig belasten durfte, musste sie sich noch ein oder zwei Tage gedulden. Auch wegen der Schmerzen in ihrer Schulter und ihrem Arm machte er sich Gedanken. Janie beklagte sich zwar nicht, doch ihre verhaltenen Bewegungen sprachen Bände. Nach einer langen Diskussion, bei der sie völlig schamlos auch betörende Küsse als Argumente einsetzte, willigte er widerstrebend in einen Versuch mit der Krücke ein. Die Küsse saugte er auf wie ein Verdurstender.

Er schob den Couchtisch beiseite, damit Janie Platz zum Üben hatte. Um kein Risiko einzugehen, dass sie hinfiel und sich noch mehr wehtat, hielt er sie trotz aller Proteste am linken Arm fest.

»Ich muss gar nicht sehen können, wie groß deine Sorge um mich ist. Ich kann sie fühlen. Hast du denn gar kein Vertrauen in mich?« Janie klemmte sich die Krücke unter den rechten Arm und hielt sich mit der linken Hand an Boyd fest.

»Mein Vertrauen in dich ist grenzenlos. Aber das gilt nicht für deinen geschwollenen, verstauchten Knöchel.«

»Es wird schon gehen.« Janie bewegte die Krücke ein klein wenig vor, dann setzte sie vorsichtig den rechten Fuß auf. »Siehst du?« Beim Versuch, einen winzigen Schritt zu machen, saugte sie zischend die Luft durch die zusammengebissenen Zähne. »Verflixt! Weshalb tut das immer noch so weh?«

Boyd nahm sie in die Arme und hob sie hoch. »Vielleicht weil du von einem Bahnsteig gestürzt bist? Bist du schon immer so stur? Diese eiserne Entschlossenheit ist ganz schön sexy.« Er küsste sie auf die Wange und setzte sie auf die Couch.

»Und was jetzt? Ab in den blöden Rollstuhl?«, fragte Janie.

»Bloß wenn du heute noch Tageslicht sehen willst«, antwortete Boyd. »Gerade hast du mir erzählt, dass du an der Handlung für deinen sexy Science-Fiction-Liebesroman arbeiten möchtest.«

»Ich werde eine absolut fantastische Geschichte schreiben und du wirst einen ganzen Tag auf einem sehr romantischen Bücherfestival verbringen. Ich habe praktisch von frühester Jugend an Liebesromane gelesen.«

»Als wir gewettet haben, bin ich nicht davon ausgegangen, dass du die Sache so ernstnimmst.«

»Versuch jetzt bloß nicht, dich da irgendwie rauszureden, Boyd Hudson«, warnte sie.

»Das würde mir nicht im Traum einfallen. Dich in einem brandheißen Catwoman-Kostüm zur Comic-Con zu schleppen, wird ein Riesenspaß.« Boyd schob ihr ein Kissen unter den

Knöchel. »Wenn du das Bein noch einen Tag lang hochlegst und die Schwellung brav kühlst, kannst du es vielleicht bald noch mal mit der Krücke versuchen. Zu Hause bleiben und schreiben wäre die perfekte Medizin.«

Sie lehnte den Kopf zurück und stöhnte. »Wenn ich zu Hause bleibe, denke ich bloß immer daran, wie frustrierend es ist, dass ich nicht laufen kann.«

»Wir haben zwei Möglichkeiten. Rollstuhl oder Huckepack.«

»Du bist Feuerwehrmann und vermutlich daran gewöhnt, Leute durch die Gegend zu schleppen. Aber du hast mich schon genug herumgetragen. Und eigentlich habe ich tatsächlich Lust, mit dem Schreiben anzufangen. Das bringt mich sicher auf andere Gedanken.«

»Kannst du überall schreiben?«

Sie nickte und zeigte zu ihrem Schreibtisch. »Mein Braille-Display und den Laptop kann ich hinstellen, wo immer Platz dafür ist. Oder ich benutze nur mein Diktiergerät. In dem Fall muss es um mich herum allerdings leise sein, mit Störgeräuschen kommt es nämlich nicht klar.«

»Dann lass uns den Ausflug zur Feuerwache verschieben. Wir packen ein Picknick ein, deinen Laptop und was du sonst noch brauchst, und machen uns mit dem Rollstuhl auf in den Park. Ich würde auch gerne ein bisschen lesen. Wir suchen uns einen ruhigen Platz. Dann kannst du ungestört diktieren. Ich packe einen Eisbeutel ein und du legst den Fuß hoch und arbeitest an deinem Buch.«

»Sagt der Mann, der behauptet, Liebesromane wären alberne Geschichten über erfundene Helden, die es im wahren Leben nicht gibt. Du hast gerade bewiesen, wie falsch du damit liegst, Mr. Hudson.«

Er schnaubte. »Rede dir bloß nichts ein. Ich bin weder romantisch noch ein Held. Ich bin bloß ein Kerl, der versucht, einer schönen Frau den Tag ein bisschen zu versüßen.« Er küsste sie auf die Stirn. »Das ist meine Version der Geschichte, und dabei bleibe ich.«

Eine Stunde später hatten sie im Park ein ruhiges Fleckchen gefunden. Der Verkehrslärm war hier kaum mehr als ein leises Summen im Hintergrund und über ihnen zwitscherten Vögel. Die Stimmung war wunderbar friedvoll. Janie hatte ihren Laptop mit dem Braille-Display, die neuen Ohrstöpsel und das Aufnahmegerät mitgenommen. Boyd legte sein zusammengefaltetes Sweatshirt als Polster auf den Deckel der kleinen Kühlbox mit den Snacks, damit Janie das Bein darauflegen konnte.

Bald bewegten sich ihre Finger flott über das Braille-Display.

»Du kannst unmöglich schon an deinem Roman schreiben.« Er zog ihren Rücken an seine Brust.

»Doch. Ich habe gerade damit angefangen.«

»Ernsthaft? Unsere Wette ist doch erst ein paar Stunden alt.«

»Was soll ich sagen? Du hast mein inneres sexy Biest von der Kette gelassen. Allerdings ...« Sie hörte auf zu tippen und seufzte. »Allerdings muss ich zugeben, dass noch sehr viel Recherche nötig sein wird. Und du, mein Freund, wirst mir dabei helfen müssen.«

»Träum weiter. Auf keinen Fall werde ich Liebesromane lesen, um dir zu ermöglichen, die Wette zu gewinnen.«

»Wow. Für einen so appetitlichen Kerl hast du erstaunlich wenig Fantasie.«

»Oh.« Er legte ihr das Haar über eine Schulter und küsste

sie seitlich auf den Hals. »Du meinst ...« Er kitzelte ihre Ohrmuschel mit der Zungenspitze und spürte, wie Janie wohlig erschauerte.

»Mir scheint, du hast den Hinweis verstanden.«

Er saugte zärtlich an ihrem Ohrläppchen.

»Hör auf.« Sie lachte leise. »Das lenkt mich zu sehr ab.«

»Recherche«, raunte er. »Okay. Ich lasse dich in Ruhe schreiben. Aber ich darf ein Foto von uns machen. Als Vorlage für meine späteren Fantasien.« Sie streckte die Zunge heraus, als er einen Schnappschuss machte. »Großartig. Ein Foto mit einer sexy Zunge.«

»Warum ist das sexy?«

»Weil ich jetzt davon träumen kann, was ich mir von dieser Zunge wünsche.«

»Womöglich liegst du mit deiner Meinung über Liebesromane doch richtig«, frotzelte sie. »Und sie haben mit der Realität nicht das Geringste zu tun.« Sie konzentrierte sich wieder auf ihr Braille-Display.

Boyd schaute ihr eine Minute lang zu. »Vielleicht ist das eine blöde Frage, aber ich habe dich in der Firma schon oft auf dem Ding tippen sehen. Wie funktioniert das eigentlich?«

»Das ist keine blöde Frage und dass dich das interessiert, finde ich schön. Es gibt inzwischen viele sehr nützliche technische Hilfsmittel. Smartphones, Stimmerkennungssoftware, Vorleseprogramme – beruflich ist damit fast nichts mehr unmöglich.«

Beim Sprechen strich sie mit den Fingern über seinen Unterarm, und er war selig, dass sie ihn offenbar so gerne berührte wie er sie.

»Mein Braille-Display übersetzt so gut wie alles, was du dir online auf einen Bildschirm holen kannst, in Braille. So kann ich im Netz surfen, recherchieren und schreiben. Mit Bildern kann es allerdings nur etwas anfangen, wenn sie Bildunterschriften haben. Aber Texte kann ich dank des Geräts ziemlich genauso lesen wie du. Und alles, was ich auf der Braille-Tastatur tippe, verwandelt mein Laptop in die sichtbare Schrift, die du kennst. Beim Lektorieren arbeite ich gerne mit Vorleseprogrammen, damit ich auch hören kann, was ich schreibe.«

»Und damit du zwischendurch heimlich in Liebesromanen schmökern kannst.«

»Das soll schon vorgekommen sein«, gab sie zu. »Aber eher selten. Es war lieb von dir, mir von deinen Freunden das Gehgestell und die Krücke bringen zu lassen. Und sogar an die Ohrstöpsel hast du gedacht! Kaum zu glauben. Du hast wirklich einen Sinn für wichtige Kleinigkeiten.«

»Ich bin einfach davon ausgegangen, dass du zum Beispiel deine Nachrichten gerne ohne Mithörer abrufen möchtest. Eine Privatsphäre braucht doch jeder.« Er küsste sie oben aufs Haar. »Und es klingt, als wären die Stöpsel auch für deine Arbeit sehr wichtig.«

»Wenn ich nicht allein bin und Audioprogramme benutze, auf jeden Fall. Aber du hast auch daran gedacht, meine Pflanzen zu gießen. Bist du immer so aufmerksam? Selbst in kleinen Dingen?«

»Ich glaube, für mich sind sie gar nicht so klein. Blumen und Pflanzen sind dir offenbar sehr wichtig. Und sie sind Lebewesen. Sie zu gießen ist, wie ein Baby zu füttern.«

Sie lachte. »Ich hoffe nicht. Denn wenn ich meine Eltern besuche, vergisst Kiki das Gießen fast immer.«

»Kiki muss man einfach mögen«, sagte Boyd. »Sie ist eine tolle Freundin.«

»Oh ja. Die beste. Wir sind zusammen aufgewachsen. In

Peaceful Harbor.«

»In Maryland?«

»Ja. Du kennst den Ort?«

»Ja, klar. Von Meadowside aus ist man in eineinhalb Stunden dort.« Er konnte kaum glauben, dass sie so nahe beieinander aufgewachsen waren. »Ich war ein paarmal mit meinen Eltern in Peaceful Harbor.«

»Sind das schöne Erinnerungen für dich?«

»Oh ja.« Inzwischen waren sie etwas verwischt, doch er dachte gerne an die kleine Stadt und an die Strandausflüge mit seiner Familie zurück. »Dann seid ihr beide also erst zusammen in die Schule und dann ans College gegangen. Und danach zusammen hierhergezogen? So eine Freundschaft ist selten.«

»Ohne Kiki hätte ich nie den Mut gehabt, mein Glück in New York zu versuchen. Aber wenn sie den Eindruck hat, dass ich unfair behandelt werde, fährt sie die Krallen aus. Manchmal ist das ein bisschen peinlich. Aber sie erdrückt mich nicht, so wie es meine Eltern immer getan haben.«

»Deine Eltern haben dich sehr behütet?«

»Gelinde gesagt. Sie haben mir die Luft zum Atmen genommen, wollten mich nie etwas alleine entscheiden lassen. Wenn ich bei Klassenkameradinnen eingeladen war, haben sie vorher dort angerufen und den Eltern gesagt, dass ich blind bin und besondere Aufmerksamkeit brauche. Selbst als ich schon ein Teenager war, wollten sie das immer tun. Jede meiner Entscheidungen haben sie infrage gestellt und ausgebremst und meinen Drang nach Unabhängigkeit damit nur noch größer gemacht.«

Boyd legte seine Hand auf ihre. »Dagegen hätte jedes Kind rebelliert.«

»Nicht wahr? Wenn ich hätte sehen können, hätte ich mich

vermutlich ständig nachts rausgeschlichen« und jede Menge Mist gebaut. Nur um ein bisschen Kontrolle über mein eigenes Leben zu haben. Weil das nicht möglich war, habe ich mich oft in meinem Zimmer verkrochen und gelesen. Ich konnte es kaum erwarten, ans College zu gehen. Aber das musste ich mir hart erkämpfen. Wenn es nach meinen Eltern gegangen wäre, wäre ich niemals bei ihnen ausgezogen. Als ich schließlich am College war, haben sie mich ständig angerufen. Und ich denke, nach New York bin ich mit Kiki auch gezogen, um ihnen zu beweisen, dass ich in einer so großen Stadt klarkomme. Sie haben alles versucht, um es mir auszureden.«

Dass Janie offenbar kein entspanntes Verhältnis zu ihrer Familie hatte, tat ihm leid. Ja, es schmerzte ihn geradezu. Denn er hätte seinen linken Arm gegeben, um überhaupt noch Eltern zu haben. Sogar überbehütende Eltern, die ihn mit ihrer Liebe erdrückten, hätte er in Kauf genommen.

»Und wie läuft es jetzt zwischen euch?«

»Ich halte Distanz, würde ich sagen. Ich fahre nur etwa zweimal im Jahr nach Hause und natürlich habe ich deshalb Gewissensbisse. Aber sobald ich dort bin, beglucken die beiden mich pausenlos.«

»Vielleicht werden sie eines Tages verstehen, dass du nicht erdrückt, sondern geliebt werden willst. Aber trotz allem bin ich froh, dass sich jemand um mein Mädchen sorgt.« Die Worte kamen völlig ungeplant über seine Lippen und er hielt den Atem an. Sie klangen so selbstverständlich.

»*Dein Mädchen?*« Ihre Mundwinkel kräuselten sich nach oben.

»*Willst* du mein Mädchen sein, Janie?«

»Willst *du* denn, dass ich dein Mädchen bin?« Sie wandte ihm ihr Gesicht zu und schaute ihn auf die Art an, bei der er immer das Gefühl hatte, sie könnte ihn sehen.

»Mehr als du ahnst.«

»Ja, ich möchte dein …« Sie kniff die Lider zusammen, packte sein Shirt und zog ihn näher zu sich. »Stopp. Nicht bewegen. Die Sonne steht gerade exakt hinter dir und ich kann dich ein kleines bisschen sehen. Bleib genau so. Okay? Bitte. Halt ganz still.«

»Du kannst mich *sehen*?« Sein Herzschlag beschleunigte sich. Janie stützte sich aufs linke Knie und drehte den Kopf, als würde sie wegschauen. Doch in Wahrheit musterte sie ihn aus den Augenwinkeln. Er legte die Hände an ihre Taille und hielt sie fest, damit sie keinen Druck aufs rechte Bein bekam.

»Wenn der Kontrast genau passt, kann ich Umrisse erkennen. Keine Details, aber … *Oh mein Gott.*«

Ihr Gesicht war seinem so nahe, dass er sich fragte, wie sie überhaupt etwas sehen konnte.

Bedächtig wanderte ihre Hand über seinen Kopf. »Gott sei Dank, du hast dunkles Haar. Blond kann ich nämlich gar nicht sehen. Stillhalten, bitte. Nicht bewegen.« Ihre Finger tasteten sich von seinen Wangenknochen zu seiner Nase.

»Du *siehst* mich?« Tränen stiegen ihm in die Augen. »Ich wusste gar nicht, dass das möglich ist, Janie.«

»Ich habe immer Angst, dass ich vergesse, wie Menschen und Dinge aussehen. Oder wie ich aussehe. Deine Augen kann ich nicht erkennen und auch keine anderen Details. Aber bei ganz bestimmten Lichtverhältnissen nehme ich manchmal den Schatten einer Nase oder von Augenhöhlen war. Eine Zapfen-Stäbchen-Dystrophie führt nicht zwangsläufig zur völligen Erblindung. Aber ich habe leider eine der schwerwiegenderen Formen. Im Augenblick sehe ich eine dunkle Silhouette.« Sie drückte die Lippen auf seine, dann strahlte sie ihn an. »Eine

Silhouette von meinem Kerl ist besser als nichts.«

Die Art, wie sie *mein Kerl* sagte, so glücklich, aber auch so besitzergreifend, löste eine ganze Flut von Gefühlen in ihm aus.

»Ich wünschte, ich könnte deine Augen sehen.« Ihre Fingerspitzen streiften seine Lider. »Ich wette, sie sind sehr ausdrucksvoll.«

Boyd wusste, dass sie all seine Empfindungen darin hätte lesen können. »Besonders, wenn wir zusammen sind.«

Der Vormittag verging und der Nachmittag brach an. Irgendwo in der Ferne bellte ein Hund, hin und wieder schlenderten Spaziergänger vorbei. Hier im Park kümmerte sich Boyd genauso aufmerksam um sie wie zuvor in ihrer Wohnung. Sie ließen sich ihr Picknick schmecken und unterhielten sich über ihre Anfangszeit in der Stadt. Janie war überrascht zu hören, dass auch er von den Eindrücken erst einmal wie erschlagen gewesen war.

Zwischendurch arbeitete sie weiter an ihrer Ideensammlung für den Roman. Dabei erwachten die Figuren zaghaft zum Leben, und langsam hatte sie den Verdacht, dass dieses Projekt viel arbeitsintensiver werden würde als vermutet. Je genauer sie den Helden beschrieb, desto ähnlicher wurde er Boyd. Sie nahm sich vor, sich noch eingehender mit Persönlichkeitsmerkmalen und dem Aussehen von Romanfiguren zu beschäftigen, damit sich ihre männliche Hauptfigur am Ende doch etwas von ihm unterschied. Einen Beruf für ihren Romanhelden hatte sie sich bereits ausgedacht. Er betrieb eine Comic-Buchhandlung. Das war immerhin schon ein bisschen Science-Fiction, oder nicht?

Dass ihre Vorstellungskraft so begrenzt war, überraschte sie ein wenig. Sie versuchte, etwas von den paar anderen Männern einfließen zu lassen, die sie gedatet hatte. Aber in puncto Romantik gab ihr bisheriges Liebesleben nicht allzu viel her. Keiner ihrer früheren Verehrer hätte Spaß daran gehabt, stundenlang mit ihr im Park zu sitzen. Boyd hingegen schien hier recht glücklich zu sein. Hin und wieder strich er ihr über den Rücken oder küsste sie zart auf die Wange. Kein Wunder, dass all ihre Ideen um ihn kreisten.

Aber jetzt hatte er sich schon eine ganze Weile nicht mehr gerührt und sie spürte seine intensive Konzentration. Sie nahm die Stöpsel aus den Ohren. »Was liest du denn eigentlich?«

»Ich schaue meine Bewerbungen fürs Medizinstudium noch mal durch und meine Notizen über die verschiedenen Unis. Falls ich zu einem Bewerbungsgespräch eingeladen werde, will ich vorbereitet sein.«

Von den Bemühungen um einen Studienplatz hatte er ihr erzählt, und ihr war klar, dass er zum Studieren vermutlich wegziehen musste. Trotzdem machten seine Worte sie beklommen. Wie konnte er ihr nach dieser kurzen gemeinsamen Zeit bereits so wichtig sein? Um sich den schönen Tag nicht mit trüben Gedanken zu verderben, steckte sie die Stöpsel wieder in die Ohren und versuchte, sich aufs Schreiben zu konzentrieren. Doch Boyds Zukunftspläne ließen sie nicht los.

Am späten Nachmittag machte sich der Schlafmangel bemerkbar. Immer öfter musste sie ein Gähnen unterdrücken. Sie packten ihre Sachen zusammen und machten sich auf den Rückweg zu ihrer Wohnung. Vorübergehend einen Rollstuhl benutzen zu müssen, war nicht ganz so schrecklich, wie sie gedacht hatte. Aber das konnte auch an Boyd liegen. Mit ihm fühlte sich alles gleich viel entspannter an.

Boyd trug sie ins Schlafzimmer, damit sie sich ausruhen konnte.

Sie klopfte neben sich auf die Matratze. »Machst du die Tür zu und legst dich zu mir?«

»Sehr gerne, Baby.« Die Matratze senkte sich unter seinem Gewicht, er nahm Janie in die Arme, zog vorsichtig ihren rechten Oberschenkel über seinen und schob ein Kissen unter ihren Knöchel.

Boyd roch nach Sonnenschein und Mann. Eine unfassbar sinnliche Kombination, stellte Janie fest.

»Sorry, dass ich schlappgemacht habe.« Sie zog sein Shirt ein wenig nach oben und schob ihre Hand darunter. Seine Haut war warm und betörend. Ihre Fingerspitzen folgten dem Streifen feiner Härchen hinauf zu seiner Brust. Als seine Brustwarzen unter ihren Handflächen hart wurden, durchlief Janie ein wohliges Kribbeln.

Er legte eine Hand über ihre. »Honey, wenn du so weitermachst, wird das mit dem Ausruhen nichts.«

Auch gut. Denn sie wollte gerne noch ein bisschen weiterforschen. Sie drückte einen Kuss auf seine Brust und fühlte, wie wild sein Herz pochte. »Ich will dich einfach bloß spüren.«

Er stöhnte auf, als könnte er sich nur mit Mühe zurückhalten, und der sehnsüchtige Laut weckte ihre Sinne. Boyd richtete sich ein wenig auf und zog sich das Shirt über den Kopf. Sie spürte, wie sein aufgeheizter Blick sie versengte.

»Ich kann dir einfach nichts abschlagen. Weder einen Kuss.« Er drückte die Lippen auf ihre. »Noch irgendeine Berührung.« Er küsste ihre Hand und legte sie wieder an seine Brust. »Nichts, was dein schönes Herz begehrt.«

Er drehte sich zu ihr und sie kam ihm entgegen. Hungrig

und wild trafen sich ihre Münder. Leidenschaft und Verlangen liefen in heißen Wellen von Janies Brust in ihren Bauch bis hinunter zu ihren Zehen. Sie drängte sich an ihn, hielt sich an seiner Brust und seinem Arm fest. Wo immer sie Halt finden konnte. Vorsichtig schob er sich über ihre linke Seite, stützte ihr rechtes Knie mit der Hand und legte ihr Bein behutsam aufs Bett. All das mit einer einzigen fließenden Bewegung, ohne den Kuss dabei zu unterbrechen. Seine Härte presste sich an ihren Schenkel, während er die Finger zwischen ihre flocht und ihre Hände zu beiden Seiten ihres Kopfes an die Matratze drückte. Provozierend langsam glitt seine Zunge über ihre Unterlippe und jagte ihr wohlige Schauer über den Rücken.

»Ich will dich anfassen«, seufzte sie.

»Und ich dich.«

Er fing ihre Unterlippe mit seinen Zähnen ein, streichelte sie noch einmal mit der Zunge und ließ einen hungrigen, wilden Kuss folgen. Seine Hände umrahmten dabei ihre Wangen.

»Janie«, atmete er. »Sag mir, was du willst, Baby.«

Sie überlegte nur eine halbe Sekunde lang. »Dich. Auf dem Rücken.«

Darauf bedacht, ihren Knöchel nicht zu erschüttern, drehte sich Boyd vorsichtig. Er war so unglaublich aufmerksam, so rücksichtsvoll. Nicht nur die Lust drängte sie, ihn anzufassen. Nein, sie wollte seinen Körper ganz genau kennenlernen, seine Kraft spüren und seine Hitze, aber auch seine Umsicht und seine mühsame Zurückhaltung.

Auf ihre linke Seite gestützt streichelte sie seine Wangen. Sie liebte Boyds Gesicht. Er hatte markante Wangenknochen und einen männlich energischen Kiefer. Ihre Finger wanderten weiter nach oben. Als er blinzelte, kitzelten sie seine Wimpern.

»Schließ die Augen«, flüsterte sie und legte die Lippen an seine. Seine Wimpern senkten sich auf ihre Fingerspitzen. »Ich möchte, dass du spürst, wie schön es ist, angefasst zu werden, wenn man sich, ohne etwas zu sehen, ganz auf die Berührung konzentriert.«

Boyds Hand drückte sich fest an ihren Rücken. »Alles, was du willst, Baby.«

Seine Kiefermuskeln zuckten unter ihren Fingerspitzen, dann strich sie über die gespannten Muskeln in seinem Hals und seiner Schulter. Sie wollte die Kraft erfühlen, mit der er sie festhielt, konnte den Moment kaum abwarten, in dem er seine eiserne Zurückhaltung aufgab und sich ganz seinem Verlangen überließ. Sie schob sich weiter über ihn und küsste sein Kinn, seinen Hals. Er schluckte, sie strich mit der Zunge über seinen kantigen Adamsapfel und war überrascht, wie unfassbar prickelnd sie das fand.

Als er aufstöhnte, vibrierten sein Hals und seine Brust. Sie ließ sich viel Zeit. So wie gestern Nacht, als er ihr erlaubt hatte, seinen Rücken zu erkunden. Sie wollte aufsaugen und sich einprägen, wie er sich anfühlte. Ihre Lippen folgten ihren Fingern, küssten seine Schultern und wanderten tiefer. Als sie seine Brust küsste, berührten seine Hände ihre Wangen. Sie drehte eine von ihnen zu sich und küsste die Innenseite, dann streichelte sie einen seiner Nippel. Seine Hand kehrte zu ihrer Wange zurück, während sie die kleine harte Spitze mit der Zunge neckte und in ihren Mund saugte. Sein Becken zuckte und er stöhnte auf. Ein Hitzestrahl jagte bis tief in ihr Inneres. Zu spüren und zu hören, welche Wirkung sie auf ihn hatte, katapultierte sie auf Wolke sieben.

Sie wandte sich der anderen Brustwarze zu.

»Baby, Baby, Baby«, flüsterte er. »Du bringst mich um den

Verstand.«

»Soll ich aufhören?« Sie hoffte, dass er Nein sagen würde.

»Bitte nicht.« Seine Finger berührten ihren Mund. Sie saugte sie ein und umspielte die Fingerkuppen mit der Zungenspitze.

»Ich versuche ja, ganz stillzuliegen. Aber, ganz ehrlich, du machst es mir schwer.«

Sie streichelte seine Seiten und tastete sich tiefer. Heiß legten seine Hände sich auf ihre Wangen. »Warum hältst du mein Gesicht fest?«

»Ich mag das Gefühl, wenn du mich küsst. Du hast mich gebeten, die Augen geschlossen zu halten, und wenn ich dein Gesicht spüre, fühle ich mich dir näher. Stört dich das? Ich will dich nicht hemmen oder ablenken.«

Hatte er irgendeine Vorstellung, wie schön es war, das zu hören? Dass er es genoss, die Nähe zwischen ihnen nicht mit den Augen zu sehen, sondern mit seinen anderen Sinnen zu erleben?

»Nein. Ich mag es, wenn du mich anfasst.«

Er stieß ein tiefes, kurzes Lachen aus. »Warte ab, bis ich richtig damit anfange.«

»Ist das ein Versprechen?« Sie fragte sich, woher sie die Forschheit für diese Worte nahm. Aber sie wollte sich nicht zurückhalten.

»Verlass dich drauf.«

Sie küsste sich an der Mitte seines Körpers nach unten über seine wunderbar definierten Bauchmuskeln und dann zu seiner Taille. Ihre Hände strichen dabei über seine Seiten und prägten sich die knotigen Narben ein, die von seiner schmerzhaften Vergangenheit zeugten. Die unverletzte Vorderseite seines Körpers war wie eine Fassade, denn noch immer verfolgten ihn

Albträume. Selbst die narbenfreie Haut war nicht wirklich unversehrt. Manche Menschen trügen ihre Behinderungen tief in sich, hatte er gesagt. Und an das, was ihn tief innen quälte, dachte sie jetzt. Mit den Händen konnte sie es nicht ertasten, doch sie spürte es genauso stark wie die Narben auf seiner Haut. Ihre Finger streichelten ihn sanft. Wie viel Gefühl hatte er in den vernarbten Stellen? Gab es welche, die völlig taub waren, die ihren Augen ähnelten? Gab es blinde Flecken, die unter ganz bestimmten Umständen und wenn man sie auf eine ganz bestimmte Art berührte, doch zu Sinneswahrnehmungen fähig waren? Zu Wahrnehmungen, die so bewegend waren wie ihre, als sie ihn heute im Park gesehen hatte?

Sie bedeckte die Narben und Unebenheiten mit Küssen, erforschte die Haut mit der Zunge und fragte sich, wie irgendwer vor irgendeiner Körperstelle dieses wunderbaren Mannes zurückschrecken konnte. Je mehr Zeit sie miteinander verbrachten, je öfter sie ihn berührte, desto stärker wurden ihre Gefühle für ihn.

Selbst durch seine Jeans hindurch konnte sie seine kraftvollen Oberschenkel mehr als nur erahnen. Und natürlich auch seine beeindruckende Erektion. Er war so durchtrainiert, so ungeheuer männlich. Sie stellte sich vor, wie sich seine Beine an den Innenseiten ihrer Oberschenkel rieben, wie er sich tief in ihr vergrub. Mühsam widerstand sie der Versuchung, die harte Wölbung in seinen Jeans zu berühren. Ganz so weit wollte sie jetzt noch nicht gehen, obwohl ihr Bauch und ihre Brust diese verheißungsvolle Stelle bereits gestreift hatten.

Sie küsste sich über seine Bauchmuskeln zurück nach oben und zeichnete mit den Fingern seine Lippen nach, während er heiße, sinnliche Atemzüge ausstieß. Als sie den Mund auf seinen drückte, erwiderte er ihren Kuss so gierig, dass er ihr jeden klaren Gedanken nahm. Schockiert von ihrer eigenen Gier legte sie die Hand zurück auf seinen Bauch und schob sie tiefer, streifte zart die verlockende Härte.

Er verschluckte ihr Aufstöhnen mit seinem Kuss.

»Janie«, warnte er.

Als er die starken Arme um sie legte und sie behutsam auf den Rücken drehte, lächelte sie an seinem Mund.

»Jetzt bin ich an der Reihe.«

Acht

Dass Janie seine Erektion berührt hatte, hatte ihn beinahe um die Beherrschung gebracht. Ihre Zärtlichkeiten setzten ihn so sehr unter Strom, dass er am ganzen Körper zitterte. Jetzt lag sie unter ihm, vertrauensvoll und offen. Ein Lächeln umspielte ihre schönen Lippen und er wollte ihr dasselbe prickelnde Vergnügen bereiten wie sie zuvor ihm.

Er umfasste ihr Gesicht mit den Händen, küsste sie tief und spürte, wie sie unter ihm erbebte. Er wollte in ihrer Süße ertrinken. Alles Blut verließ seinen Kopf und strebte nach Süden, sein Herz jagte, klare Gedanken waren völlig ausgeschlossen. Behutsam schob er ihre Beine auseinander und legte sich zwischen ihre Schenkel. Sie trug noch ihre Kleider und er seine Jeans. *Zum Glück.* Denn wenn sie seinen nackten Schaft berührt hätte, hätte er für nichts garantiert. Er wollte spüren, wie sie die Beine an seine presste, wollte Janie aus diesem besonderen Blickwinkel sehen. Er sehnte sich nach einem Vorgeschmack darauf, wie es sein würde, wenn sie schließlich ganz zusammenkamen.

»Okay, Baby?« Er strich ihr die sexy blonden Strähnen aus dem Gesicht.

»Oh ja.« Ihre Zunge huschte über ihre Lippen und er

konnte nicht widerstehen und küsste ihren sinnlichen Mund.

»Bin ich dir zu schwer?«

»Nein. Du fühlst dich gut an.«

»Keine Sorge. Ich werde nichts tun, was du nicht willst.«

»Boyd …« Sie streichelte sein Gesicht und er schloss die Augen und saugte die Berührungen in sich auf. »Behandle mich nicht, als wäre ich blind, okay? Behandle mich so wie jede andere Frau auch.«

Seine Brust zog sich zusammen und er öffnete die Augen. »Du bist nicht *jede andere Frau*. Ich kann dich gar nicht so behandeln. Spürst du das nicht?« Mit einem langen, zärtlichen Kuss versuchte er, ihr das auf andere Weise noch einmal zu sagen.

»Wie ich dich anfasse, hat nichts damit zu tun, dass du blind bist. Wenn ich dich anschaue, sehe ich die ganze Janie. Die süße, sexy Frau, die unbestechliche Lektorin, die mich mit ihrem Liebesroman einfach umhauen wird. Und ich sehe einen schönen Menschen, der sich in mein Herz stiehlt wie nie jemand zuvor. Ich weiß, dass du blind bist. Aber das gehört nun mal auch zu dir. So wie meine Narben zu mir gehören. Ja, du bist blind, aber es gibt tausend andere Dinge an dir, die viel schwerer wiegen.«

Sie nickte mit feuchten Augen und er küsste die salzigen Tränen weg. »Ich fasse dich an, lasse mich dabei von meinen Gefühlen leiten und hoffe, dass du das aufregend findest. Oder tröstlich. Oder dass ich dir damit Geborgenheit gebe. Je nachdem, was wir gerade tun. Aber wenn wir uns wie jetzt ganz nah sind und heiße Zärtlichkeiten austauschen, denke ich nicht daran, ob du mich siehst. Denn ich weiß, dass du alles, was ich für dich empfinde, an meinen Berührungen ablesen kannst.«

Sie umfasste sein Gesicht und zog ihn zu sich wie schon bei

ihrem allerersten Kuss. Die heftigen Reaktionen seines Körpers konnte er nicht verbergen. Jedes Mal, wenn sie die Initiative ergriff, machte ihn das zusätzlich heiß. Er rieb sich an ihrer Mitte und sie bewegte sich mit ihm und fachte sein Verlangen noch weiter an.

»Kann ich dir dein Shirt ausziehen?« Er wusste, dass sie darunter das Spaghetti-Top trug. Sie setzte sich auf und ließ sich von ihm aus dem Shirt helfen. Der Anblick der lilafarbenen Blutergüsse an ihrer rechten Schulter gab ihm einen Stich.

»Oh, Honey«, flüsterte er. »Wie kannst du das so klaglos ertragen? Du musst doch Schmerzen haben.«

»Halb so schlimm«, antwortete sie.

Sein erster Impuls war, auf weitere prickelnde Momente zu verzichten, Janie einfach festzuhalten und ihr Wärme zu schenken. Er wollte ihr zeigen, dass sie Schmerzen ruhig eingestehen konnte. Doch sie hatte ihm gerade etwas ebenso Persönliches anvertraut. Sie wollte nicht behandelt werden, als wäre sie blind. *Behandle mich wie jede andere Frau.*

»Bist du sicher, dass wir nicht lieber aufhören sollen?«

Bei ihrer Antwort stieg eine zarte Röte in ihre Wangen. »Bitte mach weiter. Wenn es wehtut, sage ich es dir.«

Nie zuvor in seinem Leben war er vorsichtiger gewesen als jetzt, wo er sich über ihren Arm küsste, die blauen Flecken aussparte und sich wünschte, er könnte sie einfach wegküssen. Seine Lippen streichelten ihr Schlüsselbein und ihren Hals. Der empfindlichen Stelle direkt unter ihrem Kiefer widmete er besondere Aufmerksamkeit und verwöhnte sie zärtlich mit seiner Zunge. Er wurde mit einem lustvollen Beben belohnt, das durch ihren ganzen Körper lief. Wenn er ihr schon den Schmerz nicht nehmen konnte, würde er ihr wenigstens zum Ausgleich so viel Vergnügen wie möglich bereiten.

Sie fühlte sich so gut an, duftete so betörend weiblich. Und als er sich an ihr nach unten küsste, zog sie selbst den Saum ihres enganliegenden Tops hoch. Er nahm es als Hinweis, als Einladung, schob es noch weiter nach oben und küsste ihren Bauch. Janies Haut war seidig wie Satin. Er schob ihr das Shirt bis unter die Brüste, spürte jeden ihrer Atemzüge im Heben und Senken ihrer Haut an seiner Zunge. Sie krallte sich an seinen Handgelenken fest, und er hob den Blick und schaute ihr ins Gesicht.

»Soll ich aufhören?«

Sie zog ihr Shirt noch höher. »Hilf mir.«

Er half ihr aus dem dünnen Hemdchen und enthüllte ihre schönen, vollen Brüste. Die Luft wich aus seiner Lunge, er musste sich zügeln, um sich nicht wie ein hungriges Tier auf sie zu stürzen. Doch seine Finger hatten eigene Pläne. Sein Mund offenbar auch. Denn kaum hatte er die Hände mit ihren perfekten Rundungen gefüllt, saugte er schon einen ihrer harten Nippel in den Mund. Sie schrie auf.

»Zu fest?«, fragte er erschrocken.

»Nein. So aufregend. Nicht aufhören.« Sie drückte seinen Kopf wieder nach unten. Leise lachend wiederholte er die freche Liebkosung, freute sich an ihrem wohligen, kleinen Aufschrei, und daran, wie sie seinen Mund zu ihrer anderen Brust führte.

Stöhnend drängte sie sich an ihn, während er ihre Brüste leckte und streichelte. Ihre Finger gruben sich in seine Arme, Hitze prickelte auf seiner Haut. Er küsste die Unterseite ihrer Brüste, und während sich sein Mund einen Weg nach Süden suchte, massierte er ihre Nippel zwischen seinen Zeigefingern und Daumen.

»Boyd.« Ihr Tonfall war eine drängende Bitte.

Er bedeckte ihre Hüften mit Küssen, ließ die Zunge um

ihren Bauchnabel tanzen und nahm sich viel Zeit für diese besondere Stelle. Sie hob das Becken. Eine weitere, klare Botschaft. Seine Hände rieben ihre Taille und packten sie dann fest an den Hüften. Mit den Zähnen zog er den Bund ihrer Leggings fast bis zu ihrem Venushügel hinunter. Seine Hände streichelten die zarte Haut. Jeden Quadratzentimeter bedachte er mit heißen, feuchten Küssen und spürte Janies wachsende Erregung.

»Weiter.«

Verdammt, er wollte weitermachen. Aber er wollte auch ganz sicher sein, dass sie sich nicht nur in der Hitze des Augenblicks verloren hatte. »Ernsthaft, Janie? Soll ich?«

»Oh Gott. Fragst du mich das wirklich?«

Sie schob ihre Leggings tiefer und er half ihr, sie von ihrem linken Bein zu schälen. Ihre schwarzen Pantys ließ er, wo sie waren. An der Schiene an ihrem rechten Bein blieben die Leggings hängen.

»Die Leggings stören nicht.« Sie zog seine Hände zurück zu ihrem Körper.

»Nein, Baby.« Vorsichtig befreite er sie von dem Kleidungsstück. »Du sollst es bequem haben und dich gut fühlen.«

Zärtlich küsste er die dunklen Blutergüsse an ihrer rechten Hüfte und ihrem rechten Oberschenkel. Federleicht strichen seine Finger über die farbig schillernden Spuren ihres Sturzes. Dann bewegten sich seine Hände an ihren Beinen nach oben, während seine Zunge an der Innenseite ihrer Oberschenkel entlang in dieselbe Richtung strebte. Er spürte eine Gänsehaut unter seiner Zungenspitze und der Duft ihrer Erregung wurde unwiderstehlich. Einer seiner Finger stahl sich in ihre Pantys, fand feuchte Hitze, und er stöhnte auf. Janie wölbte sich seiner

Berührung entgegen und krallte die Hände in das Laken.

Kurzerhand schob er die Pantys zur Seite, entblößte süße Löckchen und feucht schimmerndes Fleisch. Er strich mit der Zunge über ihre lockende Mitte. Sie schmeckte so verdammt betörend, so unsäglich sexy.

»Oh Gott. Ja. Nicht aufhören.«

Darum musste sie ihn nicht erst bitten. Er zog ihr die Pantys aus und warf sie beiseite. Janie ganz nackt, wunderschön und so vertrauensvoll vor sich liegen zu sehen, reichte beinahe aus, um ihn kommen zu lassen. So weit hatte er eigentlich gar nicht gehen wollen. Doch jetzt gab es kein Zurück. Er brauchte sie, sie brauchte ihn, und als er den Mund auf ihre samtige Hitze senkte, grub sie die Hände in sein Haar. Er verschlang sie, stieß mit der Zunge in sie hinein, saugte ihren empfindlichen kleinen Nervenknoten in seinen Mund und tauchte dann wieder tief in sie ein. Bald fand er seinen Rhythmus. Bei jedem Lecken schrie sie auf, wenn er an ihr saugte, stöhnte sie. Er spürte, wie die Muskeln in ihren Oberschenkeln sich spannten, wie ihr Orgasmus sich langsam aufbaute. Als sich ihre Hände in seine Schultern krallten, ließ er zwei Finger tief in sie gleiten, während sein Mund sie weiter in lustvolle Höhen trieb.

Ihre Hüften bäumten sich auf und sie schrie seinen Namen. »Boyd!«

Schwer atmend wand sie sich unter ihm, wiederholte atemlos seinen Namen wie eine Bitte, und noch während sie langsam von ihrer Wolke in die Tiefe schwebte, trieb er sie mit seinen Zärtlichkeiten zum nächsten Höhepunkt.

»Oh mein Gott!« Ein weiterer Orgasmus ließ sie erbeben. Sie warf den Kopf hin und her, ihre Nägel drückten Mondsicheln in seine Haut. Langsam zog er sich zurück, und sie schrie noch ein letztes Mal auf, bevor sie schwer aufs Bett sank.

Ein feiner Schweißfilm bedeckte sie beide, doch Boyd hatte noch lange nicht genug. Seine Finger spielten mit ihren Nippeln, erneut vergrub er den Mund in ihr und schenkte ihr einen dritten Höhepunkt. Danach zog er ihren gesättigten Körper in seine Arme und küsste sie, während sie gemeinsam den Nachbeben nachspürten, die sie durchliefen.

Lange blieben sie so liegen, und als Janie irgendwann eindöste, deckte er sie zu und ging ins Badezimmer. Im Spiegel sah er einen Mann, der sich verändert hatte. Vor ihm stand nicht der Boyd, den er seit Jahren kannte. Anstelle des vorsichtigen Blicks eines Menschen, der nach vielen Verlusten nur auf die nächste Katastrophe wartete, schaute er in offene, liebevolle Augen. Dass er sich so gesehen und sich so gefühlt hatte, war lange her. Doch sein Spiegelbild sprach eine deutliche Sprache.

Er kehrte ins Schlafzimmer zurück, sah Janie in ihrem Bett liegen, und das Herz in seiner Brust blühte auf. Sie lag auf der linken Seite und die Decke verhüllte nur knapp ihre Brüste. Das rechte Knie hatte sie angezogen, wohl um den verletzten Knöchel zu stützen.

Sie hob den Kopf und lächelte ihn schläfrig an. Das Herz bis zum Überlaufen gefüllt, half er ihr, frische Pantys und ein Shirt anzuziehen, damit sie sich ganz entspannen konnte. Dann streifte er seine Jeans ab und legte sich hinter ihren warmen Körper. Er hielt sie fest und spürte, wie sie wieder einschlief. Ihn hielt eine Frage noch lange wach. Wie sollte er weit weg von ihr studieren, wenn er es kaum aushielt, sie auch nur ein paar Minuten allein zu lassen?

Neun

An Boyd geschmiegt wachte Janie ein paar Stunden später auf. Sein Arm umfing ihre Taille. Schläfrig drehte sie sich zu ihm und berührte sein Gesicht. Sie liebte die kratzigen Stoppeln, die dort inzwischen schon wieder sprossen.

»Geht's dir gut?«, raunte er.

»Ja. Die Schmerzen halten sich in Grenzen, aber ich habe einen Bärenhunger.«

Er flocht die Finger zwischen ihre, und sie konnte sich keine schönere Art vorstellen aufzuwachen. Es sei denn, sie würde gleich auch noch feststellen, dass ihr Knöchel in der Zwischenzeit auf wundersame Weise geheilt war.

Sie bestellten Pizza und Janie legte sich einen frischen Eisbeutel auf den Knöchel. Zum Glück ging die Schwellung langsam zurück. Kiki schrieb ihr eine Nachricht und fragte, wie es ihr ginge. Sie luden sie zum Pizzaessen ein.

»Hast du schon etwas geschrieben?« Kiki hielt ein Stück Pizza in die Höhe. »Ich kann es gar nicht erwarten, die ersten Seiten zu lesen.«

»Angefangen habe ich, aber das wird noch richtig viel Arbeit. Ich glaube, ich schreibe lieber erst mal eine Kurzgeschichte. So ein Roman ist nämlich ein gewaltiges

Projekt«, sagte Janie.

»Wie bitte? Du gibst schon auf?«, frotzelte Boyd. »Dann wirst du bei der Comic-Con meine heiße Prinzessin Leia.«

»Träum weiter. Ich bin so gar keine Prinzessin *Irgendwas*. Ich schreibe das Buch, du liest es. Ganz gleich, wie viele Seiten es hat. *Sündige Fantasien* wird absolut rocken. Du wirst staunen, mein Freund.«

»*Sündige Fantasien?*«, lachte Boyd.

»Ja. So lautet der Titel.«

Kiki grinste. »Nimm dich in Acht. Wenn sie so leidenschaftlich schreibt, wie sie liest, hast du nicht den Hauch einer Chance, eure Wette zu gewinnen.«

»Wir werden sehen.« Boyd legte den Arm um Janie und küsste sie auf die Schläfe. »Clay singt wahre Lobeshymnen auf dich. Aber ich verstehe nicht, wie ein so aufgeschlossener, einfallsreicher Mensch wie du dazu kommt, ausgerechnet trockene Fachtexte zu lektorieren, anstatt etwas zu tun, was mehr Spaß macht.«

»Ich fürchte, mein Werdegang ist keine wirklich spannende Geschichte.« Janie biss von ihrer Pizza ab.

»Was hast du denn am College studiert?«

»Literaturwissenschaft. Ich wollte Journalistin werden, aber draußen in der realen Welt musste ich feststellen, dass das wohl nicht sein sollte.«

Boyd wischte ihr die Wange mit einer Serviette ab. »Pizzasauce. Ich würde sie ja ablecken, aber Kiki findet das vielleicht nicht so prickelnd.«

»Kluger Mann«, gab Kiki lachend zurück.

»Und warum sollte das nicht sein?« hakte Boyd nach. »Als Journalistin könnte ich mir dich sehr gut vorstellen.«

»Oh je. Über diese Zeit in meinem Leben rede ich nicht

gerne. Es war sehr frustrierend. Ich hatte einen Collegeabschluss, brachte schon etwas Erfahrung durch die Mitarbeit bei der Collegezeitung mit, aber einen Job finden? Fehlanzeige. Nach unzähligen Absagen habe ich versucht, als freiberufliche Lektorin bei Verlagen unterzukommen, aber …«

Boyd legte seine Hand auf ihre.

»… aber da draußen rennen zu viele Idioten rum«, erklärte Kiki trocken. »Die glauben, weil sie blind ist, müsste sie blöd sein. Oder zusätzlich taub. Oder nicht belastbar, oder, oder.«

»Großer Gott. Wirklich?« In Boyds Stimme schwang Empörung. »Man hat dich diskriminiert?«

»Sich deswegen noch einmal aufzuregen, lohnt sich nicht. Es ist nun mal, wie es ist. Und wirklich absichtlich hat mich vermutlich niemand ausgegrenzt. Du würdest staunen, wie sich die Leute die Dinge zurechtbiegen. Sogar um Jobs in Callcentern habe ich mich beworben. Ich dachte, dort stört es niemanden, dass ich nicht sehen kann. Aber nicht mal die wollten mich haben.« Sie erinnerte sich noch sehr gut daran, wie sie immer wieder hoffnungsvoll quer durch die Stadt zu den Vorstellungsgesprächen gefahren und Stunden später enttäuscht nach Hause zurückgekehrt war. Manchmal hatte man ihr sofort gesagt, die Stelle wäre bereits vergeben. Doch sie wusste, dass das nicht stimmte, denn sie hatte sich den Gesprächstermin immer, bevor sie losgezogen war, noch einmal telefonisch bestätigen lassen. Kiki hatte sie nach Kräften unterstützt und ermutigt. *Scheiß auf sie. Wenn du erst den richtigen Job gefunden hast, bist du nicht mehr aufzuhalten.*

Janie schob die schmerzhaften Erinnerungen beiseite und wandte sich glücklicheren zu. »Dann saß ich eines Nachmittags in der U-Bahn neben Clay und wir sind ins Gespräch gekommen. Er hat mir ein einwöchiges Praktikum angeboten und der

Rest ist Geschichte. Ich stehe kurz vor einer Beförderung zur technischen Autorin und damit wird ein Traum für mich wahr. Journalistin bin ich dann zwar nicht, aber immerhin kann ich schreiben.«

»Dass du solche Schwierigkeiten hattest, macht mich richtig wütend.« Boyds Ton war mitfühlend und frustriert zugleich.

»Ich kümmere mich um das Geschirr«, bot Kiki an. »Und dann muss ich los. Jetzt, wo ich wieder hier bin, will ich die Zeit nutzen. Ich treffe mich mit Arty im NightCaps.« Arty arbeitete im selben Kleidergeschäft wie Kiki.

»Danke, Kiki. Schön, dass du mit uns gegessen hast. Viel Spaß heute Abend.«

Kiki warf den Abfall weg und spülte die Teller. Sie verabschiedete sich mit Umarmungen und bedankte sich für die Pizza.

Nachdem Kiki gegangen war, sagte Boyd: »Dass dich irgendetwas aufhält, ist für mich unvorstellbar. Du hast so viel Biss und Energie. Nimm zum Beispiel deinen Unfall. Ich kann immer noch nicht glauben, dass du es ohne Hilfe von den Gleisen zurück auf den Bahnsteig geschafft hast.«

»Die Angst, von einem Zug überfahren zu werden, hat mir Superkräfte verliehen. Und außerdem hast du mindestens so viel Biss wie ich. Du hast immer einen Plan gehabt, wolltest Rettungssanitäter und Feuerwehrmann werden und dann Medizin studieren. Und das ziehst du durch. Dass ich beruflich Fuß gefasst habe, war keine Heldentat. Ich hatte einfach bloß Glück.«

»Das sehe ich anders. Ich hatte mit viel weniger Widerständen zu kämpfen als du.«

»Du hattest andere Hindernisse zu überwinden.« Sie senkte die Stimme. »Du sagst, du hast Albträume. Und trotzdem setzt du dich Situationen aus, die Erinnerungen an deine schlimmste Nacht zurückbringen.«

Er drückte schweigend ihre Hand, und sie nahm an, dass er nicht weiter darüber reden wollte. Sie hoffte, dass er es eines Tages tun würde, denn aus Erfahrung wusste sie, dass man traumatische Erlebnisse wirklich verarbeiten musste, um Albträume wieder loswerden zu können.

Weil sie ihn nicht bedrängen wollte, redete sie weiter über ihre Arbeit. »Ich bin froh, dass Clay mir eine Chance gegeben hat. Ich mag meinen Job, aber ich muss zugeben, sehr kreativ ist meine derzeitige Tätigkeit nicht. Deshalb habe ich die Kolumne im Firmen-Newsletter übernommen. Das sind zwar nur ein paar Zeilen, aber immerhin kann ich so ein bisschen kreativ schreiben, anstatt immer nur Texte zu überarbeiten. Sogar persönliche Ideen kann ich in die Kolumne einfließen lassen. Und jetzt gibt es auch noch unsere Wette. Du weißt ja, die, die ich gewinnen werde.« Sie grinste. »Ich bin schon richtig heiß aufs Schreiben! Meine Arbeit ist die Pflicht, mir eine Geschichte auszudenken, die Kür. In den paar Stunden, in denen ich mich bis jetzt mit dem Roman beschäftigt habe, habe ich mich unglaublich lebendig gefühlt. Meine Collegezeit liegt lange zurück, aber diese Wette erinnert mich wieder daran, wie sehr ich das Schreiben liebe. Danke.«

»Du musst mir nicht danken. Dass du so viel Spaß hast, freut mich wirklich sehr. Aber es ist immer noch eine Wette, die ich gewinnen will.«

Sie gab ihm einen Klaps auf den Arm.

»Das war nur ein Scherz ... vielleicht.« Er umarmte sie, drückte ihr einen feuchten Schmatz auf die Lippen und brachte sie damit zum Lachen. »Das Leben ist zu kurz, um etwas zu tun, was du nicht aus Leidenschaft tust.«

Janie war klar, dass er nur zu gut wusste, wie kurz das Leben sein konnte, und das gab ihr einen Stich tief ins Herz.

»Nun ja, leider muss man eben irgendwie seinen Lebensunterhalt verdienen.«

»Du hast längst bewiesen, dass du fast Unmögliches schaffen kannst.« Boyds überaus ernster Tonfall überraschte sie ein wenig. »Wenn du schreiben willst, wirst du einen Weg finden.«

Sie dachte an seine Albträume. Weshalb fiel es ihm so leicht, sie zu ermutigen? Auch dazu, sich ihren Ängsten zu stellen, wo er über seine nicht einmal reden konnte.

Bis elf Uhr abends unterhielten sie sich über Gott und die Welt. Dann bat sie ihn, ihr vorzulesen. Gemeinsam überlegten sie, was er lesen sollte, und einigten sich schließlich auf einen Nora-Roberts-Roman. Janie versicherte ihm, die Geschichte wäre nicht allzu kitschig, und das stimmte tatsächlich. Es war zwar nicht Science-Fiction, aber mit einer Story über einen Mann, der ein altes Gasthaus renovierte, konnte er leben. Immer wenn er daran dachte, das Buch zuzuklappen, brachte Janies glückliches Lächeln ihn dazu, doch noch weiterzulesen. Inzwischen war es fast Mitternacht, Janies Lider waren schwer und sie hatte schon ein paarmal ein Gähnen unterdrückt. Sie brauchte ganz offensichtlich dringend Schlaf, und Boyd wollte dem nicht im Wege stehen.

Sie hatte die Spange aus ihrem Haar genommen, und die blonden Wellen umrahmten ihr schönes Gesicht. An ihn gekuschelt lag sie auf der Couch, und er suchte fieberhaft nach einem Vorwand, um bei ihr bleiben zu können. Doch Kiki wohnte gleich nebenan, und Janie brauchte schon jetzt nicht mehr so viel Unterstützung wie noch am Morgen. Vermutlich wollte sie dringend mal wieder eine Weile für sich sein. Und er wollte trotzdem am liebsten bleiben.

»Ich sollte jetzt gehen.« Er hoffte, sie würde versuchen, es ihm auszureden.

»Dich nicht hier bei mir zu haben, wird sich merkwürdig anfühlen.« Ihre Hand legte sich fester an seine Taille.

Merkwürdig beschrieb die Leere nicht annähernd, die er ohne sie empfinden würde. Aber sie sollte sich auf keinen Fall erdrückt fühlen. Er küsste ihren sinnlichen Erdbeermund und zog sie noch ein wenig fester an sich. »Kiki wohnt gleich hinter dieser Wand und ich möchte deine Gastfreundschaft nicht überstrapazieren. Kann ich dich morgen wiedersehen? Die Tulpen in deinem Schlafzimmer welken langsam. Wir könnten gemeinsam zu deinem Blumenladen gehen.«

»Du meinst rollen.« Sie schmiegte sich an ihn und machte ihm damit den Abschied noch schwerer.

»Ich kann dich huckepack nehmen.«

»Sei vorsichtig mit solchen Angeboten. Ich bin nämlich ganz verrückt nach huckepack. Wenn Sin uns besucht, schleppt er mich immer mindestens einmal auf seinem Rücken durch die Gegend.«

Ihr Grinsen verriet ihm, dass sie den kleinen Eifersuchtspfeil, der gerade sein Herz durchbohrte, absichtlich abgeschossen hatte.

»Okay. Dann also huckepack.« Er hob den Kopf. Ihm war plötzlich ein Gedanke gekommen. »*Sin?* Wie *Sünde?* Wie *Sündige Fantasien?* Gibt es da irgendeine Verbindung?«

»Vielleicht.« Sie kicherte. »Sin ist Kikis älterer Bruder.«

»Grundgütiger, du willst mich quälen.« Er streifte ihre

Lippen mit seinen.

»Wenn du eifersüchtig wirst, spannen sich deine Muskeln an. Und das fühlt sich sehr, sehr gut an.«

»Meine Muskeln spannen sich aus den unterschiedlichsten Gründen an. Wie vorhin im Schlafzimmer zum Beispiel, als du mich angefasst hast …« Die Erinnerung an ihren Mund und ihre Hände auf seiner Haut versetzte die Region südlich seines Bauchnabels sofort wieder in Aufruhr.

»Dich anzufassen, ist wunderschön.« Sie küsste ihn zärtlich. »Und ich habe keine geheime Schwäche für Sinny.«

Er seufzte erleichtert auf. »Immerhin ein Mann auf dieser dicht besiedelten Welt, wegen dem ich mir keine Sorgen machen muss.«

»Weil ich ja schon so viele hatte«, sagte sie sarkastisch.

»Selbst wenn du schon hundert Lover gehabt hättest, mir wäre das egal. Okay, vielleicht nicht ganz. Hundert sind doch eine ganze Menge.«

»Hör auf.« Sie küsste ihn noch einmal. »Bis jetzt war ich nur mit zwei anderen zusammen.«

»Auch wenn es nur zwei waren, ich will mir das gar nicht vorstellen, Baby.«

»Ich dachte bloß, es interessiert dich vielleicht.«

»Ja und nein.« Das war ein zweischneidiges Schwert. In gewisser Weise war er neugierig. Andererseits wollte er nicht einmal daran denken, dass ein anderer bei ihr war. Vor allem, weil er sich nicht vorstellen konnte, dass irgendein Mann, der mehr als ein paar Stunden mit ihr verbracht hatte, noch einmal irgendwo anders sein wollte.

»Den ersten richtigen Freund hatte ich am College und er war blind. Wir waren ein paar Monate zusammen. Mit ihm habe ich zum ersten …«

Boyds Finger drückten sich besitzergreifend in ihr Kreuz, und er stellte ihr dieselbe Frage, die sie ihm wegen Holly gestellt hatte. »Hat er dich gut behandelt?«

Sie berührte seine Wange, und er wusste, dass sie versuchte, seine Stimmung einzuschätzen. Sicher war die Anspannung, mit der er auf ihre Antwort wartete, deutlich spürbar.

»Ja. Hat er. Wir waren lange einfach nur gute Freunde. Deshalb habe ich mich mit ihm sicher gefühlt, als wir schließlich im Bett gelandet sind. Aber ziemlich bald ist uns klar geworden, dass unsere Beziehung trotz allem noch immer bloß freundschaftlich war. Wir haben uns wohlgefühlt miteinander. Aber ich wollte mehr als das. Nach der Trennung sind wir Freunde geblieben, aber du weißt ja, wie so was läuft.«

Er küsste sie auf die Stirn, war froh, dass sie nicht von irgendeinem Idioten ausgenutzt worden war.

»Und der andere?«

»Der war ein Sieht-was, so wie du.« Sie strich mit dem Finger an seiner Brust nach unten und hinterließ eine heiße Spur.

»Ein Sieht-was?«

»Hm-hm. Nicht blind. Wir haben uns in meinem letzten Collegejahr kennengelernt und waren viel mit Freunden unterwegs. Wenn wir zu einer Party gegangen sind und er sich dort mit anderen unterhalten hat oder mal nicht bei mir war, gab es immer jemanden, der mir geholfen hat, die Toilette zu finden oder mir etwas zu trinken zu holen. Vor den Abschlussprüfungen haben wir uns dann seltener getroffen. Wir waren beide mit unserer Zukunftsplanung beschäftigt. Und dabei haben wir uns voneinander entfernt. Oder er sich von mir. Kiki hat es schon Wochen vor mir gemerkt, aber bis es mir ebenfalls klar wurde, hat es eine Weile gedauert. Er war nicht nur bei Partys ziemlich unaufmerksam, er war einfach gelangweilt von mir.«

Sich Janie bei irgendeiner Feier auf sich selbst gestellt vorzustellen, weckte in Boyd den Wunsch, dem Kerl einen Besuch abzustatten und ihm Manieren beizubringen. Wie konnte irgendwer von ihr gelangweilt sein? Und, verdammt, sie einfach sich selbst überlassen? Unwillkürlich hielt er sie noch fester.

»Passt Kiki deshalb so gut auf dich auf? Weil sie verhindern möchte, dass dich noch einmal jemand so behandelt wie er?«

»Ja und nein. Gegenüber Frauen ist sie oft noch kritischer als bei Männern. Frauen können nämlich ziemlich gehässig sein. Ihre abschätzigen Blicke sehe ich zwar nicht, aber ich kann sie spüren. Wenn du in einem Raum voller Menschen die Augen schließt, nimmst du alles Mögliche wahr. Vielleicht achtest du darauf, wie jemand atmet, welche Worte er wählt oder ob er nervös mit dem Fuß oder mit der Hand tippt.«

»Warum sollten Frauen dir gegenüber gehässig sein? Als wir im Café heiße Schokolade getrunken haben, war es nur Spaß, als ich gesagt habe, die Ladys würden dir böse Blicke zuwerfen. Aber dass die Männer dich abgecheckt haben, stimmt.«

»Kiki meint, das hätte nichts mit mir zu tun. Sie sagt, Frauen würden einander genauso gegenseitig taxieren wie Männer.« Sie bettete den Kopf auf seine Brust. »Bei mir tun sie es vermutlich, weil ich oft viel Aufmerksamkeit von meiner Begleitung brauche. Vor allem, wenn ich meinen Stock nicht bei mir habe oder ihn irgendwo nicht benutzen kann. Dann muss ich mich an einem Arm festhalten oder an einer Hand. Vielleicht sind manche Frauen neidisch, weil ich eine Extrawurst gebraten bekomme. Oder es sieht für sie aus, als wäre ich ganz besonders besitzergreifend, obwohl ich diejenige bin, die sich führen lässt. Versteh mich nicht falsch, Händchenhalten ist schön, aber das ist was anderes. Um bei einem Fest oder bei einer Party einen Raum zu durchqueren, brauche ich nun mal entweder meinen Stock oder eine sehende Person, damit ich nicht ständig jemanden anremple.«

Er vermutete, dass manchmal eben doch Neid im Spiel war. Janie war eine wirklich attraktive Frau und süßer als Sommerregen. Sie war klug und sie war witzig. Sie war das perfekte Gesamtpaket, und er kannte durchaus Frauen, die auf sie eifersüchtig gewesen wären.

»Ich verspreche dir, dass ich immer bei dir bleibe, ganz gleich, wohin wir gehen, Honey.«

Janie hob den Kopf. Er schloss sie zärtlich in die Arme und rollte sich mit ihr auf die Seite.

Langsam und sinnlich trafen ihre Lippen aufeinander. Ihr geschmeidiger Körper schmiegte sich an seinen und ihr heißer, williger Mund öffnete sich für ihn. Ihre Zungen umspielten einander, der Kuss wurde intensiver. Sie schmeckte nach Verlangen, und er dachte an den Moment, an dem er den Mund zwischen ihren Beinen vergraben hatte. Lustwellen durchjagten seinen Körper. Und, verdammt, er wusste genau, wenn er nicht aufhörte, sie zu küssen, sie zu verschlingen, wenn er die Ohren nicht vor ihren sexy kleinen Lauten verschloss, würde er es nie schaffen, sich von ihr loszureißen. Sie war der Funke für sein Inferno. Und wenn sie ihr Becken weiterhin an ihm rieb, würde er explodieren.

Seine Zunge erforschte ihren Mund. Gleichzeitig suchte er nach der Entschlossenheit, diesen Kuss zu beenden und durch die Tür zu gehen, damit er Janie nicht mit den Gefühlen erdrückte, die ihn überfluteten. Doch sie schmeckte zu gut, war zu verführerisch. Frech und wild biss sie in seine Unterlippe und er stöhnte lustvoll auf.

»Janie.« Er wusste selbst nicht, ob das eine Warnung oder eine Bitte war.

»Ich teste nur die Möglichkeiten«, sagte sie zwischen zwei schweren Atemzügen. »Recherche.«

»Wenn ich jetzt nicht sofort gehe, Baby, dann landen wir im Bett, und mit Recherche hat das dann nichts mehr zu tun.«

Er schaute ihr liebevoll in die Augen, wusste, dass sie es spürte, wenn er das tat. Sie berührte seine Wange, las seine Gefühle und ganz sicher auch seine geheimsten Wünsche.

»Was, wenn ich mehr als Recherche mit dir anstellen möchte?« Das klang ein bisschen zaghaft.

Er wollte nicht den kleinsten Zweifel. Sie sollte sich ganz sicher sein. »Wenn du das wirklich willst, wird es kein ›Was, wenn‹ mehr geben.«

Zehn

Nach einer unruhigen Nacht stand Boyd früh auf und ging laufen. Er hatte Janie geholfen, sich zum Schlafen zurechtzumachen, und wieder war es zu atemberaubend aufwühlenden Küssen gekommen. Die Geräusche dabei, ihr stoßweiser Atem und wie Janies sexy Körper sich an seinen drängte, hatten seine Vorsätze beinahe zunichte gemacht. Er war tatsächlich kein Mann, der unverbindliche Abenteuer suchte, und wusste mit jeder Faser seines Herzens und seiner Seele, dass seine Empfindungen für Janie größer und echter waren als alles, was er je zuvor in sich gespürt hatte. Doch er wollte nicht einfach davon ausgehen, dass sie dasselbe empfand. Und was noch wichtiger war, er wollte vermeiden, dass sie eine Entscheidung in der Hitze der Leidenschaft traf anstatt aus tiefstem Herzen.

Er stellte sich unter die Dusche, zog sich an und war bereits um acht auf dem Weg zu ihr. Zu ihrem Morgenspaziergang – oder zu ihrer Morgenausfahrt – zum Blumengeschäft an der Ecke. Er wusste, dass Kiki ihr beim Duschen und Anziehen helfen würde, doch er hatte Janie die ganze Nacht lang vermisst und sich Sorgen gemacht, sie könnte stürzen, falls sie im Halbschlaf aufstand und dabei ihren verletzten Knöchel vergaß. Bilder von den Blutergüssen auf ihrer Schulter und ihrer Hüfte verfolgten ihn, und er wurde das Gefühl nicht los, dass er hätte bei ihr bleiben sollen.

Er stieg in ein Taxi und schrieb ihr eine Nachricht. *Wie geht's meinem Mädchen? Bereit zum Blumenkauf?*

Sie antwortete sofort. *Sonntags öffnen sie später. Aber du fehlst mir. Kommst du?*

Er hoffte, dass seine Antwort sie zum Lächeln bringen würde. *Bin schon unterwegs.*

Ein paar Minuten später ließ ihn Kiki in Janies Wohnung. »Guten Morgen, Romeo.« Der Pferdeschwanz, zu dem Kiki ihr dunkles Haar hoch oben auf dem Kopf zusammengebunden hatte, wippte bei jedem Schritt.

»Hey, Kiki.« Er ging zu Janie. Sie saß auf der Couch und dann lag sie in seinen Armen. Er schaute ihr in die Augen und küsste ihren süßen Mund. Die Unruhe, die ihn die Nacht über begleitet hatte, fiel von ihm ab. Das Haar floss ihr über die Schultern und der Bluterguss auf ihrer Wange war schon ein wenig blasser geworden. Ihr hellblaues Top unterstrich ihre Augenfarbe. Doch was sein Herz höherschlagen ließ, war das Lächeln auf ihren Lippen.

»Du bist über Nacht noch schöner geworden.« Er drückte den Mund auf ihren.

»Und du hast jede Menge kitschige Sprüche auf Lager.« Sie strich ihm mit den Fingern durchs Haar und lächelte ihn an.

Kiki ließ sich in einen Sessel fallen. »Es geht sogar noch schöner. Wegen dem Bluterguss will sie nicht, dass ich sie schminke. Aber mit ein bisschen Make-up haut sie dich aus den Socken.«

»Das tut sie auch so«, sagte er ehrlich. »Danke, dass du ihr heute Morgen geholfen hast.«

»Hey«, gab Kiki zurück. »Das ist mein Spruch.«

»Einfach himmlisch, so von vorn bis hinten bedient zu werden«, säuselte Janie.

»Was macht der Knöchel?« Er half ihr, sich auf der Couch auszustrecken, während Kiki in die Küche marschierte. Mit Freude sah er, dass die Schwellung zurückgegangen war.

»Dem geht's schon besser«, antwortete Janie. »Gleich nach dem Aufstehen habe ich einen kurzen Testlauf mit der Krücke gemacht. Zusammen mit der Schiene hat das ganz gut geklappt.«

»Ich wollte es ihr verbieten, aber bei Janie ist das aussichtslos«, rief Kiki aus der Küche.

»Es ist ja auch gutgegangen. Außerdem kann ich euch beide ja nicht ewig für mich einspannen.«

Wollen wir es darauf ankommen lassen? Der Gedanke kam so schnell, dass Boyd sich selbst überraschte. Er blinzelte ein paarmal, als würde ihm das helfen, Ordnung in seinen Kopf zu bringen. Erfolglos. »Das Bein zu belasten war nicht zu schmerzhaft?«

»Es war auszuhalten. Außerdem muss ich morgen ins Büro und sollte mich daran gewöhnen.« Sie drückte seine Hand. »Ich kriege das hin, Boyd. Ich weiß, du machst dir Sorgen. Aber ich bin stärker, als du glaubst.«

»Ich habe schon eine ziemlich gute Vorstellung davon, wie stark – und wie stur – du bist. Und das ist auch gut so. Aber bei deiner ersten U-Bahn-Fahrt wäre ich gerne dabei. Nur um sicher zu sein, dass du mit Stock, Schiene und Krücke, mit dem ganzen Equipment gleichzeitig zurechtkommst. Es sei denn, ich kann dich überreden, ausnahmsweise mit dem Taxi zur Arbeit zu fahren.«

»Mit dem Taxi? Keine Chance. Das mit der U-Bahn kriege ich schon hin.« Sie sagte das, als wäre es eine Kleinigkeit. Doch er sah ihr die unausgesprochenen Bedenken an.

Möglicherweise saß der Schock des Sturzes tiefer, als sie wahrhaben wollte. Sie die erste U-Bahn-Fahrt nach ihrem Unfall alleine unternehmen zu lassen, kam für ihn überhaupt nicht infrage. Doch er kannte sie bereits gut genug, um sie nicht zu sehr zu drängen.

»Warum versuchen wir es nicht gemeinsam?«, bot er noch einmal an. »Wir machen einen Ausflug zum Blumenladen, gönnen uns unterwegs ein Frühstück, und wenn du hinterher keine Schmerzen hast, üben wir das U-Bahn-Fahren mit Krücke.«

»Okay. Aber ich denke, es würde auch so gehen.« Sie hob das Kinn auf die ihr eigene trotzige Art, und er konnte nicht widerstehen und drückte ihr einen Kuss darauf.

Boyd schob die Möbel im Wohnzimmer beiseite, damit Janie einen Übungslauf mit der Krücke machen konnte. Mit seinem Arm um ihre Taille und der Krücke als Stütze erklärte sie Fahrten im Rollstuhl für abgehakt.

Kiki schloss sich ihnen an. Weil das Blumengeschäft noch nicht geöffnet war, gingen sie zu Tee und Muffins in ein Café um die Ecke. Es war schön, Janie lachen und ihren rechten Arm wieder unbefangener bewegen zu sehen. Allerdings fürchtete Boyd, dass die Schmerzen wieder schlimmer werden könnten, wenn sie zu lange mit der Krücke unterwegs war. Wenn er sie führte, konnte sie auf ihren Stock verzichten. Doch er sorgte sich, wie sie klarkommen würde, wenn er nicht bei ihr war.

Während sie sich an einem Tisch vorn im Café die Muffins schmecken ließen, trat eine füllige Frau mit Salz-und-Pfeffer-Haar aus der Küche.

»Hi.« Kiki winkte ihr zu. »Es ist Bonnie«, sagte sie zu Janie.

Die Frau warf einen Blick auf Janies Unterschenkelschiene

und die Krücke neben dem Tisch. Sie runzelte die Stirn. »Heiliger Strohsack, was ist denn mit dir passiert, Janie?«

Janie erzählte ihr von ihrem Sturz und Bonnie schnalzte mit der Zunge und schüttelte den Kopf. »Ach du liebe Güte. Kann ich irgendwas für dich tun?«

»Danke, das ist lieb. Aber ich bin in guten Händen. Kiki und Boyd unterstützen mich sehr.« Janie berührte Boyd am Arm. »Boyd, das ist Bonnie Fletcher. Ihr gehört das Café. Bonnie, das ist Boyd. Er hat mich direkt nach dem Unfall gefunden und sich um mich gekümmert. Er ist Rettungssanitäter, er wusste also sofort, was zu tun war.«

»Schön, dich kennenzulernen, Boyd. Du bist Sanitäter?« Bonnie nickte. »Dann ist Janie bei dir wohl tatsächlich gut aufgehoben. Aber falls du etwas brauchst, Janie, Lebensmittel oder jemanden, der dich begleitet, gib Bescheid. Ich helfe dir gerne, du musst es nur sagen.«

Ein paar Minuten später verließen sie das Café.

»Bonnie ist wirklich sehr nett und hilfsbereit«, sagte Boyd auf dem Weg zum Blumengeschäft.

»Wir haben sie gleich nach unserem Einzug kennengelernt«, erklärte Kiki.

»In unserem ersten Monat in New York haben wir fast jeden Morgen bei ihr gefrühstückt«, ergänzte Janie.

»Janie?« Ein dunkelhaariger Mann trat hinter einem Zeitungsstand hervor.

»Mr. Gregory?« Die nächste Bemerkung raunte Janie Boyd ins Ohr. »Er ist ein lieber Kerl.«

»Sieht nach einer harten Landung aus.« Der Mann musterte Boyd stirnrunzelnd.

»Halb so schlimm, Mr. Gregory«, antwortete Janie. »Hab mir bloß den Knöchel verstaucht.«

Bloß den Knöchel verstaucht. Boyd hatte langsam das Gefühl, dass Janie ihre Unabhängigkeit nicht nur aus Sturheit so verbissen verteidigte. Für sie war ihr Unfall offenbar wirklich nur eine Episode, und eigentlich sollte das auch für ihn so sein. Würde er sich ähnlich große Sorgen machen, wenn sie nicht blind wäre? Vermutlich. Allein der Gedanke, Janie könnte stolpern und sich noch schwerer verletzen, setzte ihm zu. Aber dass er sich eine solche Frage überhaupt stellte, gab ihm zu denken. Er nahm sich vor, sie möglichst nicht zu sehr zu behüten.

Viel Erfolg damit.

Seine Gefühle für Janie waren bereits so intensiv, dass er keine Ahnung hatte, wie er seinen Beschützerinstinkt bezähmen sollte. Aber er würde es versuchen.

»Ich möchte euch nicht aufhalten.« Mr. Gregory gab Kiki eine Zeitung. »Geht aufs Haus. Pass gut auf unsere Janie auf.«

»Du hast mir eine Runde Huckepack versprochen«, sagte Janie zu Boyd.

»Hey, wenn mein Mädchen einen wilden Ritt will, soll sie einen kriegen.« Boyd gab Kiki Janies Krücke.

»Janie! Er hat bereits sein Leben für dich in den Standby-Modus versetzt.« Kiki nahm die Krücke und Boyd hievte Janie schwungvoll auf seinen Rücken.

»Du könntest mich einfach überallhin tragen, dann müsste ich nie wieder mit der U-Bahn fahren.« Janie küsste ihn auf die Wange und Kiki schüttelte den Kopf.

»Für eine, die ihre Unabhängigkeit immer mit Klauen und Zähnen verteidigt, bist du ganz schön verwöhnt«, frotzelte sie.

Janie legte die Arme noch fester um Boyd und schmiegte die Wange an seine. »Nun sei doch nicht so. Ich musste die ganze Nacht ohne ihn durchstehen. Verwöhnt sein geht anders.«

»Klingt, als hättest du mich genauso sehr vermisst wie ich dich.« Boyd drehte den Kopf und küsste sie.

»Mir kommen die Tränen.« Kiki verdrehte die Augen, dann hielt sie Boyd die Tür des Blumengeschäfts auf. »Wenn ihr von jetzt an nonstop mit Turteln beschäftigt seid, muss ich mir ein Hobby suchen.«

»Janie, Herzchen, was ist denn mit dir passiert?« Ein hochgewachsener, gut aussehender Mann mit markanten Zügen und breiten Schultern stemmte eine Hand in die Hüfte, musterte Boyd und hob die Brauen. »Und wer ist dieses atemberaubende Geschöpf, das dich offenbar auf Händen trägt?«

Boyd streckte ihm eine Hand hin. »Boyd Hudson. *Chauffeur.*«

»Trick Myer, schön, dich kennenzulernen.« Er drückte Boyd die Hand und wandte sich an Kiki. »Du lieber Himmel, Kiki-Baby. Was habe ich denn nicht mitbekommen?« Er umarmte sie.

»Ich bin gefallen.« Janie hob den verletzten Knöchel ein wenig an.

»Vom Bahnsteig in der U-Bahn.« Kiki legte einen wunderbar farbenprächtigen Blumenstrauß auf die Theke.

Trick schnappte nach Luft. Boyd setzte Janie vorsichtig ab, legte ihr einen Arm um die Taille und stützte sie.

»Vorsicht, Honey.«

»Honey?« Trick küsste Janie auf die Wange. »Es gibt wohl so manches, was ich nicht mitbekommen habe. Los, Herzchen, erzähl mir alles.«

Janie erzählte Trick von ihrem Unfall und wie Boyd sie gefunden hatte. Trick hielt ihre Hand und stellte unzählige Fragen. Einerseits wohl, um mehr über Janies Verletzung zu erfahren, andererseits offenbar auch, um sich ein Bild von Boyd zu machen. Boyd war froh, dass Janies Wohlergehen so vielen Menschen am Herzen lag. Es war, als wollte sich ein ganzes Dorf um sie kümmern, was für diese Stadt recht ungewöhnlich war. Ganz hinten in seinem Kopf regte sich eine besorgte Stimme. Er war dabei, sich in eine wunderbare Frau zu verlieben, die sich hier in New York ein Leben aufgebaut hatte. Und wenn er einen Studienplatz bekam, würde seine Zeit hier bald zu Ende gehen.

Bei der Rückkehr in ihre Wohnung war Janie bester Dinge. Den ersten Ausflug mit der Krücke hatte sie ohne größere Schmerzen geschafft, und sie hatte frische Tulpen für ihr Schlafzimmer. Kiki bot an, den Rollstuhl am Nachmittag zum Krankenhaus zurückzubringen. Sie behauptete, es läge auf ihrem Weg und sie hätte sowieso vor, shoppen zu gehen. Doch Janie nahm an, dass sie ihr vor allem ein paar ungestörte Stunden mit Boyd geben wollte. Natürlich hatte sie Kiki gegenüber ein schlechtes Gewissen, konnte es gleichzeitig aber kaum erwarten, mit Boyd allein zu sein.

Boyd bestand darauf, ihr noch einmal einen Eisbeutel auf den Knöchel zu legen. Nur um ganz sicher zu gehen, dass sie die Schwellung im Griff hatten. Janie nutzte die Gelegenheit, sich in die Arbeit an *Sündige Fantasien* zu vertiefen. Zusammen machten sie es sich auf der Couch bequem, Janies Füße lagen in Boyds Schoß. Beim Lesen massierte er ihren linken Fuß und lenkte sie damit von der Szene ab, die sie eigentlich schreiben wollte. Ihr Held und ihre Heldin küssten sich gerade zum ersten

Mal, und da musste jedes Wort sitzen. Sie dachte an den ersten Kuss mit Boyd, an die pulsierende Hitze in ihrem Inneren und wie ihr Magen ein bisschen verrücktgespielt hatte. Etwas ganz Ähnliches versuchte sie jetzt zu beschreiben, doch das war schwieriger als gedacht. Vielleicht half ja eine kleine Auffrischung.

»Könntest du mir bitte mit meiner Szene helfen?«

»Gern. Aber ich weiß nicht, ob ich das kann.«

Keine Sorge. »Es ist die Szene, in der sich meine Hauptfiguren zum ersten Mal küssen. Und sie haben dabei wenig Platz.« Sie hob sich auf die Knie und setzte sich dann rittlings auf seinen Schoß. »Diese Stellung könnte ganz praktisch sein.«

Seine Hände legten sich an ihre Taille und umfassten dann ihren Hintern. »Die ist hervorragend.« Er küsste ihren Hals und sein Haar kitzelte ihre Haut. »Alle strategischen Stellen sind mühelos erreichbar.«

Seine Zunge streichelte ihren Hals und schickte einen Lustpfeil direkt zwischen ihre Beine.

»Soll ich meine Hände lieber hierhin …« Sie packte seine Schultern. »… oder dahin legen?« Sie schlang die Arme um seinen Hals und drückte sich an seine Brust. Ihre Nippel richteten sich auf. Dass die frechen Dinger sich geradezu schmerzhaft nach einer Berührung sehnen konnten, war ihr neu. Aber jetzt pochten sie vor lauter Begierde.

»So ist es definitiv besser.« Seine Stimme klang belegt, seine Hände fanden den Weg unter ihr Shirt und auf ihren Rücken. Er hielt ihre Schultern fest und hob sein Becken, sodass sie seine Erregung an ihrer Mitte spürte.

»Oh. Diese Stellung ist wirklich angenehm«, hauchte sie atemlos. »Und …«

Sein Mund lag bereits wieder an ihrem Hals. Er saugte an der empfindlichen Haut und streichelte Janie mit seiner Zunge langsam aber unaufhaltsam um den Verstand.

»Wir wollten doch eigentlich …« Sie war schon froh, dass sie noch atmen konnte. Klar denken war völlig unmöglich.

»Es ging um den ersten Kuss«, erinnerte er sie. Mit sinnlichen Bewegungen rieben seine Hände ihren Rücken, dann ihre Rippen und die Seiten ihrer Brüste.

»Ja, genau …«

Wieder hob er das Becken an, und das Gefühl war so aufregend, dass sie keine Sekunde länger warten konnte. Mit beiden Händen zog sie sein Gesicht zu sich, dann trafen ihre Münder in wildem Verlangen aufeinander. Jeder seiner Zungenschläge sorgte dafür, dass sie noch mehr von ihm wollte. Er packte sie an den Hüften, seine Erektion drängte sich fest an ihre Hitze. Sie war feucht und ganz verrückt nach seinen starken Händen. Plötzlich sehnte sie sich so sehr nach seinem nackten Körper an ihrem, dass sie ein wenig die Kontrolle verlor. Aber sein Mund, sein himmlischer Mund, war zu köstlich, um auch nur eine Sekunde lang auf ihn zu verzichten. Seine Küsse versengten sie, und als er die Finger in ihrem Haar vergrub und die Lippen von ihren löste … *Nein! Komm zurück!* … atmete er schwer, und sie atmete fast gar nicht mehr.

Er legte die Wange an ihre, und sie liebte die Nähe und Vertrautheit dieser Geste. An seinen zum Zerreißen gespannten Muskeln las sie ab, wie mühsam er sich beherrschte.

»Janie«, atmete er. »Großer Gott, Janie.«

Sie rieb sich an der Wölbung in seinen Jeans und im Nu lag sie unter ihm. Ihr verletzter Knöchel hing über die Kante der Couch. Boyd beugte sich über sie und küsste sie gierig. Mit klopfendem Herzen zerrte sie an seinem Shirt.

»Zieh das aus.«

Einen Atemzug lang hob er den Oberkörper, dann war seine Brust nackt und er schob ihr Shirt und ihren BH nach oben.

»Du bist so wunderschön.« Er küsste sie. »Gott, ich liebe deinen Körper.«

Sein Mund spielte mit einer ihrer Brüste, während sich seine Hüften in perfektem Einklang mit seiner Zunge bewegten. Janies Nervenenden standen unter Strom. Boyd knabberte frech an einem Nippel, dann schenkte er der anderen Brust dieselbe atemberaubende Aufmerksamkeit. Mit weit gespreizten Schenkeln drängte sich Janie seinen Stößen entgegen. Die Reibung jagte Hitzewellen zwischen ihre Beine, machte sie noch feuchter und ganz wild. Sein Mund verschlang ihren, er schob die Hände unter ihren Hintern, zog sie an seinen harten Schaft und rieb sich rhythmisch an ihr. Von ihrer hungrigen Mitte bis in ihre Brust und von dort bis in ihre Fingerspitzen breitete die Glut sich aus. Ihr Atem ging stoßweise, sie hörte nur noch die Geräusche ihrer Küsse und wohliges Stöhnen. Wie von selbst schlangen sich ihre Schenkel um Boyds Hüfte, während er sie mit dem perfekten Druck und dem perfekten Tempo einem Höhepunkt entgegentrieb.

»Lass dich fallen, Baby.« Seine Stimme war getränkt von Verlangen und Leidenschaft.

Oh Himmel. Oh! Ein weiterer fordernder Kuss, erneut eine leidenschaftliche Berührung mit seinem harten Schaft, und ihre Welt zerstob in einem Kurzschluss all ihrer Sinne. Lichter, Geräusche und Gefühle, für die sie keinen Namen hatte, rissen sie in einen Strudel. Sie bäumte sich auf, warf den Kopf hin und her und überließ sich ganz dem Ausbruch des Vulkans, zu dem sie plötzlich geworden war. Boyd behielt den Rhythmus unerschütterlich bei, küsste, saugte und rieb sie, bis auch die letzten Wellen ihres Höhepunkts verebbt waren. Heiß und zärtlich legte er danach die Hände an ihre Wangen. Er ließ sanfte Küsse auf ihre Lippen, ihr Gesicht und die Stellen neben ihren Ohren regnen.

Janie konnte nur daliegen und atmen und das wohlige Gefühl genießen, das sie durchflutete. Boyd rückte ihren BH und ihr Top zurecht, dann nahm er sie in die Arme.

»Du bist so schön, wenn du kommst«, raunte er ihr ins Ohr.

Die Worte waren sexy und ein bisschen ungezogen, und es war himmlisch, sie zu hören.

»War das okay für deine Erster-Kuss-Szene?«, fragte er mit einem Lachen in der Stimme.

Heiliger Bimbam. Dass sie eigentlich über einen ersten Kuss hatte schreiben wollen, hatte sie völlig vergessen.

Ein Schlüssel drehte sich im Schloss der Wohnungstür und eine Sekunde später stürmte Kiki herein. »Hab meine Handtasche ver...«

Janie spürte, wie ihre Wangen heiß wurden, doch die letzten Minuten mit Boyd hätte sie um keinen Preis der Welt missen wollen. Er fuhr erschrocken hoch und jagte damit auch ihr einen Schreck ein. Sicher wollte er vermeiden, dass Kiki seine Narben sah. Janies Hand flog zu seinem Rücken, seine Muskeln waren wie gespannte Taue und er zog sich hektisch das Shirt über den Kopf. Wie eilig er es hatte, sich zu bedecken, gab ihr einen Stich ins Herz.

»Ihr beide macht mich fassungslos!« Kikis Ton war nicht so leicht wie sonst, und Janie schloss daraus, dass sie die Narben gesehen hatte. Sie hörte, wie Kiki erst in die Küche eilte und dann ins Wohnzimmer zurückkam.

»Wir brauchen ein Zeichen.« Sie klang jetzt wieder heiterer. *Danke, dass du kein Drama daraus machst.*

»Eine Socke draußen an der Tür oder irgendwas, um mich zu warnen. Ich will euch nicht eines Tages splitternackt auf der Couch überraschen.«

»Vielleicht sollten wir in Zukunft anklopfen, wenn wir einander besuchen«, schlug Janie vor.

»Eigentlich schön, solche Probleme zu haben. Sorry. Ich hätte klopfen sollen.«

Janie bedeckte ihr Gesicht.

»Okay, ich bin weg«, sagte Kiki. »Nächstes Mal klopfe ich an, und ihr könntet vielleicht ins Schlafzimmer gehen. Auf dieser Couch muss ich ja später noch sitzen.«

Janie warf ein Kissen in ihre Richtung.

Als Kiki gegangen war, atmete Janie tief aus. »Tut mir leid. Du wolltest nicht, dass sie deine Narben sieht, nicht wahr?« Unter ihrer Hand spürte sie, wie sich seine Anspannung noch verstärkte, und wünschte sich von ganzem Herzen, sie könnte sie ihm nehmen.

Boyd zuckte mit den Schultern. »Ich war einfach ziemlich überrumpelt …« Er atmete tief durch und drehte sich wieder zu ihr. »Sollen wir uns deine sexy Krücke schnappen und eine Runde U-Bahn fahren?«

Thema vertagt, aber nicht vergessen.

Elf

Kurze Zeit später standen sie auf dem belebten U-Bahn-Steig, und Boyd fragte sich zum x-ten Mal, wo all die vielen Leute am Abend von Janies Unfall gewesen waren. Die Krücke umklammerte sie so fest, dass ihre Fingerknöchel weiß hervortraten. Und inzwischen war Janie mindestens so blass wie Kiki vorhin beim Anblick seines Rückens. Vielleicht war es gut, bald einmal mit Kiki zu reden. Aber im Augenblick musste er sich um Janie kümmern.

»Sprich mit mir, Honey.« In einer Hand hielt er ihren Stock, mit der anderen stützte er sie. Er war froh, dass er sie den ersten Versuch nicht alleine hatte machen lassen.

»Bis … bis eben war mir gar nicht klar, wie sehr mir die Angst noch in den Knochen steckt.«

»Vielleicht ist es einfach noch zu früh. Wir können es ein andermal versuchen.«

»Nein«, schnaubte sie. »Gott, wie ich das hasse. Ich muss das hinkriegen. Wie soll ich mich denn sonst in dieser Stadt vorwärtsbewegen?«

»Der Sturz war ein traumatisches Erlebnis und zudem bist du jetzt mit einer Krücke unterwegs. Das macht es nicht leichter.«

Sie schüttelte ungeduldig den Kopf. »Vor der U-Bahn habe ich keine Angst. Ich muss bloß die Angst vor dem Stolpern wieder loswerden.«

»Okay. Soll ich dich festhalten? Oder die Leute bitten, dir Platz zu machen?«

»Nein, bitte tu das nicht. Das wäre schlimm für mich. Ich muss es alleine schaffen. Und die Krücke ist nicht das Problem. Das Problem ist die Angst. Sie sitzt wie ein dicker Brocken in meiner Brust und will mir die Luft abdrücken.«

»Nach dem, was du erlebt hast, ist das eine völlig normale Reaktion.« Er hätte alles dafür gegeben, ihr die Beklommenheit zu nehmen. Doch die Überwindung der Angst war ein Prozess, den sie Schritt für Schritt durchlaufen musste. Das wusste er aus Erfahrung. Nach dem Tod seiner Eltern hatte ihn lange Zeit jedes Mal Panik befallen, wenn die Gasheizung ansprungen, wenn ihm der Rauch von einem Gartengrill oder einem Lagerfeuer in die Nase gestiegen war. In hundert kleinen alltäglichen Situationen hatte die Angst ihn immer wieder gepackt. Um Janie zu beruhigen, hielt er ihren Arm ein wenig fester.

»Okay. Es ist okay.« Sie atmete ein paar Mal tief durch.

Er hörte, wie der Zug sich dem Bahnhof näherte. Die Wartenden strebten in Richtung Bahnsteigkante und sein Magen zog sich plötzlich nervös zusammen. Es war, als wollte sich in wenigen Sekunden ein ganzer Sardinenschwarm durch die sich öffnenden Türen drängen. Wie in aller Welt hatte Janie das vor dem Unfall alleine geschafft? Wie sollte sie ihren Stock und die Krücke benutzen, ohne einfach umgerannt zu werden?

»Wir üben, bist du es im Schlaf kannst. Aber für diese Woche lasse ich mir einen neuen Dienstplan geben, damit ich dich auf dem Weg zur Arbeit und wieder zurück begleiten kann.«

Sie packte die Krücke noch fester. »Das musst du nicht tun. Ich komme schon klar.«

»Mit Sicherheit. Aber für meine Mannschaft bin ich ziemlich unnütz, wenn ich mir die ganze Zeit Sorgen um dich mache. Ich will dich wirklich nicht erdrücken. Aber bei dir sein zu können, solange du noch eine Krücke brauchst, gibt mir ein besseres Gefühl.«

Der Zug kam kreischend zum Stehen. Janies Herz trommelte gegen ihre Rippen. Sie hörte das vertraute Geräusch der schweren, sich öffnenden Türen, gefolgt von etwas, das wie ein schnell fließender Fluss klang. Das waren die herausdrängenden Fahrgäste. Stimmen und Schritte zogen an ihr vorbei, dann spürte sie die Richtungsänderung, als die Wartenden vorwärtsdrängten. Und sie erstarrte.

Boyds Griff wurde fester. »Du bestimmst, wann wir gehen.«

Die Erinnerung an den Sturz sprang sie an wie ein wildes Tier. Die unheimliche Stille, der kurze schneidende Schmerz, als ihre Fußspitze hängenblieb und sie sich den Knöchel verdrehte. Dann der höllische Schreck und das hohle Gefühl in ihrer Magengrube, als ihr klar wurde, dass sie die Balance verloren hatte. Die wilde Panik des freien Falls und der harte Aufprall auf den steinigen Untergrund.

Sie umklammerte Boyds Handgelenk und schüttelte den Kopf. »Ich kann nicht.«

»Kein Problem, Janie.« Er nahm sie in die Arme, und ihr war klar, dass er ihr Zittern spürte.

Die Wut über ihre Schwäche packte sie. »Mist, verdammter!«, stieß sie hervor.

»Ich weiß.« Er rieb ihren Rücken.

Er war so verständnisvoll, so fürsorglich. Eigentlich hätte sie dankbar sein sollen, doch dass sie ihn genau so *brauchte*, frustrierte sie noch mehr. Sie schob ihn von sich weg. Die mechanische Stimme aus den Lautsprechern forderte die Fahrgäste auf, sich von den sich schließenden Türen fernzuhalten.

»Es tut mir leid, Boyd. Eigentlich bin ich nicht so hilflos.« Ein sarkastisches Auflachen entfuhr ihr. »Oder vielleicht doch. Nur habe ich es bisher nicht gewusst.«

»Gütiger Himmel, Janie. Sei nicht so hart mit dir. Wenn ich auf die Schienen gefallen wäre, würde ich nicht sofort wieder Zug fahren wollen. Du bist nicht schwach oder hilflos. Du bist menschlich. Der Unfall steckt dir noch in den Gliedern. Im wahrsten Sinne des Wortes. Du hast immer noch Schmerzen und Blutergüsse. Wenn du einfach ohne jedes Zögern in ein U-Bahn-Abteil spazieren könntest, müssten wir uns vielleicht wirklich Sorgen machen.«

»Kann schon sein. Aber U-Bahn fahren gehört nun mal zu meinem Alltag. Ich muss es einfach können. Und wir bleiben, bis ich es schaffe.«

»Hilflos klingt anders, junge Frau.« Er lachte, und sie war ihm dankbar dafür, denn so fiel es ihr leichter, ihren inneren Tumult zu bekämpfen.

»Lass uns zur Bahnsteigkante gehen. Ich muss merken, dass ich mit den Unebenheiten zurechtkomme, über die ich gestolpert bin.«

In den nächsten Minuten gingen sie so oft zu dem Fliesenstreifen mit den Rillen und Erhöhungen und zurück, bis ihr das Atmen endlich leichter fiel. Der Bahnsteig füllte sich bereits wieder mit Menschen, und Janie war froh, dass Boyd sie das Tempo im Kampf gegen die Angst bestimmen ließ. Sie nahm an, dass er viel lieber die Arme weit ausgebreitet und ihr Platz verschafft hätte, damit sie sicher in ein Abteil gelangte.

Als es diesmal Zeit zum Einsteigen war, schaffte sie es bis zur Bahnsteigkante. Dann blieb sie stehen.

»Beim nächsten Mal steige ich ein.« Langsam wurde sie zuversichtlicher.

Auch der nächste Zug fuhr noch ohne sie aus dem Bahnhof. Doch von Panik war sie inzwischen weit entfernt. Beim übernächsten Zug folgte sie zusammen mit Boyd den anderen Fahrgästen durch die Tür. Die Krücke machte das Vorwärtskommen umständlich, und sie war froh, dass Boyd ihr zur Seite stand. Im Abteil hielt er sie ganz fest.

»Du bist der mutigste Mensch, den ich kenne.«

»Okay, zugegeben, ich bin ein bisschen stolz auf mich. Aber ich habe eine ganze Stunde gebraucht, um so weit zu kommen.«

»Du redest mit einem Mann, der noch immer mit einem Trauma kämpft, das Jahrzehnte zurückliegt. Eine Stunde ist eine reife Leistung.«

Dass er sein eigenes Trauma ansprach, betrachtete sie als Gelegenheit. Und die wollte sie sich nicht entgehen lassen. »Vielleicht wird es Zeit, dich deinen Dämonen zu stellen. Du hast mir gesagt, meine Blindheit wäre nur ein Teil von mir und es gäbe so viel anderes, was mich ausmacht. Damit hast du völlig recht. Gleichzeitig habe ich den Verdacht, dass deine Vergangenheit dein Leben noch sehr bestimmt. Über deine Albträume zu reden, könnte dir helfen.«

»Können wir das Thema bitte lieber lassen, Janie? Oder wenigstens nicht gerade jetzt und hier darüber sprechen?«

Sein drängender Ton machte ihr sofort wieder bewusst, dass er ihr mit der Geschichte seiner Narben etwas zutiefst Persönliches anvertraut hatte. Sie musste den richtigen Moment abwarten und dieses Gespräch führen, wenn sie allein waren und die nötige Ruhe dafür hatten.

»Selbstverständlich. Entschuldige bitte«, sagte sie reumütig.

Er küsste sie zärtlich, ohne jede Spur einer Anspannung. »Schon gut. Ich weiß, du willst mir helfen. Und das ist schön.«

Schweigend fuhren sie noch eine Station weiter. Dann stiegen sie aus, wechselten den Bahnsteig und warteten auf den Zug, der sie zurück zum Ausgangspunkt bringen würde. Das Aussteigen machte Janie nicht sonderlich nervös. Nur die Krücke war immer irgendwie im Weg. In den Zug für die Heimfahrt einzusteigen, schaffte sie beim zweiten Versuch. Beim ersten Zug packte sie noch einmal die Angst, doch als der nächste einfuhr, hatte sie sich wieder im Griff. Glücklich war sie mit diesem Zustand noch nicht, aber der Anfang war gemacht.

Auf dem Weg zurück zu ihrer Wohnung rief Boyd auf der Feuerwache an und redete mit Cash. Er tauschte seine Schichten, damit er die Woche über zusammen mit Janie U-Bahn fahren konnte. So sehr es ihr zuwider war, nicht völlig unabhängig zu sein, die Erleichterung überwog. Sie hatte nun mehr Zeit, sich mit seiner Unterstützung wieder ans Zugfahren zu gewöhnen.

»Cash hat uns für heute Abend eingeladen. Sienas Bruder Dex feiert den Verkaufsstart seines neuesten Videospiels. Dex ist einer der führenden Spieleentwickler hier in den Staaten. Bei der Party könnte es hoch hergehen. Ich weiß nicht, vielleicht sollten wir lieber etwas anderes machen.«

»Wie bitte? Für Dex ist das sicher ein Riesending und du gehörst praktisch zu seiner Familie. Wir müssen mit ihm feiern.

Ganz klar.«

»Und was ist mit deinem Knöchel?«

»Der ist verstaucht. Aber ich will nicht, dass du aus lauter Rücksichtnahme etwas verpasst. Ich komme schon klar.«

Nach einer kurzen Diskussion gab Boyd schließlich nach.

Das Wetter war schön und Janie hatte noch keine Lust, nach Hause zu gehen. »Mir fällt gerade ein, dass ich nicht mal weiß, wo du wohnst.«

»Bloß ein paar Straßenecken weiter.«

»Können wir anstatt zu mir diesmal zu dir gehen? Ich würde gerne ein bisschen in deine Welt eintauchen.«

»Tut das Laufen mit der Krücke dir nicht weh? Wie fühlt sich dein Knöchel jetzt an?«

»Hör auf, dich zu sorgen. Wenn es zu schlimm wird, sage ich Bescheid.«

»Du bist keine wirklich begnadete Lügnerin.«

Ein paar Minuten später standen sie vor Boyds Tür. In seiner Wohnung fühlte sich Janie sofort zu Hause. Sie erschnupperte seinen Geruch nach Männlichkeit und Stärke in den Räumen und versuchte, sich vorzustellen, wie er gestern Nacht hier angekommen war. Hatte er sie auch so sehr vermisst wie sie ihn, als sie allein in ihrem Bett gelegen hatte?

Er führte sie in seine Küche, die genauso schmal war wie ihre. Das Badezimmer roch noch viel mehr nach ihm, und im Wohnzimmer strich sie mit den Fingerspitzen über die Gegenstände, die Boyd ihr beschrieb.

»Alles nichts Besonderes. Dunkles Holz, schwere Möbel. Vermutlich sind die meisten Junggesellen so eingerichtet.«

Janie berührte seine Bettdecke, fühlte, wie weich und dick sie war. Sie versuchte, sich vorzustellen, wie er hier lebte. In dieser ruhigen Wohnung, ohne sie. Aber immer, wenn sie sich ausmalte, wie er das Schlafzimmer betrat oder am Herd stand, sah sie sich ganz in seiner Nähe.

Zurück im Wohnzimmer sank sie tief in die Polster seiner Couch. »Huch. Deine Couch verschluckt mich. Was für ein lustiges Gefühl.«

»Und ich finde es schön, wie du auf meiner Couch aussiehst.« Er legte ein Kissen auf den Couchtisch und bettete ihren Knöchel darauf.

»Beschreib mir deine Sachen. Ich möchte mir deine Welt vorstellen können.«

»Das geht schnell. Die Couch ist braun, der Couchtisch passt nicht zu den Bücherregalen, weil ich keinen sehr guten Geschmack habe.« Er beugte sich zu ihr und küsste ihren Hals. »Von meiner neuen Freundin mal abgesehen.«

»Keiner schmeichelt so wunderbar wie du«, schnurrte sie und lachte. »Was ist mit Bildern? Hast du Familienfotos?«

Er griff über sie hinweg, dann drückte er ihr ein gerahmtes Foto in die Hände. Ein zweites legte er in ihren Schoß. »Du hast eine Aufnahme von meinen Eltern in der Hand. An ihrem letzten Hochzeitstag vor dem Feuer. Ihre Köpfe berühren sich und sie lächeln. Meine Mom war unglaublich hübsch. Sie war zierlich, so wie meine Schwester Haylie. Die ist keine eins sechzig groß. Mein Vater war, wie gesagt, ein richtiger Bär von einem Mann. Auf diesem Foto sehen die beiden so lebendig aus, dass ich immer gar nicht glauben kann, dass sie nicht mehr da sind. Selbst nach all der Zeit.«

»Es tut mir so leid, dass du sie verloren hast.«

»Ja. Mir auch«, sagte er leise. Er reichte ihr das zweite Foto. »Das ist eine Aufnahme von Chet, Haylie, dem kleinen Scotty und mir.«

»Seht ihr Geschwister euch ähnlich?«

»Chet und ich haben dieselbe Statur, wir sind beide über eins achtzig groß und breitschultrig wie unser Dad. Chet hat an der Highschool Football gespielt. Ich nicht.«

»Weshalb nicht?«

»Das war nicht so mein Ding.«

»Wegen deiner Narben?« Dass er während seiner Highschoolzeit Dates vermieden hatte, hatte er ihr bereits erzählt. Vielleicht hatte ihn seine Unsicherheit ja bis in die Jungs-Umkleide verfolgt.

»Ja, zum Teil schon.« Er tippte mit den Fingern auf den Rahmen und wechselte das Thema. »Haylie und Scotty haben große blaue Augen, so wie du. Haylie hat helleres Haar als Chet und ich, genau wie unsere Mom. Auf dem Foto feiern wir Scottys dritten Geburtstag. Er sitzt stolz am Tisch und bläst die Kerzen aus. Haylie schaut ihn an, als würde er ihr die Welt bedeuten. Und das ist auch so. Meine Eltern hätten einen Riesenspaß an dem Kleinen gehabt.«

»Sie müssen dir sehr fehlen.«

»Ja. In jeder Minute an jedem einzelnen Tag.« Die Sehnsucht in seiner Stimme war greifbar. »Vor allem deshalb wollte ich gerne in Virginia studieren. Um in der Nähe meiner Familie zu sein.«

Bei dem Gedanken, dass er vielleicht bald wegging, wurde ihr ganz flau. Aber er hatte *wollte* gesagt, nicht *will*. Sie war überrascht. »*Wollte?*«

Er hob ihr Kinn und küsste sie. »Die Vorstellung, von dir weg zu müssen, lässt mich neu über meine Ziele nachdenken.«

Sie wusste nicht, was sie darauf antworten sollte. Auf das Medizinstudium hatte er sein Leben lang hingearbeitet. Und so sehr es sie schmerzte, dass er vielleicht bald nicht mehr hier sein würde, sie wollte ihm nicht im Weg stehen. Schließlich war aus ihrer lockeren Bekanntschaft aus der Firma erst seit diesem Wochenende mehr geworden. Obwohl es sich schon viel länger anfühlte.

»Hast du dich auch an Unis hier in der Nähe beworben?«

»Ja. Aber die Antworten stehen noch aus. Und im Moment möchte ich daran nicht mal denken. Schließlich habe ich mein Mädchen zum ersten Mal allein hier in meiner Wohnung.« Er zog sie in seine Arme, rieb seine Wange an ihrer und biss zart in ihr Ohrläppchen. »Was sollen wir denn jetzt machen?«

»Na ja. Ich hatte einen ziemlich anstrengenden Tag samt Panikattacke und allem Drum und Dran. Vielleicht helfen ein paar Küsse.«

Beim Zusammentreffen ihrer Lippen lächelten sie beide. Er zeichnete mit der Zunge ihre Unterlippe nach und drückte endlos viele kleine Küsse auf ihren Kiefer. »Fühlst du dich schon besser?«

»Hm. Ich weiß nicht. Mach lieber noch ein bisschen weiter.«

Sie zog seinen Mund zu ihrem. Die Kontrolle zu übernehmen, wenn er am wenigsten damit rechnete, bereitete ihr eine diebische Freude. Dann waren seine Küsse nämlich besonders heiß, und wenn er Sekunden später selbst das Kommando übernahm, wurden sie noch heißer. Er hob ihre Beine an und legte sie auf die Couch. Dann streckte er sich neben ihr aus. Beim nächsten Kuss fühlte es sich an, als küssten sich ihre ganzen Körper. Sie lagen Brust an Brust, seine Arme hüllten sie ein, seine Härte drückte sich frech an ihren Oberschenkel. Janie schmuggelte die Hände unter sein Shirt, spürte die Unebenheiten und Narben. Gerne wollte sie mehr über seine Familie wissen, erfahren, wie sein Bruder und seine Schwester mit dem Verlust ihrer Eltern klarkamen. Doch ihre

Fragen konnten warten. Mehr als alles andere wollte sie in dem Mann versinken, der ihr Herz zum Singen brachte und ihren Körper vibrieren ließ.

Zwölf

Der Nachmittag verging viel zu schnell. Sie küssten sich, redeten, schickten ihre Hände auf Entdeckungsreise und brachten einander damit fast um den Verstand. Plötzlich war es Abend und sie waren beide vor Verlangen fast von Sinnen. Nichts wünschte Boyd sich mehr, als Janie in sein Schlafzimmer zu tragen und dort zu lieben. Doch sie sollte sich hundertprozentig sicher sein, dass auch sie das wollte, und ihre Entscheidung nicht aus der Hitze des Augenblicks heraus treffen. Aber gab es denn überhaupt Augenblicke ohne Hitze, wenn sie beide zusammen waren? Er konnte die Hände einfach nicht von ihr lassen. Widerstrebend rief er sich in Erinnerung, dass er Cash versprochen hatte, zu Dex' Party zu kommen. Und wenn er Janie jetzt ins Schlafzimmer trug, würden sie es vor morgen früh sicher nicht mehr verlassen.

Als sie schließlich aufbrachen, vibrierte sein Körper wie unter Strom. Erst in der U-Bahn-Station fiel die Lust von ihm ab. Das Hier und Jetzt forderte seine volle Aufmerksamkeit. Sie wollten noch einmal in Janies Wohnung, damit sie sich umziehen konnte. Beim ersten Zug war ihre Angst noch zu groß, in den zweiten stieg sie ein, ohne sich dabei allzu krampfhaft an ihrer Krücke festzuhalten. Sie strahlte vor Stolz und ihre Freude füllte sein Herz.

In Janies Wohnung schaute er sich alle Schalter und Regler in ihrer Küche noch einmal genau an. Kiki hatte ihm verraten, wo er die Knöpfe zum Aufkleben kaufen konnte, und er wollte dafür sorgen, dass sich Janie bei ihm genauso zu Hause fühlte wie in ihren eigenen vier Wänden.

Eine Stunde später betraten sie die brechend volle Bar. Boyd zog Janie dicht an seine Seite. Trotzdem wurden sie auf dem Weg durch die Menge immer wieder angerempelt. Janie schien mit der Krücke inzwischen ganz gut zurechtzukommen. Trotzdem bezweifelte Boyd, dass es klug gewesen war, sich in dieses Getümmel zu stürzen.

»Du bist so angespannt«, flüsterte sie ihm ins Ohr.

»Was habe ich mir bloß dabei gedacht? Hier ist ja nicht mal Platz zum Umfallen.«

Janie legte eine Hand an seine Brust und neigte den Kopf, als hätte er etwas Falsches gesagt. Er schaute sie an und fragte sich, wie sie es schaffte, sich zu schminken. Ein dezentes Rouge akzentuierte ihre Wangenknochen und ein Hauch dunkler Lidschatten über den Augen verlieh ihr einen geheimnisvoll verführerischen Look. Der Bluterguss auf ihrer Wange schillerte jetzt mehr gelb als lila, und angesichts des Strahlens in ihren Augen konnte man ihn glatt übersehen.

»Wenn du das wegen mir sagst, keine Sorge. Ich habe damit kein Problem.«

»Ist das nicht furchtbar anstrengend für dich? Zwischen so vielen Leuten eingezwängt zu sein?«

Sie drückte die Lippen auf seine Brust. »Ich bin mit dir hier. Nur das ist wichtig.«

»Du bist einfach umwerfend.« Er küsste sie und ermahnte sich, sie nicht mit Fürsorge zu erdrücken. Wenn sie sagte, sie hätte kein Problem, musste er einfach davon ausgehen, dass es auch so war. Eine derart unabhängige Frau zu daten, verlangte ihm einiges ab. Die meisten Frauen erwarteten viel mehr Aufmerksamkeit. Janie lächelte ihn an, und ihm wurde bewusst, dass auch sie Aufmerksamkeit erwartete. Sie wollte nur keine Sonderbehandlung. Er bezähmte seinen Beschützerinstinkt, so gut er konnte. Und dann noch ein bisschen mehr. Noch eine weitere kleine Anstrengung und er würde sie vielleicht tatsächlich nicht erdrücken.

Wie schwer konnte das sein?

»Hey Kumpel!« Cash pflügte sich durch die Menge und machte ihnen den Weg frei.

»Mann, was für ein Gedränge.« Boyd gab Tommy Burke, einem anderen Freund von der Feuerwehr, ein High Five. Dann umarmte er Siena. »Tommy, das ist Janie, meine Freundin.«

Er konnte mitverfolgen, wie Tommys Blick von dem Bluterguss auf Janies Wange zu der Krücke flog, wie er dann registrierte, dass Janie ihm nicht in die Augen schaute. Tommy blinzelte ein paarmal, als müsste er erst verarbeiten, was er sah. Und dann umarmte er Janie herzlich. Typisch Tommy. Er hatte das Herz am rechten Fleck.

»Das mit deinem Unfall tut mir leid. Aber sag mal, was findet ein heißes Babe wie du bloß an einem Kerl wie Boyd?«

Boyd boxte ihn gegen den Arm.

»Er ist gut im Bett«, antwortete Janie prompt.

Heiliger Strohsack. Boyd wollte die Kinnlade herunterfallen.

Tommy und Cash lachten lauthals los.

»Ich wusste, dass man dich einfach mögen muss«, sagte Siena. »Du siehst toll aus. Ich liebe dein Outfit.«

In den Ripped Jeans, die ihre süßen Kurven betonten, und der ärmellosen pinkfarbenen Bluse sah Janie einfach zum

Anbeißen aus. Die eher lässige Kombination bekam durch eine breite silberne Halskette einen besonderen Pfiff und die flachen Sandalen mit den Glitzersteinchen waren die ideale Ergänzung. Bislang hatte Boyd nie einen Gedanken daran verloren, wie man zueinander passende Kleider und Schuhe auswählte. Für ihn ging das schließlich ganz nebenher. Aber jetzt war er neugierig, wie Janie das schaffte.

Sienas Zwillingsbruder, Dex Remington, sprang von seinem Hocker am Tresen und brachte seine Verlobte Ellie mit. Er schüttelte sich das dunkle Haar aus den Augen und packte Boyd zu einer männlich herzhaften Umarmung an den Schultern. »Schön, dass ihr hier seid, Bro.« Er drehte sich zu Janie und berührte sie am Arm. »Hi, Janie. Ich bin Dex und das ist meine Verlobte Ellie.«

»Hi Janie, freut mich, dass ihr kommen konntet.« Ellie war eine zierliche Brünette. Sie und Dex kannten einander schon seit ihrer Kindheit, hatten sich aber aus den Augen verloren und erst viele Jahre später genau hier im NightCaps wieder getroffen. Seither waren sie unzertrennlich.

»Schön, euch kennenzulernen«, antwortete Janie. »Und herzlichen Glückwunsch zum Start des neuen Spiels. Das muss doch ein tolles Gefühl sein.«

»Ja, und die Fans sind ganz aus dem Häuschen«, sagte Dex.

»Jungs spielen nun mal gerne. Aber wer hätte gedacht, dass man davon leben kann?« Ellie schob sich neben Janie, sodass Janie zwischen ihr und Siena stand. Die wenigen Schritte, die Boyd nun von ihr trennten, waren ihm schon zu viel.

Er versuchte, wieder näher an sie heranzurücken. Doch eine hochgewachsene Blondine in zu engen Klamotten und mit einem aufdringlichen Parfüm trat zwischen ihn und die Frauen.

Siena sagte etwas zu Janie und Janie legte die Stirn in Falten.

Boyd wollte bei ihr sein, aber dazu hätte er die Blondine regelrecht wegschieben müssen. Einfach um sie herumgehen konnte er nicht. Dafür war kein Platz.

»Hallo, schöner Mann«, sagte die Frau und verschlang ihn mit den Augen. »Kann ich dir einen Drink spendieren?«

Janie beugte sich vor. »Du verschwendest deine Zeit. Er ist taub wie ein Türknauf. Ich versuche seit zehn Minuten erfolglos, zu ihm durchzudringen.«

Boyd biss sich auf die Innenseiten der Wangen, um nicht loszuprusten.

»Im Ernst?« Die blonde Lady zog die Brauen hoch. »Jammerschade. Er ist ein echtes Schnittchen.« Noch einmal musterte sie Boyd von oben bis unten, dann richtete sie ihr lüsternes Lächeln auf Dex und Cash.

Dex zog Ellie an seine Seite.

»Wenn sie mit der Figur nicht bei ihm landen kann …«, sagte Siena zu der Blonden und nickte dabei in Janies Richtung, »… hast du nicht den Hauch einer Chance.«

Die Frau warf Siena einen abschätzigen Blick zu und stelzte davon.

»Taub? Du machst mich fassungslos.« Ellie lachte.

»Cooles Manöver, Janie«, sagte Dex. »Deinen Kerl klaut dir so leicht keine. Und hübsche Spitze, Schwesterlein.«

»Wir Mädels halten zusammen.« Siena grinste und Cash legte stolz den Arm um sie.

»Du bist ein Glückspilz, Boyd.« Tommy knuffte ihn in die Seite. »Deine Janie ist umwerfend.«

»Sag mir was, das ich noch nicht weiß.« Boyd trat vor und legte die Arme um Janie. »Dir ist schon klar, dass ich sie hätte abblitzen lassen, oder, Baby?«

»Ja, natürlich. Aber so war es lustiger.« Sie hielt sich an

seiner Schulter fest und ließ sich von ihm einen Kuss stehlen. »Und ich wette, wenn ich sehen könnte, würde ich jetzt einen gehässigen Blick von ihr auffangen.«

»Unglaublich, dass sie dich von ihrer Wunschliste gestrichen hat, weil du angeblich taub bist«, sagte Siena zu Boyd. »Ein leckeres Schnittchen, das nichts hört? Denkt doch mal an die Vorteile. So ein Mann würde sich niemals beklagen, dass wir zu viel reden.«

Janie lachte, und Boyd sah, wie die Blonde ihn und Janie verächtlich musterte. Stolz, Janies Freund zu sein, zog er sie noch ein wenig fester an sich.

»Wegen der rappelvollen Bar hätte ich mir offenbar keine Sorgen machen müssen«, räumte er ein. »Du kannst wirklich auf dich aufpassen.«

»Und zusätzlich noch auf dich, den armen, unfassbar attraktiven Boyd.« Sie lachte. »Wie hast du dir bloß bisher die Frauen vom Leib gehalten?«

»Die Frage ist doch, wie kann ich dafür sorgen, dass du bei mir bleibst und ich das nicht mehr tun muss.«

Janie fühlte sich mit Boyd und seinen Freunden so wohl, dass jeder Gedanke an ihren Knöchel verflog. Bis sie Boyd um einen Tanz bat und versuchte, von dem Tisch aufzustehen, an den sie sich zusammen mit den anderen vor über einer Stunde gesetzt hatten. Sie zuckte zusammen und zog schnell den Fuß hoch. In derselben Sekunde hatte Boyd schon den Arm um ihre Taille geschlungen und stützte sie.

»Vorsicht, Baby.«

»Den blöden Knöchel habe ich glatt vergessen.« Sie schlang die Hände in seinem Nacken ineinander und lehnte sich an ihn.

»Lass uns einfach so tanzen. Winkle dein Knie an, damit dein Fuß nicht den Boden berührt.«

»Ich habe dich noch nie tanzen sehen, Boyd«, sagte Cash. »Habt ihr ihn schon mal tanzen sehen?«

Die anderen johlten und pfiffen. »Ignorier sie einfach«, stöhnte Boyd.

»Komm schon, Großmaul«, sagte Siena.

»Siena zerrt Cash zu einem Tanz hoch«, erklärte Boyd, und Janie freute sich, dass er ihr ein paar Hinweise lieferte. Manchmal brauchte sie die, um einordnen zu können, was um sie herum vorging. »Uuuund … jetzt legen auch Dex und Ellie los.«

»Oh. Und Tommy?«

»Der geht zum Tresen.«

Janie lehnte den Kopf an Boyds Brust und genoss es, in seinen Armen zu liegen. Sie war froh, dass sie hierher zu Dex' Feier gekommen waren. Dex und Ellie planten gerade ihre Hochzeit und hatten Boyd versichert, sie würden den Termin so legen, dass er auf jeden Fall dabei sein konnte, auch wenn er dann vielleicht bereits studierte. Sie behandelten ihn wirklich wie ein Familienmitglied.

Janie und Boyd tanzten zu ein paar Songs, blieben noch eine Weile und verabschiedeten sich dann. Auf dem Weg zurück zu Janies Wohnung war die U-Bahn schon fast kein Problem mehr. Janie wurde immer geschickter mit der Krücke, konnte bereits zügig ein- und aussteigen, war aber gleichzeitig froh, Boyd an ihrer Seite zu haben.

Boyd stellte die Krücke an ihrer Wohnungstür ab.

»Morgen früh komme ich und begleite dich zur Firma.

Dann können wir üben, die Krücke und den Stock gleichzeitig zu benutzen. Anschließend verschwinde ich. Und nach der Arbeit hole ich dich ab und begleite dich wieder nach Hause.«

Dass er *wir* sagte, fühlte sich gut an. »Ich will nicht, dass du verschwindest.«

Er rückte noch dichter an sie heran und zog sie an sich. »Ganz ehrlich? Zu verschwinden kann ich mir genauso wenig vorstellen, wie jetzt einfach zu gehen.«

»Dann bleib.« Sie grub die Finger in sein Shirt, wollte nicht noch eine Nacht getrennt von ihm verbringen. Schon die letzte war eine zu viel gewesen.

»Bleib?«

Sie spürte, wie er sie fragend musterte. »Geh nicht. Bleib heute Nacht bei mir.«

»Es gibt nichts, was ich lieber täte. Aber bist du sicher?«

»Ja, Boyd. Mehr als sicher. Ich will dich in meinem Bett, und zwar nicht für irgendwelche Recherchen, sondern nur aus purem, eigennützigem Verlangen.«

Er nahm ihr Gesicht zwischen die Hände und küsste sie tief. Dieser Mann war so verlockend, so wunderbar warm und voller Verheißung. Mit dem Gefühl zu schmelzen schmiegte sie sich an ihn. Sein Kuss wurde fordernder und schürte freudige Erwartungen in ihr.

»Janie.«

Sie wollte nicht, dass er die Notbremse zog. Ihre überwältigende Sehnsucht nach ihm wollte endlich gestillt werden. Nur mit Mühe brachte sie ein einziges Wort über die Lippen.

»Bleib.«

Dreizehn

Janie wollte jetzt nicht zu viel nachdenken oder analysieren. Sie wollte Boyd, brauchte ihn. Zwischen ihren Beinen brannte ein Feuer, in ihrem Bauch tobte ein Sturm. Sie hatte geglaubt, diese alles verschlingende Lust gebe es nur in Träumen oder Fantasien. Aber Boyd war real. Mehr als ein Meter achtzig harter Muskeln und liebevoller Worte mit Händen, die zum Streicheln gemacht waren, einem talentierten Mund, der mit seinen Küssen ihr Gehirn schachmatt setzte, und mit einer stählernen Härte in seiner Hose, die sie tief in sich spüren wollte. Aber Sex und Leidenschaft waren längst nicht alles, was sie sich wünschte. Sie wollte die Gefühle erleben, die er vor dem Rest der Welt so meisterlich verbarg. Die er auch ihr gegenüber hinter einer lässigen, stets zum Flirten aufgelegten Fassade versteckt, aber inzwischen schon sehr deutlich gezeigt hatte.

Behutsam legte er sie auf ihr Bett, schob sich vorsichtig über sie und stützte sich auf den Unterarmen ab.

»Janie«, murmelte er an ihrer Wange.

Seine Stimme, Gott, seine verführerische, liebevolle Stimme, ließ sie immer, wenn er ihren Namen sagte, einfach zerfließen. Er knabberte an ihrem Ohrläppchen und ein wohliges Kribbeln durchrieselte sie.

»Ich will dir nicht wehtun. Deine Hüfte, dein Knöchel, deine ganze rechte Seite. Ich bin zu schwer«, warnte er sie.

Doch sie konnte nur denken, wie mühsam sie sich seit ihrem ersten Kuss zurückgehalten hatte. Boyd küsste ihren Hals, saugte an der empfindlichen Haut, bis sie sich vor Lust wand und ihr Atem stoßweise ging. Sie klammerte sich an seine Arme, an seinen Kopf, wollte, dass er niemals aufhörte. Und dann war er plötzlich weg. Die Matratze hob sich, und sie erahnte die Bewegungen, mit denen er sein Shirt auszog. Sie streckte die Hand nach ihm aus, ihre Finger trafen auf warme Haut. Seine Muskeln spannten sich unter ihrer Berührung. Himmel, sie liebte, wie er sich anfühlte.

»Ich will dir nicht wehtun«, wiederholte er. Sein Tonfall klang nach mühsamer Beherrschung, nach Hoffnung und nach etwas noch viel Größerem, Tieferem. *Lebendig.* »Wir können warten, bis alles richtig verheilt ist. Selbst wenn ich heute bei dir bleibe, müssen wir nicht …«

Jetzt sehnte sich nicht nur ihr Körper nach ihm. Mit seinen liebevollen Worten, den behutsamen Berührungen öffnete sich ihm ihr Herz. Es lud ihn ein, wollte all seine Güte umarmen und festhalten. Doch ihre Nervenenden standen in Flammen. Auf keinen Fall würde sie neben ihm im Bett liegen können, ohne über ihn herzufallen. Verletzt oder nicht, sie wollte ihm gar nicht widerstehen. Sie wollte Boyd mit Leib und Seele, Haut und Haaren.

»Willst du einer verletzten Frau einen Wunsch abschlagen?«

»Janie.« Wieder stützte er sich sorgsam ab, bevor er sie küsste.

Dabei wollte sie doch von ihm erdrückt werden! Sie wollte die ganze Wucht seiner Gefühle spüren, wenn er zu ihr kam, sie ausfüllte, in Besitz nahm.

»Du weißt, mit wie vielen Frauen ich bisher geschlafen habe. Wie zum Teufel hast du mich bloß so schnell rumgekriegt?«

»Das war das Schicksal. Das hast du selbst gesagt. Und jetzt küss mich, Boyd.«

Sein Mund verschlang ihren mit einem hungrigen Kuss, der die letzten Schranken einriss. Sie klammerte sich an seinen Bizeps und freute sich an dem Beben, das seinen Körper durchlief. Er zog sie aus und küsste jeden Zentimeter Haut, den er entblößte. Als sein Mund zu ihrer Brust fand, wurde ihr regelrecht schwindelig. Sie wand sich, drängte sich der Zunge entgegen, die mit ihrem Nippel spielte, und rieb das Becken an ihm. Seine Hände packten ihren Hintern.

»Es ist noch viel zu viel zwischen uns«, raunte er atemlos und sprang auf. Sie hörte, wie er sich auszog.

Zu wissen, dass er jetzt ganz nackt war, erhöhte ihre Ungeduld. Sie schob sich zur Bettkante, wollte, musste mehr von ihm spüren. Sie streckte die Hände nach ihm aus und er führte sie zu seinen Oberschenkeln. Wärme lag in ihrem Magen wie ein fester Ball und breitete sich von dort aus. Ihre Hände freuten sich an seinem knackigen Hintern und sie konnte ein Lächeln nicht unterdrücken. Bei ihren früheren Freunden war sie nie so zupackend gewesen, hatte sich nie so sehr danach gesehnt, sie anzufassen und ihnen so viel Vergnügen zu bereiten wie jetzt Boyd. Doch mit ihm war alles anders. Um keinen Preis hätte sie ihr Verlangen zügeln können.

Sie zog ihn näher zu sich, spürte die Hitze, die in Wellen von ihm abstrahlte. Seine Hände umrahmten ihr Gesicht, die Muskeln in seinen Oberschenkeln waren in ständiger Bewegung.

»Komm näher«, flüsterte sie.

»Janie, du musst nicht …«

Sie schloss die Hand um seinen harten Schaft, sog den männlichen Duft ein und leckte an der prallen Spitze. Das Wort, das er zischte, verstand sie nicht, doch sein Becken zuckte.

Erfreut über diese Reaktion, leckte sie ihn von der Wurzel bis zur Spitze. Sie rieb, sie saugte, umkreiste die Spitze mit der Zunge. All seine Muskeln waren gespannt, doch noch immer lagen seine Hände sanft an ihren Wangen, seine Fingerspitzen streichelten ihr Gesicht.

»Dein Mund … so gut …«, seufzte er zwischen schnellen Atemzügen.

Angespornt von seinen Worten nahm sie ihn tiefer in sich auf und beschleunigte ihren Rhythmus. Boyd vergrub die Hände in ihrem Haar, ohne aber dabei den Takt vorzugeben. Er hielt sich nur fest, während sie ihn verwöhnte, mit ihm spielte und hörte, wie er stöhnend um Beherrschung rang.

»Janie. Hör auf.«

Sie zog sich zurück, leckte aber noch einmal die bebende Spitze. »Ich will dich schmecken.« Wieder nahm sie ihn in den Mund und er stöhnte auf. Ihre Mitte zuckte vor Verlangen. Sie liebte, wie seine glatte Haut sich anfühlte, wie die Ader an seinem Schaft an ihrer Zunge pochte. Sie begann, seine Hoden zu streicheln, trieb ihn weiter, seinem Orgasmus entgegen.

»Janie«, presste er zwischen den zusammengebissenen Zähnen hervor und stieß in ihren Mund.

Jeder seiner Stöße machte sie noch feuchter zwischen den Beinen. Sie saugte und leckte, bekam nicht genug von ihm.

»Janie. *Oh Gott, Janie.*« Salzig-süß brach es aus ihm heraus. »So schön. Janie. Janie. Verdammt. So schön«, stammelte er fiebrig.

Dann atmete er zischend aus und zog sich aus ihrem Mund zurück. Er sank auf die Knie und küsste sie, als hätte er jahrelang nur darauf gewartet. Sie bekam einfach nicht genug von seinem Geschmack, von seiner Zunge, die sich wild an ihre drängte.

»Ich brauche mehr von dir, Honey.« Wieder vergrub er die Zunge in ihrem Mund, ihre Zähne stießen gegeneinander. Seine Hände fanden zu ihren Brüsten, rieben ihre Nippel und jagten Hitze in pulsierenden Wellen bis tief in ihre Mitte.

»Nimmst du die Pille, Baby?«

»Oh, ja. Ja.« Während ihrer gemeinsamen Collegezeit hatte Kiki ihr eingebläut, immer gut vorbereitet zu sein. *Falls du wirklich mal nicht warten kannst.* Und das war nun zum allerersten Mal der Fall. Sie nahm sich vor, sich bei Kiki zu bedanken.

Boyds Lippen wanderten an ihrem Bauch nach unten. Er drückte ihre Schenkel weit auseinander und küsste ihre feuchte Mitte, als wäre es ihr Mund. Er leckte, saugte und streichelte. Ihre Beine kribbelten, ihr Innerstes zog sich zusammen. Dann schlang er die Arme um sie, zog sie zu sich und zeigte ihren Beinen den Weg um seine Taille.

»Ich bin zu schwer, um auf dir zu liegen.« Seine Stimme klang fast barsch, mühsam beherrscht. »Wird es so gehen?«

Sie spürte die Spitze seiner Härte an ihrer Öffnung, war überrascht und glücklich, dass er schon wieder bereit war.

»Oh ja.«

Er senkte sie auf sich und gemeinsam stöhnten sie auf. Sie spürte, wie sie sich weitete, um ihn ganz in sich aufzunehmen. Ein unvergleichlich sinnliches Gefühl. So voll, so fest, so ganz. Ihn so zu spüren, erweckte jede Faser ihres Körpers zum Leben.

»Himmel, Janie«, murmelte er an ihrem Hals. »So eng. So

gut.«

Ihre Lippen prallten aufeinander, sein heißer, liebevoller Atem füllte ihre Lunge. Eine Hand unter ihrem Hintern, die andere an ihrem Rücken hob und senkte er sie im Takt seiner stoßenden Hüften. Seine Zunge liebte ihren Mund, und sie wollte für immer so in seinen Armen liegen, seine Gefühle an den Muskeln in seinen Schultern ablesen, an der Spannung in seinem Kiefer. Die männlichen, ungehemmten Laute, die er ausstieß, vermischten sich mit ihrem lustvollen Stöhnen und zogen sie noch tiefer in sein Feuer. Sie spürte, wie ihr Höhepunkt sich anbahnte, sich aufbaute und sie mitreißen wollte. Als er die Zähne in ihren Hals grub, explodierten Lichter hinter ihren Lidern.

»Janie.«

Sein Griff wurde fester und das erste Pulsieren seines Orgasmus brachte sie um den allerletzten Rest von Kontrolle. In ihrem Kopf drehte sich ein Strudel, ihr Inneres zog sich zusammen und ihr Herz wollte aus ihrer Brust springen, als sie kam.

Während Nachbeben sie wie Schauer durchliefen, hielt er sie ganz fest. Seine zitternden Beine waren die Antwort auf ihre zuckenden Glieder. Die Luft war schwer von den Düften ihrer Liebe.

»Honey.« Er zog sich aus ihr zurück, setzte sich auf die Bettkante und hob sie auf seinen Schoß.

»Baby.«

Dass er ebenso sprachlos war wie sie, erfüllte sie mit Glück. Er küsste ihre Wangen, ihren Hals, ihre Lippen, ihre Stirn. Seine Arme hielten sie fest. Sie spürte seine Gefühle wie ein magnetisches Band, das ihre umschlang und sich mit ihnen vereinte. Nie hatte sie sich geschätzter, gewollter gefühlt als jetzt. Er atmete ihren Namen und sie schmiegte sich in seine

Wärme.

»Alles in Ordnung, Honey? Ist dein Knöchel okay?«

Das war ganz und gar Boyd. Immer um sie besorgt, obwohl sie ihm versichert hatte, sie würde es ihm sagen, falls ihr etwas wehtat. Er war ganz anders, als sie ihn nach ihren Eindrücken in der Firma eingeschätzt hatte. Binnen weniger kurzer Tage hatte er ihr sein Herz geöffnet. Das war ihm nicht leichtgefallen und sie betrachtete es als großes Geschenk. Sie wollte der Mensch sein, dem er am meisten vertraute. Die Person, mit der er gerne alles teilte. Seine Träume, seine Befürchtungen, sein verletzliches Herz.

»Mein Schmerzradar ist überhaupt nicht angesprungen.«

Er küsste ihr Kinn, ihre Wangen und endlich, *endlich* ihren Mund. Sie wollte in seinen Küssen aufgehen, und als er sich mit ihr aufs Bett legte und seinen Körper um ihren schlang, fragte sie sich, ob irgendwer etwas dagegen hätte, wenn sie einfach für immer hier in ihrem Schlafzimmer blieben.

Vierzehn

»Dir zuzuschauen, wie du dich morgens fertig machst, ist absolut faszinierend.« Boyd saß dabei, als Janie sich anzog.

Sich für die Arbeit zurechtzumachen, war reine Routine, ein Programm, das sie mühelos abspulte. Ihre Kleider hingen nach Farben sortiert im Schrank. Die Abtrennungen zwischen den einzelnen Farbblöcken waren in Braille beschriftet. Zum Lesen huschten ihre Fingerspitzen über die Erhebungen. Janies Schmuck lag in hübschen hölzernen Schachteln. Für jeden Stil gab es eine. Silber, Gold, Glitzer. Dieses System hatten Kiki und sie sich bereits als Teenager ausgedacht.

Gemeinsam gingen Boyd und Janie zur U-Bahn und begrüßten unterwegs Mr. Gregory. Boyd hielt diesmal ein klein wenig Abstand, damit Janie die Krücke und ihren Stock zugleich benutzen konnte. Sie spürte seine Gegenwart wie eine frische Herbstbrise – beständig und belebend. Mit Stock und Krücke kam sie besser zurecht als gedacht und folgte den vielen anderen Fahrgästen gleich in den ersten Zug, der hielt. Als sie die unebene Stelle kurz vor der Bahnsteigkante überquerte, hielt sie einen Moment lang die Luft an. Boyd war sofort bei ihr und legte ihr seinen starken Arm um die Taille.

»Beeindruckend«, raunte er ihr ins Ohr. »Deine

Entschlossenheit ist verdammt sexy.«

Sie hob das Gesicht und fühlte Wärme auf der Stirn, als seine Lippen einen Kuss dorthin drückten. »Ich habe ja gesagt, ich schaffe das.«

»Und ich habe keine Sekunde lang daran gezweifelt.« Der Zug hielt an, die Türen öffneten sich. »Aber es mit eigenen Augen zu sehen, beruhigt mich ungemein.«

Sie gingen hinauf zur Straße und dann zu ihrem Büro.

»Ich stelle deine Tasche auf den Schreibtisch.« Boyd legte die Arme um Janies Taille und zog sie an sich, womit er prickelnde Erinnerungen an die vergangene Nacht heraufbeschwor.

»Hast du auch das Gefühl, dass es ewig her ist, seit wir gemeinsam hier rausgegangen sind?« Er drückte die Lippen an ihre. »Alles Gute für die Besprechung heute.«

Die Besprechung wegen ihrer Textprobe hatte sie komplett vergessen. »Danke. Ich bin schon gespannt.«

»Zeit für mich zu verschwinden. Wenn du Feierabend hast, hole ich dich ab. Wann soll ich denn wieder hier sein?«

»Etwa um halb sechs?« Sie hatten so viel Zeit zusammen verbracht, dass sie ihn schon bei dem Gedanken vermisste, so viele Stunden ohne ihn durchstehen zu müssen.

»Alles klar.« Er legte die Hände, wie so oft, an ihre Wangen. So als wollte er ihre volle Aufmerksamkeit, damit ihr keines seiner Worte entging. »Jetzt verschwinde ich besser, sonst sieht uns noch jemand so ganz vertraut, und mein Ruf als Playboy ist ruiniert.«

»Daran habe ich noch gar nicht gedacht. Glaubst du, Clay hat etwas dagegen, dass wir zusammen sind?«

»Falls es so sein sollte, kündige ich.«

»Das kannst du doch nicht machen.« Sie hatte keinen

Zweifel, dass er es, wenn nötig, tun würde.

»Für dich? Jederzeit. Aber Clay hat sicher kein Problem damit. Ich bin ja nur stundenweise als Berater hier und kein regulärer Angestellter.« Er gab ihr noch einen Kuss, dann hörte sie seine Schritte im Flur verhallen.

Sie schaltete ihren Computer ein und war ganz in die Überarbeitung eines Textes vertieft, als sie den Klingelton ihrer Eltern auf ihrem Smartphone hörte. Für alle Zeiten konnte sie ihre Anrufe nicht auf die Mailbox laufen lassen, aber sie würde es kurz machen.

»Hi.« Selbst in ihren Ohren klang diese Begrüßung recht kühl.

»Hi, mein Schatz. Ich versuche schon seit Tagen, dich zu erreichen.« In der Stimme ihrer Mutter schwangen die altbekannten Fragen mit. *Warum rufst du nicht zurück? Wie geht es dir?* Und der übliche Vorwurf. *Du solltest zurückrufen. Du weißt, wir machen uns Sorgen.*

Für ein solches Gespräch fehlte Janie im Moment die Zeit. Außerdem wollte sie ihrer Mutter keine Gelegenheit geben, ihr mit ihrer Besorgnis wie üblich die Luft abzuschnüren. Um ihre Unabhängigkeit zu wahren, musste sie eine gewisse Distanz zu ihren Eltern aufrechterhalten. Deshalb entschuldigte sie sich nur knapp. »Sorry, Mom. Ich hatte hier bei der Arbeit ziemlich viel um die Ohren. Ist zu Hause alles in Ordnung?«

Ihre Mutter erzählte ihr vom Gartenclub, wo sie schon seit Ewigkeiten Mitglied war, und vom letzten Golfwochenende ihres Vaters. Immer ähnliche Geschichten, nur an anderen Tagen.

»Ich wüsste wirklich gerne, weshalb du nicht zurückrufst, Janie. Du weißt, wie beunruhigt wir immer sind. In einer Stadt wie New York ...«

Was folgte, war die gewohnte Litanei. Janie hörte kaum hin und schließlich musste sie ihre Mutter unterbrechen. »Tut mir leid, Mom. Ich gelobe Besserung. Aber ich habe jetzt gleich eine Besprechung und muss aufhören.« Sie log nur sehr ungern, aber in diesem Fall blieb ihr kaum etwas anderes übrig.

Das Telefongespräch hatte ihrer guten Laune einen kräftigen Dämpfer versetzt. Sie unterbrach die Textüberarbeitung und beschloss, sich mit dem Artikel für den nächsten Newsletter zu befassen. Vielleicht würde sie das wieder heiterer stimmen. Doch nachdem sie am Wochenende vor allem an romantischen und zärtlichen Szenen gefeilt hatte, fand sie die Kolumne über die Feinarbeit an technischen Handbüchern eher öde.

Sie lehnte sich zurück, hörte die Kolleginnen und Kollegen, die an ihrem Büro vorbeigingen, leise reden und dachte an die Erster-Kuss-Szene in *Sündige Fantasien*. Und dann natürlich sofort an Boyd und seine absolut himmlischen Küsse.

Kurz entschlossen unterbrach sie die Verbindung zwischen ihrem Braille-Gerät und dem Computerbildschirm, damit niemand mitlesen konnte, was sie tippte. Dann gab sie *Wie schreibt man eine Kuss-Szene?* in eine Suchmaschine ein. Beim Überfliegen der Ergebnisse stellte sie sofort fest, dass von den Verfasserinnen und Verfassern niemand blind war. Denn sie schrieben viel über verführerische Blicke, den verlockenden Anblick sich öffnender Lippen und über andere sichtbare Zeichen von Zuneigung und Verlangen. Das alles würde sie sich wohl in Zukunft im Kopf ausmalen müssen. Als sie noch genügend Sehkraft gehabt hatte, war sie zu jung gewesen, um auf solche Dinge zu achten. Doch nicht alles musste sie ihrer Fantasie überlassen. Dank Boyd kannte sie jetzt die innere Chemie heißer Küsse. Und in einem der Artikel stand tatsächlich, dass bei der Beschreibung eines Kusses alle Sinne berücksichtigt werden sollten. Nicht nur, was man sah, spielte eine Rolle. Im Gegenteil. Hören, tasten, riechen und schmecken waren in solchen intimen Momenten oft sogar wichtiger. Vielleicht war die Sache doch einfacher als gedacht. Sie konnte zwar nichts sehen, doch ihre anderen Sinne waren hellwach und gut trainiert.

Als nächstes dachte sie über den passenden Ort für den ersten Kuss in ihrem Buch nach. Der erste Kuss mit Boyd konnte dafür durchaus als Vorlage dienen.

Sie holte sich ihr Textprojekt für die Firma auf den Computerbildschirm, damit alle, die zufällig vorbeikamen, glaubten, dass sie arbeitete. Dann beschäftigte sie sich wieder mit ihrem Liebesroman. Sie dachte an die Augenblicke vor dem ersten Kuss mit Boyd im Badezimmer und beschloss, lieber nichts von dem kalten Waschbecken zu schreiben, oder dass es sich angefühlt hatte, als würden die Wände atmen und pulsieren. Denn eigentlich war das in den Sekunden, bevor ihre Lippen aufeinandergetroffen waren, nebensächlich gewesen. Ihre Finger flogen über die Tasten und erweckten ihre Figuren Candee und Kent zum Leben. Die Vorlesefunktion ließ sie alles Geschriebene noch einmal durch ihre Ohrstöpsel hören.

Kent rückte näher an sie heran und Candees Herzschlag beschleunigte sich. Ein erwartungsvolles Kribbeln durchlief sie, sein wunderbar männlicher Geruch hüllte sie ein. Seine Hüften drängten gegen die Innenseiten ihrer Oberschenkel und drückten sie behutsam noch weiter auseinander. Kents atemberaubender, gestählter Körper war ihr näher als je zuvor.

Janie verlor sich in der Welt, die sie erschuf. Die wilde Leidenschaft zwischen ihrer Heldin und ihrem Helden heizte auch ihr mächtig ein. Nie hätte sie geglaubt, dass Schreiben so erotisch sein konnte. Nach der vielen Vorarbeit, die sie bereits in ihre Figuren gesteckt hatte, schrieb sie sieben Seiten wie in Trance. Sie wollte gar nicht mehr aufhören, wollte nicht den Faden verlieren. Und auch nicht die lustvollen Gefühle tief in ihrem Bauch.

Kikis Klingelton riss sie schließlich aus dem Flow.

»Hi«, meldete sie sich.

»Janie? Weshalb klingst du, als hätte ich dich beim Sex ertappt?«

Janie sprach vorsichtshalber leise. Man konnte nie wissen, wer gerade in der Nähe war. »Vielleicht, weil ich schon den ganzen Morgen an meinem Liebesroman schreibe, anstatt zu arbeiten. Und, oh mein Gott, Kiki, du glaubst gar nicht, wie sehr mich das anmacht.«

»Ernsthaft jetzt? Das Schreiben?«

»Hm-hm. Zum Glück ist noch niemand in mein Büro gekommen. Sicher würde man mir ansehen, was ich hier treibe.« Sie fächelte sich mit der Hand Luft zu.

»Vielleicht kannst du Boyd anrufen und dich mit ihm zu einem Mittagspausen-Quickie verabreden«, kicherte Kiki.

Kein schlechter Gedanke.

»Wo wir gerade davon sprechen. Er hat die Nacht bei dir verbracht, richtig? Ich habe euch heute Morgen weggehen hören. Ihr beide legt ein ziemliches Tempo vor.«

»Das war eine ganz spontane Entscheidung. Glaubst du, ich mache einen Fehler?«

»Nein! Pack das Glück bei den Hörnern, Süße. Es war höchste Zeit, dass du einen heißen Typen findest, der dich auf Händen trägt.«

»Du meinst, es ist in Ordnung?« Die Beziehung mit Boyd langsam anzugehen, war das Letzte, was Janie jetzt wollte. Nie zuvor war sie so glücklich gewesen, nie zuvor hatte sie sich so lebendig gefühlt. Aber Kiki hatte mehr Erfahrung mit Männern, und Janie schätzte ihren Rat.

»Absolut. Er ist ganz verrückt nach dir und du bist wie verzaubert von ihm. So wie jetzt habe ich dich noch nie erlebt. Ich weiß, du kannst ihn nicht sehen, aber du schaust ihn an, als wäre er die Welt für dich.«

»Wirklich? Es ist … Du glaubst gar nicht, was er andauernd Wunderbares sagt und tut.« Janie seufzte verträumt. »Es fühlt sich so gut und so richtig an, Kiki. Obwohl alles unglaublich schnell geht.« Sie war froh, dass sich Kiki für sie freute. Gleichzeitig hatte sie Gewissensbisse, weil sie in den letzten Tagen kaum Zeit für ihre Freundin gefunden hatte. »Du bist extra nach Hause gekommen, um mir beizustehen, und ich habe fast das ganze Wochenende mit ihm verbracht. Das tut mir leid.«

»Es tut dir nicht leid.« Kiki lachte. »Und das sollte es auch nicht. Normalerweise bin ich diejenige, die dich fast rund um die Uhr mit Beschlag belegt. Dass es jetzt plötzlich anders läuft, ist ein merkwürdiges Gefühl, und vielleicht bin ich sogar ein bisschen eifersüchtig. Aber ich gönne dir dein Glück von ganzem Herzen.«

»Eifersüchtig? Dir laufen die Kerle doch scharenweise hinterher.«

»Scharenweise schon. Aber den einen ganz besonderen Kerl zu finden, ist doch etwas ganz anderes. Du bist ein Glückspilz, Janie. Und ich freue mich für dich.«

Jemand klopfte an Janies offene Bürotür.

»Janie, der Abgabetermin für den Newsletter wurde gerade vorgezogen.« Tara Onyx, die für die Arbeitsabläufe zuständig war, trat an ihren Schreibtisch. »Oh, sorry. Ich wusste nicht, dass du telefonierst.«

»Kein Problem«, sagte sie zu Tara. Und dann zu Kiki: »Ich muss aufhören. Wir reden bald.« Sie beendete den Anruf und legte das Telefon beiseite. »Bis wann brauchst du den Artikel?«

»Heute um vier, anstatt morgen früh. Ich muss heute früher gehen und meinen Bruder vom Flughafen abholen. Reicht dir die Zeit?«

Sie hatte stundenlang an ihrer Liebesgeschichte geschrieben, anstatt zu arbeiten. Und an den Artikel hatte sie nur heute Morgen einmal flüchtig gedacht. Sie musste sich zusammenreißen. »Klar. Ich schicke dir die Kolumne rüber, sobald sie fertig ist.«

Nachdem Tara gegangen war, schickte Janie sich die fast fertige Erster-Kuss-Szene selbst als E-Mail. Noch immer aufgewühlt von den sexy Beschreibungen legte sie ein neues Word-Dokument an und machte sich mit Schwung an den Newsletter-Artikel.

Die nackte Wahrheit über Partizipien …

Boyd wollte alles tun, damit sich Janie in seiner Wohnung wohlfühlte. Die Knöpfe zum Aufkleben, die er bei ihr gesehen hatte, ließen sich leicht auftreiben. Zusätzlich rief er seinen Kumpel Heath an, dessen Mom ebenfalls blind war. Vielleicht konnte Heath ihm den einen oder anderen Tipp geben. Seine Mutter hatte ihr Augenlicht durch ein Gewaltverbrechen verloren. Sie war in ihrem eigenen Haus bei einem Raubüberfall zusammengeschlagen worden. Heaths Vater hatte den Überfall nicht überlebt und dem Rest der Familie hatte das brutale

Verbrechen den Boden unter den Füßen weggezogen. Zum Glück ging es Heath und seinen Angehörigen inzwischen wieder deutlich besser. Und Heath war gerne bereit, ihn an dem teilhaben zu lassen, was er in den letzten Jahren gelernt hatte. Er empfahl Boyd ein Geschäft in der Stadt, das auf Hilfsmittel für Blinde und Menschen mit Sehbehinderungen spezialisiert war. Direkt nach dem Anruf machte Boyd sich auf den Weg und kam drei Stunden später mit einem ganzen Arm voll nützlicher Produkte, mit Spielen und allerhand anderen interessanten Funden wieder nach Hause.

Dort machte er sich sofort an die Arbeit. In der Küche fing er an. Er befestigte Braille-Knöpfe an den Tasten der Mikrowelle und an den Herdschaltern. An die Schränke klebte er Braille-Etiketten, damit Janie jederzeit Teller, Tassen und Gläser finden konnte. Im Badezimmer veranstaltete er eine regelrechte Etikettierungsorgie. Am Ende waren sogar die Zahnpasta, die Zahnseide und die Wattestäbchen beschriftet. Als er schließlich im Schlafzimmer zwei Schubladen leerräumte und ihnen die Aufschrift *Janie* verpasste, wurde ihm endgültig klar, wie weit er sich bereits auf sie eingelassen hatte. Einfach weggehen war bereits keine Option mehr. Dafür steckte er schon zu tief drin. Sogar Trennelemente, wie er sie in Janies Kleiderschrank gesehen hatte, hatte er besorgt. Die brachte er jetzt in seinem Schrank an.

Nachdem er jede Menge Gegenstände, Knöpfe, Schalter und Türen in seiner Wohnung mit Braille-Beschriftung versehen hatte, beseitigte er mögliche Stolperfallen. Das hatte Heath ihm geraten. Zufrieden mit den Veränderungen schickte er Janie eine kurze Nachricht.

Wie geht's meinem Mädchen? Wie ist die Besprechung gelaufen? Hat ihnen deine Textprobe gefallen?

Während er auf Janies Antwort wartete, las er seine E-Mails. Eine stammte von der medizinischen Fakultät der University of Colorado in Denver. Voller Hoffnung, dass es sich um eine Einladung zu einem Bewerbungsgespräch handelte, klickte er auf die Mail. *Sehr geehrter Mr. Hudson, wir freuen uns, Ihnen mitteilen zu können …*

»Yes!« Triumphierend stieß er eine Faust in die Luft.

Sein Telefon vibrierte. Janie hatte ihm geantwortet. *Sie fanden die Textprobe richtig gut! Bei der nächsten Management-besprechung steht meine Beförderung auf der Tagesordnung. Ein gutes Zeichen!*

Seine Freude über die Einladung zu dem Bewerbungsgespräch war plötzlich nicht mehr ganz so groß.

Er setzte sich auf die Couch, stützte die Ellbogen auf die Knie und legte die Stirn in die Hände. *Was tue ich da bloß, zum Teufel?*

Sein Leben lang hatte er auf ein Medizinstudium hingearbeitet. Die Einladung zu dem Bewerbungsgespräch musste er auf jeden Fall annehmen. Oder sollte er diese Chance verstreichen lassen? Für eine Frau, die ihm erst seit ein paar Tagen immer wichtiger wurde? Er beantwortete die E-Mail, bedankte sich und bestätigte den Termin für die kommende Woche. Mit einem flauen Gefühl im Magen. Seine Gedanken drehten sich im Kreis. Aus der Firma kannte er Janie schon seit einigen Monaten. Aber so richtig lernte er sie jetzt erst kennen. Trotzdem hatte er bereits seine Wohnung für sie umgeräumt. Würde er nun auch sein Leben für sie auf den Kopf stellen? Seine Zukunft neu denken?

Er lehnte sich zurück und schloss die Augen. Versuchte, sich ein Leben ohne Janie vorzustellen. Es wollte ihm nicht gelingen, schon allein der Gedanke tat weh. Er war dabei, in

Lichtgeschwindigkeit sein Herz an sie zu verlieren. Doch was bedeutete das für seine Pläne? Janies Lebensmittelpunkt war hier in der Stadt. Und er lebte hier nur auf Zeit.

Er schickte ihr eine Antwort. *Super! Das müssen wir heute Abend feiern! Essen gehen?*

Sekunden später vibrierte sein Telefon. *Noch viel Arbeit heute Abend. Können wir zu Hause essen und feiern?*

Lächelnd antwortete er ihr. Sie war so voller Schwung und Tatendrang. Auch das liebte er an ihr.

Alles, was du willst. Soll ich was kochen?

Die Antwort kam prompt. *Perfekt. Bringst du deine Sachen mit, damit du bleiben kannst?*

Er duschte, packte ein paar Dinge zusammen und machte sich auf den Weg zur Feuerwache, um seinen Dienstplan zu besprechen und hoffentlich einen klareren Kopf zu bekommen.

Der Geruch von Spaghettisoße wehte ihm entgegen. Was bedeutete, dass heute Joe Arlen kochte. Joe war ein temperamentvoller, etwas stämmiger, sehr muskulöser Italiener. Er hatte einen dunkelbraunen Haarschopf und meist mindestens einen Dreitagebart. Was ihm an geschliffenen Manieren fehlte, glich er mit seinem unermüdlichen Einsatz und großen Können als Feuerwehrmann mehr als aus. Und mit den Kochkünsten, die er von seiner Mutter, *Gott hab sie selig,* geerbt hatte.

Boyd warf einen Blick in den Aufenthaltsraum. Dort schauten sich Tommy und Cash gerade einen alten Western an. Beide hatten feuchtes Haar und wirkten noch ziemlich aufgekratzt. Sicher standen sie nach einem schwierigen Einsatz noch unter Adrenalin.

»Harte Schicht?« Boyd setzte sich neben Tommy auf die Couch und tippte nervös mit dem Fuß. Auch wegen seines Jobs hier dachte er nur ungern daran, New York zu verlassen. Die Jungs von der Wache waren seine Familie, seine Brüder. Und so gerne er in Virginia in der Nähe seiner Großeltern, seiner Geschwister und seines Neffen sein wollte, die Kameraden zurückzulassen würde ihm höllisch schwerfallen.

»Ein Stufe-vier-Alarm.« Tommys Blick hing am Bildschirm. »Hat sich ziemlich in die Länge gezogen. Wir sind erst seit einer Stunde wieder hier.«

Sofort packte Boyd das schlechte Gewissen. »Tut mir leid, dass ich nicht dabei war und mit anpacken konnte.«

»Kein Ding. Es gab keine Personenschäden. Alles gut gegangen.« Cash nahm einen Schluck von seiner Cola. »Was machst du überhaupt hier? Ich dachte, du hast dir freigenommmen.«

»Ich brauche nächste Woche auch ein paar freie Tage und wollte sehen, mit wem ich die Schichten tauschen kann.«

Tommy hob den Kopf. »Was ist denn los?«

»Bewerbungsgespräch fürs Medizinstudium. In Colorado.«

»Wie lange brauchst du frei?« Tommy legte die Füße auf den Couchtisch.

»Zwei Tage sollten genügen.« Länger als unbedingt nötig wollte er nicht von Janie weg.

»Das sind gute Nachrichten.« Cash stellte den Fernseher leiser. »Aber warum machst du ein Gesicht, als hätte dir jemand den Burger vom Brötchen geklaut?«

»Weil, na ja. Weil ich mir verdammt noch mal den Hintern aufgerissen habe, um einen Studienplatz zu kriegen, und jetzt habe ich Janie kennengelernt.« Er stand auf und ging hin und her. »Wie war es, als es mit dir und Siena angefangen hat? Wie schnell war dir klar, dass du sie liebst?«

»Das wusste er nach kaum einer Woche. Dann hat er uns nämlich die Zeitschriften weggenommen.« Tommy lachte.

Cash warf ihm einen ernsten Blick zu. »Stimmt. Bei unserer ersten Begegnung habe ich sie für eine atemberaubende, aber eingebildete Nervensäge erster Güte gehalten. Und schon zwei Tage später wollte ich, dass sie mir gehört. Und zwar mir ganz allein.«

»Kein Witz.« Tommy schnappte sich eine Zeitschrift und öffnete sie an der Stelle, wo der ausgefranste Rest einer fehlenden Seite zu sehen war. »Hier gab's mal eine Werbeanzeige mit einem Foto von Siena in einem Pelzmantel und High Heels und sonst nichts. Der Spinner da hat sie rausgerissen.«

»Kann ich verstehen. Gewisse Jungs hätten die Anzeige sonst als Vorlage benutzt und sie ziemlich schnell ziemlich klebrig gemacht.« Boyd gab Cash ein High Five. »Jetzt verstehe ich, wie du dich gefühlt hast, Mann. Aber ich habe plötzlich ein Problem.«

»Deinen Traum vom Medizinstudium kannst du nicht aufgeben«, sagte Cash ernst. »Das würde sonst ziemlich bald zwischen euch stehen.«

»Das ist mir klar. Ich bin kein Idiot.« Er war so angespannt, dass er Angst hatte, er könnte jederzeit explodieren. »Oder vielleicht bin ich doch einer, denn für ein Studium von hier wegzuziehen, erscheint mir plötzlich ziemlich unwichtig, wenn ich stattdessen mit Janie zusammen sein könnte.«

»Und das nach einem Wochenende?« Tommy zog eine Braue hoch. »Geh zu dem Bewerbungsgespräch. Sicher dauert es ein paar Wochen, bis die Uni sich danach wieder bei dir meldet, und bis dahin siehst du klarer. Wirf deine Zukunft nicht weg für ein Wochenende. Janie ist eine tolle Frau, aber …«

»Sagt der Kerl, der jahrelang seiner Herzdame nachgelaufen ist, deren Namen wir nicht nennen wollen«, schnaubte Cash. Tommy war mit einer Frau namens Kelly in der *Friendzone* steckengeblieben. Sie hatte ihn über Stöckchen springen lassen wie ein dressiertes Hündchen, bis er es vor ein paar Wochen endlich geschafft hatte, den Kontakt zu ihr abzubrechen.

»Ganz falsches Thema«, warnte Tommy.

»Falsches Thema? *Kelly?*« Joe marschierte in den Aufenthaltsraum. »Hey, Boyd, wie ich höre, machst du mit einer Blinden rum. Suchst du dir deine Dates jetzt an der Resterampe?«

Das reichte für die befürchtete Explosion. Boyd war mit einem Sprung bei Joe, packte ihn am Shirt und drückte ihn gegen die Wand. »Nimm das zurück, du Arsch.«

»Komm wieder runter, Junge.« Joes Grinsen reizte Boyd gleich noch mehr und er presste ihn noch fester gegen die Wand. Joe hob die Hände. »Mann! Was zum …«

»Findest du dieses Geschwätz etwa lustig?«, blaffte Boyd. »Sie ist ein Mensch, Joe. Ein Mensch, der zufällig nicht sehen kann.«

»Boyd.« Cashs Hand landete auf seiner Schulter und zog ihn zurück. Boyd hielt Joe weiterhin gepackt. »Er will dich bloß auf die Palme bringen. Hör nicht auf ihn.«

Wütend ruckte Boyd an Joes Shirt. »Wenn du noch mal so über Janie sprichst, stopfe ich dir für alle Zeiten das Maul«, zischte er durch die zusammengebissenen Zähne hindurch. Er stieß seinen Kameraden von sich weg, fing wieder an, durch den Raum zu tigern, und spürte, wie die Wände um ihn zusammenrückten. »Verdammt noch mal, Joe.«

»Das sollte ein Witz sein, Kumpel.« Joe rieb sich die Stelle an der Brust, wo Boyds Fingerknöchel sich in seine Muskeln gebohrt hatten. »Ich wollte sie nicht schlechtmachen. Ich wollte bloß sagen, dass keine Frau, die was sehen kann, dich jemals nehmen würde.«

»Du hast schon mal bessere Witze gemacht«, sagte Cash düster. »Und außerdem hat sich das vorhin anders angehört. Also denk nach, bevor du derart unterirdische Sprüche raushaust. Beim nächsten Mal gehe ich nämlich nicht dazwischen.«

»Verdammt.« Boyd presste die Lippen zusammen und versuchte, sich zu beruhigen. Er richtete wütend den Blick auf Joe, der ihn musterte, als hätte er den Verstand verloren. Und vielleicht lag er damit nicht ganz falsch. Jedenfalls sah er bei abfälligen Bemerkungen über Janie rot und witzig konnte er so etwas schon gar nicht finden. Sie war ihm so unglaublich wichtig, war ein so guter Mensch. Und den Kampf gegen Vorurteile und Benachteiligungen hatte sie in ihrem Leben schon viel zu oft gekämpft. Wenn er nur daran dachte, wie schwierig es für sie gewesen war, einen Job zu finden, geriet sein Blut sofort wieder in Wallung. Waren die Menschen wirklich so gedankenlos und so grausam?

Wenn er Joe anschaute, musste er Janie recht geben. Jeder konnte sich sein übles Verhalten irgendwie zurechtbiegen.

»Entschuldige, Boyd«, sagte Joe. »Bleibst du zum Essen?«

So war das immer hier auf der Wache. Sie konnten sich streiten, einander alles Mögliche an den Kopf werfen und sich gegenseitig Dinge unter die Nase reiben, die schiefliefen. Doch letztendlich hielten sie zusammen. Die Feuerwehrbruderschaft war eine Blutsbruderschaft.

»Nein danke. Ich treffe mich gleich mit Janie.«

Joe nickte. »Okay. Und eins will ich noch gesagt haben. Nach allem, was ich von diesen Holzköpfen hier über sie gehört habe, bist du ein verdammter Glückspilz. Also versuch, es nicht in den Sand zu setzen.«

Auf dem Weg zur U-Bahn fragte sich Boyd, was er denn nun tatsächlich in den Sand setzen würde. Seine Zukunft oder seine Beziehung? Wie er es hinkriegen sollte, dass es bei beidem ein Happy End gab, war ihm absolut schleierhaft.

Janie hörte Boyd in ihr Büro treten. Er brachte seinen herrlich männlichen Duft mit. Sofort begann ihr Magen zu flattern, doch sie tat, als hätte sie ihn noch nicht bemerkt. Als seine Hände auf ihren Schultern landeten und seine Lippen ihre Wange berührten, sagte sie: »Hör auf, Clay. Was ist, wenn Boyd uns ertappt?«

»Ach, du schläfst dich nach oben?« Boyd legte die Hände in ihren Nacken und lehnte seine Stirn an ihre. »Für dich würde ich mich jederzeit mit Clay anlegen.«

»Und wenn ich nicht Clay, sondern Sin gesagt hätte?«, frotzelte sie, weil sie wusste, dass er auf Kikis Bruder ein kleines bisschen eifersüchtig war.

»Dann würde ich noch heftiger um dich kämpfen, denn er kennt dich schon viel länger. Und ich frage mich wirklich, wie ein Mann, der dich kennt, sich nicht Hals über Kopf in dich ...« Er brach ab und Janies Herz machte einen Sprung. »Dich nicht Hals über Kopf wahnsinnig mögen kann.«

Sie legte die Hände an seine Brust und zog sich an ihm hoch. »Mich Hals über Kopf wahnsinnig mögen? Hört sich gut an.« Ihre Fingerspitzen bewegten sich über seine Brust. »Hey! Was ist das denn? Wo hast du ein Shirt mit einem Braille-

Schriftzug her?« Ein Grinsen stahl sich auf ihre Lippen, während sie laut vorlas. »›Willst du auch lesen, was auf meinem Slip steht?‹ Ganz schön frech, du und dein Shirt. Und ja, unbedingt.«

»Ich dachte mir, dass dir das gefällt. Und das hier vielleicht sogar noch mehr.« Er legte ihr ein Buch in die Hand und ihre Finger tasteten sich über das Cover.

»Ein Handbuch für Liebesroman-Autoren? In Braille?« Sie stellte sich auf die Zehenspitzen und küsste ihn. »Danke! Das hast du extra für mich besorgt? Unglaublich! Wo kriegt man denn so was?«

»Mein Freund Heath hat mir heute ein wirklich interessantes Geschäft in der Stadt empfohlen.«

»Heath? Ist das der, von dem du auch die Krücke und das Gehgestell hast?«

Boyd reichte ihr die Krücke. »Jap. Seine Mutter ist blind. Und ich glaube, die Katze seiner Verlobten auch. In gewissem Sinn ist er also ein Experte.«

»Dann sag ihm doch bitte danke von mir. Und danke, Boyd. Du bist einfach umwerfend.«

»Ich habe meine ganze Wohnung janie-siert. Du glaubst gar nicht, was man mit einem Braille-Etikettiergerät alles beschriften kann.«

»Oh, Boyd! Ich kann es gar nicht fassen.« Wieder strich sie mit den Fingerspitzen über sein Shirt und senkte die Stimme. »Hast du wirklich Braille auf der Unterwäsche?«

»Wenn du ganz brav bist, findest du es vielleicht bald heraus.« Er küsste sie. »Wie war dein Tag? Hast du die Kolumne für den Newsletter fertigbekommen?«

»Ja. Aber ich glaube, Tara war ein bisschen überrascht über den Titel.« Auf dem Weg aus dem Büro gestand sie ihm, dass sie den ganzen Vormittag anstatt an ihrem Textprojekt für die Firma an ihrem Liebesroman gearbeitet hatte.

»Du hast wirklich Blut geleckt, nicht wahr?«

»Stimmt. Das Schreiben lässt mich schon gar nicht mehr los. Allerdings muss ich mich unheimlich sputen, damit ich den Abgabetermin für das Handbuch halten kann.«

»Soll ich heute Abend lieber zu mir nach Hause gehen, damit du ungestört arbeiten kannst?«

»Definitiv nicht.« Sie schlugen den Weg zur U-Bahn ein. »Den ganzen Tag von dir getrennt zu sein, war schon hart genug.«

Boyd führte sie bis zur Gehsteigkante und legte die Arme um sie. »Gut. Denn ich habe dich heute wahnsinnig vermisst. Den Abend auch noch ohne dich zu verbringen, wäre kein schöner Gedanke.«

Er zog sie an sich und küsste sie tief – mitten im Strom der Menschen, die um sie herumeilten. Die Geräusche der Stadt waren plötzlich weit weg und sie überließ sich ganz diesem Kuss. Und dann dem nächsten und dem nächsten.

Schließlich beendeten sie das sinnliche Intermezzo auf dem Gehsteig und setzten den Heimweg fort. In der Nähe von Janies Wohnung gab es einen kleinen Supermarkt. Janie erzählte Lisa, einer der Angestellten, mit der sie sich öfter unterhielt, von ihrem Unfall, während Boyd ein paar Sachen fürs Essen besorgte.

»Du kennst wirklich jeden.« Boyd trug die Lebensmittel unter einem Arm, den anderen legte er ihr auf den letzten Metern bis zu ihrer Haustür um die Taille.

»Kennst du die Leute in den Geschäften in deiner Umgebung denn nicht?« Sie schloss die Tür auf.

»Ich kenne sie vom Sehen. Man winkt sich mal zu oder sagt

Hallo. Aber du bist offenbar mit jedem befreundet.«

»Jetzt, wo du es sagst. Du hast die Kleinstadtmentalität wohl abgelegt, nach der man gefühlt mit jedem irgendwie befreundet ist. Ich weiß, in einer großen Stadt ist so was eher ungewöhnlich. Aber bei mir sitzen die Kleinstadtgewohnheiten offenbar tief.« Sie schloss ihre Wohnungstür hinter ihnen. »Macht es dir was aus, wenn ich mich kurz umziehe?«

Seine Arme legten sich um ihre Taille, seine heißen Lippen küssten ihren Hals. »Als du mit der Krücke noch nicht so gut klargekommen bist, war es netter.«

»Hmm. Warte mal ab, bis ich wieder zwei ganz heile Knöchel habe.«

Er nahm ihr Gesicht zwischen die Hände, und sie spürte, wie er sie anschaute. Dass er sich nicht scheute, sie wirklich anzusehen, war wunderschön. Es gehörte zu den vielen kleinen Dingen, die seine unvergleichlich einfühlsame und fürsorgliche Persönlichkeit ausmachten.

»Es gibt einiges, was ich kaum erwarten kann, Honey. Zum Beispiel möchte ich dich gerne bald richtig lieben. So wie du es verdienst.«

Die Art, wie er *lieben* sagte, so voller Gefühl, ließ ihr Herz einen Schlag lang aussetzen.

»Für mich war schon die letzte Nacht wie der Himmel auf Erden.« Erneut berührte sie sein Shirt und las die Aufschrift. Auch seine Unterwäsche wollte sie gerne bald unter den Fingern spüren. Allerdings nicht, um darauf zu lesen.

»Genau wie für mich. Aber ich will, dass du unter mir liegen kannst. Ich will jeden Quadratzentimeter von dir lieben, ohne mir Sorgen zu machen, ich könnte zu schwer sein oder mich zu heftig oder zu schnell bewegen. Wenn alles ganz verheilt ist, werde ich dich einen ganzen Abend lang nach Strich und Faden verwöhnen.«

»Das ist ein sehr verlockendes Versprechen.«

»Das ich wie jedes meiner Versprechen halten werde.« Er gab ihr einen Klaps auf den Hintern. »Und jetzt zieh dir was Bequemes an.«

Auf die Krücke gestützt marschierte sie ins Schlafzimmer.

»Dirty Talk. Setz das bitte auf unsere Liste für heute Abend.«

Er lachte. »Auf welche Liste denn?«

Sie antwortete vom Schlafzimmer aus. »Ich mache eine Liste von allem, was ich für meinen Liebesroman recherchieren muss. Bis jetzt stehen Handlungsablauf, Dirty Talk und ausgefallene Spielchen darauf. Ach, und mit dem Science-Fiction-Aspekt kämpfe ich auch noch ein bisschen. Vielleicht kannst du mir ja mit ein paar Dingen helfen.«

Dirty Talk? Verdammt, ja. Zu gerne wollte er ihr kluges, sexy Hirn mit allerhand prickelnden Sprüchen beglücken. Ausgefallene Spielchen und Science-Fiction? Was hatte er sich bloß dabei gedacht, als er erklärt hatte, so etwas müsste in ihrem Roman vorkommen? Ganz einfach: Dass sie wohl niemals ein Buch mit diesen Zutaten würde schreiben wollen. Und dass sie nicht die geringste Lust haben würde, sich näher mit einem Typen zu befassen, der so etwas von ihr erwartete. Diese unsäglichen Vorschläge waren eine Art Reflex gewesen, um sich vor seinen Gefühlen für sie zu schützen.

Das ist ganz schön schiefgegangen, Hudson.

Boyd träufelte etwas Öl in das kochende Salzwasser und gab

die Linguine dazu. In einer Pfanne erhitzte er Butter, Olivenöl und Knoblauch. Janie saß an dem kleinen Küchentisch und tippte. In ihrem weißen Baumwollrock und dem lilafarbenen ärmellosen Top sah sie einfach zum Anbeißen aus.

Sie hob die Nase und atmete tief ein. »Das riecht köstlich.«

»Meine Großmutter hat uns allen das Kochen beigebracht. Eins meiner superschnellen Lieblingsgerichte ist Linguine mit Shrimps.«

»Und ich kriege Toastbrot ganz gut hin.«

»Mich machst du auch mühelos heiß.« Er beugte sich zu ihr und küsste sie. Sie legte die Hände an sein Gesicht, zog sich hoch auf den gesunden Fuß und erwiderte seinen Kuss tief und fordernd.

In der Pfanne zischten Knoblauch und Butter. Boyd löste sich widerstrebend von Janie und schaute nach dem Abendessen. »Du solltest dir deine Lippen patentieren lassen.«

Sie fing wieder an zu tippen. »Den Spruch klaue ich dir für meinen Roman.«

»Warum wundert mich das nicht?« Er schaute ihr gerne beim Schreiben zu. Während ihre Finger über die Tastatur flogen, huschten die unterschiedlichsten Ausdrücke über ihr Gesicht. Von ernst über verspielt bis hin zu verschmitzt und wieder zurück. »Arbeitest du gerade an deinem Buch?« Er schwenkte die Shrimps in dem heißen Öl, würzte sie, füllte zwei Teller mit seiner Kreation und fügte einen Schuss Zitronensaft und einen Zweig Petersilie dazu. Dann brachte er alles zu Janie an den Tisch.

»Linguine mit Shrimps, Madame.« Er gab ihr eine Gabel und eine Serviette. »Vorsicht, heiß.«

»Du verwöhnst mich. Vielen Dank. Im Moment arbeite ich an dem Textprojekt für die Firma, um das ich mich eigentlich heute Vormittag hätte kümmern sollen.«

»Setz wegen unserer Wette bloß nicht deine Beförderung aufs Spiel.«

»Keine Sorge. Ich möchte den neuen Aufgabenbereich unbedingt haben. Aber je mehr ich mich mit meinem Liebesroman beschäftige, desto größer wird mein Spaß daran. Obwohl es wirklich nicht ganz einfach ist. Dass ich Hilfe brauche, war kein Scherz. In den Artikeln, die ich gelesen habe, steht, man soll über etwas schreiben, womit man sich auskennt. Aber da stoße ich an meine Grenzen. Stichwort *Dirty Talk*.« Sie hob erwartungsvoll die Brauen.

»Ähm …«

»Dirty Talk. Du weißt schon, sexy Dinge, die man sagt, um jemanden richtig auf Touren zu bringen.« Sie spießte einen Shrimp auf und biss ab.

Boyds Gabel blieb mitten in der Bewegung hängen. »Du willst, dass ich mit dir am Tisch sitze, esse und dabei ungezogene Sachen sage?«

»Klar. Warum nicht?« Sie zog das Braille-Display zu sich. »Ich kann mir nebenher Notizen machen.«

Du lieber Himmel. »Vergiss es, Baby.«

»Was? Warum denn?« Sie ließ die Schultern hängen und sah dabei verdammt süß aus. Geradezu unwiderstehlich.

Über den Tisch hinweg griff er nach ihrer Hand und drückte sie. »Weil ich keine Standardsprüche habe, die ich bei Bedarf aus der Schublade ziehe. Ich sage einfach, was mir in dem Moment in den Kopf kommt.«

»Okay. Dann wiederhol doch noch mal, was du vorhin übers Liebemachen gesagt hast.« Ihre Finger schwebten über der Tastatur.

»Janie.«

»Bitte. Wie soll ich denn eine prickelnde Geschichte schreiben, die dir gefällt, wenn ich gar nicht weiß, worauf du stehst?«

»Ich stehe auf dich«, sagte er etwas barscher als beabsichtigt. Wie zum Teufel sollte er beim Abendessen Dirty Talk machen, als würden sie sich übers Wetter unterhalten?

Sie zog seine Hand an die Lippen. Ihre Zunge huschte über seine raue Handfläche.

»Bitte?«

Sie saugte zwei seiner Finger in den Mund und er legte die Gabel weg.

»Wenn du so weitermachst, wird hier gleich noch viel mehr passieren als Dirty Talk.«

Sie schüttelte den Kopf. »Nein. Für heute Abend ist nur Dirty Talk unser Recherchethema.«

Er ging um den Tisch herum und drehte sie samt ihrem Stuhl zu sich. Sie brachte ihr Braille-Display in Position. Ein Lächeln spielte um ihre Lippen, und sie sah so verdammt schön aus mit dem rosigen Hauch auf den Wangen, dem verführerischen Blick. Und offenbar war sie bereit, sich Notizen zu machen, wie eine sexy Bibliothekarin. Behutsam drückte er ihre Beine auseinander, kniete sich zwischen ihre Schenkel und legte die Hände an ihre Waden. Von dort aus fanden sie wie von selbst den Weg unter ihren Rock zur Außenseite ihrer Oberschenkel.

»Du siehst unglaublich sexy aus, wenn du die Beine so für mich öffnest und wenn deine Lippen darauf warten, dass mein Mund deinen nimmt.«

Ihre Finger flogen zittrig über die Tastatur. Angestachelt von ihrer Reaktion hauchte er ihr einen Kuss auf die Lippen. Ihre Finger hielten inne.

»Wie *dirty* soll es denn sein?«

Eine Sekunde lang schien sie zu überlegen. Ihre Hände schwebten über dem Gerät. »Sehr«, flüsterte sie und sofort wurde er hart.

Darauf bedacht, keinen Druck auf ihre Blutergüsse auszuüben, schob er die Hände auf ihre Hüften und zog sie zu sich, bis ihre Pantys seine Erektion berührten.

»Spürst du das, Baby? Spürst du, wie hart du mich machst?«

Eine seiner Hände blieb auf ihrer Hüfte, die andere schob sich unter ihr Haar und umfasste ihren Hinterkopf. Er drehte sie so, dass er sie langsam und tief küssen konnte. Und das tat er, bis sie nach Luft schnappte, die Hände von der Tastatur nahm und auf seine Arme legte.

»Ja, genau so, Baby. Sei ganz bei mir.«

Er wühlte die Finger tiefer in ihr Haar und musste sich zwingen, die liebevollen Worte zu verschlucken, die ihm auf der Zunge lagen. Schließlich ging es hier um Dirty Talk und um Recherche.

»Es macht mich verrückt, wenn du mich küsst, als wolltest du, dass ich dir die Kleider vom Leib reiße und dich gleich hier auf dem Tisch nehme.« Er legte eine Hand zwischen ihre Beine und streichelte sie durch die feuchten Pantys hindurch. »Und wenn du vor Verlangen zitterst. Einfach heiß.« Er küsste sie. »Du bist so herrlich feucht.« Er saugte ihre Zunge in seinen Mund. »Und bereit.«

»Nicht anfassen. Nur reden. *Recherche.*« Sie legte die bebenden Hände wieder auf die Tastatur und tippte. Diesmal allerdings viel langsamer.

»Das ist Folter, Baby«, flüsterte er an ihrem Hals, rieb ihre Schenkel und berührte nur sanft mit den Daumen den feuchten Stoff.

»Ich kann es kaum erwarten, tief in deine Hitze zu gleiten.«

»Weiter«, raunte sie atemlos.

Gewisse Worte hätte er sich lieber verkniffen, denn sie fühlten sich nicht richtig an. Aber er wollte Janie nicht enttäuschen. »Ich will deine süße Pussy lecken, Baby. Ich will dein nacktes, heißes Fleisch spüren, wenn ich meine Härte tief in dir vergrabe.«

Sie hörte auf zu tippen und spreizte die Beine etwas weiter. Eine Einladung, die Boyd nicht ausschlagen konnte. Erneut strich er mit den Daumen über ihre Pantys.

»Ich möchte meine Finger, meine Zunge in dir versenken.«

»Oh mein Gott«, atmete sie. Sie klammerte sich an seinen Bizeps. Die dunkler werdende Röte auf ihren Wangen verriet, wie sehr sie ihn wollte. »Fass mich an.«

Er schob die Hand unter den dünnen Stoff und drängte zwei Finger in sie.

»Du bringst mich um«, flüsterte er an ihren Lippen, küsste sie fordernd und drückte die Finger tiefer in ihre lockende Hitze, der Stelle entgegen, deren Berührung sie in kürzester Zeit ins Reich der Sinne katapultierte.

»Du bist so eng, Baby.« So etwas konnte er doch nicht sagen. Nicht zu Janie. Nicht, wenn er jeden Quadratzentimeter ihres Körpers zärtlich lieben wollte. »Ich möchte ganz tief in dir sein und dich ganz langsam lieben, bis du das Gefühl hast, dich aufzulösen. Ich will dich in Ekstase versetzen und den Moment hinauszögern, bis du um mehr flehst. Ich will spüren, wie du die Nägel in meine Haut gräbst, wenn du meinen Namen schreist. Du sollst so oft kommen, dass du fast den Verstand verlierst.«

»Boyd.« Sie drängte sich an seine Hand, ihre Beine schlangen sich um seine Oberschenkel.

Er saugte ihre Unterlippe in seinen Mund und biss fest

genug zu, um ihr einen exquisiten kleinen Schmerz zu bescheren. Sie stöhnte auf.

»Sorry, Baby. Ist mit mir durchgegangen.« Ihr Kopf fiel mit einem wohligen Stöhnen zurück, und er bemühte sich weiter, ihren ungezogenen Wunsch zu erfüllen. »Ich kann es kaum erwarten, dein Gesicht zu sehen, wenn du kommst, während ich dich lecke.« Er küsste die pulsierende Ader an ihrem Halsansatz, spürte das flatternde Klopfen an der Zunge.

»Weiter«, flüsterte sie.

Boyd zögerte eine Sekunde, überlegte, wie ungezogen sie sich den Dirty Talk wirklich wünschte. Sie klammerte sich fester an seinen Bizeps, drängte sich härter an seine Finger. »Schmutziger.«

»Es macht mich unfassbar an, deine Lippen um meinen Schaft zu sehen, wenn ich …«

»Oh mein Gott.« Sie packte seinen Kopf, küsste ihn gierig und kam. Ihre Mitte pulsierte um seine Finger. Boyd verschluckte ihre Lustschreie und packte sie mit der freien Hand an der Hüfte, damit sie dem intensiven Gefühl nicht ausweichen konnte, als seine Finger sie noch einmal auf den Gipfel und von dort zum freien Fall trieben.

»Ich bin so hart, Baby.« Er wollte mehr, doch sie sollte die Kontrolle haben, denn das hier war ihr Dirty-Talk-Spiel.

Sie drückte ihn an den Schultern tiefer, und er tat ihr gerne den Gefallen. Während sie sich in sein Haar krallte und an seinem Mund rieb, verschlang er sie voller Leidenschaft. Zitternd ließ sie sich von einem weiteren Höhepunkt emporreißen.

»Nimm mich, Boyd. Nimm mich jetzt.«

Hastig öffnete er seine Jeans und schob sie sich auf die Oberschenkel. »Das klingt aber nicht sehr schmutzig, Baby.« Er drückte den Ansatz seines Schafts, damit er nicht auf der Stelle kam. Sie wollte Dirty Talk, und er wollte, dass sie sich so sicher fühlte, dass auch sie sagen konnte, was immer ihr auf der Zunge lag.

Einen Moment lang blieb sie still. Ihr Körper rieb sich an seinem, ihre Finger gruben sich in seine Haut. »Ich will dich in mir. Ganz tief.«

Boyd fand es schön, dass das nicht allzu schmutzig klang. Sie war so verdammt sexy, sie musste nicht in eine der unteren Schubladen greifen. Obwohl ihm das sicher auch gefallen hätte. Mit einem einzigen harten Stoß vergrub er sich bis zum Ansatz in ihr. Sie schlang die Arme um seinen Hals, zog sich mit den Beinen an seiner Taille noch weiter nach vorn und holte ihn noch tiefer in sich. Überwältigt von ihren Empfindungen und Gefühlen, das Essen und alle Notizen vergessen, erledigte sich der Dirty Talk von selbst. An seine Stelle traten die Laute ihrer Leidenschaft.

Sechzehn

Als sich ihr Atem beruhigt hatte und sie sich wieder bewegen konnten, trug Boyd Janie ins Badezimmer und ließ Wasser in die Wanne.

»Du trägst mich viel herum.« Sie setzte sich in der Wanne zwischen seinen Beinen zurecht, lehnte den Kopf an seine Brust und fühlte sich geborgen und geliebt.

»Wenn wir das Essen noch öfter ausfallen lassen, kannst du mich auch bald tragen«, scherzte er. »Langsam habe ich den Verdacht, dein verletzter Knöchel ist nur Teil eines finsteren Plans, um die Wette zu gewinnen.«

Er goss Waschlotion in seine Hände und seifte ihre Schultern damit ein. Das fühlte sich himmlisch an.

»Hey. Ich arbeite hart. Ein Roman schreibt sich nicht von allein.« Seine seifigen Hände glitten über ihre Brüste und sofort stand sie wieder in Flammen.

»Mir kommt es vor, als wärst du mehr mit Verführen als mit Schreiben beschäftigt. Und das tarnst du ziemlich durchsichtig als Recherche.« Er nahm ihr Haar zusammen, legte es ihr über eine Schulter und küsste ihren Nacken.

»Und du genießt jede Minute davon. In letzter Zeit fühle ich mich, als hätte ich das Glück gepachtet. Und nicht bloß, weil wir absolut fantastischen Sex haben.« Sie streckte die Hand aus, er goss Waschlotion hinein, und sie hob seine Unterschenkel aus dem Wasser und massierte sie damit. Ganz von seinem Körper umfangen zu sein, war ein wunderbares Gefühl. Seufzend lehnte sie sich wieder gegen seine Brust.

»Du musst mich noch nicht mal anfassen, um mir den Verstand zu rauben. Aber erzähl mir mehr. Was macht dich außerdem noch glücklich?«

»Zum Beispiel, dass es auch bei der Arbeit gerade wirklich gut läuft. Meine Beförderung ist zum Greifen nahe. Das wäre ein großer Schritt nach vorn, denn dann könnte ich endlich schreiben, anstatt bloß als Lektorin Texte zu überarbeiten.«

»*Bloß als Lektorin?* Baby, diese Tätigkeit ist genauso wichtig wie schreiben. Du sorgst dafür, dass keine Fehler im Text sind und dass er sich gut liest. Also rede die Leistungen meines Mädchens nicht klein.«

Sie mochte es, wenn er sie so nannte. »Da ist was dran, und ich mache meinen Job auch gerne. Aber seit ich mich mit meinem Liebesroman beschäftige, ist alles anders. Etwas Eigenes zu schaffen, anstatt einem fremden Text den Feinschliff zu verpassen, macht riesigen Spaß. Nach dem College wollte ich unbedingt schreiben, und schon ein paar Wochen später musste ich diesen Traum begraben. Ich habe mir gar nicht mehr erlaubt, auch nur daran zu denken. Und dann kam unsere Wette. Okay, das klingt vielleicht ein bisschen albern. Aber sie hat mich dazu gebracht, etwas auszuprobieren, was ich sonst sicher niemals getan hätte. *Du* hast mich dazu gebracht.«

»Und jetzt sprudeln deine kreativen Säfte nur so.«

Sie zog die Knie an die Brust und drehte sich in seinen Armen. Ihr Knöchel machte ihr kaum noch Probleme, doch sie musste immer noch vorsichtig sein. Verdrehen durfte sie ihn auf keinen Fall.

»Es ist mehr als das, Boyd. Du hast mich herausgefordert und inspiriert. Und du gibst mir Sicherheit. Deshalb traue ich mich, allerhand Neues auszuprobieren.«

»Aha. Wir haben also deine innere Verführerin von der Leine gelassen.« Er legte einen Arm um ihre Taille und vergrub die Nase an ihrem Halsansatz.

»Und auch das ist noch nicht alles. Wenn ich mit dir zusammen bin, bin ich glücklich und fühle mich ganz.«

Er berührte ihre Wange und sie legte ihre Hand auf seine. Ihr fiel auf, wie oft sie das tat. Sie nahm es als Zeichen, dass sie mehr von ihm wollte. Eine engere Verbindung.

»Honey, dasselbe gilt für mich. *Glücklich und ganz* drückt es absolut treffend aus. Ich habe versucht, mir eine Zukunft ohne dich vorzustellen, und bin kläglich gescheitert. Es ist, als hätte es ein Leben *vor* Janie gegeben, und jetzt gibt es ein Leben *mit* Janie.«

Sie spürte, wie seine Muskeln sich spannten. »Aber?«

»Kein Aber.« Er schaute ihr ins Gesicht und strich mit dem Daumen über ihre Wange. »Ich habe eine Einladung zu einem Bewerbungsgespräch an einer Uni in Colorado. Für nächste Woche.«

»Wow, das ist …« *Verdammt weit weg.*

»Weit weg.« Er seufzte. »Komm, wir trocknen uns ab und reden darüber.«

Er half ihr aus der Wanne und beim Anziehen kämpfte sie mit ihren Gedanken.

»Du gehst doch hin, oder?« Niemals würde sie ihn davon abhalten. Nicht von etwas, was ihm so wichtig war. Trotzdem flüsterte ein kleines Teufelchen auf ihrer Schulter ihr zu, sie solle ihn bitten, nicht zu gehen.

Sie setzen sich auf die Couch und Boyd legte beim Reden die Arme um sie. Damit machte er es ihr noch schwerer zu trennen, was sie für ihn empfand und was sie ihm für die Zukunft wünschte.

»Ja. Zu dem Gespräch möchte ich auf jeden Fall. Aber das bedeutet nicht, dass ich auch dort studieren werde. Ich will bloß …«

»Du musst mir nichts erklären. Du musst unbedingt hin. Ich bin froh, dass du das machst.« Er verdiente es, seinen Traum zu leben. Obwohl seine neue und ungeahnt anhängliche Freundin bei dem Gedanken, dass er wegziehen könnte, fast umkam. Er hatte ihr gleich zu Anfang von seinen Plänen erzählt, nie versucht, etwas zu verheimlichen. Trotzdem fühlte sie sich jetzt seltsam überrumpelt.

Eigentlich albern. Er hatte ein Bewerbungsgespräch, und sie konnte doch nicht hoffen, dass es schlecht laufen würde. So egoistisch war sie nicht.

Oder vielleicht doch?

Sie dachte kurz nach. Nein. Sie wünschte sich für Boyd, dass er seine Ziele erreichte. Deshalb drängte sie die anhängliche Frau schnell weg, die ihn um jeden Preis festhalten wollte. »Möchtest du für das Interview üben? Soll ich dir dabei helfen? Schließlich hast du mit mir auch Dirty Talk geübt.«

Er zog sie näher zu sich. Mit einem süßen, sinnlichen Kuss gab er ihr das Gefühl, seine ganze Welt zu sein. Und sofort tat die Vorstellung, dass er womöglich aus New York wegging, noch viel mehr weh.

Siebzehn

Es war Mittwochabend, und Janie kam inzwischen besser damit klar, dass Boyd zu dem Bewerbungsgespräch nach Colorado fliegen würde. Zumindest hatte sie die klammernde Frau in sich jetzt besser im Griff. Boyds Vorschlag, ihre Beziehung erst einmal ganz unverkrampft weiterlaufen zu lassen und sich später Gedanken zu machen, ging für sie in Ordnung. Für den Moment. Bis sich die Uni wieder bei ihm meldete, würden Wochen vergehen. Und in dieser Zeit konnte einiges passieren. Vor allem, wenn man bedachte, wie viel binnen weniger Tage passiert war.

Die letzten Nächte hatten sie gemeinsam verbracht, und obwohl Janie ihre Unabhängigkeit sehr schätzte, genoss sie diese Zeit als Paar in vollen Zügen. Heute waren sie gleich morgens vor der Arbeit zum Blumenladen spaziert und hatten frische Tulpen gekauft. Beim Nachhausekommen hatten sie an der Wohnungstür Kiki getroffen, die gerade zur Arbeit aufgebrochen war. Sie hatte lachend gemeint, Janie wäre schon ziemlich verwöhnt und Boyd ganz schön eingespannt. Boyd hatte mit einem Scherz geantwortet, und Janie war froh, dass sich die beiden so gut verstanden. Denn ein Leben ohne diese zwei wollte sie sich nicht einmal vorstellen.

Auf dem Rückweg von der Arbeit machte Boyd mit ihr einen kleinen Umweg. Er wollte ihr einen Wasserfall zeigen.

Wie versprochen begleitete er sie täglich zur Firma und wieder zurück. Inzwischen kam sie mit der Krücke in der rechten und ihrem Stock in der linken Hand bestens klar. Doch nachdem sie sich und ihm das bewiesen hatte, ließ sie den Stock gerne zusammengeklappt und hakte sich stattdessen bei Boyd unter.

»Einen Wasserfall?« Gemeinsam verließen sie die U-Bahn-Station. »Ich wohne seit Jahren hier, aber von einem Wasserfall mitten in der Stadt habe ich noch nie was gehört.«

»Du kennst offenbar tatsächlich nicht die richtigen Leute. Halte dich einfach weiterhin an mich, dann zeige ich dir noch manches, was dir bislang entgangen ist.«

»Wie Dirty Talk zum Beispiel? Davon hatte ich auch keine Ahnung.«

Sie hörte sein Lächeln, und das war neu. Normalerweise las sie aus seinem Tonfall heraus, ob er lächelte. Doch während der vielen Stunden vertrauter Zweisamkeit waren ihr gewisse Laute und Geräusche aufgefallen, die seine Stimmung auch ohne Worte verrieten. Direkt vor einem Lächeln atmete er zum Beispiel kurz aus, und das hörte sich dann glücklich an. Wenn ihn die Leidenschaft packte, atmete er ganz tief unten in seiner Brust, und sie stellte sich dazu den sündigen Ausdruck auf seinem Gesicht vor.

»Zu diesen sexy Einfällen hast du mich inspiriert.« Er drückte die Lippen auf die zarte Stelle neben ihrem Ohr. »Und um mit dir deine Dirty-Talk-Fantasien auszuleben, habe ich gerne aufs Abendessen verzichtet.«

Seine betörend tiefe Stimme strich über ihre Wange und jagte ihr einen wohligen kleinen Schauer durch den Körper.

Noch ein paar Schritte und sie hörte plötzlich Wasser rauschen.

»Wow. Was ist das denn?« Offenbar gab es diesen Großstadtwasserfall tatsächlich. »Wo sind wir eigentlich genau?«

»Im Greenacre Park. Kurz nachdem ich hergezogen bin, haben mir Cash und Siena dieses kleine Paradies gezeigt.«

»Das macht sie mir gleich noch sympathischer.«

»Sie sind wunderbare Freunde und sie sind unglaublich verliebt. Früher habe ich Cash damit aufgezogen. Aber jetzt …«

»Jetzt?«

»Jetzt verstehe ich, wie er so schnell ganz verrückt nach Siena sein konnte. So verrückt wie ich nach dir, Baby.« Er zog sie ein wenig dichter an seine Seite. »Wir sind jetzt direkt am Eingang des Parks.«

Verrückt nach mir! *Verrückt* beschrieb nur einen kleinen Teil ihrer Gefühle für ihn. Er weckte in ihr Wünsche, die sie nie zuvor gehabt hatte. Mit ihm fühlte sie Dinge, die sie bis jetzt nur aus Büchern kannte. Und dann die Art, wie er sich um sie kümmerte. Nicht, weil sie blind war, sondern, weil sie ihm wirklich etwas bedeutete. Schon deshalb machte ihr Herz jedes Mal einen riesigen Sprung, wenn sie auch nur an ihn dachte.

Doch für den Moment schob sie diese tiefen Gefühle beiseite und konzentrierte sich auf ihr unerwartetes Date.

»Es ist kühler hier. Und das Wasser ist so laut. Das Rauschen verschluckt sogar den Straßenlärm. Kaum zu glauben.« Sie hatte das Gefühl, aus der Stadt entführt worden zu sein und sich meilenweit weg von dem Dschungel aus Glas und Beton und Asphalt zu befinden.

»Der Wasserfall ist nur knapp über acht Meter hoch. Kannst du dir vorstellen, wie sich da erst die Niagarafälle anhören müssen? Vielleicht können wir eines Tages mal hinfahren.«

Ein schöner Gedanke, der nach Zukunft klang. »Das wäre traumhaft.«

»Oh ja.« Er führte sie weiter dem Geräusch des Wassers entgegen. »Wir sind durch Mauern und hohe Robinien von der Straße abgeschirmt. Unter den Bäumen gibt es zwischen der üppigen Bepflanzung lauschige Sitzplätze. Über dem Eingang und über den Sitzbereichen sind hölzerne Rankgitter angebracht. Es ist wunderschön.«

»Ja, das klingt herrlich.«

»Links von den Fällen läuft das Wasser an einer Mauer hinunter und fließt dann als kleines Bächlein an der Seite des Parks entlang über Felsen und Steine. Man hat das Gefühl, tatsächlich draußen in der Natur zu sein.«

»Seltsam, dass diese zauberhafte Oase nicht viel bekannter ist.«

»Dabei ist es so schön hier. Fühl doch mal.« Er führte ihre Hand zu einer harten, glatten Fläche. »Das ist eine Bank aus Granit, dahinter wachsen grüne Stauden. Hier. Fass mal an.« Er legte ihre Finger auf schmale, raue Blätter. »Und hier.« Er ging in die Hocke und zog sie mit nach unten. Dabei legte er ihre Hand auf zarte Blumenblüten und danach an das Pflanzgefäß, das sich kalt und rau anfühlte wie aus Stein.

»Die Blumen sind gelb und rot. Und Friedenslilien wachsen hier auch. Den Namen kenne ich nur, weil die meiner Schwester so gut gefallen. Sie haben große grüne Blätter und eine einzige weiße Blüte an einem langen Stiel, der hoch über die Blätter hinausragt.«

Sie freute sich, dass er ihr auch solche Kleinigkeiten liebevoll beschrieb. »Diese Kombination aus Blumen und Granit. Was für ein schöner Kontrast. Mir gefällt das. Können wir näher an den Wasserfall heran?«

»Du wirst das Wasser *spüren*. Deshalb wollte ich mit dir hierher. Wenn ich in Colorado bin, kannst du vielleicht an diesen Moment denken. Wie wir beide das Wasser spüren und die Erde und die Pflanzen riechen anstatt die Stadt mit ihren Abgasen. Ich wollte mit dir an einen Ort, wo wir zusammen dasselbe erleben können.«

»Die meisten Leute interessieren sich mehr dafür, was ich vielleicht noch sehen kann, als für meine anderen Möglichkeiten, etwas wahrzunehmen. Du kannst dir gar nicht vorstellen, wie glücklich mich das macht, was du gerade gesagt hast.« Sie legte die Hand an seine Wange und packte all ihre Gefühle in einen Kuss.

»Ich möchte dich um einen Gefallen bitten«, sagte Boyd, als sie weitergingen. Wassertröpfchen landeten auf ihren Armen und ihrem Gesicht.

»Oh! Spürst du das?« Sie berührte die Tröpfchen auf ihrem Arm.

»Wir stehen jetzt direkt vor dem Wasserfall. Wenn wir noch einen Schritt weitergehen, fallen wir in das Becken davor.«

»Wäre es dir peinlich, wenn ich mich hinknie und die Finger hineintauche?« Eigentlich kannte sie die Antwort auf diese Frage bereits, denn Boyd schenkte ihr gerne besondere Momente.

Er küsste ihre Handfläche, dann drückte er ihre Hand an seine Wange, und sie wusste, dass er sie sein Lächeln fühlen lassen wollte. Das Lächeln, das sie so liebte.

»Nichts, was du tust, wird mir jemals peinlich sein. Ist es dir peinlich, wenn ich mich mit dir hinknie und jemandem mein Handy gebe, damit er uns fotografieren kann? Ich möchte mich immer an diesen Augenblick erinnern.«

Boyd und seine Fotos. Noch etwas, was sie sehr mochte. Er

wollte sich alles einprägen, was sie zusammen machten. Und er wollte gemeinsam mit ihr an dem Becken knien, damit sie dasselbe erleben konnten. »Nur zu. Ich werde dieses Bild immer in meinen Gedanken tragen.«

»Und ich werde es dir immer wieder gerne beschreiben.«

Er bat einen Mann, sie zu fotografieren. »Ich habe ihm mein Smartphone gegeben. Lass uns die Hände ins Wasser tauchen.« Darauf bedacht, ihren Knöchel zu schützen, half er ihr auf die Knie.

Sofort waren ihre Hände und Knie nass und sie lachte. Ein Wasserfall, mitten in der Stadt, ein magischer Moment mit Boyd und ein Fremder, der ihm dabei half, diesen zauberhaften Augenblick zu verewigen. War das ein Traum?

»Ich hätte dich warnen müssen.«

»Nein. So ist es perfekt.«

Er nahm ihre Hand und tauchte sie in das überraschend kühle Wasser.

»Nicht weiter vorbeugen. Sonst nimmst du ein unfreiwilliges Bad. Können wir jetzt das Foto machen, damit der arme Mann erlöst ist?«

»Ach, herrje. Selbstverständlich. Sorry.« Sie drehte sich zu Boyd und spürte seinen Arm um ihre Schultern, dann seine Lippen auf ihrer Wange. Überrascht wandte sie ihm das Gesicht zu und erwiderte den Kuss. Boyds warme Hand legte sich in ihren Nacken und zog sie fester an sich.

»Das sind tolle Fotos«, sagte der Mann.

Vor lauter Küssen hatte sie den freundlichen Herrn mit Boyds Smartphone sofort wieder vergessen.

»Oh je«, flüsterte sie verlegen.

Boyd lachte leise und gab ihr noch einen Kuss. Diesmal einen eher braven.

»Vielen Dank«, sagte er zu dem Mann. Den Arm noch immer schützend um sie gelegt, nahm er sein Telefon an sich.

»Du bringst mich immer völlig durcheinander«, seufzte sie. Ihre Hände spielten mit dem Wasser.

»Und du bringst mein Leben durcheinander, Honey, und genau so will ich es haben.«

Achtzehn

Am Samstagmorgen saß Janie schon um fünf aufrecht im Bett und ging mithilfe ihres Braille-Displays durch, was sie gestern Abend aufgeschrieben hatte. Boyd schlief neben ihr. Sie waren lange wach geblieben und hatten *Star Wars* geschaut. Boyd hatte ihr die Szenen beschrieben, sie hatte sich Notizen gemacht. Aber noch interessanter als der Film waren Boyds Reaktionen gewesen. Ihn packte die actiongeladene Handlung offenbar ebenso sehr, wie sie sich von romantischen Geschichten mitreißen ließ. Der Filmabend hatte ihr geholfen, seine Begeisterung für Science-Fiction besser zu verstehen.

Gestern hatte sie auch die ersten Schritte ohne Krücke geschafft, was ihr den Weg zur Arbeit erheblich erleichtern würde. Insgeheim tat es ihr fast ein bisschen leid, dass sie die Krücke nun nicht mehr brauchte, denn so konnte sie in Zukunft wieder ohne Boyds Unterstützung U-Bahn fahren. Er hatte seinen Dienstplan für sie komplett umgekrempelt und tagsüber, während sie bei der Arbeit gewesen war, Schichten im Krankenhaus übernommen. In der Feuerwache hatten die Jungs seiner Mannschaft ihn vertreten. Weitere Umstände wollte sie ihm auf keinen Fall bereiten, ganz gleich, wie sehr sie es genoss, wenn er sie morgens zur Arbeit begleitete. Und Boyd ließ keine

Wehmut aufkommen. Er hatte Witze darüber gemacht, wie sexy er es fand, wenn sie mit ihrem Stock hantierte, und sie mit seinen frechen Sprüchen aufgeheitert.

Jetzt murmelte er im Schlaf. Was er sagte, konnte Janie nicht verstehen. Sie hörte auf zu lesen und horchte genauer hin.

Immer wieder hatte er ihr angeboten, in seiner eigenen Wohnung zu übernachten. Doch an ihn geschmiegt einzuschlafen, war so schön, dass sie nicht ohne ihn in ihrem Bett liegen wollte. Wenn er zu dem Bewerbungsgespräch in Colorado war, würde sie ihre Nächte notgedrungen allein verbringen müssen. Doch die Zeit bis dahin wollte sie unbedingt auskosten.

Sein Atem beschleunigte sich, plötzlich zuckten seine Beine. Sie legte eine Hand auf seinen Arm und spürte kalten Schweiß. Wieder das Murmeln. Es klang gehetzt. Offenbar hatte er einen Albtraum. Genau wie in der Nacht von Mittwoch auf Donnerstag. Obwohl der böse Traum da nur wenige Sekunden gedauert hatte, hatte er Boyd sehr mitgenommen.

Sie stellte ihr Braille-Display auf den Nachttisch. »Boyd?«, flüsterte sie.

Sein Atem ging flach und schnell.

Sie berührte seine Brust, spürte seinen jagenden Herzschlag. »Boyd, wach auf.«

Er schnellte hoch und schnappte nach Luft. Erschrocken zuckte sie zurück. Sie war sich nicht sicher, ob er wirklich wach war.

»Sorry, Baby.« Seine Stimme klang gepresst. Er räusperte sich und drückte ihre Hand. »Habe ich dich geweckt?«

»Nein. Ich bin gerade meine Notizen von gestern Abend durchgegangen. Aber du hast im Schlaf gesprochen. Es klang ganz aufgeregt. Ist alles in Ordnung?«

»Ja, alles gut. Ich wollte dich nicht erschrecken.«

»Möchtest du darüber reden?«

»Lieber nicht.« Er setzte sich auf und atmete ein paarmal tief durch.

Sie hatte ihm bereits so vieles von sich anvertraut und wünschte sich, er würde sich ihr ebenfalls noch weiter öffnen und ihr Einblicke in diesen Teil seiner Seele gewähren. Doch seiner Stimme hörte sie an, dass er nicht bereit war, mehr zu sagen. Zumindest noch nicht.

»Hat der Film gestern Abend dich weitergebracht? Kannst du mit deinen Notizen etwas anfangen?«

Er war ein Meister des Themawechsels. Auch in der Nacht auf Donnerstag hatte er sofort von seinem Traum abgelenkt. Doch diesmal gab Janie nicht sofort auf. Sie änderte nur ihre Taktik.

»Oh ja. Ich habe mir sehr viel aufgeschrieben. Du behauptest zwar immer, du könntest keinen anständigen Satz zu Papier bringen, aber deine Beschreibungen waren sehr lebendig. Ich war mittendrin in der Handlung.«

»Ich habe die Szenen ja nicht selbst erfunden, sondern dir bloß erzählt, was ich sehe.«

Janie war froh, dass er nun wieder ruhiger atmete. »Ich glaube, von dir kann ich viel lernen. Zu beschreiben, wie ein Ort aussieht, fällt mir schwer. Mit Gerüchen oder damit, wie sich eine Oberfläche anfühlt, tue ich mich leichter. Vielleicht kannst du mir ja helfen, meine Szenen zusätzlich mit sichtbaren Eindrücken auszuschmücken.«

»Damit du die Wette gewinnst, meinst du?«

Sie hörte das Lächeln in seiner Stimme. »Ich würde die Bedingungen gern ein bisschen ändern. Vielleicht sogar das Romance Writers Festival ganz aus unserer Abmachung streichen.«

»Lass hören.« Er zog sie an sich.

»So vieles ist gerade in Bewegung. Durch das Schreiben bekomme ich eine neue Perspektive. Und es bringt uns beide näher zusammen.«

»Klingt ein bisschen wie ein Verkaufsgespräch. Wo ist der Haken?«

Nur zum Schein empört gab sie ihm einen Klaps auf den Arm. »Ich meine das ernst. Ich brauche wirklich Unterstützung mit meinen Beschreibungen. Und ich brauche ein paar Ideen für romantische Orte, an denen sich meine Figuren treffen können. Wenn du mir hilfst und am Ende wirklich ein Roman entsteht, gehe ich mit dir zur Comic-Con. Selbst wenn du meine Geschichte grauenhaft findest.«

»Abgemacht.« Er schob ihr eine Haarsträhne hinters Ohr und küsste sie auf die Wange.

Sie schluckte und wappnete sich für die Reaktion, mit der sie als Nächstes rechnete. »Und im Gegenzug redest du mit mir über deine Albträume.«

Boyd schwieg so lange, dass sie schon fürchtete, er würde gleich aufspringen und davonstürmen. Sie blieb ganz ruhig sitzen und wartete ein wenig atemlos auf seine Antwort. Schließlich verlagerte er sein Gewicht und flocht die Finger zwischen ihre. Er küsste ihren Handrücken.

»Honey.«

Sein Ton sagte so vieles in nur einem Wort. *Bitte zwing mich nicht dazu. Warum willst du das? Es ist zu schwer. Selbst der Gedanke daran tut weh.* Was sie nicht hörte, war ein definitives Nein. Und das gab ihr Hoffnung.

»Vielleicht würde dir das helfen«, sagte sie. »Auch wenn es sicher nicht leicht wird. Aber was ist schon wirklich leicht? Das

Trauma, das du durchgemacht hast, war eine Million Mal schwerer als das Trauma meines Sturzes. Du hast mir geholfen, damit klarzukommen. Wer weiß, wie lange ich dafür ohne deine liebevolle Unterstützung gebraucht hätte. Sie war ungeheuer wertvoll.«

Sie hörte ihn atmen und schließlich sagt er: »Ich werde darüber nachdenken.«

Sie konnte nur abwarten und hoffen.

»Wo gehen wir denn hin?« Gemeinsam stiegen sie später am Morgen aus der U-Bahn.

»Du hast gesagt, du brauchst romantische Plätze für deine Romanfiguren. Deshalb machen wir jetzt ein bisschen romantische Recherche.« Der Albtraum am Morgen hatte Boyd deutlich mehr aufgewühlt, als er sich eingestehen wollte. Diesmal hatte er in dem brennenden Haus Janie gesehen, und das hatte ihm eine Höllenangst gemacht. Insgeheim gab er Janie durchaus recht. Er musste über seine Albträume reden. Doch allein der Gedanke daran ließ Panik in ihm aufsteigen. Erst einmal wollte er sich ablenken.

»Freu dich auf eine Überraschung.« Er war froh, dass sie nun keine Krücke mehr brauchte. Einerseits konnte er sie so beim Gehen enger an sich ziehen, andererseits würde er sich weniger Sorgen machen, wenn sie nächste Woche ohne ihn U-Bahn fahren musste.

»Meine allerschönste Überraschung bist sowieso du.«

Er nahm ihre Hände in seine. Die Sonnenstrahlen brachten ihre Augen zum Blitzen und der Anblick nahm ihm den Atem.

Janie zu beschreiben, wie es um sie herum aussah und was um sie vorging, fiel ihm jeden Tag leichter. An dem Abend im Krankenhaus hatte er ihr damit instinktiv ihre Ängste genommen. Doch inzwischen war es ihm ein tiefes Bedürfnis, alles, was er sah und erlebte, mit ihr zu teilen.

»Die Sonne hüllt dich in einen goldenen Schimmer und du bist so wunderschön, Janie. Zu gerne würde ich dir zeigen, wie süß und verzaubert du jetzt gerade aussiehst.«

Sie drückte die Hände auf seine Brust. »Das hast du gerade getan.«

Manchmal vergaß er, wie mühelos sie seine Empfindungen und Stimmungen lesen konnte. Sie hob sich auf die Zehenspitzen ihres linken Fußes, und er beugte sich zu ihr und küsste sie.

Kurz darauf traten sie durch den Eingang des Museums und Boyd führte sie gleich in einen ganz besonderen Bereich. Als er ihr die Tür öffnete, versuchte er, Janies Eindrücke nachzuempfinden. Er atmete den erdigen Geruch ein und hörte das Murmeln der anderen Besucher.

»Boyd? Wo sind wir denn? Hier riecht es wie in einem Gewächshaus.«

»Wir sind im Schmetterlingshaus des Naturkundemuseums. Warst du hier schon mal?«

Ihre Augen weiteten sich. »Nein. Aber das klingt großartig.«

»Links und rechts von uns gibt es breite Beete voller Blumen und großblättriger grüner Pflanzen. Und überall sind Schmetterlinge. Sie ruhen sich auf den Blättern aus und schweben um die Blüten.«

»Einer ist gerade an mir vorbeigeflogen.« Sie lachte. »Er hat meine Wange gestreift, nicht wahr?«

Ihre Begeisterung erfüllte ihn mit Freude. »Ja. Er war braun mit gelben Streifen. Wunderschön.«

»Faszinierend. Erzähl mir mehr. Welche Farben haben die Schmetterlinge?«

»Hier gibt es so viele verschiedene. Ich sehe einen mit bernsteinfarbenen Flügeln und schwarzen Flügelspitzen. Und, oh, da ist ein besonders großer. Seine Flügel sind schwarz mit kleinen weißen Punkten.«

»Und die Blumen?«

Boyd beschrieb ihr die pinkfarbenen und weißen Blüten direkt neben ihnen. Langsam gingen sie weiter, und er gab sich alle Mühe, alles möglichst detailgetreu mit Worten auszumalen.

Als ein Schmetterling auf Janies Arm landete, hielt sie den Atem an.

»Nicht bewegen. Der ist eine echte Schönheit, hat dunkelbraune Flügelspitzen. Zur Mitte hin, wo sein Körper ist, wird die Farbe immer heller. Wenn du dich ganz vorsichtig bewegst, kannst du den Arm vielleicht heben, ohne dass er wegflattert, und seine Flügel an deiner Wange spüren.«

Sie hob den Arm und Boyd umrahmte den Schmetterling mit den hohlen Händen, damit er nicht wegfliegen konnte. Janie hielt das zarte Wesen an ihre Wange, und als er die Hände wegnahm, blieb der Schmetterling sitzen, als wollte er ihr einen besonders verzauberten Moment bescheren.

Sekunden später segelte er davon.

»Das war fantastisch.« Sie streckte die Hand nach Boyd aus. »Vielen Dank für diesen wunderbaren Ausflug. Ohne dich wäre ich vermutlich nie hierhergekommen.«

»Es klingt vielleicht kitschig, aber Schmetterlinge sind irgendwie auch ein Symbol für uns beide. Wir stehen vor Veränderungen in unserem Leben. Du entwickelst dich durch das Schreiben weiter, findest raus, wer du wirklich bist, und erweckst deine Träume zum Leben. Und ich …« *Ich denke darüber nach, mich meiner Vergangenheit zu stellen.* »… ich werde vielleicht bald Medizin studieren.«

»Das ist überhaupt nicht kitschig, es ist unglaublich romantisch.« Sie legte die Arme um seinen Hals. »Offenbar habe ich mir den besten Recherchepartner der Welt ausgesucht.«

Gemächlich schlenderten sie weiter. Boyd beschrieb Janie die Pflanzen und Blumen, und sie berührte alles behutsam mit den Fingerspitzen. Gerne hätte er verhindert, dass seine Gedanken immer wieder zu dem bevorstehenden Bewerbungsgespräch drifteten. Morgen würde er nach Colorado fliegen, die Stunden vergingen viel zu schnell und das Bild einer tickenden Zeitbombe mogelte sich in seinen Kopf. Kaum zu glauben, dass er sich noch vor zwei Wochen von Janie hatte fernhalten können. Und jetzt tat ihm die Vorstellung, von ihr getrennt zu sein, geradezu körperlich weh.

»Einen Moment, bitte.« Janie blieb neben einem besonders üppig bepflanzten Beet stehen, wo Dutzende von Schmetterlingen um die Pflanzen gaukelten. »Mach bitte mal die Augen zu.«

»Okay, Baby. Augen sind geschlossen.«

»Wenn du die Ohren spitzt, kannst du ihren Flügelschlag hören. Als ich noch klein war, haben mein Dad und ich uns mal eine Doku über Schmetterlinge angeschaut. Da hieß es, dass manche von ihnen zirpen, wenn sie sich bedroht fühlen. Und wenn sie mit den Flügeln schlagen, macht ihr Körper ein Geräusch. Oder das Geräusch kommt durch die Bewegung. Genau weiß ich es nicht mehr, aber sag mir, was du hörst.«

Boyd versuchte, die Stimmen der anderen Besucher auszublenden. Er fragte sich, ob alles, was er hier gesehen hatte, die

Blumen, die Schmetterlinge, eine wenige Schritte entfernte Familie und ein älteres Paar am Eingang, seine Hörfähigkeit beeinträchtigte. Er war überrascht, wie sehr er sich anstrengen musste, um alle Störgeräusche wegdrängen und sich ganz auf die Schmetterlinge konzentrieren zu können.

Schließlich gelang es ihm tatsächlich, die Laute dieser filigranen Wesen wahrzunehmen, nur benennen konnte er sie nicht. Lange horchte er aufmerksam hin, bis er schließlich sagte: »Wenn sie fliegen, klingt es fast wie Regen. Oder so, als würde Papier rascheln.«

»Regen«, wiederholte sie. »Darauf wäre ich nicht gekommen. Doch jetzt, wo du es sagst, höre ich es auch. Aber raschelndes Papier? Keine Chance.« Sie lachte und Boyd zog sie in seine Arme.

»Okay, du Schmetterlingsexpertin. Wie klingen sie für dich?«

Er kämpfte gegen den Drang an, die Augen zu öffnen. Zu gerne hätte er ihr Gesicht gesehen, wenn sie sich darauf konzentrierte, wie sich die Schmetterlinge anhörten. Doch die Welt aus Janies Perspektive zu erleben, wurde ihm immer wichtiger. Er wollte hören, was sie hörte, fühlen, was sie fühlte, wahrnehmen, was sie wahrnahm. Wenn er sich darin übte, konnte er in Zukunft dafür sorgen, dass ihre gemeinsamen Erlebnisse für sie beide immer eindrücklicher wurden.

»Für mich klingen sie einfach bezaubernd. Wie eine Brise, die im Herbstlaub flüstert, wenn es im Wald zu Boden gefallen ist.«

»Das ist jedenfalls romantischer als raschelndes Papier. Man merkt eben, dass du die Liebesromanautorin bist und ich der Mann für Dirty Talk.«

Nach dem Besuch im Naturkundemuseum spazierten sie

durch den Central Park. Dabei überlegte Boyd angestrengt, wie er mit Janie über seine Albträume sprechen konnte. Doch jedes Mal, wenn er glaubte, er würde es fertigbringen, fehlten ihm die Worte. Hand in Hand gingen sie über die Bow Bridge. Für ihn war jede Stunde mit Janie ein kostbares Geschenk und auf keinen Fall wollte er sie verlieren. Nicht wegen des Studiums, nicht wegen seiner Vergangenheit, nicht aus irgendeinem anderen Grund.

»Was du heute Morgen im Bett gesagt hast, beschäftigt mich sehr. Sicher fühlt es sich übel an, meine Albträume mitzubekommen und dich aus diesem Teil meines Lebens ausgeschlossen zu fühlen. Das tut mir ehrlich leid, Janie.«

»Schon gut. Ich kann dich verstehen.«

Er legte die Arme um sie und küsste sie. »Es ist nicht gut, aber ich bin dir sehr dankbar für deine Geduld. Du verdienst einen Mann, der wirklich alles mit dir teilt, und ich gebe mir auch alle Mühe. Aber über das Schicksal meiner Familie und meine Albträume zu reden, fällt mir unsäglich schwer. Trotzdem möchte ich es mit dir unbedingt versuchen. Ich weiß nur noch nicht, wie.«

»Danke, schon allein, das zu wissen, tut gut. Und ich will dich auch nicht zu sehr drängen.«

»Ich muss mich bei dir bedanken. Und vielleicht ist es auch gut, wenn du weißt, dass ich bislang niemals auch nur daran gedacht habe, jemandem diese Türen in mir zu öffnen. Du bist der allererste Mensch, für den ich das wagen möchte.«

Neunzehn

»Sag mal, wie oft willst du diesen Knopf eigentlich noch drücken?« Es war Sonntagabend und Kiki pinselte Farbe auf Janies dunkle Ansätze.

Janie betätigte wortlos noch einmal den Knopf an dem digitalen Bilderrahmen, den Boyd ihr am Nachmittag direkt vor seiner Abfahrt zum Flughafen geschenkt hatte. Seine Stimme ertönte, beschrieb die Fotos, sagte, er sei verrückt nach ihr, sie sei wunderschön, und noch ein paar andere Dinge, bei denen ihr vor Glück ganz schwindelig wurde.

»Das ist ein sehr süßes Geschenk und die Fotos sind wirklich schön. Sogar das eine, auf dem du die Zunge rausstreckst.«

»Dass sie schön sind, liegt daran, dass er auf den Bildern ist. Mit meinen dunklen Ansätzen muss ich doch schrecklich aussehen.«

Kiki zog an ihrem Haar. »Es liegt daran, dass du wunderhübsch bist. Ansätze hin oder her, du Trulla. Als ich letzte Woche am Freitagmorgen weggefahren bin, hast du noch eifrig an deiner Beförderung gearbeitet und staubtrockene Newsletter geschrieben. Abends bist du mit mir weggegangen oder hast gemütlich auf dem Sofa Liebesschmonzetten gelesen.

Und jetzt schreibst du selber welche und arbeitest woran genau?«

Janie nahm einen Schluck von ihrer Margarita. »Im Moment nur daran, das Glas mit diesem köstlichen Getränk zu leeren.« Nach Boyds Abreise hatte sie den Rest des Nachmittags mit Schreiben verbracht. Vermutlich musste sie die Szenen noch ein paarmal überarbeiten, aber langsam nahm die Geschichte Gestalt an.

»Okay. Und sonst so?«

»Ich warte auf den Bescheid wegen meiner Beförderung, versuche ein bisschen Würze in die Newsletter zu bringen und …«

»Ein bisschen?« Kiki lachte und pinselte weiter. »Ich finde ›Mal wieder selbst Hand anlegen‹ als Titel schon ziemlich gewagt. Vermutlich laufen die Kerle in deiner Firma nach einem kurzen Blick auf deine Kolumnen alle mit Beulen in der Hose herum.«

Janie bemühte sich um einen hochprofessionellen Tonfall. »Ein bisschen Doppeldeutigkeit hat noch nie geschadet.«

»Schon möglich. Was meint denn Tara dazu?«

Janie zuckte die Achseln. »Sie hat den Text noch nicht. Aber ich nehme mal an, das geht in Ordnung. Außerdem kann ich gar nicht anders. Seit ich an meinem sexy Roman arbeite, läuft mein Gehirn auf einem anderen Level. Selbst in der U-Bahn sperre ich die Ohren auf, um nur ja alles mitzubekommen, was mich zu einer Szene inspirieren könnte.«

»Und wenn du mit Boyd zusammen bist, prägst du dir jede Berührung ein.«

»Eigentlich nicht«, gab sie zu. »Am Anfang sage ich mir immer, ja, dies oder das werde ich in irgendeiner Weise für mein Buch benutzen. Aber dann gibt es in meinem Kopf einen

Kurzschluss, und ich kann wie in einer Endlosschleife immer nur daran denken, wie sehr ich ihn will, wie schön alles ist, was er sagt, und wie gut es sich anfühlt, in seinen Armen zu liegen.«

Kiki stellte den Wecker ein und setzte sich Janie gegenüber.

»Und jetzt ist er zu einem Bewerbungsgespräch nach Colorado geflogen, und du tust so, als würdest du nicht sehnsüchtig auf einen Anruf oder eine Textnachricht warten.«

»Das trifft es ziemlich genau.« Janie hob ihr Glas. »Aber das hier hilft ein bisschen.«

»Habt ihr euch eigentlich schon darüber unterhalten, wie es weitergehen soll, falls er einen Studienplatz kriegt?«

»Ein paar Mal haben wir das Thema angeschnitten. Aber eigentlich ist es noch viel zu früh, darüber nachzudenken. Schließlich sind wir erst ganz kurz zusammen.« Das entsprach zwar den Tatsachen, doch ihr Herz interessierte das nicht. Es gehörte ihm bereits ganz und gar.

»Mag sein. Trotzdem merkt man sofort, wie ernst die Sache mit euch beiden bereits ist. Boyd hat seine Dienstpläne um dich herumgebaut, er schläft jede Nacht bei dir, und als ihr euch vorhin verabschiedet habt, haben deine Augen ganz feucht geschimmert. Versuch erst gar nicht, es abzustreiten.«

»Okay. Ich vermisse ihn. Ist das ein Verbrechen?« Janie stellte das Glas auf den Tisch und seufzte. »Ich weiß nicht, was ich denken soll, Kiki. So sehr wie ihn habe ich noch niemanden gemocht. Ich wünschte, ich könnte ihn sehen. Und zwar nicht, weil er so heiß ist. Nein, ich träume davon, ihm in die Augen zu schauen und darin dieselben Gefühle lesen zu können, die ich für ihn empfinde. Solche Träume habe ich zum allerersten Mal.«

Kiki seufzte. »Wow.«

»Ich bin völlig durcheinander.«

»Liebst du ihn?«

Diese Frage hatte sich Janie schon ein paarmal gestellt, weil ihre Gefühle so stark waren. »Keine Ahnung. Vielleicht? Dafür ist es doch eigentlich noch viel zu früh. Oder?«

»Weiß er das denn?«, fragte Kiki. »Er schaut dich nämlich an, wie … Also wenn mich ein Mann so anschauen würde, dann …«

Was glaubst du, weshalb ich unbedingt seine Augen sehen will? »Lass uns von was anderem reden. Sonst vermisse ich ihn noch viel mehr.«

Wie es sich für eine beste Freundin gehörte, stellte Kiki ihr artig ein paar Fragen zu ihrem Romanprojekt. Als sie mit Janies Haar fertig waren, beschlossen sie, die Handlung ein wenig aufzupeppen. Janie hatte bereits etliche Seiten in dem Handbuch gelesen, das Boyd ihr geschenkt hatte. Dort hieß es, bei Sexszenen wäre Abwechslung gefragt. Sie setzten sich mit ihren Gläsern, Janies Braille-Display und dem Laptop auf die Couch und gaben *ungewöhnliche Sexstellungen* in eine Suchmaschine ein.

Kiki las die Treffer vor. »›Zehn geniale Positionen, die du bis jetzt nicht kanntest.‹ Als gebe es irgendeine, die ich noch nicht ausprobiert hätte.« Sie schnaubte und Janie klickte den nächsten Artikel an. »›Die vierzig besten Stellungen für wirklich heißen Sex.‹ Perfekt.«

Janies Fingerspitzen flogen über die Braille-Zeichen, in die die Bildunterschriften für sie übersetzt wurden.

»Speed Bump?« Janie lachte. »Klingt spannend, ist aber nur die Missionarsstellung mit einem Kissen unter deinem Hintern.«

»Du wärst überrascht, was so ein Kissen ausmachen kann.«

»Ach tatsächlich?« Janie nahm sich vor, das mit Boyd auszuprobieren. »Aber was ist das denn? ›Der Wasserfall?‹ Du setzt dich auf den Kerl und lehnst dich so weit zurück, dass dein Kopf beinahe den Boden berührt? Wer macht denn so was? Mir würde schwindelig werden.«

Kiki lachte. »Und mir würde vermutlich das Abendessen hochkommen. Wie wärs damit? ›Die Lusttreppe‹. Man treibt es tatsächlich auf den Stufen!«

»Die Nachbarn würden staunen.«

Sie blieben noch eine Weile auf der Seite und lachten über die Namen der teilweise recht merkwürdigen Positionen. *Sinnlicher Ritt. Himmelspforte. Wolke sieben* und *Perfekte Welle.* Janie machte sich jede Menge Notizen für das nächste Treffen mit ihrem sehnlichst vermissten Recherchepartner.

Zwanzig

Colorado war ein Traum. Die Luft roch so frisch und rein, und vom Campus aus hatte man einen herrlichen Blick auf die Berge am Horizont. Während sich Boyd auf dem Universitätsgelände umschaute, stieg so etwas wie Stolz in ihm auf. Er hatte hart gearbeitet und nun schien sein Lebenstraum zum Greifen nahe. Das Bewerbungsgespräch an der medizinischen Fakultät war eine der letzten Hürden auf seinem Weg. Er hatte nur Kindheitserinnerungen an seine Eltern und viele davon waren bereits sehr verblasst. Doch Fotos hielten die lächelnden Gesichter der beiden in ihren Dreißigern lebendig. Dass sie so vieles nicht hatten miterleben können, stimmte ihn tieftraurig. Die Highschool- und Collegeabschlüsse ihrer Kinder, die Geburt ihres Enkels, all die großen und kleinen Erfolge. Er dachte an die markanten Züge seines Vaters, seine ernsten, dunklen Augen und die strahlend blauen Augen seiner Mutter, die ihm immer aus Haylies Gesicht entgegenblickten. Er stellte sich den Stolz in den Augen seiner Eltern vor, weil er mit großem Einsatz und Entschlossenheit Schritt für Schritt auf sein Ziel zuging.

Einsatz und Entschlossenheit.

Er hatte sich definitiv den Hintern aufgerissen, und ja, er

war verdammt stolz. Trotzdem fühlte er sich heute anders als vor einigen Wochen auf dem Campus der Washington State University. Denn damals war er noch nicht mit Janie zusammen gewesen. Er hatte sich nur von ganzem Herzen einen Medizinstudienplatz gewünscht und wäre dafür bis ans Ende der Welt und noch weiter weggezogen. Für einen Studienplatz hätte er einfach alles getan. Doch heute gab es außer dem Mix aus Nervosität, Vorfreude und Erwartung noch ein anderes Gefühl. Er vermisste eine ganz bestimmte Frau in New York. Von Minute zu Minute wurde ihm bewusster, wie viel sich für ihn verändert hatte. Der Gedanke an ein Studium löste jetzt überaus gemischte Gefühle in ihm aus, und womöglich für länger so weit von Janie weg zu sein, war keine schöne Vorstellung.

Er versuchte, sich auszumalen, wie sie zusammen in Colorado lebten. Hier wirkte alles viel aufgeräumter und viel weniger hektisch als im ewig rastlosen New York. Das würde ihr sicher gefallen. In Colorado könnten sie völlig andere Dinge erleben, könnten wandern, durch die Wälder streifen, vielleicht sogar angeln gehen. Er musste sie unbedingt fragen, ob sie überhaupt schon einmal geangelt hatte.

Eine Wohnung mit Blick auf die Berge wäre schön. Dann konnte sie anstatt in ihren engen vier Wänden auf einer luftigen Terrasse sitzen und schreiben.

»Der Campus liegt nur acht Meilen von der Innenstadt von Denver entfernt und ist mit öffentlichen Verkehrsmitteln gut zu erreichen«, erklärte Anthony, ein Medizinstudent im sechsten Semester, der ihn herumführte.

Auch Arbeit würde Janie in Denver sicher finden. In dieser boomenden Stadt gab es viele florierende Unternehmen. Wie schwer konnte es sein, hier einen Job zu ergattern?

»Wie behindertengerecht ist hier der öffentliche Nahverkehr? Gibt es spezielle Angebote?« Während er die Fragen stellte, dachte er an die enormen Schwierigkeiten, die Janie bei der Jobsuche gehabt hatte. Ihren Traum, Journalistin zu werden, hatte sie aufgegeben, weil potenzielle Arbeitgeber ihr Talent nicht erkannt hatten. Die Sehenden waren blind gewesen. Beim Gedanken an einen weiteren frustrierenden Hindernislauf dieser Art zog sich sein Magen zornig zusammen.

»Da gibt es einige Optionen. Im Studienbüro kann man dir da sicher weiterhelfen.«

Boyd wusste, dass er den zweiten Schritt vor dem ersten machte. Schon möglich, dass man hier ganz gut von A nach B gelangen konnte. Aber würde Janie überhaupt ihren Job aufgeben und umziehen wollen? Weg von Kiki? Von dem Leben, das sie sich aufgebaut hatte, in einer Nachbarschaft, in der ihr Wohlergehen so vielen Menschen am Herzen lag? War es überhaupt fair, sie nach der kurzen gemeinsamen Zeit um so etwas zu bitten? Oder konnte man so eine Frage erst nach einem Monat stellen? Einem halben Jahr? Einem ganzen? Durfte er überhaupt jemals erwarten, dass sie so viel für ihn aufgab?

Auch für sehende Menschen war ein Umzug immer eine logistische Herausforderung. Man musste beispielsweise herausfinden, welche Viertel sicher waren und welche nicht. Während Anthony über den Campus, die Professoren und verschiedene Unterstützungsmöglichkeiten sprach, wurde Boyd bewusst, dass er stets automatisch darauf achtete, ob er sich in einer sicheren Umgebung befand. Schon gestern Abend auf der Fahrt quer durch die Stadt hatte er automatisch registriert, wie sauber die Gehsteige waren, welche Geschäfte die Straßen säumten und ob irgendwo zwielichtige Gestalten herumlungerten. Ohne groß darüber nachzudenken, hatte er die

Stadt in sichere und unsichere Bezirke eingeteilt. Sogar Anthony hatte er nach kaum drei Sekunden eingeordnet. Aber wie machte das Janie? Offenbar gelang es ihr recht gut, ihre Umgebung einzuschätzen. Doch welche Rolle spielte Kiki dabei? Hatte sie ihr geholfen, eine innere Landkarte von sicheren und unsicheren Zonen in New York City anzulegen? Er wollte Janie liebend gerne dabei unterstützen, sich an einem neuen Ort zurechtzufinden. Aber wie lange würde es dauern, bis sie sich wirklich wohlfühlen würde? Bis sie ein Gefühl für die Menschen entwickelt hatte, die ihr täglich begegneten? Auf dem Weg zur Arbeit, im Café, im Blumengeschäft und am Zeitungskiosk. Wie fand sie heraus, wem sie trauen konnte, und wie lange würde das dauern? Boyd wohnte schon seit Jahren in New York City und hatte in seiner Umgebung viel weniger persönliche Kontakte als sie.

Ihm wurde immer bewusster, wie viele offene Fragen es gab, und wie wenig Ahnung er hatte, was Janie als lebenswerten Wohnort empfinden würde. An ihrer Stelle Einschätzungen und Entscheidungen zu treffen, war sinnlos und stand ihm nicht zu.

Dann war es plötzlich Zeit für das Gespräch und der Leiter des Zulassungsbüros schüttelte ihm die Hand und stellte sich vor. »Erzählen Sie mal, Boyd. Weshalb möchten Sie gerade bei uns studieren?«

Boyd spulte die Antworten ab, an denen er seit Wochen gefeilt hatte. Sie verbanden seinen Herzenswunsch, Arzt zu werden, mit den Besonderheiten dieser Universität. Auch seine persönlichen Stärken und Ziele ließ er einfließen. Vor ein paar Wochen hatte er dem Leiter des Zulassungsbüros in Washington ganz ähnliche Antworten gegeben. Äußerlich selbstbewusst hatte er sich bemüht, positiv aus der Masse der

Bewerber herauszustechen. Schließlich hofften unendlich viele Kandidaten auf einen der heißbegehrten Plätze an einer namhaften Uni.

Auch heute empfand er Selbstvertrauen, als er über seine Vorkenntnisse und seinen bisherigen Werdegang sprach. Doch seine Motivation bröckelte inzwischen ein wenig. Ganz sicher wusste er nämlich nur eins: Obwohl Janie und er gestern Abend über eine Stunde lang telefoniert hatten und sie morgen bereits wieder in seinen Armen liegen würde, war es ein ungutes Gefühl, so weit von ihr entfernt zu sein. Er vermisste sie. Aus ganzem Herzen.

Auf dem Weg zurück ins Hotel wurde ihm klar, was er am allermeisten wollte. Er wollte niemals wieder von Janie getrennt sein.

Janie nahm gerade die letzten Änderungen an dem Arkens-Handbuch vor, als Clay sie anrief und in den Konferenzraum bat.

»Viel Glück da drin«, wünschte ihr Tara im Vorbeigehen auf dem Flur.

Am Morgen hatte Janie den neuesten Artikel für den Newsletter abgegeben und Tara hatte nichts zu dem Titel gesagt. Wegen so etwas würde Clay sie doch sicher nicht zu einem Vieraugengespräch einbestellen. Oder doch? Eine Managementbesprechung wegen ihrer Beförderung stand diese Woche nicht im Terminplan, sie hatte also nicht die geringste Ahnung, worüber er mit ihr reden wollte. Mit einem flattrigen Gefühl in der Magengegend klopfte sie an die Tür und trat ein.

»Du wolltest mich sprechen, Clay?«

»Janie. Bitte komm rein.«

Sie lauschte konzentriert auf Geräusche, die auf weitere Anwesende hindeuteten. Doch offenbar waren sie allein.

»Wie läuft es mit dem Handbuch?«

»Gut. Es wird heute noch fertig. Einen kurzen letzten Durchgang möchte ich noch machen, um sicher sein zu können, dass mir nichts entgangen ist.«

»Du arbeitest immer überaus gründlich und das schätzen wir sehr.« Clay stieß ein Seufzen aus, das bei ihm nur schwer zu deuten war.

»Danke.« *Überaus gründlich* klang gut. Das Atmen fiel ihr gleich ein bisschen leichter.

»Wie du weißt, wird das Management bald über deine Beförderung entscheiden. Ich sehe das als reine Formsache, denn du bist eine hochmotivierte, sehr zuverlässige Mitarbeiterin. Die Arbeit, die du ablieferst, spricht für sich.«

»Danke«, antwortete sie diesmal noch zuversichtlicher.

»Keine Ursache. Was ich dir gleich sage, wird dir vermutlich neu sein. Und ich möchte dich bitten, es vertraulich zu behandeln.«

»Selbstverständlich.«

»Wir möchten in den nächsten Monaten expandieren. Und ich will mit dir besprechen, was das für dich bedeuten könnte. Ich weiß, du möchtest gerne mehr schreiben. Doch wenn wir wirklich wachsen wie geplant, werden wir auch weitere fähige Lektoratskräfte einstellen. Diese Neuzugänge müssen gut eingearbeitet werden, müssen unsere Vorgaben und die Abläufe hier kennenlernen. Deshalb wollte ich dem Team vorschlagen, für die Neuen einmal pro Monat eine betriebsinterne Fortbildung abzuhalten. Und die Leitung dieser Veranstaltungen würde ich gerne dir übertragen. Natürlich nur, falls dich diese Aufgabe interessiert.«

»Ich soll Fortbildungen leiten? Clay, vielen Dank für dein Vertrauen, aber an so etwas habe ich noch nie gedacht.« Neue Mitarbeiter weiterbilden? Wie sollte sie sich das vorstellen? Was, wenn sie zusagte und die Aufgabe dann einfach grässlich fand? Was, wenn sie zusagte und dann feststellte, dass sie das gar nicht konnte?

»Als ich dich damals eingestellt habe, hast du mir deutlich zu verstehen gegeben, dass deine Blindheit dir nicht im Weg stehen würde. Du hast mich um die Chance gebeten, dich zu beweisen.« Zum ersten Mal, seit sie Clay kannte, schwangen Gefühle in seiner Stimme. »Du hast dich bewiesen, und ich glaube, du hast noch jede Menge Potenzial. Du bist eine unserer besten Lektorinnen und verstehst dich hier mit allen. Dein Schreibstil ist nicht bloß klar und verständlich, du schaffst es auch, das Interesse der Leser zu wecken und sie anzusprechen. Ganz gleich mit welchem Thema. Das betrachten wir als großen Pluspunkt.«

»Vielen Dank. Du weißt gar nicht, wie sehr ich mich freue, das zu hören.« Dass Clay so von ihr begeistert war, machte sie ganz kribbelig vor Stolz.

»Du hättest die lebhafte Diskussion im Aufenthaltsraum kürzlich erleben sollen. Es ging um das Oxford-Komma und der Auslöser war dein Artikel. Wer hätte gedacht, wie leidenschaftlich unterschiedlich die Standpunkte dazu sind? Selbst wenn deine letzten Newsletter etwas gewagter waren, als wir es gewohnt sind, sie liefern wertvolle Gesprächsanstöße.«

Sie hoffte, dass ihre Wangen nicht inzwischen vor Verlegenheit knallpink leuchteten. »Tut mir leid. Ich habe kürzlich begonnen, an einer Liebesgeschichte zu schreiben, und das schimmert vielleicht ein bisschen durch.«

»Du hast keinen Grund, dich zu entschuldigen. Ich nehme an, du lotest deine Möglichkeiten aus. Und du zeigst, dass du noch weitaus mehr drauf hast als grundsolide, korrekte Arbeit an Gebrauchstexten. Deine letzte Kolumne war der Hit, und mit dem Titel hast du die Leute neugierig gemacht und zum Lesen verführt. Einfach brillant.«

Brillant? Und sie hatte gefürchtet, er würde die Überschrift unpassend oder gar zu anzüglich finden. »Oh. Danke schön.«

»Falls du die Leitung der Fortbildungsseminare nicht gleich rundheraus ablehnen möchtest, gebe ich dir gerne schon mal einen Überblick über die gewünschten Inhalte.«

Janie hörte zu, wie Clay ihr seine Ideen erklärte. Seine Wertschätzung für ihre Arbeit und dass er ihr noch viel mehr zutraute, machten sie überglücklich. Stumm dankte sie den himmlischen Mächten, dass Clay ihr damals begegnet war. Sie konnte es kaum erwarten, Boyd von dieser aufregenden neuen Entwicklung zu erzählen.

Einundzwanzig

Am Dienstagabend stand Boyd mit seinem Rucksack über der Schulter und einem Strauß weißer Tulpen im Arm vor Janies Wohnungstür. In seinem Magen summte ein ganzer Schwarm Bienen. Eigentlich hätte er vor dem Wiedersehen nicht so nervös sein sollen. Schließlich hatten sie fast zwei Wochen lang jede Nacht zusammen verbracht. Doch jetzt kam er sich vor wie ein Schuljunge, der sein Date zum Abschlussball abholte. Von den neuen Entwicklungen bei der Arbeit hatte Janie ihm erzählt, und was er mit ihr besprechen musste, war dadurch nur noch wichtiger geworden. Sie öffnete die Tür und lächelte ihn genauso an, wie er es sich in jeder quälenden Minute ohne sie ausgemalt hatte. Das Herz sprang ihm beinahe aus der Brust.

»Hi.« Er zog sie in seine Arme, atmete sie ein und die unsichtbaren Bienen aus. Endlich konnte er Janie wieder festhalten. »Die beiden Tage ohne dich haben sich angefühlt wie eine Ewigkeit. Ich will dich nie wieder so sehr vermissen müssen.«

»Dann sei still und küss mich.«

Ihre Lippen fanden zueinander wie Tanzpartner. Langsam, sinnlich und in perfektem Einklang. Er betrank sich an ihrem süßen Mund und dem Gefühl ihrer Hände, die sich auf seine

Taille schoben und noch mehr Nähe erzeugten.

Schließlich hob er den Kopf und betrachtete ihr schönes Gesicht. »Du hast mir so gefehlt, Honey.« Seine Lippen streiften ihre ganz sanft.

»Ja, ich spüre es deutlich.« Sie drängte ihr Becken an seine Erektion.

Er lachte leise. »Dir kann ich nichts verheimlichen, oder?«

»Warum solltest du das wollen?«

»Hey, ihr Turteltäubchen!«, rief Kiki aus dem Wohnzimmer. »Kommt rein, bevor ihr den Hausflur in Brand setzt.« Sie stand von der Couch auf. »Oh, du hast mir Tulpen gebracht. Das war doch nicht nötig. Du bist wirklich ein ganz großer Schatz.«

»Tulpen? Wirklich?« Janie tastete nach seinen Händen und er reichte ihr den Strauß.

»Hi, Kiki«, sagte er. »Wie geht's?«

»Prima. Mal davon abgesehen, dass ich inzwischen jedes Wort auf dem digitalen Bilderrahmen auswendig kann.« Kiki zwinkerte ihm zu.

»Meinem Mädchen hat das Geschenk also gefallen?« Er vergrub die Nase an Janies Hals.

»Ich liebe es. Genau wie die Blumen. Vielen, vielen Dank.« Sie steckte die Nase zwischen die Blüten und atmete tief ein. Dann hielt sie ihm den Strauß hin, damit er dasselbe tun konnte. »Was riechst du?«

»Blumen.«

»Was du nicht sagst.« Kiki holte eine Vase aus der Küche.

»Versuch's noch mal.« Janie hob die Tulpen höher. »Nimmst du irgendeinen speziellen Geruch wahr?«

Er schnupperte. »*Frische* Blumen.«

»Ich finde, sie riechen nach Honig und Licht. Das ist einer

meiner Lieblingsdüfte.« Janie gab Kiki den Strauß. »Danke, Kiki. Kannst du sie auf meinen Schreibtisch stellen?«

»Jap, und dann hole ich die Augenbinde.«

»Die Augenbinde?« Er zog Janie zurück in seine Arme. »Recherchieren wir wieder für dein Buch? Dann sag mir bitte, dass wir es ohne Kiki tun. Bei gewissen Dingen teile ich nämlich nicht gerne.«

»Dem Himmel sei Dank.« Janie stellte sich auf die Zehenspitzen und küsste ihn. »Keine Recherche. Du hast dir schon alles Mögliche einfallen lassen, um die Welt so zu erleben, wie ich es tue. Und ich dachte, ich zeige dir meine Welt mal auf andere Weise.«

»Ich kann es kaum erwarten, deine ganze Welt zu entdecken.« Er strich mit gespreizten Fingern durch ihr Haar. Die vormals dunklen Ansätze waren jetzt so blond wie der Rest. »Dein Haar sieht toll aus. Ich nehme mal an, Kiki hatte die Finger im Spiel.«

»Allerdings. Irgendwann muss ich dir mal Fotos von mir mit meiner natürlichen Haarfarbe zeigen.«

»Du wärst selbst mit einer Glatze die verführerischste Frau weit und breit.«

Sie küsste ihn. »Deine kitschigen Sprüche haben mir gefehlt.«

»Nur dass sie bei Boyd seltsamerweise nie kitschig klingen. Hast du zufällig einen Bruder?« Kiki gab Janie die Augenbinde. »Macht das Ding nicht gleich klebrig, ihr beiden, okay?« Lachend schnappte sie sich ihr Buch von der Couch.

»Ich habe tatsächlich einen, aber der lebt in Virginia.« Boyd ließ den Rucksack von seiner Schulter gleiten und dachte an den manchmal etwas mürrischen Chet.

»Schade, aber das ist mir ein bisschen zu weit.« Kiki seufzte.

»Jetzt wo der Fotoerzähler zurück ist, verschwinde ich besser.«

»Bis bald, Kiki«, rief Janie hinter ihr her.

»Hör mal, Honey, ich habe völlig vergessen, dass ich morgen früh um sieben in der Feuerwache sein muss. Soll ich lieber bei mir schlafen, damit ich dich nicht so früh wecke?«

»Auf gar keinen Fall.« Am Kragen zog sie ihn in Richtung ihres Balkons. »Ich möchte meinen großen, starken Feuerwehrmann bei mir haben. Ich musste schon viel zu lange ohne ihn schlafen.«

Sie öffnete die Balkontür. Unter ihnen zerschnitten Scheinwerferlichter die Nacht. Janie führte ihn hinaus. Die Geräusche der Fahrzeuge und Passanten verschmolzen und belebten die warme Abendluft.

»Setz dich zu mir.« Janie zog ihn neben sich auf den kühlen Betonboden.

»Soll ich uns Stühle oder eine Decke holen?«

»Nein. Ich will dich einfach dicht bei mir haben. Mit verbundenen Augen.«

»Wäre das Schlafzimmer dafür nicht der passendere Ort?« Er verband sich die Augen.

»Später vielleicht.«

Ihre Worte durchzuckten ihn wie ein Stromschlag.

»Aber jetzt im Moment …« Ihre Fingerspitzen streiften die Augenbinde. »Ist es seltsam, dass mir das einen Kick gibt? Dass es mir gefällt, so ein kleines bisschen die Kontrolle zu haben oder vielleicht auch die Macht?«

»Ist es seltsam, wenn ich sage, dass mich das anmacht?«

»Nein. Mir geht es nämlich genauso.« Janie hatte ihn furchtbar vermisst. Am Telefon hatte sie ihm gestern Abend erzählt, wo sie aufgewachsen war, und versucht, ihre Kindheit am Meer zu beschreiben. Und wie ihr Heimatort sich für sie verändert hatte, als ihre Sehkraft immer mehr geschwunden war. Sie hatte sich Mühe gegeben zu erklären, was in ihr vorgegangen war, als sie alles, was sie gekannt und geliebt hatte, Stück für Stück buchstäblich aus den Augen verloren hatte.

»Was spielst du da für ein gefährliches Spiel, Baby?« Er legte eine Hand auf ihren Oberschenkel, und es war, als würde sich ihr Abdruck durch ihre Jeans brennen.

»Man nennt es: den Abend im Janie-Stil erleben. Kiki und ich tun das auch manchmal. Ich dachte, vielleicht macht es dir Spaß.«

»Mit dir macht mir alles Spaß. Aber ich muss zugeben, ein bisschen beunruhigend ist es schon, wenn man nicht sieht, woher ein Geräusch kommt.«

»Nicht wahr? Daran muss man sich erst gewöhnen. Du weißt ja, dass ich nicht über Nacht erblindet bin. Das war ein langsamer Prozess, der auch noch weitergeht. Eine Zeit lang hat es mich regelrecht in Panik versetzt, wenn mir plötzlich aufgefallen ist, dass ich nur mit größter Anstrengung etwas wahrnehmen kann, was ich zuvor noch recht deutlich gesehen habe. Dass ich zum Beispiel nicht mal mehr eine Straßenlaterne bemerke, selbst wenn ich direkt davorstehe.«

»Das würde jeden in Angst versetzen.«

»Ja, ganz bestimmt. Es gab einen Augenblick bei einer Chorprobe in der siebten Klasse, da wurde mir plötzlich bewusst, dass ich die Umrisse der Lehrerin vorn am Dirigentenpult nicht mehr erkennen kann. Das habe ich damals nur Kiki erzählt und niemandem sonst. Aber die Angst hat mich regelrecht gelähmt. Ein andermal bin ich von einem Nickerchen aufgewacht und meine Welt war mit einem Mal viel dunkler. Diese Momente nenne ich ›Schluckauf‹, weil sie so ganz ohne Vorwarnung kommen. Sie erschrecken mich und machen mir deutlich, was mit mir passiert. Mit der Augenbinde kannst du das vielleicht ein bisschen nachempfinden.«

Boyd legte den Arm um Janie und küsste sie. »Du weißt gar nicht, wie gerne ich damals schon bei dir gewesen wäre. Natürlich hätte ich die Krankheit nicht aufhalten können, aber du wärst mit deiner Angst nicht so alleine gewesen.«

Sie wusste, dass er ihr Mut gemacht und sie aufgebaut hätte. Wie so viele Male seit ihrem Sturz.

»Ich will nicht ständig über meine Augen reden. Aber ich möchte dich gerne an allem, was ich erlebt habe und erlebe, teilhaben lassen. Und die schrittweise Erblindung gehört nun mal dazu.«

»Ich bin froh, dass du mir diese Türen öffnest, Janie.«

»Und ich bin froh, dass du dich darauf einlässt. Eigentlich war die Krankheit schon früh mein ständiger Begleiter. Trotzdem hat es mich manchmal ziemlich durcheinandergebracht, wenn ich den Ursprung eines Geräuschs plötzlich nicht mehr sehen konnte.«

Sie spürte, wie er nach ihrer Hand tastete.

»Meine Hand zu finden, wird dir mit der Zeit immer schneller gelingen.« Sie legte ihre Hand in seine, genoss das Gefühl von Kraft und Geborgenheit, das er ausstrahlte, und wie perfekt ihre Hände ineinanderpassten. »Und auch andere Körperteile hast du bald auf deiner inneren Landkarte.«

»Ich glaube, die allermeisten finde ich mühelos.«

»Oh ja.« Sie lächelte. »Manchmal denke ich, vielleicht bin ich erleichtert, wenn ich eines Tages völlig erblindet bin. Denn unterschwellig warte ich immer ein bisschen ängstlich auf den Moment, in dem es passiert.«

»Du wirst dann also auch keine Umrisse mehr erkennen? Selbst wenn das Licht ideal ist und der Kontrast genau stimmt?«

»Und ich schräg aus den Augenwinkeln linse und so nahe an dich heranrücke wie ein Freak«, ergänzte sie.

»Du bist kein Freak, Baby. Bitte sag das nie wieder. Es tut mir weh, wenn du so über dich sprichst.«

»Tut mir leid. Das war ein Scherz. Mehr oder weniger. Aber es ist schon ein bisschen freakig, sich derart zu verbiegen, um wenigstens eine Silhouette wahrnehmen zu können.«

»Als du neulich im Park gesagt hast, du könntest mich sehen, war ich absolut selig. Nicht, dass du mich unbedingt sehen müsstest oder ich es mir insgeheim erhofft hätte. Dass es diese Möglichkeit gibt, war ein völlig unerwartetes Geschenk für mich. Und dass der Moment so überraschend kam, hat ihn noch magischer werden lassen.«

»Ich wünsche mir solche Momente nicht weg, aber ich habe meinen Frieden damit gemacht, dass es sie eines Tages nicht mehr geben wird.«

»Dann sollten wir sie nutzen, solange wir noch die Chance dazu haben.«

Dieser Mann verstand sie so unfassbar gut und das Band zwischen ihnen wurde von Tag zu Tag enger. Er wollte alles, was sie erlebte, nachempfinden können und mit ihr teilen. Er wollte ihr zur Seite stehen, wenn sie auch den letzten Rest ihrer Sehkraft verlor, und einfach jeden gemeinsamen Augenblick zu etwas Besonderem machen. Diese Erkenntnis füllte ihr Herz und machte sie sprachlos. Ein paar Minuten lang schwiegen sie in tiefer Verbundenheit.

Janie legte den Kopf an Boyds Schulter und ließ das

Gespräch noch einmal in ihren Gedanken nachklingen. Schließlich räusperte sie sich. »Wie kommst du mit der Dunkelheit klar?«

»Sie zwingt mich, meine anderen Sinne zu gebrauchen. Ich filtere und analysiere alle Geräusche. Autohupen, den Schrei eines Mannes in der Ferne, deine Atemzüge.«

Dass er sie ganz selbstverständlich mit einbezog, machte sie glücklich.

»Ich muss dir etwas gestehen«, fuhr er fort.

»Ein prickelndes Geständnis? Soll ich mir Notizen machen?«

»Du hast wohl nur noch Romantik und Erotik im Kopf.«

»Das ist deine Schuld. Okay. Beichte deine Sünden.«

»Ist es eine Sünde, dass du mir vom ersten Augenblick an gefallen hast?«

Sie hob überrascht den Kopf. »Das erfindest du doch jetzt gerade.«

»Großes Feuerwehrmannehrenwort.«

»So was gibt es?«

»Ich war nie bei den Pfadfindern. Das große Pfadfinderehrenwort fällt also flach. Aber ganz im Ernst, es ist wirklich so. Du hast mit Clay im Empfangsbereich der Firma gestanden, und ich kam rein und war sofort wie gebannt. Du hast gelächelt. Himmel, Janie, dein Lächeln ist der Hammer.« Er strich mit dem Daumen über ihre Lippen. »Und deine Ausstrahlung. Du hast so sicher gewirkt. Lebhaft. Energiegeladen. Ich konnte gar nicht mehr wegschauen.«

»Ist dir gleich aufgefallen, dass ich blind bin?« Die Frage war heraus, bevor sie es verhindern konnte. Eigentlich wollte sie nicht glauben, dass ihre Blindheit stets sofort alles andere in den Hintergrund drängte, doch so ganz wurde sie diesen Verdacht niemals los.

»Nein, Honey. Du hast mit Clay gesprochen und ihn dabei angeschaut. Dein Stock ist mir erst aufgefallen, als du dich zur Seite gedreht hast. Vorher war er verdeckt. Mein Gehirn hat das dann genauso registriert wie zuvor dein blondes Haar und dein umwerfendes Lächeln. Und von dem Tag an musste ich ständig an dich denken.«

Er zog sie näher zu sich. »Weil ich das nicht wahrhaben wollte, habe ich mich als lässigen Frauenliebling dargestellt, der überall ein Eisen im Feuer hat. Ich habe mit dir geflirtet, damit du mich für einen Typen hältst, mit dem du dich niemals einlassen würdest. Weil du mich so fasziniert hast, bin ich nie länger in deiner Nähe geblieben und habe mich nie ausführlich mit dir unterhalten. Dabei hatte ich in deiner Gegenwart immer ein Kribbeln im Bauch. Doch meine Bewerbungen fürs Medizinstudium waren abgeschickt, und ich wollte nicht riskieren, dass die Nähe zwischen uns zu groß wird.«

Die Liebe zu ihm weitete ihr Herz. Er war so ehrlich, so aufrichtig, sie wollte sich auf seinen Schoß kuscheln und ihm einfach sagen, was sie für ihn empfand.

»Aber?«

»Aber jetzt ist es doch passiert, und ich stecke schon viel zu tief drin, um einfach wieder weggehen zu können. Kann ich die Augenbinde abnehmen? Ich möchte dein Gesicht sehen.«

»Ja.« Sie wünschte, sie hätte auch eine Binde, die sich einfach abnehmen ließ.

Er schob ihr eine freche blonde Strähne hinters Ohr. »Janie, es zerreißt mich beinahe. Ich kann meinen Traum vom Medizinstudium nicht kurzerhand abhaken, und das, was zwischen uns passiert, schon gar nicht. Ich hätte gerne eine Lösung parat, eine Lösung, die du verdienst. Aber ich weiß nur, dass ich mit dir zusammen sein will.«

»Ich will auch mit dir zusammen sein, aber ich würde dich niemals bitten, auf das Studium zu verzichten.« Ihre Gedanken jagten. Lief das auf eine Fernbeziehung hinaus? Würde er sich irgendwann wünschen, dass sie zu ihm zog? Wollte sie das denn? Oder … Sie glaubte nicht, dass sie das fertigbrachte, aber wer wusste schon, wozu man in Herzensdingen fähig war … Oder sollte sie ihn doch bitten, bei ihr in New York zu bleiben?

»Ich weiß. Aber ich weiß auch, dass du dich fragst, wie es mit uns weitergehen soll. Wir haben dieselben Fragen, aber eine Antwort habe ich leider noch nicht.«

Sie berührte sein Gesicht, spürte die Anspannung in seinen Zügen und hätte ihm am liebsten gesagt, wie sehr sie sich eine Antwort wünschte.

Weil ihr die richtigen Worte dafür fehlten, versuchte sie, die Stimmung ein wenig aufzulockern und damit den Schmerz zu ersticken. »Du bist also in einem großen Bogen um mich herumgeschlichen und dann hat es dich doch umgehauen.«

»Herz über Kopf«, sagte er ernst.

»Und jetzt?«

»Jetzt möchte ich dir gerne gelassen erklären, wie ich mir die Sache mit dem Studium und uns beiden vorstelle. Aber so eine Erklärung kann ich dir leider nicht bieten.«

Sie senkte die Lider, wollte nicht einmal daran denken, ihn zu verlieren. Er legte einen Finger unter ihr Kinn und hob ihren Kopf. Wieder einmal ließ er nicht zu, dass sie sich wegduckte, wenn es schwierig wurde.

»Ich versuche, ganz offen mit dir zu sein und uns Verletzungen zu ersparen.«

»Vielleicht könntest du ja nicht ganz so offen sein und uns noch eine Zeit lang in unserer Glücksblase schweben lassen.« *Das Unvermeidliche wegschieben. Gib mir noch ein paar Wochen mit dir im Paradies.*

»Ich möchte dir niemals etwas vormachen, Honey. Du weißt jetzt, dass ich nach einer guten Antwort für uns beide suche und dass ich noch Zeit brauche, um mich mit meiner Vergangenheit auseinanderzusetzen. Möchtest du trotzdem mit mir zusammen sein?«

Janie zögerte keine Sekunde. »Ja. Ohne den Hauch eines Zweifels. Das will ich. Ganz gleich, ob wir einen Tag haben, eine Woche, ein Jahr oder nur diesen einen Augenblick. Ich will mit dir zusammen sein.«

Seine Gefühle machten seine Stimme noch tiefer. »Danke, Baby. Denn ich kann mir keinen Tag mehr ohne dich vorstellen.«

Zweiundzwanzig

Am Mittwochabend kamen Boyd und seine Kameraden nach einem hektischen Tag zurück in die Feuerwache. Größere Dramen hatte es glücklicherweise nicht gegeben. Ein Leck in einer Gasleitung, ein qualmender Wäschetrockner, mehrere leichte Verkehrsunfälle, ein medizinischer Notfall und noch ein paar andere, eher routinemäßige Einsätze hatten sie auf Trab gehalten. In einem der seltenen ungestörten Momente auf der Wache rief Boyd bei Janie an.

»Hey, Baby. Wie geht's meinem Mädchen?«

»Du fehlst mir. Ich kann gar nicht glauben, dass ich heute Nacht alleine schlafen muss.«

Die Nachtschichten waren ihm inzwischen zuwider, doch sie gehörten nun mal dazu. »Das ist leider nicht zu ändern, Honey, aber morgen schlafe ich wieder bei dir. Was machst du denn heute Abend? Ziehst du mit Kiki um die Häuser?«

»Kiki macht Überstunden. Ich stürze mich also in meine Schreiberei.«

»Vielleicht können wir ja, wenn ich wieder bei dir bin, mit der Augenbinde experimentieren und uns ein paar neue sexy Szenen ausdenken.«

»Und ich dachte schon, du würdest mich nie darum bitten«,

scherzte sie.

»Du musst nicht warten, bis ich frage. Ich bin immer hungrig auf dich, Baby.«

»Apropos hungrig. Ich würde dich morgen Abend gerne zum Essen ausführen.«

»Mich ausführen? Wie wär's denn andersrum?«

»Diesmal bist du mein Gast. Die Veranstaltung heißt *Dinner im Dunkeln*. Ein Teil der Einnahmen geht an Projekte für Sehbehinderte und Blinde. Wenn du gerne erleben möchtest, wie es ist, nichts oder nur sehr wenig zu sehen, ist das eine prima Gelegenheit. Und außerdem wirklich unterhaltsam. Man isst in kompletter Dunkelheit. Und glaub mir, du wirst überrascht sein, welche neuen Eindrücke du dabei bekommst.«

Cash schlenderte in den Aufenthaltsraum und machte den Fernseher an. Tommy kam herein und ließ sich auf die Couch plumpsen.

»Klingt spannend, Honey. Super Idee. Hey, ich muss Schluss machen. Die Jungs kommen gerade rein. Ich freue mich auf morgen.« Was sie machten, war zweitrangig, solange sie nur zusammen waren. Gleichzeitig fand er es schön, dass sie so viel von ihrer Welt mit ihm teilen wollte. Denn er wollte diese Welt möglichst gut verstehen lernen.

Nach dem Anruf klappte er seinen Laptop auf und versuchte, nicht daran zu denken, wie sehr Janie ihm fehlte.

»Was ist los, Kumpel?« Tommy machte sich auf der Couch breiter als nötig und grinste Cash dabei an.

»Mach Platz, Burke.« Cash verschränkte die Arme und starrte auf Tommy hinunter.

»Was ist dir denn in den Arsch gekrochen und dort krepiert?«, fragte Boyd.

»Nichts«, blaffte Cash.

»Bullshit.« Tommy rückte ein Stück zur Seite, damit Cash sich setzen konnte. »Siena hat ein Shooting mit Gunner Gibson.« Tommy grinste.

»Dem Footballspieler? Ja und?« Boyd ging seine E-Mails durch und löschte alles, was nach Spam aussah.

»Ist er nicht derjenige …«

»Tom«, knurrte Cash. Er schaute Boyd ernst ins Gesicht. »Gunner ist nicht das Problem. Tom zieht mich bloß auf. Das Shooting geht mir sonstwo vorbei.«

»Und was ist dann mit dir los?«

»Schlafmangel.« Cash lehnte sich zurück und schloss die Augen. »Wir versuchen, schwanger zu werden.«

Boyd lachte. »Viel Spaß dabei. Das ist doch eigentlich erfreulich.«

»Ja. Aber leider hat es bis jetzt nicht geklappt und Siena ist ziemlich deprimiert. Verdammt, und ich auch. Aber sie soll nichts davon merken.« Cash beugte sich vor und stützte die Ellbogen auf die Knie. »Früher, in unseren wilden Jahren, haben wir Jungs alles darangesetzt, bloß kein Mädchen zu schwängern. Und jetzt will ich genau das, und …«

»Das wird schon noch«, versicherte ihm Boyd. Aber was wusste er schon über solche Dinge? Offensichtlich war bloß, dass sein Freund nicht glücklich war, und er wollte ihn trösten. »Weißt du noch damals, als du bei der Feuerwehr angefangen hast und die alten Hasen wilde Geschichten über all die Feuer erzählt haben, die sie schon gelöscht hatten? Erinnerst du dich, wie sehr du dir damals ein Feuer gewünscht hast?«

»Oh ja.« Cash brachte ein kleines Lächeln zustande. »Wir konnten es kaum erwarten, uns in den Schlund der Hölle zu stürzen. Endlich dazuzugehören.«

»Wir waren bescheuert«, sagte Tommy.

»Ja, verdammt, wer wünscht sich schon ein Feuer?« Boyd ganz sicher nicht. Aber er hatte immer so getan als ob, weil sich das für Neulinge nun mal so gehörte. Er hatte seine Feuertaufe bereits hinter sich gehabt und dabei viel zu viel verloren. Sein innigster Wunsch war es immer gewesen, Menschen aus den Flammen zu retten.

»Irgendwann war es dann tatsächlich so weit«, sagte Tommy.

»Und so ähnlich wird es auch mit dem Schwangerwerden laufen.« Boyd wandte sich wieder seinem Computer zu. Er wünschte Cash und Siena von ganzem Herzen, dass sie ihren Traum von einer eigenen Familie verwirklichen konnten. Wie wichtig ihnen das Familienleben war, wusste er aus erster Hand. Er selbst hatte nie groß darüber nachgedacht, ob er eines Tages Kinder haben wollte. Bis ihm Janie begegnet war, hatte er nur eins im Sinn gehabt: Medizin zu studieren und Arzt zu werden. Und jetzt stellte er sich Janie plötzlich mit einem süßen kleinen Mädchen auf dem Arm vor. Mit ihrem hübschen Erdbeermund und umwerfenden Augen.

Versonnen lächelte er vor sich hin, bis sein Blick auf eine E-Mail der University of Virginia fiel. Das innere Bild von Janie und einem Baby krallte sich in seinen Kopf, sein Finger schwebte über der Maus. Worauf er wirklich hoffte, wusste er nun nicht mehr. Er wünschte sich eine Zukunft mit Janie, ahnte aber längst, dass ein Studium ihn völlig in Anspruch nehmen würde. Die ernüchternde Bilanz seiner wenigen bisherigen Beziehungen zeigte deutlich, dass gute Absichten nicht genügten. Welche Frau wollte schon einen Kerl, der ununterbrochen arbeitete und lernte? Und Janie hatte noch nicht einmal den Hauch einer Ahnung, wie es war, wenn er sich auf etwas anderes konzentrierte als auf sie. Wie sollte sie

Verständnis aufbringen, wenn er plötzlich kaum noch Zeit für sie hatte?

Und Zeitmangel war so gut wie vorprogrammiert.

Okay. Bringen wir's hinter uns. Er klickte die Mail an und überflog sie. Es war eine Einladung zu einem Bewerbungsgespräch.

»Nicht zu fassen«, murmelte er.

»Gute Nachrichten?«, fragte Cash.

Ob gut oder nicht, war im Moment schwer zu sagen. Aber eine Nachricht war es auf jeden Fall. »Ich bin wieder zu einem Bewerbungsgespräch eingeladen. Diesmal in Charlottesville, Virginia.« Genau darauf hatte er immer gehofft, darauf hatte er hingearbeitet. Eigentlich musste er jetzt einen Freudentanz aufführen, doch der Gedanke, so weit von Janie weg zu sein, legte sich wie Blei auf seine Schultern.

Was zum Teufel tue ich eigentlich? Wenn er sich schon kaum vorstellen konnte, wegen eines Bewerbungsgesprächs von ihr getrennt zu sein, wie würde es ihm dann erst ergehen, wenn er irgendwo angenommen wurde?

Den ganzen Mittwochabend über schrieb Janie wie besessen. Und wie in Trance tippte sie weiter bis in die frühen Morgenstunden des Donnerstags. Die Alternative wäre gewesen, herumzusitzen und Boyd zu vermissen. Lieber goss sie ihre Gefühle in ihre Figuren, plante Handlungsstränge und Ereignisse und legte den beiden vielleicht mehr Steine in den Weg, als sie es verdienten. Aber wie konnte es anders sein, wenn Boyd und sie keine Ahnung hatten, wie es mit ihnen weitergehen sollte?

Zum Glück verging der Donnerstag wie im Flug. Clay hatte für sie einen Termin mit ein paar Leuten von der Personalabteilung gemacht, die sich mit Fortbildungen auskannten und ihr Tipps geben konnten. Viel Zeit hatte sie nicht gehabt, um über diese Aufgabe nachzudenken. Doch wie wichtig effektive Trainingsmethoden waren, lag auf der Hand. Gemeinsam erstellten sie eine Grobplanung für die ersten Veranstaltungen. Mit PowerPoint-Präsentationen, die sie mit dem Braille-Display lesen und bearbeiten konnte, und mit einem kleinen Handbuch zu allen Vorgaben und Arbeitsabläufen würde sie den Neuen auf die Sprünge helfen.

Das Programm für die allmonatlichen Seminartage detailliert auszuarbeiten, würde noch viel Zeit in Anspruch nehmen. Doch die Ideen sprudelten, und das Projekt fing bereits an, ihr Spaß zu machen. Unvorstellbar, dass sie nun gleich zwei Möglichkeiten hatte, innerhalb der Firma voranzukommen. Nach der Besprechung in der Personalabteilung verbrachte sie noch einige Stunden mit der Strukturierung der Lerninhalte und legte Clay kurz vor Feierabend eine erste Fassung vor.

»Du hast dir schon richtig viele Gedanken gemacht«, sagte er.

»Ich wollte, dass du bei der Managementbesprechung etwas in der Hand hast.«

»Prima Idee, Jansen. Bitte setz dich kurz.«

Als sich die klaren Umrisse ihrer Welt nach und nach in verschwommene Schatten verwandelt hatten, waren ihr ganz alltägliche Dinge plötzlich schwergefallen. Damals hatte sie sich ständig gesorgt, wie sie bei allem, was sie tat, auf andere wirkte. Inzwischen dachte sie darüber nur noch selten nach. Und als sie nun vor Clays Schreibtisch saß, schwebte eine viel größere Sorge über ihrem Kopf. Nämlich, was aus ihr und Boyd werden sollte.

»Ich setze mich gerne für dich ein und möchte, dass du weiterkommst. Aber sicher ist dir klar, dass wir im Gegenzug eine längerfristige Bindung an die Firma erwarten.«

»Ja, das ist es.« Wirklich nachgedacht hatte sie darüber zwar noch nicht, aber eigentlich hatte sie damit rechnen müssen. Sie arbeitete gerne hier. Oder zumindest ziemlich gerne. Das Betriebsklima war gut und sie mochte die Kollegen und die Arbeit. Auch wenn ihr kreatives Schreiben viel mehr Spaß machte. Insgeheim hatte sie vermutlich gehofft, ihr Liebesroman könnte der Beginn von etwas ganz Neuem sein. Sie hatte sogar schon daran gedacht, ihre Geschichte Kiki und Sin vorzulegen und erste Meinungen einzuholen. Und falls der Roman den beiden gefiel, konnte sie ihn auch noch ein paar anderen Leuten zeigen.

Doch sie verspann sich in Tagträume und stellte erschrocken fest, dass Clays letzte Sätze an ihr vorbeigezogen waren. Denn als er sagte: »Könntest du damit leben?«, hatte sie keine Ahnung, wovon er sprach.

»Tut mir leid, ich …«

»Schon gut. Das wäre auch ziemlich viel verlangt. Ich konnte nicht davon ausgehen, dass du dich gleich für zwei Jahre an uns bindest. Aber einen Versuch war es wert.«

Mich für zwei Jahre binden?

»Ich gebe das so an das Managementteam weiter. Eigentlich müsste es auch mit der üblichen Verpflichtung auf ein Jahr gehen.«

»Ein Jahr.« Sie stand kurz davor, nicht einen, sondern gleich zwei Karrieresprünge zu machen, und Boyd fing vielleicht bald sein Studium an. Konnte sie sich wirklich für ein ganzes Jahr festlegen?

»Ja. Das ist eine gute Arbeitsgrundlage. Findest du nicht?«

Selbstverständlich war es das, aber …

»Für TEC bist du ein echter Glücksfall, Janie. Ich bin froh, dass wir dich damals eingestellt haben.«

Dieser Mann hatte ihr eine Chance gegeben, als niemand sie hatte haben wollen. Wie konnte sie ihn da enttäuschen?

Dreiundzwanzig

An Janies Kommode gelehnt schaute Boyd zu, wie sie für ihr Dinner-im-Dunkeln-Date lange silberne Ohrringe anlegte. Ihr eigentlich eher schlichtes dunkelblaues Kleid betonte ihre Figur und unterstrich ihre schlanke Taille. Womit es gleich alles andere als schlicht wirkte.

Er stieß sich von der Kommode ab und schlang von hinten die Arme um sie. »Du siehst umwerfend aus. Schade, dass wir nachher im Dunkeln sitzen. Ich würde dich gerne den ganzen Abend lang anschauen.«

Sie drehte sich zu ihm um, legte die Hände auf seine Brust und strich über sein elegantes Hemd. »Im Dunkeln zu sitzen hat auch Vorteile. Wir sehen zwar nichts, sind aber für die anderen ebenso unsichtbar. Und ich brauche noch ein bisschen Input für mein nächstes Kapitel.«

»Oh, Baby. Eine Liebesromanautorin zu daten, ist ein absoluter Traum.« Er drückte die Lippen auf ihre, sie schlang die Arme um seinen Hals und erwiderte seinen Kuss aus vollem Herzen. Eigentlich wollte Boyd auf den richtigen Moment warten, um ihr von dem Bewerbungsgespräch in Virginia zu erzählen. Doch je länger er das aufschob, desto angespannter wurde er.

Nach dem Kuss legte sie eine Hand auf sein Herz. Er wusste, dass sie seine wachsende innere Unruhe spürte, nahm ihre Hand und küsste zart die Fingerspitzen.

»Ist alles in Ordnung?«, fragte sie in einem sanften, etwas besorgten Ton.

»Wie könnte es anders sein? Ich habe mein Mädchen ganz für mich allein und zwei Tage frei.«

»Du hast einen wirklich ungewöhnlichen Arbeitsrhythmus.«

»Bei einem geregelten Achtstundentag wäre ich an dem Abend, an dem du gestürzt bist, nicht mit dir zusammen zur U-Bahn gegangen. Meine leicht verrückten Arbeitszeiten haben also auch ihre Vorteile.«

»Was für ein Riesenglück, dass du mein Smartphone noch hattest.«

»Dieses Smartphone werde ich eines Tages vergolden lassen.« Er konnte nicht widerstehen und stahl ihr einen weiteren Kuss. »Aber erst mal muss ich dir etwas sagen. Ich habe noch eine Einladung zu einem Bewerbungsgespräch bekommen. Diesmal in Virginia, ganz in der Nähe meiner Familie.«

Ein Strahlen breitete sich über ihre Züge. »Das ist ja fantastisch! Und wann?«

Er wusste nur zu gut, dass sie wegen seiner Zukunftspläne bestenfalls gemischte Gefühle hatte. Umso glücklicher machte ihn ihre selbstlose Freude. »Darüber wollte ich mit dir reden. Möchtest du vielleicht mitkommen?«

»Nach Virginia?«

»Ja. Ich würde dich gerne meiner Familie vorstellen. Wir könnten bei Haylie übernachten. Von ihr bis zur Uni ist es nur eine halbe Stunde. Es wäre wunderbar, mit dir zusammen in Virginia zu sein. Und wenn du möchtest, schauen wir auch bei deinen Eltern vorbei. Wir könnten ein verlängertes

Wochenende daraus machen.«

Sie knabberte an ihrer Unterlippe. »Wann wäre das denn?«

»Es gibt verschiedene Möglichkeiten. Wenn ich den Termin nächsten Freitag nehme, könnten wir am Donnerstag los. Mit dem Auto, mit dem Zug oder mit dem Flugzeug, was immer dir lieber ist. Rückreise dann am Sonntag, sodass du bei der Arbeit nicht zu lange fehlst.«

»Schon nächste Woche? Wow. Ich hätte wirklich große Lust. Aber ich muss erst mal mit Clay sprechen.«

»Ich weiß, das Timing könnte besser sein. Schließlich hat er dir gerade erst die neue Aufgabe angeboten.«

Sie legte die Stirn in Falten, ihre Züge wurden ernst. »Ich möchte wirklich gerne mitkommen. Aber der Besuch bei meinen Eltern kann warten. Das soll dein Wochenende werden. Und vielleicht übernachten wir lieber in einem Hotel, damit wir deiner Familie keine Umstände bereiten.«

»Wir brauchen kein Hotel, Baby. Für meine Familie sind wir keine Belastung. Und du wirst ihnen vom ersten Moment an gefallen, genau wie mir. Haylie wird sich über weibliche Verstärkung ganz bestimmt freuen. Nur Scotty wird dich vielleicht ein bisschen anstrengen, denn er ist erst drei.«

»Ich liebe Kinder. Er wird mir sicher nicht auf den Wecker gehen.«

»Du liebst Kinder?« Ein Lächeln spielte um seine Lippen. »Lustig, dass du das gerade jetzt sagst. Cash und Siena versuchen nämlich, schwanger zu werden. Als Cash mir das erzählt hat, musste ich sofort an uns beide denken. An Kinder und eine gemeinsame Zukunft.«

»Boyd …« Ihr Gesichtsausdruck wurde ganz weich.

»Ich weiß, es ist zu früh für solche Überlegungen. Aber die kommen wie von selbst. Was meinst du? Versuchst du frei zu kriegen, damit du mit mir nach Virginia kannst?«

»Ja.« Sie stellte sich auf die Zehenspitzen und küsste ihn. »Ich wüsste nicht, was ich lieber täte.« Ihr Magen knurrte. »Außer essen vielleicht.«

»Dann lass uns deinen sexy kleinen Hintern mal in Gang setzen. Schluss mit dem Rumhängen, mit dem Gequatsche über die Zukunft und irgendwelche Trips nach Virginia. Auf uns beide wartet ein Dirty Dinner.«

Zu einem Dinner im Dunkeln war Janie schon ab und zu mit Kiki gegangen. Einmal auch mit Sin, als er zu Besuch gewesen war, und mit ein paar anderen Freunden. Mit Boyd fühlte es sich völlig anders an. Ganz ähnlich wie an dem Abend, an dem er auf ihrem Balkon die Augenbinde angelegt hatte, fand sie es sehr aufregend, an all die Eindrücke gewöhnt zu sein, die Boyd nun zum ersten Mal erlebte. Als sie zusammen mit den anderen Gästen in das Restaurant geführt wurden, perlte Adrenalin in ihren Adern. Auf dem Weg zu den Tischen legte jeder die Hand auf die Schulter der Person vor ihm. Der Moderator ging voran durch den, wie er sagte, stockdunklen Raum und erklärte, wie der Abend ablaufen würde.

»Ich kann rein gar nichts sehen.« Boyd hatte eine Hand an ihrem Arm, die andere griff in die Luft. Janie nahm an, dass er nach einem Stuhl suchte. »Bitte sehr, Honey.«

Sie hörte, wie er ihr gegenüber Platz nahm. »Kann ich deine Hand halten? Vielleicht fühlst du dich dann sicherer.«

Er streckte die Hand aus und sein Besteck klirrte gegen den Teller. »Sorry.«

»Kein Problem. Genau darum geht es ja. Du bekommst nach und nach ein Gefühl für deine Umgebung, auch ohne sie sehen zu können. Selbst für mich ist das hier ungewohnt, weil ich ja normalerweise noch Helligkeitsunterschiede wahrnehme. Und hier ist es wirklich stockduster.«

Sie streifte eine Sandale ab und ließ die Fußspitze über Boyds Wade wandern. »Vielleicht hilft es ja, wenn wir uns auf etwas ganz anderes konzentrieren.«

Er beugte sich vor und stieß dabei ein leeres Glas um. »Verdammt. Sorry, Baby.«

»Kein Problem.« Der Kellner war an den Tisch getreten. »Besser jetzt als später, wenn es voll ist. Ich bin Taylor und serviere in Kürze das Dinner. Was möchten Sie denn trinken?«

»Für mich Tee, bitte.« Janies Zehen spielten weiter mit Boyds Bein.

»Tee. Sehr gerne. Und für Sie, Sir?«

»Ich weiß gar nicht, ob ich mir ein volles Glas zutraue.«

Janies Fuß strich an der Innenseite seines Oberschenkels entlang. Sie spürte die Spannung in seinem Bein und fand es wunderbar.

Boyd räusperte sich. »Ich glaube, ich nehme ein Glas Wasser. Vielen Dank.«

Sie wartete, bis der Kellner weg war. »Bist du ein bisschen durcheinander?«, fragte sie betont unschuldig.

»Um mich durcheinanderzubringen, musst du dich schon noch etwas mehr anstrengen.« Er rückte näher zum Tisch und zog ihren Fuß zwischen seine Beine.

»Oh. Hallo!« Zart drückte ihr Fußballen seine Erektion.

Boyds Hände strichen langsam an ihrer Wade nach oben und dann genauso langsam wieder hinab. »Schade, dass es hier nur Stühle und keine Sitzbänke gibt.«

Zärtlich rieb er ihr Bein, seine Fingerspitzen streiften die Haut knapp über ihrem Knie und jagten ihr damit ein Kribbeln durch den Körper. Auch sie rückte mit dem Stuhl so nahe wie möglich an den Tisch heran, drückte den Fuß ein bisschen fester gegen seine Härte und gestattete seinen Fingern, an ihrem Schenkel noch weiter nach oben zu wandern.

»Ihr Tee, Ma'am.« Taylor stellte ihr die Tasse hin.

Sie hatte ihn nicht kommen hören. »Vielen Dank.«

»Und Ihr Wasser. Das Essen ist gleich so weit. Kann ich Ihnen sonst noch etwas bringen?«

»Nein. Vielen Dank.«

Janie hörte die Anspannung in Boyds Stimme und fragte sich, ob Taylor irgendetwas bemerkt hatte. Hingebungsvoll massierte sie seine Erektion mit ihrem Fuß.

»Janie«, warnte er.

Sie spürte, wie er sein Gewicht verlagerte, dann schob sich sein schuhloser Fuß zwischen ihre Beine. *Gütiger Himmel!* Sein Bein war so muskulös, sein Fuß unfassbar talentiert.

»Dieses Spiel können auch zwei spielen«, raunte er verführerisch.

Mit dem perfekten Druck vollführte sein Fußballen langsame, kreisende Bewegungen. Gleichzeitig massierten seine heißen Hände ihre Wade und legten ihr Gehirn damit mühelos lahm. Erst als er begann, sich an ihrem Fuß zu reiben, merkte sie, dass sie völlig vergessen hatte, ihn zu bewegen. So sehr hatte sie sich in seinen Berührungen verloren. Eine seiner Hände streichelte weiter ihr Bein, die andere drückte ihren Fuß gegen seine Erektion. Gleichzeitig schob sein Fuß ihre Beine weiter auseinander und spielte durch ihre Pantys hindurch mit ihr. Die Präzision seiner Zärtlichkeiten jagte ihr wohlige Schauer über den Rücken. Sie musste sich mit beiden Händen an ihrem Stuhl festklammern, um nicht kurzerhand über den Tisch zu klettern und sich gleich hier, mitten im Restaurant, auf den Schoß ihres Kerls zu setzen. Eigentlich hätte sie gerne eine Unterhaltung angefangen, denn sie fragte sich, was die anderen Gäste über die atemlose Stille an ihrem Tisch dachten. Doch ihr Mund war viel zu trocken und sie brachte kein einziges Wort heraus. Was sie hier taten, fühlte sich so verboten an, so ungezogen und aufregend, dass ihr ganzer Körper vibrierte.

Als der Kellner das Essen brachte, presste Boyd nur mühsam ein Danke hervor, und Janie hätte um keinen Preis der Welt irgendetwas sagen können. Hitze flutete ihre Adern, während Boyds frecher Fuß sie drückte, streichelte und ihr jeden klaren Gedanken stahl. Plötzlich nahm er ihren Knöchel zwischen beide Hände, stellte ihr Bein auf den Boden und riss sie damit aus ihrer lusterfüllten Trance.

»Selbstverständlich begleite ich dich zur Toilette«, sagte Boyd laut und nachdrücklich. Er nahm seinen Fuß weg, und Janie musste die Zähne zusammenbeißen, damit ihr nicht ein flehendes Seufzen entfuhr.

Im nächsten Moment stand er neben ihr und half ihr auf die Füße. »Noch nie im Leben habe ich so schnell einen Schuh angezogen«, flüsterte er ihr ins Ohr. Sein starker Arm schlang sich um ihre Taille, dann setzte er sich so schnell in Bewegung, dass sie fast nicht mithalten konnte. »Ich taste mich mit der Hand an einem Seil entlang. Hier sieht man nämlich rein gar nichts. Ich glaube, jetzt geht es um die Ecke. Verdammt, wo sind bloß die …«

Sie hörte Türen aufschwingen und Boyd schob sie eilig hindurch.

»Ich schließe ab«, raunte er, drückte sie gegen die Tür einer Toilettenkabine und drehte die Verriegelung.

»Sind wir allein?«, presste sie atemlos hervor. Ihr Körper stand in Flammen und beim Gedanken an Boyds Hände auf ihrer Haut wurde ihr gleich noch heißer.

Er antwortete mit einem harten Kuss und einem kehligen Aufstöhnen, das ihr Blut zum Kochen brachte. Als seine Hände ihre Oberschenkel packten und er ihr Bein auf seine Hüfte hob, durchzuckte sie versengendes Verlangen. »Ich brauche dich.« Sein Mund verschlang ihren.

Er unterbrach den Kuss eine Sekunde lang und schob eine Hand unter ihren Hintern und in ihre Pantys. »Ich brauche dich so sehr.«

Sie spürte seine Blicke wie Laser auf ihrem Gesicht, als seine Hand anfing, sie provozierend zu streicheln. Wie immer mit Boyd waren es die Gefühle in seiner Stimme, die Liebe in seinen Berührungen und die Hitze, die von seinem Körper auf ihren übersprang, die ihr Herz füllten und ihre Leidenschaft anfachten.

Seine Finger drängten sich in sie, erweckten all ihre Nervenenden zum Leben. Sie packte sein Gesicht und küsste ihn stürmisch und hart. Von diesem Mann bekam sie einfach nicht genug. Unter gierigen Küssen machte sie sich an seinem Reißverschluss zu schaffen.

Er lehnte sich zurück. *Nein! Bleib bei mir!* »Bist du sicher, dass …«

»Frag nicht. Nimm mich, Boyd.« Er war immer so rücksichtsvoll, aber im Augenblick wollte sie etwas anderes. Sie wollte wild sein mit ihm. Und nur mit ihm.

Eigentlich trieb sie es nicht in irgendwelchen Toiletten. Kiki kannte da weniger Skrupel, und Janie hatte deshalb manchmal den Kopf über sie geschüttelt. Zu Unrecht, wie sie jetzt feststellte. Das hier war heißer als jede noch so prickelnde

Fantasie. Jetzt aufzuhören, wäre völlig unmöglich gewesen. Selbst wenn sie es gewollt hätte. Und, bei allen Göttern des Sex-Olymps, das wollte sie nicht.

Boyd riss ihr die Pantys herunter und sie stieg hastig heraus. Eine Sekunde später hatte er seine Hose an den Knien hängen und hob Janie in fieberhafter Eile ganz mühelos hoch. Gierig senkte er sie auf seinen harten Schaft. Sie stieß einen erstickten Lustschrei aus und sein Mund fing ihn auf. Seine heiße, wilde Zunge spielte mit ihrer. Janie liebte seinen Mund und die Art, wie er ihren in Besitz nahm. Sie liebte, wie dieser Mann sich tief in ihr vergrub und ihr Inneres zum Leben erweckte. Ihr Rücken lehnte an der Tür, ihre Beine schlangen sich fest um seine Taille. Unter ihrer Haut tobte ein Feuersturm aus Empfindungen. Versengende Lust pulsierte von ihrer Mitte aus durch ihren ganzen Körper und schwoll mit jedem Stoß noch weiter an. Ihre Nägel gruben sich in seinen Bizeps, sein Mund nahm ihr den letzten Rest Verstand. Sie klammerte sich an ihn, schnappte nach Luft, versuchte, den Orgasmus hinauszuzögern. Sie wollte, dass es weiter ging, immer weiter. Er stieß in sie hinein, atmete ihren Namen. »Janie.« Seine Oberschenkelmuskeln waren wie aus Stein.

»Ich liebe dich so sehr«, stöhnte er mit heißem Atem an ihrem Mund.

Seine Worte durchjagten sie, die Erwiderung lag ihr auf der Zungenspitze, doch sie verlor sich in seinen harten und immer tieferen Stößen und wurde schließlich in einen Wirbel aus Rot, Blau und Gelb katapultiert. Farben, die sie seit Jahren nicht gesehen hatte, drehten sich hinter ihren Lidern. Gemeinsam überließen sie sich dem leidenschaftlichen Strudel.

Vierundzwanzig

Während Boyd Janie half, sich zu säubern und ihr Kleid zu richten, schossen ihm immer wieder die Worte durch den Kopf, die ihm völlig ungeplant herausgerutscht waren. Wie tief er bereits für sie empfand, war ihm selbst nicht klar gewesen, aber die Liebe zu Janie hatte ihn mit Haut und Haaren, mit Herz und Seele gepackt.

Ohne das Essen auch nur angerührt zu haben, verließen sie lachend und in einem Wirbelwind aus Küssen das Restaurant. Ein strahlender Mond hing am Abendhimmel und die Lichter der Stadt spiegelten Boyds geradezu elektrisch aufgeladene Stimmung wider. Janie hingegen war ungewöhnlich still und legte fast den ganzen Heimweg schweigend zurück. Er konnte nur inständig hoffen, dass er sie nicht verschreckt oder gar verstört hatte.

In Herzensdingen fehlte ihm die Erfahrung. Wie und wann offenbarte man seine Gefühle? Wie fand man den passenden Moment? Er wusste es nicht, und doch hatte er sein Innerstes nach außen gekehrt, sein Herz lag nackt und bloß zwischen ihnen, und er wollte und konnte seine Worte nicht zurücknehmen.

In Janies Wohnung erschien ihm ihr Schweigen noch lauter,

die Tragweite seines Geständnisses noch größer, und seine Besorgnis wuchs. War er vorhin im Restaurant zu weit gegangen? Hatte sie sich überrumpelt gefühlt und nur ihm zuliebe mitgemacht? Oder hatte sie sich in der Hitze des Augenblicks verloren und bereute es jetzt?

Die Vorstellung, dass er sie mit seiner Leidenschaft überfahren und das nicht gemerkt hatte, war kaum auszuhalten.

Er nahm sie an der Hand und führte sie zur Couch. »Setzt du dich zu mir?«

Als sie neben ihm saß, senkte sie den Blick in ihren Schoß. Sie spielte mit dem Saum ihres Kleides.

»Sprich mit mir, Baby. Dieses Schweigen halte ich nicht aus.« Er drehte ihr Gesicht zu sich und versuchte, in ihren Zügen zu lesen. Doch er war zu aufgewühlt, um wirklich deuten zu können, was er dort sah.

»Was denkst du jetzt, Honey? Habe ich dir den Abend verdorben? Du hattest ein romantisches Dinner geplant und ich bin zu weit gegangen. Das war nicht okay. Ich …«

Sie legte einen Finger über seine Lippen. »Bitte tu das nicht. Du bist wirklich unglaublich rücksichtsvoll, Boyd. Du hast mir nichts aufgezwungen, du hast mich gefragt, ob ich es wirklich möchte, und dafür bin ich dir sehr dankbar. Bitte mach dir deswegen keine Sorgen. Wenn es mir zu viel wird oder wenn wir zu weit gehen, sage ich es dir. Oder falls ich mich bei irgendetwas nicht wohlfühle.«

Ihm fiel ein ganzer Felsblock vom Herzen, weil er offenbar keine rote Linie übertreten, weil er nichts getan hatte, was sie nicht wollte. Doch schon eine Sekunde später war die Beklommenheit zurück. Was hatte ihr Schweigen dann zu bedeuten?

»Dann ist es das, was ich gesagt habe.«

»Ja.« Sie nickte. »Und *wie* du es gesagt hast. Deine Worte sind mir durch und durch gegangen.«

»Es war zu viel und es kam zu früh?«

Ihre süßen Lippen kräuselten sich zu einem Lächeln und er schöpfte wieder Hoffnung.

»Nein. Nicht zu viel und nicht zu früh. Es war wie im Fieber und völlig unerwartet. Deine Worte haben eine Explosion von Gefühlen in mir ausgelöst. Und die war stärker als alles, was ich bis jetzt gekannt habe.«

»Das ist gut, oder?« Es war, als wären sie beide eine Handvoll Puzzleteile, die jemand in die Luft geworfen hatte. Und jetzt wartete er darauf, dass sie an ihren Platz fielen. Er wollte sehen, ob die Teile noch zusammenpassten. Und er wusste, dass es so war. Aber wusste Janie das auch?

»Ich bin ein bisschen sprachlos und es macht mir ein bisschen Angst.« Sie hielt inne, ihre Züge waren ernst. »Hast du das wirklich so gemeint? Du liebst mich?«

»Mehr als ich je irgendjemanden oder irgendetwas geliebt habe.« Die Antwort kam ohne Zögern und aus seinem tiefsten Herzen. Doch sobald die Worte heraus waren, fühlte er sich ganz und gar schutzlos und verletzlich.

»Ich habe bisher alles darangesetzt, mich nicht in dich zu verlieben. Aber jede Minute mit dir ist noch schöner als die vorige. Ich wache auf und lächle, weil ich in deinen Armen liege. Wenn ich schreibe, bringe ich meine Gefühle für dich zu Papier. Du hast von Zukunft gesprochen, von Kindern. Und ich habe mir alle Mühe gegeben, das nicht mit dir zusammen zu sehen, weil doch gerade alle unsere Pläne, unsere Lebenswege in der Luft hängen.«

Ein Glücksgefühl durchrieselte ihn. Offenbar war Janie dabei, ihr Herz an ihn zu verlieren. Ein Teil seiner Befürchtungen verflog. Sie hatten Zeit. Bis er wieder von den Unis hörte, würden Wochen vergehen. Und wenn sie bis dahin noch keine Entscheidung treffen konnten, würde er das

Studium eben noch etwas aufschieben, noch ein Jahr warten und sich an einigen Unis in der Nähe von New York bewerben.

»Ich habe nicht *Ich liebe dich* gesagt, um dieselben Worte aus dir herauszulocken.« So gerne er den Satz gehört hätte, ausgesprochen hatte er ihn ganz spontan und völlig ohne Hintergedanken. »Ich konnte mich einfach nicht zurückhalten. Du bist mein Ein und Alles, Janie. Ich will dich nicht vertreiben oder dich unter Druck setzen. Ich … ich liebe dich ganz einfach.«

»Ich kann das alles gar nicht fassen. Du wirst vielleicht bald studieren und ich stehe kurz vor einem Karrieresprung. Und mitten in dieser völlig verrückten Zeit entwickle ich so tiefe Gefühle für dich.«

»Ich fasse es selbst nicht. Aber wir müssen jetzt nicht alles verstehen. Wir können den Dingen in Ruhe ihren Lauf lassen.«

»Aber du gehst womöglich bald weg, an eine Uni. Und genau das solltest du tun, denn davon hast du dein Leben lang geträumt.«

»Bloß, weil ich nicht wusste, dass ich von dir träumen sollte.« So viele Jahre waren vergangen, bis er Janie gefunden hatte. Und nur ihr war es gelungen, die Mauern um sein Herz zu durchbrechen und Gefühle in ihm auszulösen, von denen er geglaubt hatte, das verheerende Feuer hätte sie ein für alle Mal ausgelöscht.

Ihr süßes, leises Lachen kitzelte seine Ohren. »Warum liebe ich deine kitschigen Sprüche so sehr?«

»Weil du weißt, dass sie wahr sind. Und ja, ein Medizinstudium war immer mein ganz großes Ziel. Doch eines gibt es an keiner einzigen Uni: eine wunderbare Frau, die sich Hals über Kopf in eine irre Wette stürzt, die sich ganz allein aus großer Gefahr gerettet und es irgendwie geschafft hat, mein schlafendes Herz aufzuwecken.«

Fünfundzwanzig

Zum Reisen musste man Janie nicht lange überreden. Neue Orte, Menschen und kulturelle Erfahrungen fand sie ungeheuer spannend. Leider war sie noch nicht allzu weit herumgekommen. In ihrer Kindheit war sie hin und wieder mit ihren Eltern weggefahren und während der Collegezeit hatte sie mit Kiki ein paar Wochenendtrips gemacht. Mehr reisen zu können, wäre ihr lieber gewesen, aber wenigstens von ihren geliebten Schmökern konnte sie sich an abenteuerliche Orte entführen lassen.

Eigentlich reizte es sie, Neues kennenzulernen, und sie hatte keine Angst davor, sich an unbekannten Orten zurechtfinden zu müssen. Doch obwohl sie nun eine Woche lang Zeit gehabt hatte, sich an den Gedanken zu gewöhnen, dass sie zu Boyds Familie nach Virginia fahren würden, hielten sich Vorfreude und Nervosität die Waage. Clay hatte ihr dafür problemlos zwei Tage freigegeben und Boyd hatte sie vor Freude darüber hochgehoben und herumgewirbelt.

Am Gepäckband im Flughafen hielt er ihre Hand. In die Geräusche der Koffer, die aus der Luke auf das Band rutschten, mischten sich der Klang vieler Schritte und allerlei Gesprächsfetzen. Als Boyd sich zu ihr beugte, durchjagte sie wie immer ein Adrenalinstoß. Würde sie sich je an die Wirkung gewöhnen, die er auf sie hatte?

»Ich muss kurz los und unsere Sachen holen. Aber ich bin gleich wieder bei dir.«

Sie hörte ihn weggehen, mit dem Gepäck hantieren und zurückkommen. Dann legte sich sein Arm um ihre Taille.

»Und jetzt auf die Pferde, meine Schöne.«

Die letzten Meilen zu Boyds Heimatort legten sie mit einem Mietwagen zurück und Janie wurde von Minute zu Minute kribbeliger. Boyd redete ununterbrochen. Er beschrieb ihr die ländliche Gegend, durch die sie fuhren, und sein beruhigender Tonfall erinnerte sie an den Abend ihres Sturzes.

»Alles klar?«, fragte er nach einer Weile.

»Ja. Ich bin bloß ein bisschen nervös.«

»Keine Sorge, meine Familie wird dich mit offenen Armen empfangen. Alle werden dich mögen.«

»Das wünsche ich mir sehr. Gerade musste ich an meinen Unfall in der U-Bahn-Station denken. Vermutlich habe ich dir das noch gar nicht gesagt, aber ich liebe deine Stimme.«

Er küsste ihren Handrücken. »Wirklich?«

Sie nickte. »Sie ist beruhigend und sehr gefühlvoll. Manchmal höre ich dir an, dass du lächelst. Oft berühre ich dann trotzdem dein Gesicht, um noch deutlicher spüren zu können, was du empfindest. Wenn wir bei deiner Familie sind, muss ich mich ein bisschen zusammennehmen. Schließlich kann ich dich nicht ständig betatschen.«

»Hör bitte niemals auf, mich anzufassen, Baby. Wo wir sind und wer dabei ist, ist mir völlig egal.«

Ein paar Meilen lang saßen sie schweigend nebeneinander. Durch die offenen Fenster wehte die frische Luft herein und strich ihnen über die Wangen. Janie lehnte den Kopf zurück und atmete den Duft ein, der nach zu Hause roch, blumig und nach Gras.

»Gerade sind wir am Ortsschild von Meadowside vorbeigefahren. Ich beschreibe es dir, und ich wette, das Schild wird dir gefallen. Es steht schon ewig an derselben Stelle und sieht aus, als wäre es nie frisch angemalt worden. Über einem Sonnenblumenfeld und der Silhouette von Bergen geht eine große gelbe Sonne auf. Darüber steht *Willkommen in Meadowside*. Und am unteren Rand: *wo die Hügel hoch sind und die Herzen weit.*«

»Klingt gut, aber ist das auch wahr? Sind die Hügel wirklich hoch und die Herzen wirklich weit?«

»Die Hügel sind ganz ansehnlich. Aber natürlich lange nicht so imposant wie die Berge im Westen. Und die Herzen? Lass dich überraschen. Noch ein paar Minuten, dann sind wir da.«

Vor Haylies Haus stellte Boyd den Motor ab, beugte sich zu Janie und küsste sie. »Keine Sorge. Alle werden ganz begeistert von dir sein. Und falls es dir zu viel oder zu anstrengend wird, ziehen wir um in ein Hotel, okay?«

Sie nickte. Zum Sprechen war sie zu nervös. *Was, wenn deine Familie mich doch nicht mag? Was, wenn sie der Meinung sind, du sollst dir lieber eine sehende Freundin suchen? Oh Gott!* Machte sie sich deswegen wirklich Gedanken?

Boyd öffnete ihr die Wagentür. »Möchtest du deinen Stock?«

»Ja, danke. Aber lass ihn erst mal zusammengeklappt. Du bist ja bei mir. Und falls du irgendwohin willst, habe ich ihn griffbereit. Ach, und in meiner Tasche ist ein Geschenk für Scotty.«

»Du hast ein Mitbringsel für Scotty besorgt?«

Sie hörte ihn in ihrer Tasche kramen. »Nur ein

Spielzeugauto. Kiki und ich haben es gekauft, als du bei der Arbeit warst.«

»Onkel Boyd!« Die hohe Kinderstimme klang, als würde ihr Besitzer auf sie zu rennen. Einen Augenblick später hörte Janie, wie sich ein kleiner Körper gegen Boyds Beine warf und Boyd ihn hochhob.

»Wie geht's meinem Lieblingskumpel?« Boyd gab seinem Neffen einen lauten Schmatz.

»Gut.« Scottys Stimme klang so süß, dass Janie ihn am liebsten geherzt hätte. »Ist das Hanie?«

»Ja, das ist *Janie*. Und ich mag sie sehr, also sei lieb zu ihr.« Boyd beugte sich zu Janie und raunte: »Mit dem J und ein paar anderen Buchstaben hat er noch manchmal Probleme.«

»Hi, Scotty. Ich habe schon viel von dir gehört.« Sie streckte eine Hand aus, Scotty berührte sie mit seinen winzigen Fingerspitzen, dann warf er sich ihr entgegen.

»Holla, Kumpel. Immer mit der Ruhe.« Boyd hielt den kleinen Zappelmann fest, bis Janie ihn sicher in den Armen hatte. »Geht das?«

»Jap, kein Problem. Nimmst du bitte meinen Stock?« Sie setzte Scotty auf ihre Hüfte und hielt ihm das eingepackte Geschenk hin. »Onkel Boyd und ich haben dir eine Kleinigkeit mitgebracht.«

Scotty schnappte sich die Überraschung und fing an, das Papier abzureißen.

»Scotty!«

»Das ist Haylie«, flüsterte Boyd Janie ins Ohr. »Hi, Sis.«

Janie hörte, wie die beiden sich umarmten.

»Du musst Janie sein«, sagte Haylie. »Tut mir leid, Scotty ist ziemlich kontaktfreudig. Soll ich ihn nehmen?«

»Nein, alles in Ordnung. Ich liebe Kinder. Und so ist es viel schöner, als wenn er sich vor mir fürchten würde.« Ein Teil von Janies Nervosität verflog. Sie hörte, wie Scotty sich mit der Verpackung des Geschenks abmühte.

»Ihr hättet ihm nichts mitbringen müssen. Aber das ist lieb von euch«, sagte Haylie. »Sag danke, Scotty.«

»Dante, Hanie.« Seine Stimme war so niedlich, dass Janies Herz einen kleinen Hüpfer machte.

»Kommt«, sagte Haylie. »Chet sitzt mit Grandma und Grandpa hinten im Garten.«

Boyd führte Janie um das Haus herum. Im Garten versuchte Scotty, sich aus ihren Armen zu winden.

»Du kannst ihn runterlassen«, sagte Haylie. »Das Grundstück ist eingezäunt, weit kommt er also nicht.«

»Da sind sie ja.« Janie hörte die Stimme einer älteren Frau und dann die Geräusche einer Umarmung.

»Hi, Grandma. Du hast mir gefehlt. Janie«, sagte Boyd mit Stolz in der Stimme, »das sind meine Grandma Evelyn und mein Grandpa Lee.«

»Ich freue mich sehr, Sie kennenzulernen«, sagte Janie, während Evelyn sie umarmte. Boyds Großmutter war zierlich und duftete nach hausgemachtem Sonnenschein.

»Erstens, kleine Miss, duzen wir uns hier«, sagte Lee. »Und zweitens, Achtung, jetzt kommt meine Umarmung.«

Janie lachte und seine Arme umfingen sie. Lees Größe überraschte sie. Sie schätzte ihn auf mindestens eins achtzig.

»Hey, großer Bruder.« Chets Stimme war tief, wenn auch nicht ganz so tief und ruhig wie die von Boyd. »Das ist also die Frau, die unseren Boyd ein bisschen entschleunigt und ihm zeigt, dass da draußen eine ganze Welt auf ihn wartet.«

»Bloß gut, dass du sein blödes Grinsen nicht sehen kannst«, sagte Boyd, während Chet sie umarmte. »Und seine hässliche

Visage.«

»Moment mal.« Janie hob die Hände und berührte Chets stoppelige Wangen. »Dein Kiefer ist breiter als der von Boyd. Und, oh. Was haben wir denn da?« Sie berührte seine Ohren. »Deine Ohren sind größer.«

»Du weißt ja, was man über große Ohren sagt«, scherzte Chet.

»Ja, klar. Aber wenn du es wüsstest«, sie senkte die Stimme, »würdest du nicht damit angeben.«

Chet schnaubte, Janie kicherte.

»Ich finde Janie sehr sympathisch«, erklärte Haylie prompt.

»Das war ein Scherz«, sagte Janie. »Aber hässlich würde ich ihn nun nicht gerade nennen, Boyd.«

Chet legte den Arm um ihre Schultern und sie spürte Boyds versengenden Blick.

»Mit dir kann er es natürlich nicht aufnehmen«, fügte sie hinzu und streckte die Hand nach ihrem Kerl aus.

»Großer Gott«, murmelte Chet.

»Eifersucht bringt dich nicht weiter, Chet«, sagte Evelyn mit einem Lachen. »Und nun lasst uns mal unseren lieben Gast kennenlernen.«

Während Boyd über sämtliche Familienangehörige auf den neuesten Stand gebracht wurde, wurde Janie mit Fragen bestürmt.

»Hast du Geschwister?«, erkundigte sich Evelyn.

»Nein. Meine Eltern haben bloß mich.«

»Boyd sagt, du kommst aus Peaceful Harbor«, sagte Lee. »Das ist nicht weit von hier. Wie bist du denn nach New York geraten?«

»Ich muss gewusst haben, dass ich dort Boyd treffen würde«, scherzte Janie.

»Das wäre ein Grund gewesen, an die Westküste zu ziehen«, hielt Chet dagegen.

»Nun halt mal die Luft an, Bruderherz«, schimpfte Haylie. »Er ist bloß neidisch, weil Boyd dich hat und er nur, na ja, die Jungs von der Feuerwache«, sagte sie an Janie gewandt.

»Stimmt. Und außerdem jede Frau, die ich haben will«, gab Chet zurück. »Und dich und Scotty. Aber wir reden hier nicht über mich.«

Haylie berührte Janie an der Schulter. »Du kannst von Glück sagen, dass du nicht wie ich zwei große Brüder hast. Während Chet mich hier mit seiner Fürsorge erdrückt, tut Boyd es aus der Ferne.«

»Man nennt das geschwisterliche Liebe«, erklärte Boyd.

Janie dachte an Kiki und Sin. Vermutlich hatten alle Brüder einen ausgeprägten Beschützerinstinkt.

»Wenn du *Liebe* sagst, meinst du vermutlich Kontrolle«, entgegnete Haylie. »Aber ja, okay. Vielleicht hast du ja recht. Aber jetzt wieder zu dir, Janie. Was hat dich wirklich nach New York gezogen?«

Janie erzählte, dass sie zusammen mit Kiki aufs College gegangen war und dass sie gedacht hatten, New York oder Washington D. C. wären für eine Journalistin ideal. Dass Washington für ihren Geschmack nicht weit genug von ihren Eltern weg lag, behielt sie für den Moment lieber noch für sich.

Boyd war so aufmerksam wie immer, ohne sie zu sehr zu beglucken. Er hielt ihre Hand und achtete darauf, dass sie immer hatte, was sie brauchte. Doch auch Evelyn und Haylie gegenüber war er sehr zuvorkommend. Sie war froh, dass er sie nicht mit Fürsorge überschüttete oder ihr gar eine Sonderbehandlung zukommen ließ. Dass sie das befürchtet hatte, wurde ihr erst jetzt richtig bewusst. Vielleicht würde sie insgeheim immer ein bisschen Angst haben, den Menschen, die ihr wichtig waren, zur Last zu fallen. Aber vielleicht würde diese Sorge – genau wie ihre Fähigkeit, noch schemenhaft Gesichter wahrzunehmen – auch einfach mit der Zeit verschwinden.

»Ich bin froh, dass ihr Freundinnen nach New York gezogen seid«, sagte Evelyn, als Boyd aufstand, um Scotty auf der Schaukel anzuschubsen. »So glücklich habe ich den Jungen seit Jahren nicht gesehen.«

»Ich bin auch froh«, antwortete Janie aus tiefstem Herzen.

Im Lauf des Nachmittags lernte sie nicht nur Boyds engste Angehörige kennen, sie bekam auch ein paar neue Eindrücke von ihrem klugen, selbstbewussten und liebevollen Freund. Er erklärte Scotty, wie wichtig es war zu teilen, und ermahnte ihn, auf seine Mami zu hören. Wenn Boyd mit seiner Großmutter über ihre offenbar berühmte Apfel-Zimt-Pastete und ihre unvergleichlichen würzigen Rippchen redete, war das mehr als bloß Small Talk. Denn ganz nebenher brachte er so zum Beispiel in Erfahrung, wie schlimm ihre Arthritis im Augenblick war. *Hantierst du immer noch wie ein Sternekoch mit dem Mixer? Muss Grandpa inzwischen die Tabletts für dich schleppen?*

Als er sich mit seinem Großvater unterhielt und ihm versicherte, dass er wirklich daran dachte, nach Virginia zurückzukehren, spitzte Janie die Ohren. Sie fragte sich, ob seiner Familie das Zögern in seiner Stimme auffiel. Sie jedenfalls hörte es klar und deutlich. War es schon da gewesen, als er ihr zum ersten Mal erzählt hatte, dass er eines Tages gerne wieder hier in der Gegend leben würde? Oder hatte dieses Zögern etwas damit zu tun, dass sie beide jetzt ein Paar waren?

Als er ihr an ihrem ersten gemeinsamen Abend seine Narben gezeigt hatte, hatte sie einen tiefen Einblick in seine verwundete Seele bekommen. Und immer, wenn er einen

Albtraum hatte, erahnte sie noch ein wenig mehr von seinem Innenleben. Sie spürte, dass er mit manchen Dingen gerne abschließen wollte. Doch noch etwas anderes wurde nun immer deutlicher: Als die Sonne langsam unterging und sich Scotty, bevor er zu seinem Bad ins Haus musste, noch einen Kuss und eine Umarmung von seinem geliebten Onkel abholte, wurde ihr klar, dass Boyd auch seine Familie brauchte. Auf keinen Fall wollte sie zwischen ihm und den Menschen stehen, die er schon sein Leben lang liebte. Auch die Jungs auf der Wache bezeichnete er als Familie, doch das herzliche Gelächter über gemeinsame Kindheitserinnerungen war durch nichts zu ersetzen – und auch nicht das schmerzhafte Band von Verlassenheit zwischen den Geschwistern, das Janie spürte, als Grandpa Lee wieder einmal feststellte, wie sehr Boyd seinem Vater ähnlich sah.

Sie wechselten vom Garten ins Wohnzimmer und einen Moment lang legte sich Stille über den Raum. Die Traurigkeit war so greifbar, als säße sie in Gestalt einer Person zwischen ihnen, und Janie fühlte den Verlust, als hätte sie ihn selbst erlebt. Boyds Hand lag auf ihrem Oberschenkel, sie flocht die Finger zwischen seine und hoffte, dass ihn das tröstete.

Boyds Eltern würde sie nie kennenlernen, doch sie hatte das Privileg und das Vergnügen, von dem Mann geliebt zu werden, den die beiden in ihren kurzen gemeinsamen Jahren großgezogen und geformt hatten. Von dem Mann, dem sie helfen wollte, die Dämonen zu besiegen, die nachts auf ihn lauerten. Er war ihr Freund geworden, ihr Geliebter, und alles, was dazwischenlag.

Von den Hudsons so freudig und herzlich aufgenommen zu werden, schürte ihr schlechtes Gewissen ihrer eigenen Familie gegenüber. Wie konnte sie die Liebe ihrer Eltern einfach für selbstverständlich erachten, wo Boyd so viel verloren hatte?

Hier in seinem alten Zuhause erinnerte sich Boyd nur allzu gut daran, weshalb er nach der Highschool geradezu geflüchtet war. In jeder Ecke warteten Erinnerungen auf ihn. In den Bildern an den Wänden, in den Augen seiner Großeltern, wenn sie ihn auf eine gewisse Art ansahen. Selbst ein bestimmter Ton in Haylies Stimme beschwor unvergessene alte Bilder und Gefühle herauf. Die meisten waren gut, doch der überwältigende Wunsch, seine Geschwister zu beschützen, schnürte ihm manchmal beinahe die Luft ab.

»Komm.« Chet zog Boyd auf die Füße. »Lass uns den Kartentisch holen.«

In dieser Familie hatte das gemeinsame Kartenspiel Tradition. Schon zu Lebzeiten ihrer Eltern hatte es einen wöchentlichen Spieleabend gegeben. Sie gehörten zu Boyds liebsten Kindheitserinnerungen und nicht einmal das Feuer hatte sie ihm nehmen können.

»Ich habe Braille-Karten dabei, falls du mitspielen möchtest«, raunte er Janie zu, die sich gerade mit seiner Großmutter unterhielt.

Janies Augen weiteten sich erstaunt. »Im Ernst?«

Seine Großmutter lächelte ihn anerkennend an und nickte ihm zu.

»Ich habe sie in dem Geschäft gefunden, das Heath mir empfohlen hat. Dort wo ich auch das Shirt mit der Braille-Schrift herhabe.«

»Und mein Buch.« Sie stand auf und umarmte ihn. »Du

denkst einfach an alles. Wie lieb von dir.«

»Ich bin eben ein Siegertyp und will es beweisen. Du möchtest unbedingt unsere Wette gewinnen, aber ich will auch mal die Nase vorn haben. Und im Gin Rummy bin ich nahezu unschlagbar.«

»Du bist ein grottenschlechter Gin-Rummy-Spieler.« Chet packte ihn am Shirt und zog ihn in Richtung Treppe. »Ich bringe ihn dir gleich zurück, Janie.«

»Sie ist eine tolle Frau«, sagte Chet auf dem Weg die Stufen hinunter.

Du weißt gar nicht wie toll. »Oh ja, das ist sie.« Boyd schnappte sich die Karten und ein paar Klappstühle.

»Ich freue mich für dich.« Chet nahm den Spieltisch und blickte Boyd ins Gesicht. »Grandpa sagt, du schaust sie an, wie Dad damals unsere Mom angeschaut hat.«

»Ach ja?« Immer, wenn jemand davon anfing, wie ähnlich er seinem Vater war, befielen ihn gemischte Gefühle. Stolz, Liebe, aber auch so etwas wie ein schlechtes Gewissen, weil er noch am Leben war. Chet schaute ihn erwartungsvoll an, so als wollte er noch mehr hören. Aber Boyds Gedanken sprangen zurück zu der furchtbaren Brandnacht. Wenn er doch nur gleich aufgestanden wäre. Wenn er nur etwas getan hätte.

»Alles in Ordnung?« Chet legte die Stirn in Falten.

»Was? Ja. Sorry.« Vielleicht sollte er Chet endlich einmal fragen, ob er damals ebenfalls ein Geräusch gehört hatte. Verdammt, das konnte er nicht tun. Wenn Chet nichts gehört hatte, würde ihm klarwerden, dass Boyd ihre Eltern hätte retten können. Und wie konnte Chet ihm dann jemals verzeihen?

Ein Lächeln zuckte um Chets Lippen. »Dass es dir mit einer Frau ernst war, ist Jahre her. Das bringt dich ziemlich durcheinander, was?«

Das amüsierte Blitzen in Chets Augen, sein Vertrauen und das tiefe, brüderliche Gefühl von Freundschaft hing über ihm wie ein weithin sichtbares Werbebanner. Doch er, Boyd, verdiente dieses Vertrauen nicht. *Verdammt.*

»Beeilt euch, Jungs!«, rief Haylie zu ihnen hinunter.

»Sind gleich da!«, rief Chet zurück. Dann senkte er die Stimme. »Übrigens, der Typ, wegen dem Haylie dich letztens angerufen hat, war ein Idiot. Danke, dass du ihr gesagt hast, ich soll ihn mir ansehen.« Boyd war froh über den Themawechsel.

»Großer Gott. Warum kann sie nicht endlich mal Glück haben? Mist. Als sie mir von ihm erzählt hat, hatte ich gleich ein seltsames Gefühl. Ich weiß nicht mehr, was es war, aber das war der Grund, warum ich gesagt habe, dass du ihm auf den Zahn fühlen sollst. Allerdings war das am Abend von Janies Unfall, und ich habe total vergessen, noch mal nachzufragen. Tut mir echt leid.«

Haylie hatte Scottys Vater während eines Besuchs bei einer Collegefreundin kennengelernt. Er hatte ihr das Blaue vom Himmel herunt[r]versprochen und sich erst, als sie schwanger geworden war, wieder daran erinnert, dass er mit einer anderen verlobt war. Boyd und Chet hatten sich schon immer um ihre Schwester gekümmert. Aber nach diesem üblen Reinfall hatten sie ihre Bemühungen verdoppelt. Oder verzehnfacht.

»Schon gut.« Chet klopfte ihm auf den Rücken. »Falls du einen Platz an der Uni in Charlottesville bekommst und wieder hierherziehst, kannst du ja in Zukunft die Männer in ihrem Leben abchecken. Damit ich mal wieder ein paar Frauen abchecken kann.«

Auf dem Weg nach oben fragte sich Boyd, ob er tatsächlich je an den Ort zurückkehren konnte, an dem die Wurzeln seiner Albträume lagen.

Sechsundzwanzig

In seinem besten dunklen Anzug, einem blütenweißen Hemd und mit der blauen Krawatte, von der Haylie behauptete, sie würde seine Augen besonders gut zur Geltung bringen, zog Boyd Janie schon wieder zu einem Kuss an sich.

»Du wirst mir heute fehlen.« In der vergangenen Nacht hatte er noch einen Albtraum gehabt, in dem er fieberhaft nach der Quelle des Geräuschs kurz vor dem Ausbruch des Feuers gesucht hatte. Als er von kaltem Schweiß bedeckt hochgefahren war, hatte Janie ihn festgehalten und beruhigt. Er hatte immer gefürchtet, seine Albträume würden jeder längeren Beziehung im Wege stehen. Aber Janie war immer noch da, war liebevoll und einfühlsam.

»Du wirst mir auch fehlen«, antwortete sie. »Und ich bin sehr stolz auf dich.«

Haylie kam mit Scotty aus der Küche. Die Finger des Kleinen waren voller Marmelade. »Du bist ja noch hier.« Sie hatte sich freigenommen, um Janie die Stadt zu zeigen. Ihre Großmutter hatte angeboten, auf Scotty aufzupassen.

»Bin so gut wie weg«, versicherte ihr Boyd. »Danke, dass du mit Janie eine Tour machst.«

»Das tue ich gerne, Bruderherz. Und ich werde ihr dabei die

allerpeinlichsten alten Geschichten über dich erzählen.« Haylies blaue Augen blitzten.

Boyd warf ihr einen durchdringenden Blick zu.

»Und jetzt raus hier, bevor ich Scotty mit den Klebehänden auf deinen schicken Anzug loslasse.« Sie trug den Kleinen ins Badezimmer.

»Es wird wirklich Zeit.« Er stahl Janie einen letzten Kuss. »Der ist mein Glücksbringer.«

»Du brauchst kein Glück. Sie wären verrückt, dir keinen Studienplatz anzubieten.« Janie drückte ihm etwas Kaltes in seine Handfläche. »Ich glaube an dich.«

Er entdeckte einen runden silbernen Schlüsselanhänger und strich mit dem Daumen über die Erhöhungen.

»Das ist Braille und heißt: *Zum Arzt geboren.* So wissen nur wir beide, was draufsteht.«

Tief bewegt schloss er die Hand um den Talisman und umarmte sie. »Ich liebe diesen Anhänger. Und ich liebe dich.« Sie hatte ihm noch immer nicht gesagt, dass sie ihn liebte. Nach wie vor wartete er sehnsüchtig auf die drei magischen Worte. Doch Janies Liebe zu ihm sprach aus allem, was sie tat.

»Es macht dir nichts aus, dass er in Braille beschriftet ist? Ich war mir nicht sicher …«

Er schaute ihr tief in die Augen. »Das macht ihn zu etwas ganz Besonderem. Jetzt musst du mir nur noch beibringen, Braille zu lesen.«

»Gibt es in dem Geschäft auch in Braille beschriftete Shirts für Frauen?«, flüsterte sie verführerisch.

»Ich liebe deine Gedankengänge.«

Ihr Lächeln erreichte ihre Augenwinkel. »Vielleicht können wir ja ein paar Braille-Übungen in unsere Recherchen in Sachen Romantik einfließen lassen.«

»Oh, Baby.« Er zog sie an sich und küsste sie noch einmal.

»Wenn du jetzt nicht gehst, verpasst du deinen Termin. Dabei stimmt das, was auf dem Anhänger steht, haargenau. Das ist dir sicher klar. Du bist zum Arzt geboren. Also los, zeig's ihnen.«

Noch ein letzter, diesmal artiger Kuss und er war aus der Tür. Er nahm den langen Weg aus der Stadt, mied die Orte seiner Vergangenheit, die ihm so oft den Schlaf raubten, und fuhr mit gemischten Gefühlen seiner möglichen Zukunft entgegen.

Es war ein schöner, sonniger Tag. Haylie und Janie schlenderten in die Stadt und verbrachten den Nachmittag mit einem gemütlichen Bummel durch die verschiedensten Läden. Die Straßen waren ruhig, die Menschen sehr freundlich. Viele blieben auf einen Schwatz mit Haylie stehen und stellten sich Janie vor. Hier tickten die Uhren ganz anders als in New York City.

»Ich muss zugeben«, sagte Haylie, während sie aus einem Geschäft voller bezaubernder Geschenkartikel traten, »dass es mir ein bisschen mulmig dabei war, dich zu fragen, ob du die Stadt sehen willst. Ich wusste einfach nicht, wie ich es korrekt ausdrücken soll.«

»Schon allein, dass du das so offen zugibst, sichert dir einen Platz auf der Liste meiner Lieblingsmenschen.« Janie lächelte. »Vor lauter Angst, etwas Falsches zu sagen, sagen die meisten Leute nämlich lieber gar nichts. Ich finde es wunderbar, dass du mich gefragt hast, ob ich die Stadt *sehen* möchte. *Sehen* bedeutet für mich ganz unterschiedliche Dinge. Zum Beispiel ein Gefühl für die Atmosphäre bekommen, für die Menschen. Und dass es mir Spaß macht, in den Läden zu stöbern, hast du sicher gemerkt. Da drin konnte ich die Finger kaum von den Keramiktieren lassen.«

»Die sind cool, nicht wahr? Vorsicht, Gehsteigkante.« Haylie berührte Janie am Ellbogen und sie überquerten gemeinsam die Straße.

Boyds Familienmitglieder gingen allesamt auf unaufdringliche Weise achtsam mit ihr um, und Janie fühlte sich dabei rundum wohl. Vor dem Zubettgehen gestern Abend hatten beide Großeltern ihr versichert, wie sehr sie sich freuten, dass sie mitgekommen war. Chet hatte sie umarmt und dabei gesagt: *Danke, dass du meinen Bruder so glücklich machst.* Sie fand es berührend, wie liebevoll die Hudsons miteinander umgingen. Und ihr gaben sie das Gefühl, von Herzen willkommen zu sein. Ihre Sorge, sie würde irgendjemandem Umstände bereiten, hatte sich als völlig unbegründet erwiesen. Scotty war gleich morgens aufgeregt plappernd auf ihren Schoß geklettert und sie hatte jede Sekunde mit ihm genossen.

»Ist es okay, wenn wir in einen Buchladen gehen? Achtung, hier beginnt wieder der Gehsteig.« Wieder legte Haylie eine Hand an Janies Ellbogen. »Ich möchte gerne ein Buch für Scotty kaufen.«

»Lass uns das machen. Ich liebe Buchläden.«

»Wirklich? Aber …« Haylies unausgesprochene Frage hing in der Luft.

»Aber ich kann gedruckte Bücher nicht lesen. Stimmt. Das ist ungünstig.« Janie lachte. »Trotzdem. Ich mag den Geruch von Buchläden sehr. Und am liebsten habe ich welche mit Sitzecken, in denen man Kaffee trinken kann. Leider gibt es noch kaum Buchhandlungen, die Hörproben anbieten. Aber ich finde es wunderbar, wenn mir jemand vorliest.«

»Wirklich? Tut Boyd das manchmal?«

»Ja, hin und wieder.« Janie hatte das Gefühl, ein intimes Geheimnis auszuplaudern, obwohl das Vorlesen eigentlich gar keines war. Lächelnd dachte sie an den Tag, an dem sie mit Boyd im Park gesessen hatte. Dabei hatte er ihr gezeigt, wie wichtig ihm ihre Privatsphäre war. Und sie wollte auch seine schützen.

»Kann ich dich noch was fragen?«, fragte Haylie. »Falls ich irgendeine rote Linie übertrete, sag mir einfach, ich soll den Mund halten.«

»Okay.«

»Redet Boyd mit dir über unsere Eltern?«

Janie war überrascht. Sie hatte mit Fragen zu ihrem Alltag als blinde Frau gerechnet, wie sie ihr öfter gestellt wurden. »Ja, das kommt vor.«

»Ich frage nur, weil er es mit uns nicht tut. Und das macht mir manchmal Sorgen.«

Janie dachte an Boyds Albträume, über die er nicht sprechen wollte. Zu gerne hätte sie mit Haylie darüber geredet. Wusste sie, dass Boyd diese Träume hatte? Sprach er mit ihr darüber? Hatte sie womöglich auch welche?

Doch das wäre ihr tatsächlich wie ein Vertrauensbruch erschienen. Wenn die Albträume Boyds Geheimnis waren, stand es ihr nicht zu, es auszuplaudern. Stattdessen sagte sie Haylie, was sie sich selbst schon ein paarmal gesagt hatte.

»Seit ich den Großteil meiner Sehkraft verloren habe, habe ich vor allem eins gelernt: Wie man zurechtkommt, hängt von der Fähigkeit ab, sich anzupassen. Und wenn du dir ansiehst, wie weit er es gebracht hat … Er hat offenbar Wege gefunden, mit dem, worüber er nicht spricht, zurechtzukommen.«

Haylie hakte sich bei ihr unter und Janie gefiel diese freundschaftliche Geste. Sie hatten schon viel geredet. Über die Stadt, über Scotty, darüber, dass Haylie hoffte, eines Tages jemanden zu finden, der Scotty so sehr lieben würde, wie sie es tat. Janie fühlte sich bereits sehr mit ihr verbunden.

»Vermutlich ist das auch ein Grund, weshalb mein Bruder wegen dir völlig gaga ist. Du siehst mehr als viele Menschen, die nichts an den Augen haben.«

Gaga. Boyd hatte ihr das bereits deutlich gezeigt. Aber sie fand es schön, es von Haylie bestätigt zu bekommen. »Ich bin auch völlig gaga wegen ihm.«

Kurz darauf sog Janie in der Buchhandlung den Duft von Druckerschwärze und Papier mit einer frischen holzigen Note ein. Noch war Haylies Arm durch ihren geschlungen, doch damit Boyds Schwester nicht das Gefühl hatte, sie ständig führen zu müssen, hatte Janie weiter ihren Stock benutzt.

»Hallo zusammen.« Eine fröhliche Frauenstimme schallte durch das Geschäft.

»Hi, Amber«, sagte Haylie. Schritte näherten sich im Gleichklang mit dem charakteristischen Tappen von Hundepfoten. »Das ist Janie, Boyds Freundin.«

»Hi, Janie. Ich bin Amber Montgomery. Ich wusste gar nicht, dass Boyd gerade hier ist.«

Flauschiges Hundefell streifte Janie am Bein. »Oh. Ich nehme an, der Hund ist freundlich?«

»Oh ja. Das ist Reno, mein Assistenzhund. Schlimmstenfalls würde er dich zu Tode lecken.«

Janie streckte die Hand aus, um den Hund zu tätscheln, und strich dabei aus Versehen auch über Ambers Finger. »Sorry.«

»Keine Ursache«, lachte Amber und nahm ihr damit ihre Verlegenheit.

Janie hätte gerne gesagt, dass es ihr leidtat, dass Amber einen Assistenzhund brauchte, und sich erkundigt, welche Aufgabe Reno hatte. Aber sie wollte dieser netten Frau nicht zu nahetreten. Plötzlich verstand sie die Menschen besser, die ihr gegenüber unsicher waren und nicht wussten, welche Fragen sie ihr stellen konnten.

»Du bist ja ein ganz Lieber.« Janie ging neben dem Vierbeiner in die Hocke und kraulte ihn. »Ich hätte gerne einen Führhund, aber ich wohne mitten in New York City. Auf den Straßen ist immer so viel los, und dann der ständige Lärm. Das möchte ich einem Hund nicht antun. Meine Horrorvorstellung ist, dass das arme Tier irgendwann die Nerven verliert, einem Geruch nachjagt oder jemanden verfolgt, der zu einem Taxi rennt, und mich hinter sich herzerrt.«

»Kein schöner Gedanke. Meine Mom trainiert Assistenzhunde für Menschen mit verschiedenen Einschränkungen. Sie denkt daran, in Zukunft auch Blindenführhunde auszubilden. Vielleicht möchtest du dich mal mit ihr unterhalten.«

»Sehr gerne. Aber wahrscheinlich wird es noch eine Weile dauern, bis ich mir mal einen Hund zulege.«

»Nein, nein, ich meinte auch kein Verkaufsgespräch«, versicherte ihr Amber. »Ich dachte nur, vielleicht hast du Lust, Moms Hunde mal kennenzulernen. Und Mom wäre für ein paar Anregungen von dir sicher dankbar.«

Die meisten Menschen mieden das Thema Blindheit in ihrer Gegenwart, so gut es ging. Deshalb freute sich Janie umso mehr, wie unbefangen Amber damit umging.

»Wir sind nur übers Wochenende hier. Deshalb schaffe ich

es diesmal vermutlich nicht. Aber ich hätte wirklich Lust auf ein Treffen mit deiner Mom. Meinst du, ich kann sie anrufen?«

Ein paar Minuten lang unterhielten sie sich noch über die Hunde von Ambers Mutter, dann führte Amber Janie durch ihr Geschäft, während Haylie nach einem Buch für Scotty Ausschau hielt.

»Ich habe eine ganz kleine Braille-Abteilung.« Amber brachte Janie zu einem Regal, in dem etwa zwei Dutzend Bücher standen. »Mit der Zeit sollen es mehr werden und bald möchte ich auch Hörbücher anbieten.«

»Erst vor ein paar Minuten habe ich Haylie gesagt, wie gerne ich mir Geschichten anhöre, und eine Buchhandlung zu besitzen, stelle ich mir wunderbar vor. Du musst doch sehr glücklich sein mit deiner Arbeit.«

»Ich mag die Ruhe, das Abtauchen in die Welten guter Autoren. Aber die geschäftliche Seite kann ganz schön hart sein. Heutzutage lesen so viele Leute lieber E-Books, und ich muss viel dafür tun, um mit meinem Geschäft im Gespräch zu bleiben.«

»Hast du schon mal daran gedacht, einen Buchclub mit monatlichen Treffen hier bei dir zu gründen? Ein Newsletter wäre vielleicht auch nicht schlecht. Damit könntest du deinen treuesten Kunden auch Rabattcodes schicken. Oder wie wäre es mit einem Gedichteabend?«

Reno drängte sich gegen Janies Bein.

»Reno mag dich offenbar schon so sehr wie ich. Und deine Ideen notiere ich mir. Gibst du mir deine E-Mail-Adresse? Dann können wir uns ein bisschen austauschen.« Amber führte sie zu dem Tisch mit der Kasse. »Am besten, du nimmst dir eine meiner Visitenkarten mit.«

Janie gab Amber ihre Mailadresse.

Ein paar Minuten später stieß Haylie zu ihnen. »Janie schreibt gerade einen Liebesroman. Vielleicht kannst du ihn ja hier in deinem Geschäft verkaufen, wenn sie damit fertig ist.«

»Ich … ich habe gerade erst … Ich bin noch nicht sehr weit.« Dass sie Boyds Familie von der Wette erzählt hatte, hatte sie vergessen.

»Ein Liebesroman! Wie spannend!«, sagte Amber. »Ich biete mich gerne als Betaleserin an. Ich bin ein absoluter Romance-Junkie.«

»Wirklich? Wer weiß, ob mein Geschreibsel überhaupt etwas taugt. Ich bin blutige Anfängerin. Und bis das Buch fertig ist, dauert es noch eine Weile.«

»Ich will es auch lesen. Ich habe null Romantik in meinem Leben. Vom Kuscheln mit meinem süßen kleinen Jungen mal abgesehen.« In Haylies Stimme schwang tiefe Liebe.

»Das ist mehr als bei mir«, seufzte Amber. »Mein Liebesleben spielt sich ausschließlich zwischen zwei Buchdeckeln ab.«

»So hat meines bis vor Kurzem auch ausgesehen«, gab Janie zu. »Aber es stimmt schon, was man sagt. Seinen Seelenmenschen findet man offenbar genau dann, wenn man am wenigsten damit rechnet.«

»Mein Seelenmensch«, seufzte Haylie. »Das hätte Scottys Vater für mich sein sollen. Aber er war bloß ein Lügner.«

»Oh, das tut mir leid.« Janie wusste nicht, wie die Sache mit Scottys Vater gelaufen war. Sie stellte nur gerade überrascht fest, dass sie Boyd wie selbstverständlich als ihren Seelenmenschen bezeichnet hatte. Eigentlich hätte er der Erste sein müssen, der das hörte. »*Seelenmensch* ist vielleicht nicht das richtige Wort. Ich meine eher …«

»Oh doch. *Seelenmensch* trifft es genau. Das steht dir ins Gesicht geschrieben.« Haylie lachte. »Scottys Vater war ein

Lügner, Boyd ist keiner. Bloß seine Rolle als großer Bruder nimmt er manchmal ein bisschen zu ernst. Nachdem wir unsere Eltern verloren hatten, wollte er uns Mutter und Vater gleichzeitig sein. Und unser Beschützer. Ein paarmal hat er mich sogar gezwungen, mich vor der Schule noch mal umzuziehen, wenn er fand, meine Sachen wären zu kurz oder zu eng. Und Chet hat er immer gedrängt, sich im Unterricht mehr Mühe zu geben. Als hätten unsere Großeltern das nicht schon getan. Ich weiß noch, dass er und Chet sich deswegen sogar hin und wieder geprügelt haben. Aber vermutlich verhält Boyd sich so wie alle ältesten Geschwister. Nur vielleicht etwas ausgeprägter, weil unsere Eltern nicht mehr da sind. Ich bin froh, dass er dich nicht mit seiner Fürsorge erstickt.«

Janie fühlte sich von Boyd beschützt, aber nicht eingeengt.

»Es hat definitiv etwas damit zu tun, dass er der Älteste ist. Grace, unsere älteste Schwester, hat früher buchstäblich versucht, unser Leben für uns zu leben.« Amber steckte ihre Visitenkarte in Janies Tasche. »Nicht verlieren. Wenn dein Buch fertig ist, feiern wir mit einer Skype-Party. Vielleicht haben wir ja heute die nächste Nora Roberts entdeckt.«

Janie machte sich da keine großen Hoffnungen. Doch sie fühlte sich sehr wohl mit Amber und Haylie, und es war schön, sich so lebhaft und entspannt zu unterhalten. Sie machten es sich in der Sitzecke bequem und Reno legte sich zwischen ihre Füße. Dann plauderten sie über ihre Lieblingsbücher, über die Art Geschichten, die sie gerne lasen, und am Ende erzählte Janie den beiden anderen sogar von ihrem Unfall.

»Noch nie zuvor habe ich solche Angst gehabt. Und dann ist die beste Nacht meines Lebens daraus geworden.«

Sie redeten stundenlang. Ab und zu kamen Leute in den Laden und wurden von Reno und Amber begrüßt. Von den

Frauen setzten sich einige kurz zu ihnen und plauderten eine Weile, bevor sie ihre Bücher bezahlten und weiterzogen. Janie gefiel das gemächlichere Tempo hier in Meadowside, wo Freundschaften offenbar wichtiger waren als die nächste Textnachricht oder E-Mail.

Aus einer kleinen Stadt wie dieser war sie wegen der erdrückenden Fürsorge ihrer Eltern geflüchtet. Jetzt stellte sie sich vor, wie Boyd hier aufgewachsen war, umfangen von der Wärme und Geborgenheit dieser Gemeinschaft. Unwillkürlich fragte sie sich, weshalb er weggezogen war. Hatte er vor allem seine Zukunftspläne verwirklichen wollen? Oder war auch er auf der Flucht vor etwas gewesen?

Siebenundzwanzig

Am Samstag zeigte Boyd Janie seine Lieblingsorte. Die Schulen, auf die er gegangen war, und die Sportplätze, wo er als kleiner Junge Baseball gespielt hatte. Die Mannschaft hatte damals sein Vater trainiert. Sie besuchten das Flussufer, wo er mit seinen Freunden Partys gefeiert und allerlei Unsinn getrieben hatte. Nach dem Abendessen mit seiner Familie und einer Runde Gin Rummy, die Boyd gewann, gingen seine Großeltern nach Hause. Er und Janie genossen noch die letzten Augenblicke, bevor die Sonne hinter dem Horizont verschwand.

»Fehlt dir das nicht?« Janie legte seufzend den Kopf an seine Schulter.

»Mir den Sonnenuntergang anzuschauen?«

»Das alles hier. Die Ruhe, die Wiesen und Weiden. Luft, die nicht nach Abgasen stinkt. Deine Familie, die dich offensichtlich sehr liebt. Die Menschen, mit denen du aufgewachsen bist.«

Er zuckte die Achseln. »Du lebst auch weit von deiner Familie entfernt.«

»Und du weichst meiner Frage aus.« Sie hob den Kopf und küsste ihn auf die Wange.

»Sollen wir morgen vielleicht doch bei deinen Eltern

vorbeischauen?«

»Lieber nicht. Aber ich rufe sie bald mal an.« Sie schmiegte den Kopf wieder an seine Schulter. »Zu erleben, wie nahe ihr euch in deiner Familie seid, führt tatsächlich dazu, dass ich meine vermisse. Ich werde versuchen, verständnisvoller mit meinen Eltern zu sein.«

Er küsste sie auf die Schläfe und sie legte einen Arm um seine Knie. »Du hast die bemerkenswerte Fähigkeit, Probleme immer direkt anzugehen.«

»Was wäre die Alternative? Ich habe zwischen meinen Eltern und mir eine klare Linie gezogen, und sie haben versucht, das zu akzeptieren. Aber langsam wird mir bewusst, dass es nicht fair ist, meine Vorstellungen um jeden Preis durchzusetzen. Sie sind meine Familie, und ihr schlimmstes Vergehen ist, dass sie mich zu sehr lieben.«

»Und was willst du jetzt machen?«

»Keine Ahnung«, sagte sie. »Aber vielleicht fange ich mal damit an, nicht bei jedem Telefongespräch meine Stacheln aufzustellen. Vielleicht rufe ich mir öfter mal ins Gedächtnis, dass sie es nur gut mit mir meinen.«

Sie verfielen in ein freundschaftliches Schweigen, doch bald drifteten Boyds Gedanken zu seinen verhassten Albträumen. Würde er für alle Zeiten in angstvoller Erwartung schlafen gehen?

»Werden wir über das reden, worüber du nicht sprichst?«

»Eher nicht.« Wann würde sie nach dem einen Ort fragen, an den er sie heute nicht gebracht hatte?

Sie drehte sich zu ihm. Ihr ernster Blick verriet, dass sie nicht so leicht lockerlassen würde.

»Okay. Leg los«, lenkte er ein. »Was möchtest du wissen?«

»Du hast mir heute die ganze Gegend gezeigt. Nur

nicht …«

»Nur nicht die Stelle, wo früher unser Haus stand? Wo das Feuer gewütet hat? Weshalb hätte ich uns den schönen Nachmittag verderben sollen?«

»Vielleicht findest du dort zwischen all den schlimmen Erinnerungen auch ein paar gute.« Sie sagte das so süß, dass er spontan ein Bild von Eiscreme im Kopf hatte. Mit Mini-Marshmallows bestreut. Da waren sie wieder, ihre Zuversicht und innere Stärke, die ihn magisch zu ihr hinzogen.

»Das lassen wir lieber, Janie. Die Erinnerungen dort sind viel zu düster.«

»Du hast mir erzählt, wie sehr deine Mutter ihren Garten geliebt hat. Weshalb nicht kurz hinfahren und den Garten besuchen?«

Er hob sie hoch und setzte sie auf seinen Schoß. Dann strich er ihr das Haar hinters Ohr und küsste sie auf die Wange.

»Du gibst nicht auf, was?«

»Und du gibst nicht nach«, stellte sie fest.

»Ich würde ja gerne. Aber so einfach ist das nicht.« Er beugte sich vor, um sie zu küssen, doch sie lehnte sich zurück.

»Nichts im Leben ist einfach. Da sind wir uns wohl einig.«

»Janie«, stöhnte er.

»Es geht mir nicht darum, dass du mir irgendwas erzählst. Aber ich denke, einen glücklichen Ort wie den geliebten Garten deiner Mom zu besuchen, wäre vielleicht gar nicht schlecht.«

»Allein schon, dass ich mit dir darüber rede, beweist eindeutig, dass ich dich liebe. Sonst könnte ich das nicht. Aber was soll ein Besuch im Garten denn bringen?«

»Vielleicht nimmt er deinen unglücklichen Erinnerungen ein bisschen von ihrem Schrecken.«

»Kaum vorstellbar.« Er hob sie von seinem Schoß und stand

auf. »Aber vielleicht musst du wirklich einmal dorthin, wo damals alles passiert ist. Also los.«

Schweigend saßen sie während der Fahrt nebeneinander und mit jeder Meile fühlte seine Haut sich enger an. Als sie von der Hauptstraße abbogen, lag die schmale Landstraße, die zu dem Grundstück führte, bereits im Dunkeln. Nur die Scheinwerfer des Wagens zerschnitten die Nacht. Schließlich erreichten sie die lange Einfahrt. Der Kies knirschte unter den Reifen. Boyd dachte an seinen letzten Besuch an diesem Ort und merkte, wie ihm die Kehle eng wurde.

»Alles in Ordnung bei dir?« Janie legte die Hand auf seinen Arm. Er wusste, dass sie seine Anspannung deutlich spüren konnte.

»Mehr oder weniger.« Er hielt so, dass die Scheinwerfer auf den Garten gerichtet waren, und ließ den Motor laufen. Gerne hätte er Janie die Blumenbeete beschrieben, damit sie eine Vorstellung von deren Schönheit bekam. Doch ihm fehlten die Worte, denn was er fühlte, war alles andere als schön. »Fünf Minuten, okay, Honey? Ich bin nämlich kein Masochist.«

Er stellte den Motor ab, stieg aus und ging um den Wagen herum, um Janie herauszuhelfen. Sie legte die Arme um seinen Hals, hob sich auf die Zehenspitzen und drückte dann die Hände flach an seine Brust.

»Wir müssen gar nicht so lange bleiben.« Sie küsste ihn. *Tief.*

Als der Kuss intensiver wurde, gruben sich ihre Finger in seinen Rücken. Die unterschiedlichsten Gefühle rissen an ihm. Liebe und Lust schoben sich vor seine Angst und Beklommenheit. Ein süßer, sexy Laut ganz hinten in Janies Kehle brachte ihn zum Lächeln.

»Versuchst du, mich um den Verstand zu bringen?«

»Ich versuche, ein paar glückliche Erinnerungen zwischen die traurigen zu mogeln.« Sie packte seinen Hintern und drückte ihn.

»Vorsicht«, warnte er. Dann küsste er sie fordernd und leidenschaftlich. Vermutlich hatte sie es von Anfang an so geplant. Er ließ dem Kuss gleich den nächsten folgen, dann hob er den Kopf.

»Danke«, flüsterte er.

»Ich danke dir, dass du mit mir hergefahren bist. Ich weiß, es fällt dir sehr schwer, hier zu sein.« Sie nahm seine Hand und legte sie auf ihr Herz, ließ ihn das wilde Pochen spüren. »Mein Herz schlägt so heftig, weil ich ein bisschen Angst hatte, mit dir hierherzukommen. Aber auch wegen deinen Küssen.« Sie legte seine Hand auf sein eigenes jagendes Herz. »Und warum pocht deines wie verrückt?«

»Weil ich hier bin. Mit dir.« Er zog sie fest an sich, schloss die Augen, spürte die Dämonen in seinem Rücken und die Flammen, die an seinem Nacken leckten. Mit aller Macht versuchte er, die stummen Schreie zu ersticken, die ihn seit damals verfolgten.

Achtundzwanzig

Zurück in New York fühlte sich alles viel zu schnell an, zu voll und zu laut. Janie brauchte eine ganze Woche, um sich wieder richtig einzuleben. Was sie zu dem Schluss brachte, dass sie sich hier eben doch nicht ganz und gar wohlfühlte. Mit Boyds Schwester durch seinen Heimatort zu spazieren und mit ihm die Umgebung zu erkunden, war wunderschön gewesen. An der Stelle, wo früher sein Elternhaus gestanden hatte, hatte sie seine tiefe Beklommenheit und Anspannung gespürt. Sie hatte das Gefühl gehabt, er wollte sie abschirmen. So als wären seine Erinnerungen lebende, atmende Wesen, die diesen Platz bevölkerten und auch ihr Schmerzen zufügen konnten. Nach der Rückkehr zu Haylies Haus war er sehr schweigsam gewesen und hatte sie in der Nacht noch fester gehalten als sonst. Zwar war er nicht von einem Albtraum aus dem Schlaf gerissen worden, doch seit sie aus Virginia zurück waren, hatte er schon einige gehabt. Sie hoffte, er würde sich ihr nach und nach noch weiter öffnen, damit sie der Ursache der schlimmen Träume vielleicht auf die Spur kommen und er sie ein für alle Mal loswerden konnte.

Boyd arbeitete wieder im Schichtbetrieb auf der Feuerwache und heute Nachmittag schob er ein paar Stunden Dienst im

Krankenhaus. Nächste Woche würde er bei ihr in der Firma sein, und sie wünschte, er wäre heute schon hier, damit sie sich ein paar gemeinsame Minuten stehlen konnten. In den kommenden Tagen würde sie erfahren, ob sie nun bald in den erhofften neuen Aufgabenbereichen arbeiten konnte. Das Warten machte sie ein bisschen nervös.

Um sich abzulenken, beschäftigte sie sich mit ihrem Liebesroman. Inzwischen hatte sich ein gewisser Rhythmus eingestellt. Sie wachte früh auf und machte sich dann gleich ans Schreiben. Ein angenehmer Nebeneffekt dieser Beschäftigung war die sexy Stimmung, in die sie dabei fast immer geriet. Wenn Boyd aufwachte, profitierten sie beide davon. Ihre gemeinsame Zeit am Morgen war einfach wunderbar. Oft liebten sie sich, manchmal redeten sie auch nur. Noch einmal ohne ihn aufzuwachen, konnte sie sich längst nicht mehr vorstellen.

Sie trennte ihr Braille-Display vom Computermonitor, damit dort nur ihr neuer Newsletterartikel mit dem Titel ›Hart und schnell, Lektorat ohne Tabus‹ zu sehen war, während sie in Wahrheit eifrig Recherchen über Science-Fiction-Heldinnen anstellte. Am Morgen hatte sie ihre Hauptfigur Candee auf dem Weg zu Kents Comicgeschäft zurückgelassen. Candee setzte alles daran, Kents Aufmerksamkeit von seiner Mitarbeiterin, der lilahaarigen Sexgöttin Kenisha mit der Vorliebe für hautenge Catsuits, auf sich zu lenken. Verkleidungen und Rollenspiele hatten Janie bis jetzt nie interessiert. Aber Candee traute sie in dieser Hinsicht allerhand zu, und damit würde sie Kent bald ganz für sich gewinnen, das stand außer Frage. Online fand Janie schnell, wonach sie suchte. Schon nach wenigen Minuten in ein paar einschlägigen Foren war klar, dass Black Widow eine gute Kostümwahl wäre. Dieser Lady konnte offenbar kein waschechter Comic-Junkie widerstehen. Black Widow hatte geschickte Hände, trug körperbetonte Outfits und sah, wenn man etwa hundertfünfzig Forumsmitgliedern glauben durfte, mit einer Waffe im Anschlag einfach unwiderstehlich aus.

Mach dich auf was gefasst, Kenisha. Meine Candee ist auf dem Kriegspfad.

Janies Lippen zuckten, denn die Recherche brachte sie auf eine neue Idee. Sie suchte online nach Kostümgeschäften, fand eines in der Nähe und machte sich in der Mittagspause auf den Weg dorthin. Was konnte besser sein, als ganz persönlich, live und eigenhändig zu recherchieren?

»Janie«, sagte die Kollegin am Empfang, als sie eine Stunde später mit einer, wie sie hoffte, fantastischen Überraschung für Boyd zurückkam. »Clay will dich sprechen. Ich soll dich gleich ins Konferenzzimmer schicken.«

Ihr Magen schlug einen Purzelbaum. War es jetzt so weit? Würde sie endlich erfahren, wie es beruflich mit ihr weiterging?

»Okay. Ich bringe nur kurz die Sachen in mein Büro. Sag ihm bitte, ich bin gleich da.«

Auf dem Weg zu ihrem Schreibtisch versuchte sie, ihr wild pochendes Herz zu beruhigen. Was, wenn sie die Beförderung doch nicht bekam? Was, wenn es geklappt hatte? Sie hatte Kiki die ersten drei Kapitel ihres Liebesromans zu lesen gegeben, und sie hatten ihr so gut gefallen, dass Janie die Leseprobe gleich auch noch an Amber und Haylie geschickt hatte. Eine zweite und dritte Meinung konnte nicht schaden. Auch die beiden waren begeistert und wollten unbedingt wissen, wie die Geschichte weiterging. Vielleicht war das albern, aber die positiven Reaktionen ließen sie hoffen, dass sie vielleicht tatsächlich einen Roman schreiben konnte, der es wert war, veröffentlicht zu werden.

Und diese Hoffnung brachte sie ein wenig ins Grübeln. War sie wirklich so erpicht auf die Beförderung? Ja, richtig, sie wollte beruflich weiterkommen. Oder ging es ihr vor allem um die Anerkennung ihrer Arbeit? Was sagte es über ihre Fähigkeiten aus, wenn man ihr die neuen Aufgaben doch nicht zutraute? Hieß das dann, sie war nicht gut genug für den Job einer technischen Autorin? Kein schöner Gedanke.

Aber wollte sie denn überhaupt als technische Autorin arbeiten?

Und was, wenn sie weder für Gebrauchstexte noch für Unterhaltungsliteratur gut genug schreiben konnte?

Na prima. Jetzt hatte sie Bauchschmerzen.

Auf ihrem Weg durch den Flur drehten sich ihre Gedanken im Kreis und ihr Magen zog sich zusammen. Um ihre Nerven zu beruhigen, konzentrierte sie sich anstatt auf ihr laut schlagendes Herz lieber auf das rhythmische Tippen ihres Stocks.

»Hey, Loverboy.« Kelly trat an den Schreibtisch, an dem Boyd die eingehenden Notrufe annahm. »Wie geht's denn unserer Lieblingspatientin?«

»Janie geht's prima. Es ist alles verheilt und sie ist schöner denn je.«

Kelly lehnte die Hüfte an den Schreibtisch und verschränkte die Arme. »Ihr seid also zusammen. Ich war mir nicht ganz sicher.«

»Als wir neulich abends hier waren, waren wir es noch nicht. Aber ja, inzwischen ist es ziemlich ernst mit uns beiden.«

Ziemlich ernst war die Untertreibung des Jahrhunderts. Im Grunde wohnten sie bereits zusammen. Selbst Kiki klopfte inzwischen an, bevor sie Janies Wohnung betrat, anstatt einfach ihren eigenen Schlüssel zu benutzen.

»Das freut mich. Ich fand sie wirklich nett. Und sie braucht vermutlich jemanden wie dich, einen Kerl mit einem ausgeprägten Beschützerinstinkt, der seine Zuneigung offen zeigt.«

»Eigentlich *braucht* sie niemanden, aber ich bin froh, dass sie mich *will*.«

»Ich sage das nicht, weil sie blind ist. Ich meine nur, du bist sicher ein richtig toller Freund.«

Er verschränkte genau wie sie die Arme und kniff die Augen zusammen. »Danke. Aber mein Beschützerinstinkt bewegt sich komplett im Normalbereich.«

»Ha!« Sie schüttelte den Kopf. »Wie oft habe ich dich eine ganze Liste von Fragen abfeuern hören, wenn Haylie dir erzählt hat, dass sie sich mit jemandem trifft?«

»Das ist was anderes. Sie ist meine Schwester und eine alleinerziehende Mutter.«

»Na dann.« Kelly zog ein Gummiband von ihrem Handgelenk und band sich seufzend das Haar zu einem Pferdeschwanz zusammen. Boyd wusste, dass sie eine lange, harte Schicht hinter sich hatte, doch ihre blauen Augen blitzten noch immer vor Tatendrang. »Janie ist wirklich zu beneiden. Man hat dir deutlich angemerkt, wie gut sie dir gefällt. Du hast sie sicher zwanzig Mal *Honey* genannt.«

»Tatsächlich?« Er hatte keine Ahnung, weshalb er ihr sofort einen Kosenamen gegeben hatte und warum ausgerechnet diesen. Es war wie von selbst passiert. Sein Telefon vibrierte und er zog es aus der Tasche. »Oh.«

»Was ist denn?«

»Ich habe eine E-Mail von der Uni in Virginia.« Adrenalin jagte in seine Adern.

»Wie bitte? Komm schon, schau sie dir an.« Kelly fixierte ihn gespannt.

Er zögerte. Was würde er gleich zu lesen bekommen? War er angenommen? Abgelehnt? Er wusste nicht einmal mehr, was er sich wünschte.

Boyd atmete tief durch, öffnete die Mail und überflog sie kurz. Dann las er sie zur Sicherheit noch einmal genauer. *Heilige Scheiße.* Er hatte einen Studienplatz. Für seine endgültige Zusage blieben ihm jetzt zwei Wochen Zeit. Zwei Wochen? Wie sollte er innerhalb von vierzehn Tagen über seine Zukunft entscheiden?

»Und?« Kelly fächelte sich mit der Hand Luft zu. »Ich bin auch schon ganz aufgeregt. Bist du angenommen?«

»Das steht hier nicht«, log er. »Es ist bloß ein Zwischenbescheid.«

Er hatte geglaubt, er hätte mehr Zeit, um herauszufinden, was er nun tun sollte und was er wollte. Was Janie wollte.

Dass sie von nun an in sein Leben gehören sollte, hatte er schon nach knapp einer Woche mit ihr gewusst.

Wie lange würde es dauern, bis er wusste, ob er seine Träume aufgeben konnte, um sie weiterhin dort zu behalten?

Neunundzwanzig

Kribbelig vor Aufregung rutschte Janie hin und her, während Kiki sich alle Mühe gab, ihr das Haar zu einem seitlichen Zopf zu flechten.

»Jetzt sitz doch mal still«, schimpfte Kiki. »Dass du dich als Sklavin eines gigantischen Schleimbeutels verkleidest, macht mich fassungslos.«

»Na hör mal, ich bin Prinzessin Leia. Und der gigantische Schleimbeutel ist Jabba the Hut. Und wie du weißt, ist Boyd ein großer Science-Fiction-Fan.« Es war Mittwochabend und sie konnte es kaum erwarten, Boyd mit ihrem Kostüm zu überraschen.

»Du hast mal einen Kerl gedatet, der sich für Geschichte interessiert hat, und dich deswegen auch nicht angezogen wie Betsy Ross beim Nähen der ersten Flagge unseres schönen Landes.« Kiki lachte. »Das wäre allerdings auch ziemlich lustig gewesen. Denn wirklich sexy war die Gute nicht.«

»Meine Romanheldin verführt ihren Auserwählten in einem Black-Widow-Kostüm. Deshalb möchte ich die Sache mit den Rollenspielen ausprobieren. Es heißt doch, man soll nur über Dinge schreiben, die man selbst kennt.«

»Dann könnte ich einen höllisch heißen Roman verfassen.«

Kiki lachte lauthals los.

»Was du nicht sagst. Aber ich bin auch auf einem guten Weg«, erklärte Janie stolz. »Außerdem haben wir heute Abend etwas zu feiern. Boyd weiß noch nichts von meiner Beförderung. Und ich habe keine Ahnung, was ich zuerst tun soll, ihn verführen oder ihm meine Neuigkeiten erzählen.«

»Hast du mal daran gedacht, dass er über deine Karrieresprünge vielleicht gar nicht so glücklich ist wie du?« Kiki zog ein wenig fester als nötig an Janies Haar, und Janie wusste, dass sie damit Denkprozesse in Gang setzen wollte.

»Er hat noch keine Antwort von den Unis. Also, was soll ich tun? Die Beförderung ablehnen?« Auf dem Nachhauseweg hatte sie das tatsächlich erwogen. Aber noch war ja nicht sicher, dass Boyd wirklich einen Studienplatz bekam. Sollte sie ohne rechte Entscheidungsgrundlage etwas aufgeben, worauf sie lange hingearbeitet hatte?

»Ich finde nur, du solltest dir überlegen, welche Botschaften du aussendest. Nachdem die anderen beiden Mädels und ich von deinen ersten Buchkapiteln so begeistert waren, hast du daran gedacht, den Roman, wenn er mal fertig ist, womöglich zu veröffentlichen. Und Romane schreiben kannst du überall. Aber in der Firma neue Aufgaben übernehmen und dich dafür für ein Jahr fest binden? Das ist was völlig anderes.«

»Clay hat mir eine Chance gegeben, als niemand mich haben wollte. Und Boyd hat bisher nie auch bloß angedeutet, dass er mich gerne dabeihätte, falls er wegziehen muss.« Eigentlich wollte sie nicht so verzagt klingen. Doch seit der Rückkehr aus Virginia versuchte sie, den gigantischen Elefanten im Raum zu ignorieren.

»Möchtest du denn mit ihm gehen, wenn er irgendwo studiert?« Kikis Hände lagen plötzlich ganz still in Janies Haar.

Ja. Aber ich will nicht von dir weg. »Können wir von etwas anderem reden? Ich habe mich so darauf gefreut, ihn mit meinen Neuigkeiten und dem Kostüm zu überraschen. Und jetzt bin ich bloß noch nervös.«

»Nervös? Das geht gar nicht. Nicht bei deiner ersten Science-Fiction-Verführung. Tut mir leid, dass ich davon angefangen habe. Aber als deine beste Freundin muss ich dir manchmal eben unangenehme Fragen stellen.« Kiki flocht den Zopf zu Ende und legte ihn über Janies rechte Schulter. »So einen Achtzigerjahre-Seitenzopf kannst wirklich nur du tragen. Du siehst toll aus damit.«

»Wirklich?« Janie betastete ihre Haare. »Das Kostüm ist … sagen wir: ziemlich luftig.« Sie trug einen Bademantel über dem Outfit, das kaum mehr war als ein Bikini in Gold und Rotbraun. »Findest du, es sieht albern aus?« Sie stand auf und öffnete den Bademantel.

»Himmel, Janie. In dem Ding bist du schärfer als zehn Pfund Chili. Wenn du ihm darin die Tür öffnest, wirst du gar nicht erst zum Reden kommen.«

»Klingt perfekt. Dann mache ich es auch so.« Sie streckte die Hände nach Kiki aus und Kiki umarmte sie. »Ich weiß, dass Boyd und ich viel zu besprechen haben. Aber heute Abend will ich einfach bloß glücklich sein.«

»Und genau das wünsche ich dir von Herzen. Ich möchte nur nicht, dass du leidest.«

»Ich auch nicht.« *Schon allein deshalb hake ich meine Karriere nicht ab, bloß weil ich mich verliebe.*

Auf dem Weg zu Janies Wohnung drehten sich Boyds Gedanken im Kreis. Virginia war viel zu weit weg von New York und von allem, was Janie hier schätzte. Von ihrem Job, von Kiki, von dem Leben, das sie sich aufgebaut hatte. Aber was, wenn nur die Uni in Virginia ihm einen Platz anbot? Wenn ihn keine der Unis in der Nähe von New York City wollte? Weitere Einladungen zu Bewerbungsgesprächen ließen auf sich warten. So viele Jahre lang hatte er unglaublich hart gearbeitet und für seinen großen Traum vom Medizinstudium viel geopfert.

Und jetzt gab es Janie.

Er strich mit dem Daumen über den Schlüsselanhänger, den sie ihm geschenkt hatte. *Zum Arzt geboren.* Eigentlich sollte es heißen: *Für die Liebe zu Janie Jansen geboren.* Denn nichts schien wichtiger, als mit ihr zusammen zu sein und sie glücklich zu machen. Und wenn Janie glücklich sein sollte, musste sie sich wohlfühlen.

Er steckte den Schlüsselanhänger in die Tasche. Janies Wohnungstür öffnete sich, doch seine Liebste blieb unsichtbar.

»Honey?« Verwundert trat er über die Schwelle, und Janie, die sich hinter der Tür versteckt hatte, machte die Tür zu.

Boyds Gedanken zerstoben. Vor ihm stand die Frau, der sein Herz gehörte, in dem Prinzessin-Leia-Sklavenkostüm, das seit Jahrzehnten die prickelnden Fantasien von Science-Fiction-Fans beflügelte. Und sie sah darin noch tausendmal heißer aus als Carrie Fisher.

»Hallo.« Ihr verführerisches Schnurren ließ die Luft zwischen ihnen knistern.

Sein Blick tastete sich über ihr schönes Gesicht, blieb an ihrem Erdbeermund hängen, und wie immer geriet sein Herz dabei ins Stolpern. Janie hob fast unmerklich die Brauen, so als wollte sie fragen: *Wollen wir spielen?* Oh, verdammt, ja, er *wollte* spielen. Sein Blick wanderte tiefer zu dem goldenen Band um ihren Hals. Die daran befestigte Kette hielt sie in der linken Hand. Ihre Haut schimmerte wie eingeölt und lud zum Anfassen ein. Boyds Blick zog weiter nach Süden zu dem samtenen, mit goldenen Schlangenmotiven verzierten BH, der Janies herrliche Brüste dramatisch in Szene setzte.

Er trat näher, strich mit einem Finger über die goldene Spange um ihren Oberarm und öffnete den Mund, um ihr zu sagen, wie sexy sie aussah. Doch mehr als heiße Luft brachte er nicht heraus. Seine Hände fanden zu den gekreuzten Goldbändern, die das knappe Bikinihöschen auf ihren Hüften hielten. Ein schmaler Rock aus schimmerndem weinrotem Stoff fiel von dort zwischen ihre Beine. Er konnte es kaum erwarten, ihr das raffinierte Kostüm vom Leib zu reißen. Noch einmal weideten sich seine Augen an ihren sinnlichen Kurven und den süßen geschwungenen Lippen und er drängte sich an sie.

»Du hast mir gefehlt«, presste er schließlich hervor.

»Willkommen zu Hause, Han … Hans …« Das leise Zittern in ihrer Stimme steigerte seine Erregung. Sie hatte sich an etwas ganz Neues gewagt, etwas völlig Ungewohntes. Ihm zuliebe. Und für sie beide. Sie sah so unfassbar sexy aus. Wie sollte sie wissen, dass – trotz dieses traumhaften Anblicks – keinerlei Verkleidung nötig war? Alles, was er brauchte, was er wollte, war sie. Die süße, sexy, kluge Janie Jansen. Seine starke, unabhängige Verführerin.

»Han Solo? Baby, ich werde sein, wer immer du willst, solange ich dich verschlingen darf.«

Janie lächelte neckisch. »Ich hoffe, du hast dein Lichtschwert mitgebracht.«

Sie schauten sich tief in die Augen, und dass sie ihn nicht

sehen konnte, tat nichts zur Sache. Denn er war sicher, dass sie der einzige Mensch auf der ganzen Welt war, der wirklich alles von ihm sah. Seine Stärken und Schwächen, seine Ängste und Träume. Er riss sie an sich und drückte die Lippen an ihre. Seine Hände freuten sich an der seidigen Haut ihrer Oberschenkel und ihrem süßen, fast nackten Hintern.

»Boyd«, flüsterte sie. Sie vergrub die Finger in seinem Haar, stellte sich auf die Zehenspitzen und reckte sich seinem gierigen Mund entgegen.

Nach einem wilden, fiebrigen Kuss hob er eine Sekunde lang den Kopf und sog den Moment in sich auf. Dann tanzte seine Zunge über ihre Unterlippe, er küsste ihre Mundwinkel, ihre Wangen, ihr Kinn. Jeder Kuss, jede Berührung, jeder Hauch ihres verführerischen Duftes brachte neue Wellen von Verlangen. Er wollte Janie ihre Fantasien in die Tat umsetzen lassen, was immer ihr durch ihren schönen Kopf ging. Dabei drohten seine Gefühle, ihn zu überwältigen. Sein Körper war ein flammendes Inferno aus brodelnder Leidenschaft, und Janies hektische Atemzüge und ihr fester werdender Griff um seine Arme verrieten ihm, dass sie mit demselben unzähmbaren Verlangen kämpfte wie er.

Als sie geradezu flehentlich sehnsüchtig seinen Namen flüsterte, war es um seine Beherrschung geschehen. Er küsste sie wie ein Ertrinkender. Ihr Körper sank gegen seinen, ihre Weichheit schmiegte sich an seine Kraft, während er sie noch tiefer küsste. Hitze durchjagte ihn und vertrieb die letzten klaren Gedanken. Ohne die Lippen von ihren zu lassen, hob er sie hoch und trug sie ins Schlafzimmer. Dort legte er sie aufs Bett und war einen Atemzug später über ihr.

Sie war alles, was er sich je gewünscht hatte. Er war betrunken von ihr, überwältigt von der Lust, die er nicht kontrollieren konnte. Ein wenig beunruhigte ihn das, während sie einander seufzend und stöhnend küssten, während sie packten, was immer ihre Hände greifen konnten. Er zwang sich, einen Moment lang von ihr abzulassen, schnappte nach Luft.

»Ich liebe dich, Janie. So sehr, dass es wehtut, wenn wir nicht zusammen sind.«

Ihre vom Küssen geschwollenen Lippen öffneten sich. Eine zarte Röte erreichte ihre Wangen und sie blinzelte ihn an. »Ich weiß.«

Sie zog ihn zu einem weiteren Kuss zu sich, und er verlor sich in ihrem Geschmack, in ihren Berührungen. Das sexy Kostüm segelte Teil für Teil zu Boden, gefolgt von seinem Shirt, seinen Jeans und dem goldenen Halsband mit der Kette, das sie unbedingt aufbewahren mussten. Denn sicher bot es gewisse Möglichkeiten für zukünftige pikante Spielchen. Endlich war nichts mehr zwischen ihnen außer dem feinen Schweißfilm auf ihrer Haut. Janie hob die Knie, schlang die Beine um seine Hüften, schnappte sich ein Kissen und schob es sich unters Becken.

»Recherche«, atmete sie an seinem Hals, als ihre feuchte Mitte die Spitze seiner Härte umschloss.

Genussvoll langsam drang er in sie ein, während ihre Lippen wieder zusammenfanden. Bald rieben sich ihre Zungen im Rhythmus ihrer Stöße aneinander. Janies betörende Laute, ihre süßen, sinnlichen Seufzer verschwanden in seiner Kehle. Das Kissen erlaubte ihm, noch tiefer in sie zu dringen, sie noch intensiver zu lieben. Doch das war nicht genug. Er wollte sie ganz und gar, wollte ihr Gesicht sehen, wenn sie wieder und wieder kam.

Er flocht die Finger zwischen ihre, drückte ihre Hände neben ihrem Kopf ans Bett und bewegte sich ohne Hast in ihr.

Im Nu hatte er die Stelle gefunden, deren Berührung ihre Seufzer in wildes, hemmungsloses Stöhnen verwandelte. Ihr Atem wurde flach.

»Boyd«, presste sie in einem langen Atemzug hervor, schloss die Augen und kam. Mit zuckenden Hüften wölbte sie sich ihm entgegen, erbebte bei jedem Stoß und pulsierte um seinen Schaft. Ihr Höhepunkt dehnte sich endlos aus, wurde zum Härtetest für seine Selbstkontrolle. Noch bevor die Welle verebben konnte, beschleunigte er den Rhythmus, wollte ebenfalls kommen, aber sie sollte bei ihm sein. Er ließ ihre Hände los, schlang die Arme um sie und drehte sich mit ihr. Jetzt saß sie auf ihm und konnte die Kontrolle übernehmen. Sie ritt ihn hart. Ihre Brüste wippten, Röte überzog ihre Wangen und ihr Gesicht war pure sinnliche Ekstase.

Boyd rieb Janies Nippel und ihr Stöhnen wurde lauter. Er hob den Oberkörper, drückte ihre Brüste zusammen, nahm beide Nippel in den Mund, saugte an ihnen und umspielte sie mit der Zunge. Janie packte seinen Kopf und hielt ihn fest, während ein weiterer intensiver Orgasmus sie schüttelte.

»Boyd!«

Sein Verlangen wollte ihn überwältigen. Jedes süße Zucken ihrer Mitte drohte, ihn zum Explodieren zu bringen. Aber er war noch nicht fertig. Er drehte sich mit Janie auf die Seite, zog ihr Knie auf seine Hüfte und presste ihre Körper fest aneinander. Dabei stieß er kreisend in sie hinein. Entschlossen, sie zu lieben, bis sie ganz und gar gesättigt war, schaute er ihr in die Augen.

Ihre Körper bewegten sich in perfekter Harmonie. Ihr Bein umklammerte seine Seite. Hitze kroch über sein Rückgrat und sammelte sich in seinen Lenden.

»Lass dich fallen, Baby. Komm noch einmal. Sei bei mir.«

Sie drückte die Stirn gegen seine Schulter und klammerte sich an seinen Armen fest. Er spürte, wie ihre Kräfte nachließen, doch einen letzten Höhepunkt wollte er ihr noch bescheren. »Ich bin bei dir. Ich bin immer bei dir«, flüsterte sie an seiner heißen Haut.

Als hätten sie beide auf diese Worte gewartet, überließen sie sich ihrer Leidenschaft. Ekstatische Wellen fluteten ihn, während Janies Körper voller Liebe und Vertrauen mit seinem verschmolz.

Binnen eines Monats war sie zu seiner Welt geworden. Und schon fast genauso lange suchte er nach Antworten. Doch diese Suche war nun beendet. Alles, was er brauchte, lag hier in seinen Armen.

Janie.
Janie. Janie. Janie.

Dreißig

Von ihrer Beförderung erzählte Janie Boyd an diesem Abend nichts. Nachdem sie sich geliebt hatten, war sie erschöpft eingeschlafen. Am nächsten Morgen erwachten sie bereits vor Tagesanbruch. Stirn an Stirn lagen sie da und Boyds Finger zeichneten zärtlich die Kurven ihrer Taille und ihrer Hüfte nach. Schläfrig legte sie die Hand auf seinen Unterarm und ließ sich von seinen ruhigen Bewegungen mitnehmen. Dabei redeten sie über alles und nichts.

»Lieblingsfarbe?«, fragte sie.

»Blau. Wie deine Augen.« Er küsste ihre Nasenspitze. »Kindheitsangst?«

»Nachtgespenst. Ich dachte, es wohnt in meinem Schrank und schaut mir zu, wenn ich schlafe.«

»Wenn ich dich damals schon gekannt hätte, hätte ich jeden Abend in den Schrank geschaut und dir gezeigt, dass da nichts ist. Und ich hätte dich festgehalten, damit du dich sicher fühlst.«

»Und deine Kindheitsangst?«, fragte sie. »In der Zeit vor dem Feuer.«

Einen Moment lang schien er still nachzudenken, dann verharrte seine Hand auf ihrer Taille.

»Bienen. Vor denen hatte ich mächtig Schiss.« Seine Finger streichelten jetzt wieder ihre Hüfte. »Deine größte Angst jetzt?«

In vielem war Janie sich immer sehr sicher gewesen. Zum Beispiel, dass sie von ihren Eltern wegziehen musste, um unabhängig sein zu können. Obwohl sie ein wenig verlegen zugeben musste, dass sie dafür Kikis Beistand gebraucht hatte. Kiki hatte sie bestärkt, ihr deutlich gemacht, dass sie die Kraft hatte und fähig war, selbstständig zu sein. Und jetzt wusste Janie ohne jeden Zweifel, dass Boyd ihre große Liebe war. Geahnt hatte sie es schon eine ganze Weile, vielleicht sogar fast von Anfang an. Doch noch war es ihr nicht gelungen, es laut auszusprechen.

Mit ihm wollte sie all ihre Neuigkeiten teilen, selbst wenn er, wie Kiki gesagt hatte, vielleicht nicht immer glücklich über jede Entwicklung war. Außer Kiki war er der einzige Mensch, mit dem sie sich ganz und gar wohlfühlte, auf den sie jederzeit zählen konnte und für den sie immer da sein wollte. Boyd lebte mit seinen eigenen Dämonen und würde noch Zeit brauchen, um sich ihnen zu stellen. Doch wenn er es tat, wollte sie ihn unterstützen.

»Dich zu verlieren«, antwortete sie ehrlich.

»Keine Angst, das passiert nicht.« Er küsste sie zärtlich.

Sie legte eine Hand an seine Wange und er bedeckte sie mit seiner. »Du möchtest meine Reaktion spüren.«

»Ja«, flüsterte sie. Dass er wusste, auf welche Weise sie das machte, überraschte sie nicht. »Ich habe die neue Stelle als technische Autorin bekommen.« Sie spürte, wie sich seine Wangen beim Lächeln hoben.

»Baby. Ich hab's gewusst.« Diesmal küsste er sie tiefer und der Kuss wärmte sie bis hinunter zu den Zehen. »Ich freue mich für dich.«

»Sie gehen davon aus, dass ich mich für ein Jahr an die Firma binde.« Sie hielt die Luft an.

»Atme, Baby. Was immer du willst, was immer du brauchst, wir machen es möglich.«

»Aber … ist das für dich überhaupt in Ordnung?« Bedeutete das, er wollte gar nicht, dass sie mitging, wenn er irgendwo weit weg studierte?

»Selbstverständlich. Warum fragst du?«

»Na ja, was, wenn du einen Studienplatz kriegst?«

»Dann finden wir eine Lösung. Freust du dich denn nicht über deine Beförderung? War das nicht schon lange dein großes Ziel?«

»Ja. Doch.« Aber so richtig kribbelig vor Freude war sie nicht. Sandte sie die falschen Signale aus, indem sie ihm bestätigte, dass sie die neue Aufgabe wollte? Hatte Kiki vielleicht recht? So konnte das nicht weitergehen. Sie mussten darüber reden, dass er vielleicht bald wegziehen würde und was das für ihre Beziehung bedeutete.

»Dann sind das doch wunderbare Nachrichten«, versicherte er ihr.

Janie atmete tief durch. Den Elefanten im Zimmer noch weiter zu ignorieren, hatte keinen Sinn.

»Boyd, können wir über uns beide reden? Ich habe das Gefühl, wir hängen in der Luft. Ich weiß, es geht um große, lebensverändernde Entscheidungen. Aber du kennst mich inzwischen. Ich brauche Klarheit.«

Er setzte sich auf, lehnte sich an die Kopfstütze und bettete ihren Kopf an seine Brust. Janie hatte das Gefühl, dass ihre Welt gerade aus den Fugen geriet. Oder befanden sich hier zwei Welten auf Kollisionskurs? Doch Boyd wirkte ruhig wie ein Sommertag. Er war immer so gelassen. Am Abend ihres Unfalls war er ihr Fels gewesen, und auch danach hatte er immer Zuversicht ausgestrahlt, was seine Zukunft, was ihre gemeinsame Zukunft betraf. Er hatte darauf vertraut, dass ihnen schon irgendetwas einfallen würde. Weshalb schien es ihr trotzdem, als wollte ihr alles entgleiten? Sie atmete tief durch und wappnete sich für das Gespräch.

»Okay, Honey, lass uns reden.«

Jetzt war sie plötzlich viel zu nervös, um auszusprechen, was sie beschäftigte. Was, wenn ihre Vorstellungen sich nicht deckten? Wenn sie in völlig unterschiedliche Richtungen liefen?

Er legte einen Arm um ihre Taille und vergrub die Nase an ihrem Hals. »Soll ich anfangen?«, flüsterte er.

Konnte ihr Herz überhaupt noch heftiger schlagen? »Vielleicht.«

»Ich liebe dich. Das weißt du. Meine Gefühle für dich sind kein Geheimnis.«

Sie drehte sich in seinen Armen, wollte ihm näher sein, wenn sie ihr Herz vor ihm ausbreitete. Sein Mienenspiel, sein Gesicht, seine Körpersprache waren ihr inzwischen vertraut. Sie hatte ein inneres Bild von ihm, das sie durch ihre Tage begleitete. Und am Ton seiner Stimme konnte sie fast jeden seiner Gesichtsausdrücke ablesen.

»Boyd, ich weiß, wie viel ich dir bedeute. Ich spüre es in allem, was du tust und sagst. Und ich glaube, auch ich war von Anfang an ehrlich. Ich habe dir gesagt, wie hart ich um meine Unabhängigkeit gekämpft habe. Nie hätte ich geglaubt, dass ich eines Tages noch etwas anderes will. Ganz gleich, wie oft ich davon geträumt habe, die Heldin in einem Liebesroman zu sein oder einen Mann zu finden, der mich so liebt wie du – so sehr wie andere Frauen habe ich mich nie danach gesehnt.«

»Verstehe.« Die Antwort klang niedergeschlagen.

»Ich weiß nicht, Boyd. Diese Gefühle gestehe ich mir ja selbst erst seit Kurzem ein. Nach Liebe habe ich nicht gesucht, weil ich nicht wusste, wie wunderbar sie sein kann. Meine Eltern haben mich mit ihrer Liebe erdrückt, und ich habe Kiki und Sin, die mich lieben. Aber das ist etwas anderes. Ich hatte nicht den Hauch einer Ahnung, wie tief erfüllend es sein kann, mein Leben mit jemandem wie dir zu teilen. Und dass außer Kiki noch ein Mensch verstehen würde, wie wichtig es mir ist, mein Leben selbstständig meistern zu können, hätte ich mir niemals träumen lassen. Aber noch mehr überrascht mich, wie sehr ich dich lieben kann und dass ich in meinem Leben Platz für dich schaffen möchte.« Sie wurde ganz aufgeregt und sprach lauter und schneller.

»Mein Wunsch nach Unabhängigkeit ist zur Seite gerückt und hat meiner Liebe zu dir Platz gemacht. Klingt es albern, wenn ich sage, ich liebe dich so sehr, dass ich mit dir zusammen unabhängig sein möchte?«

Sie hörte das kurze Ausatmen direkt vor seinem Lächeln und lachte leise. »Ich weiß schon, eine gute Autorin sollte nicht derart widersprüchliche Aussagen zusammen in einen Satz packen. Aber genau so sieht es in mir aus. Ich möchte mit dir zusammen sein. Ich möchte in die Zukunft schauen und dort uns beide sehen. Gemeinsam, vereint.«

Du liebst mich. Wie ein Band schlangen sich die drei magischen Worte immer wieder um sein Herz und flossen durch seine Adern ganz tief in sein Innerstes. Boyd war, als hätte er ein Leben lang nur auf diesen einen kurzen Satz gewartet. Falls er noch irgendeinen Zweifel daran gehabt hatte, wie weit er für Janie gehen würde, dann hatte ihr Geständnis ihn pulverisiert. Doch selbst bei dieser Offenbarung hatte sie noch ihren Wunsch nach Unabhängigkeit betont. Damit stand auch seine Antwort auf das Angebot aus Virginia fest.

»Baby, du kannst dir gar nicht vorstellen, wie glücklich mich das macht. Ich wünsche mir nichts mehr, als mit dir zusammen zu sein. Und ich würde niemals versuchen, dir deine Unabhängigkeit zu nehmen.«

»Es auszusprechen fühlt sich einfach herrlich an. Ich liebe dich, Boyd.« Sie drückte die Lippen auf seine und ihr ganzes Gesicht lächelte ihn an. »Ich liebe alles an dir. Deine Stärke, deine Verletzlichkeit. Ich liebe, dass du dein Leben lang auf ein großes Ziel hingearbeitet hast. Und dass du die alberne Wette mit mir eingegangen bist, die mir die Tür zu so vielen schönen, spannenden und sinnlichen neuen Erfahrungen öffnet. Ich liebe, wie du mit Kiki herumalberst, und wie eng du mit deiner Familie verbunden bist.«

Boyd hätte ebenfalls gerne ausgesprochen, was sein Herz fast zum Überlaufen brachte. Doch Worte wurden diesen starken Gefühlen einfach nicht gerecht.

Während er noch um eine gute Formulierung rang, sagte Janie: »Es ist, als wäre meine Liebe für dich viel zu lange in mir gefangen gewesen. Jetzt fühle ich mich wie befreit, so als könnte unsere Liebe endlich atmen und wachsen.« Ihre süßen Lippen kräuselten sich nach oben und sie beugte sich näher. »Und bitte sag mir, möchtest du, dass ich mitkomme, wenn du irgendwo mit dem Studium anfängst?«

Boyd blieb beinahe das Herz stehen. Was hatte die Uni in Virginia außer der Nähe zu seiner Familie zu bieten? Was hatte Virginia Janie zu bieten? Sie war sein Dreh- und Angelpunkt, sein Ein und Alles. Er hatte so lange darauf gewartet, in seine Heimat zurückzukehren. Auf ein weiteres Jahr kam es jetzt doch nicht an.

»Mitkommen?«, fragte er bedächtig. Er versuchte, seine Gedanken zu sortieren.

Sie nickte. »Reden wir nicht gerade genau darüber? Wie es jetzt mit uns weitergehen kann?«

»Ja, das tun wir.« Doch im Augenblick konnte er nur daran denken, dass sie ihn tatsächlich liebte.

»Also?« Sie legte die Stirn in Falten. »Soll ich Clay sagen, ich kann mich nicht festlegen? Ich möchte kein neues Aufgabengebiet übernehmen und dann mein Versprechen nicht halten.«

Boyds Gefühle befanden sich in Aufruhr. Er liebte Janie, wollte sie beschützen und sie nicht aus ihrem gewohnten Umfeld reißen. Sie nicht von Kiki wegholen. *Großer Gott, ihr seid seit der dritten Klasse beste Freundinnen.* Sie war überwältigt von ihren eigenen Gefühlen und würde sicher mit ihm umziehen, wenn er sie darum bat. Aber konnte sie an einem fremden Ort wirklich glücklich sein? Oder würde sie ihm früher oder später insgeheim vorhalten, dass sie seinetwegen auf den lange erhofften Karrieresprung verzichtet hatte? Dass sie für ihn in eine fremde Stadt gezogen war?

Es stand ihm nicht zu, sie zu verpflanzen, von ihr einen Neuanfang ohne ihre beste Freundin zu erwarten, ohne die mentale Landkarte, mit deren Hilfe sie ihr tägliches Leben so wunderbar meisterte. Das wäre doch verdammt egoistisch. Viel zu lange hatte er sich nur um sich selbst gedreht. Es war Zeit, die Frau, die er liebte, an die erste Stelle zu setzen.

»Du hast mit großem Einsatz dafür gearbeitet, in der Firma weiterzukommen«, sagte er. »Du kannst jetzt nicht ablehnen.

Das würde ich nie von dir verlangen.«

»Aber was, wenn du einen Studienplatz bekommst?«

Es ging nun nicht mehr darum, irgendwo zu studieren, es musste auch die richtige Uni sein. Eine in der Nähe von Janies Welt. Er dachte daran, wie er bereits vor Wochen seine Wohnung für sie verändert hatte. Vielleicht waren das bereits die ersten unbewussten Anzeichen gewesen, dass er für Janie einen ganz neuen Weg einschlagen wollte.

»Ich hoffe, ich kann hier in der Gegend studieren. Sicher bekomme ich noch weitere Einladungen zu Bewerbungsgesprächen. Wir haben also noch Zeit.« Ja, sie hatten Zeit. Sie liebte ihn. Und nur das zählte.

<h1 style="text-align:center">Einunddreißig</h1>

Janie schwebte wie auf Wolken durch den Morgen. Und gleichzeitig fühlte sie sich, als hätte sie endlich Boden unter den Füßen. Zusammen mit Boyd holte sie vor der Arbeit bei Trick frische Blumen. Zurück in ihrer Wohnung stellten sie die Blumen ins Wasser, fielen sich in die Arme und hatten sich im Nu wieder ineinander verloren. Sie vergaßen die Zeit, und plötzlich mussten sie sich sputen. Janie schnappte sich ihre Handtasche und ihr Smartphone, Boyd eilte zur Tür.

»Ich brauche ein Taxi, damit ich noch rechtzeitig zur Wache komme.« Er gab ihr schnell noch einen Kuss. »Treffen wir uns unten noch für einen Abschiedskuss?«

Und schon hetzte er aus der Wohnung. Janie schrieb hastig eine Nachricht an Clay, ließ ihn wissen, dass sie sich verspäten würde, und bat für später am Vormittag um ein Gespräch über ihre Beförderung. Dann eilte sie hinter Boyd her nach unten und hoffte, dass sie ihn noch erwischte. Als sie die Haustür öffnete, stürzten die Sinneseindrücke der morgendlichen Rushhour auf sie ein. Verkehrslärm, Autohupen, hektische Schritte. Zwischen all den Störgeräuschen nahm sie Boyds feste Stimme wahr. Zielstrebig steuerte sie zwischen den Passanten hindurch auf ihn zu, um sich vor dem Weg zur U-Bahn noch einen letzten Kuss zu stehlen.

»Ich weiß, was ich tue, Chet.«

Boyd klang barsch, fast ärgerlich. Janie ging ein wenig langsamer, fragte sich, ob er sie gesehen hatte.

»Es gibt nichts zu besprechen. Den Studienplatz in Virginia abzulehnen, ist im Augenblick das einzig Richtige für uns.«

Ihre Welt kam buchstäblich mit quietschenden Bremsen zum Stehen. Der Großstadtlärm verebbte. Übrig blieben nur Boyds Worte, und die hallten in ihren Ohren. *Den* Studienplatz in Virginia *abzulehnen, ist im Augenblick das einzig Richtige für uns.* Irgendwer rempelte sie an und riss sie aus ihrer Trance. Die Tasche rutschte ihr von der Schulter und fiel zu Boden.

»Janie!« Boyds Stimme drang wie aus weiter Ferne zu ihr, während der Inhalt ihrer Tasche um ihre Füße rollte und sie um ihre Balance kämpfte.

Schon war er bei ihr und murmelte etwas. In sein Telefon? Oder sprach er mit ihr? Sie hatte keine Ahnung. Sein starker Arm stützte sie und erst jetzt hörte sie ihn wieder laut und klar.

»Alles in Ordnung, Honey?«

Sie nahm wahr, wie er ihre Sachen einsammelte. Aber das hier war nicht ihr Boyd. Ihr Boyd hätte niemals ohne sie eine derart wichtige Entscheidung getroffen.

Er hängte ihr die Tasche über die Schulter. »Mein Taxi wartet.«

Er atmete schnell, doch sie fand es schwer, überhaupt Luft zu bekommen.

»Du lehnst einen Studienplatz in Virginia ab?« Nur mit Mühe konnte sie das Unfassbare aussprechen.

»Janie, wir sind spät dran. Wir können jetzt nicht darüber reden.«

Sie zitterte vor Zorn und Enttäuschung. »Du lehnst ab?«

Eigentlich wollte sie nicht schreien, doch sie konnte sich nicht bremsen. »Gerade erst haben wir gesagt … Wir haben gerade über unsere gemeinsame Zukunft gesprochen.«

»Sicher nimmt mich nächstes Jahr eine Uni hier in der Nähe. Du kannst dich inzwischen in Ruhe deinen neuen Aufgaben widmen. In eine fremde Stadt zu ziehen, weg von Kiki, weg von allem, was du kennst, wäre viel zu stressig für dich. Viel zu nervenaufreibend. Das kannst du nicht gebrauchen. Nicht nach all der harten Arbeit für dein Ziel.«

Das letzte bisschen Luft wich aus ihrer Lunge. Was er als Nächstes sagte, drang nur noch undeutlich und wie verzerrt zu ihr durch. Sie hörte nur immer wieder dieselben Worte. Worte, die sie so wütend machten, dass ihr beinahe übel wurde. *Viel zu stressig für dich. Viel zu nervenaufreibend. Das kannst du nicht gebrauchen.* »Du hast mir versprochen, mich nie so zu behandeln, als wäre ich anders.«

Neben ihnen plärrte eine Hupe.

»Eine Sekunde, bitte!«, rief Boyd. Janie nahm an, dass er den Taxifahrer meinte. »Können wir später darüber reden? Ich denke, es ist das Beste, noch abzuwarten. Du hast hier alles, was du brauchst. Unterstützung in deiner Nachbarschaft, Freunde und eine Arbeit, die du liebst. Hier kennst du dich aus. Hier gehörst du hin und ich gehöre zu dir.«

Wieder die Hupe. Ein-, zwei-, dreimal.

»Verdammt. Ich komme zu spät, Babe. Ich muss los.« Boyd drückte sanft ihren Arm, so wie er es schon unzählige Male getan hatte. Es war eine liebevolle, fürsorgliche Geste. Doch nach allem, was er gerade gesagt hatte, fühlte sie sich falsch an. So als wollte er sie steuern, sie kontrollieren.

Sie riss den Arm weg und wich auf zittrigen Beinen zurück. »Du hast kein Recht, solche Entscheidungen für mich zu treffen. Und ganz offenbar hast du keine Ahnung, was das Beste für mich ist. Und weißt du, was noch? Ich glaube, du benutzt mich als Ausrede. Ich glaube, du hast bloß Angst, an den Ort deiner Kindheit zurückzukehren.«

Sie schleuderte ihm gemeine, verletzende Worte entgegen, aber sie waren auch wahr. Und sie konnte sie einfach nicht zurückhalten. »Jeden Tag setzt du für andere dein Leben aufs Spiel. Aber du traust dich nicht, dein Herz zu riskieren und dich deiner Vergangenheit zu stellen. Und du siehst es nicht mal. Du hättest mich wirklich mit einbeziehen sollen, Boyd. Ich wäre dieses Risiko wert gewesen.«

Sie musste weg, bevor sie ihm weitere wütende Sätze an den Kopf knallte.

Das Herz schlug ihr bis zum Hals, als sie losmarschierte und im Sog der Passanten Richtung U-Bahn ging. Boyds Rufe nach ihr ließ sie an sich abprallen, und sie nahm an, dass er irgendwann in das Taxi stieg, um für alle Zeiten aus ihrem Leben zu verschwinden. Ihr gebrochenes Herz nahm er mit.

Zweiunddreißig

Boyd war, als hätte ihn ein Dolch durchbohrt und er müsste langsam verbluten. Er hatte geglaubt, er würde das Richtige tun. Wie hatte alles derart aus dem Ruder laufen können? Auf der Taxifahrt zur Feuerwache spielte er die Szene auf dem Gehsteig noch einmal durch. Janies Worte schnitten ihm tief ins Herz.

Benutzte er sie wirklich als Ausrede?

Hatte er tatsächlich nur Angst davor, in seine alte Heimat zurückzukehren?

Er zog das Telefon aus der Tasche, strich mit dem Daumen über Janies Foto auf dem Display und überlegte, ob er sie anrufen sollte. Doch je länger er darüber nachdachte, was sie gesagt hatte, desto klarer wurde ihm, dass mehr als ein Körnchen Wahrheit darin lag. Einen Moment lang erwog er, seinen Großvater anzurufen, endlich offen über seine Albträume zu sprechen, sich endlich mit dem Ballast aus der Vergangenheit zu beschäftigen.

Dieses Geräusch.

Dieses verdammte Geräusch.

Diese verdammten Albträume. Ganz gleich, wie sehr er es sich wünschte, seine Eltern konnte er nicht zurückholen. Aber konnte er vielleicht seine Beziehung mit Janie retten? Er atmete tief durch. Er würde es versuchen.

Sein Smartphone klingelte. Überrascht starrte er auf Haylies Namen auf dem Display.

Einen Moment lang war er versucht, sie auf die Mailbox sprechen zu lassen. Doch die Sorge, dass etwas passiert sein könnte, war größer. »Hi, Sis.«

»Sag mir, dass du nicht einen Studienplatz ablehnst, ohne diese Entscheidung mit Janie zu besprechen«, fauchte Haylie. »Boyd, hast du eigentlich *irgendwas* verstanden?«

Die Hudson-Buschtrommeln arbeiteten offenbar mit Lichtgeschwindigkeit. Er würde Chet den Hals umdrehen. »Verstanden? Was denn?«

»Alles. Das Leben. Wie oft habe ich dir gesagt, du sollst nicht versuchen, über mich zu bestimmen?«

Woher kam das Gift, das ihm Haylie entgegenspie? Was zum Teufel hatte er ihr denn auf einmal getan? »Keine Ahnung.«

»Das versuche ich in deinen Dickschädel zu kriegen, seit, ach, ich weiß nicht, seit wann. Vermutlich schon seit dem Jahr nach Moms und Dads Tod. Du bist der Älteste von uns drei Geschwistern, schon klar. Du wolltest uns immer beschützen. Du hast die Verantwortung übernommen und Entscheidungen getroffen, von denen du geglaubt hast, Mom und Dad hätten sie von dir erwartet. Du bist so daran gewöhnt zu bestimmen, was deiner Ansicht nach für uns alle am besten ist, dass du das jetzt auch bei Janie versuchst. Bei der Person, die das am wenigsten braucht und es sicher am wenigsten will.«

»Woher weißt du, was Janie will?«

Haylie schnaubte. »Ihr beide wart ein paar Tage lang hier und ich habe den ganzen Freitag mit ihr verbracht. Und verdammt, Boyd, ich mag sie. Ich dachte, du hättest endlich jemanden gefunden, der dich versteht. Eine Frau, die mit deiner Verschlossenheit klarkommt.«

Verschlossenheit?

»Ich dachte, du hättest jetzt einen Menschen in deinem Leben, dem du dich öffnest. Aber nein. Stattdessen behandelst du Janie genau wie Chet und mich. So als wüsstest du besser als sie selbst, was gut für sie ist.« Sie stieß eine Mischung aus Seufzen und Knurren aus.

»Dann sag mir doch mal, was ich hätte tun sollen, Haylie. Wäre ich nicht ein viel größerer Kotzbrocken, wenn ich erwarten würde, dass Janie ihr Leben für mich aufgibt und mit mir umzieht?«

»Nein, Honey. Das wärst du nicht. Dann wärst du nur ein Mann, der sie viel zu sehr liebt, um sie zurückzulassen. Aber hier geht es nicht bloß ums Bleiben oder Umziehen. Es geht darum, deinen Seelenmenschen bei derart wichtigen Entscheidungen mitreden zu lassen.«

Sein Herz setzte eine Sekunde lang aus. »Du hast mich gerade *Honey* genannt.«

»Gewohnheit. Das hat Dad immer zu Mom gesagt. Erinnerst du dich nicht mehr daran?«

Er dachte kurz nach. »Nein.« *Offenbar liegt da noch einiges im Dunklen.*

Haylies Ton wurde sanfter. »Du liebst sie, nicht wahr?«

»Mehr als mein eigenes Leben.«

»Du bist ein Idiot. Aber mein heißgeliebter Bruder bist du auch. Deshalb hoffe ich, du kommst zur Vernunft und bringst die Sache in Ordnung. Am Ende siegt immer die wahre Liebe. So steht es zumindest in Janies Buch.«

Janies Buch. Die Wette. Seit dieser verrückten Abmachung waren sie gemeinsam so weit gekommen. Und er hatte es geschafft, alles mit einem einzigen Telefonat zu ruinieren. Das Taxi hielt vor der Feuerwache und er verabschiedete sich eilig von Haylie.

Gerade als Boyd eintrat, schrillte das Alarmsignal. *Verdammte Scheiße.* Er sprintete zu seiner Ausrüstung in den Umkleideraum. Kurz darauf saß er bereits im Einsatzfahrzeug und das Sirenengeheul zerriss seine Gedanken. Adrenalin jagte durch seine Adern, während er noch versuchte zu analysieren, was mit Janie schiefgelaufen war. Doch er konnte sich nicht konzentrieren. Nicht solange Chief Weber Informationen über ein Feuer in einem vierstöckigen Wohnkomplex bellte.

Die Sirenen jaulten ohrenbetäubend, und er überließ sich dem durchdringenden Lärm, als würde er in die Arme einer Geliebten sinken. Er wollte abtauchen in den Geräuschen, die ihm zum Versteck geworden waren, in die Routine, in der er all seine Sinne ganz auf die bevorstehende Aufgabe fokussierte. Nur dort fand er seinen Frieden.

Am Einsatzort sprang er aus dem Fahrzeug und schaute an dem Gebäude hinauf. Aus den Fenstern im obersten Stock loderten Flammen. Dicker, schwarzer Rauch bauschte sich drohend in den Himmel. Tommy erkundete kurz von außen das Grundstück. Die Spezialisten für Höhenrettung brachten ihre Gerätschaften in Stellung. Wie immer würde die Mannschaft alles daransetzen, das Feuer unter Kontrolle zu bringen und zu verhindern, dass es um sich griff.

»Offiziell steht das Gebäude leer. Aber die Nachbarn sagen, hier treiben sich ständig Kinder und Jugendliche herum«, rief Chief Weber knapp in die Runde. »Also rein, nach Personen suchen, raus.«

Boyd hörte die Stimme seines Vaters in der Katastrophennacht. *Bleib bei ihnen. Lass sie nicht allein!* Die

Worte aus der Vergangenheit machten ihn noch entschlossener. Angst und Mut kämpften in ihm um die Vorherrschaft, beide spornten ihn an. *Lass sie nicht allein.* Seine Gedanken verhedderten sich. *Fuck. Sie? Janie?* Er würde sie nicht verlassen. Aber sein Vater hatte nicht von Janie gesprochen. Sein Vater hatte Haylie gemeint. Und Boyd hatte sie in Virginia zurückgelassen. Hatte es kaum erwarten können, von dem Ort zu flüchten, an dem seine Albträume wohnten.

Angst griff nach seinen Eingeweiden.

Reiß dich zusammen, Hudson.

Rein, suchen, raus.

Cash packte ihn am Arm, holte ihn aus seiner Trance in die Gegenwart, zu seiner Aufgabe. Gemeinsam stürmten sie durch die Eingangstür. Boyd sondierte die Lage. Schon füllte der Rauch auch den Eingangsbereich, er quoll aus der offenen Tür zum Treppenhaus. Wie er es tausendmal trainiert hatte, testete er die Stufen, dann rannte er, dicht gefolgt von Cash, die Treppe hinauf. Obwohl jeder von ihnen mehr als dreißig Kilo Ausrüstung mit sich schleppte, nahmen sie immer zwei Stufen auf einmal. Nichts hielt sie je auf oder verlangsamte ihren Schritt. Niemals.

Aber jetzt gibt es Janie.

Fuck. Er zwang sich zur Konzentration. Bloß keine Ablenkung. Nicht hier. Nicht jetzt. Nicht, wenn Menschenleben in Gefahr waren.

Auf dem Treppenabsatz schlugen ihnen Flammen entgegen. Kohlschwarzer Rauch nahm ihnen die Sicht. Boyd zeigte nach rechts den Flur entlang, Cash übernahm die linke Seite.

Mit dem Brüllen des Feuers in den Ohren arbeitete sich Boyd zügig durch den dichten Rauch. Seine Hände suchten und er rief, »Ist da jemand?«

Unter einer Tür krochen Flammen hervor.

Ein Weinen. Kaum hörbare, rasselnde Atemzüge links von ihm, ganz nahe. Boyd tastete sich durch die Dunkelheit. »Duck dich. Bleib, wo du bist. Ich finde dich.« Er suchte fieberhaft, zuerst auf dem Fußboden. Nichts.

Eine panische Kinderstimme drang durch die Flammen. »Er ist tot.«

Boyds Finger trafen auf ein schlaffes Bein. Trotz der Hitze gefror ihm das Blut in den Adern. Wimmern, hektischer Atem und Husten. Ein heiseres Keuchen. Boyd hob das reglose Kind vom Boden auf, eine kleine Hand packte ihn an der Jacke. Er sah nur das Weiße in den Augen eines weinenden kleinen Jungen. Die Augen waren groß, rund und schreckensweit. Mit einem Arm drückte er das wimmernde Kind fest an seine Seite, im anderen hielt er den schlaffen Körper des anderen. Er musste die beiden hier rausbringen, bevor ein Feuersturm durchs Gebäude raste oder es über ihnen zusammenbrach. Boyd schob den weinenden Jungen in seinem Arm zurecht. Der Kleine wehrte sich nicht, ließ die Beine erschöpft hängen. Das andere Kind presste er an seine Brust. Geduckt hastete er mit den beiden zur Treppe. Jetzt gab es nur noch ein Ziel: diese zwei aus dem Haus zu bringen und das leblose Kind zu beatmen. Durch Rauch und Hitze kämpfte er sich die Stufen hinunter und preschte schließlich durch die Haustür ins Freie. Die Welt draußen verschwamm. Lichter blitzten, Menschen schrien, von überall schallten Anweisungen. Boyd legte das reglose Kind auf den Rasen, riss sich den Helm herunter und begann mit der Beatmung. Nur schemenhaft nahm er wahr, wie ein Sanitäter den weinenden Jungen von ihm wegzog.

Atme. Los. Atme. Älter als zehn oder elf konnte der Kleine nicht sein. Seine Brust wirkte winzig unter Boyds Händen.

Dann hustete der Junge plötzlich, und der Sanitäter, der vermutlich die ganze Zeit neben ihm gekniet hatte, packte Boyd fest am Arm und riss ihn aus dem Gedankentunnel, in den er geraten war.

»Wir machen das, Hudson.«

Boyd überließ das Kind den Ersthelfern und rannte zurück in die Flammen. In seinem Kopf sah er Bilder von seinem Vater, wie er in der Dunkelheit verschwand, die ihm das Leben stahl. Dann Janie, die sich mit gequältem Gesicht von ihm abwandte. Schließlich landete er wieder im Hier und Jetzt, mitten in der Flammenhölle, wo er nach weiteren Kindern suchte, nach Junkies, irgendwelchen Menschen, die Rettung brauchten. Der Rauch hüllte ihn ein, und zum ersten Mal seit der schrecklichen Nacht, in der er seine Eltern verloren hatte, wünschte er sich, jemand würde ihn aus seinem eigenen verdammten Kopf retten.

Dreiunddreißig

Janie gab sich alle Mühe, sich auf die Arbeit zu konzentrieren, doch selbst das Atmen war anstrengend, und jede Bewegung fühlte sich an, als müsste sie sich durch Treibsand kämpfen. Das Gespräch mit Clay war ihr unendlich schwergefallen, doch sie hatte es irgendwie durchgestanden. Wie, das war ihr schleierhaft. Am Ende des Arbeitstages war sie auch am Ende ihrer Kräfte. Die Tränen hatte sie eisern in Schach gehalten. Dass ihr das gelungen war, machte sie auf eine merkwürdige Weise stolz. Sie hatte gerade die Liebe ihres Lebens verloren, den Mann, mit dem sie sich eine Zukunft ausgemalt hatte. Und sie hatte es geschafft, diese Tatsache acht Stunden lang in sich zu verschließen.

Die Liebe zu Boyd habe ich wochenlang in mir verschlossen.

Als sie das Modegeschäft erreichte, in dem Kiki arbeitete, wurden ihre Augen feucht.

»Großer Gott. Was ist passiert?« Annabelle, eine von Kikis Kolleginnen, hastete an Janies Seite.

»Nichts«, schniefte sie. »Alles in Ordnung. Ist Kiki noch da?«

»*Alles in Ordnung* sieht anders aus, Süße. Und Kiki ist hinten im Büro. Ich bringe dich hin.« Annabelle roch frisch und blumig, was Janie gleich noch trauriger machte, weil es sie an den morgendlichen Ausflug zum Blumengeschäft gemeinsam mit Boyd erinnerte.

Durch eine Doppeltür führte Annabelle sie in den mit einem Teppichboden ausgelegten Flur, den Janie gut kannte, und klopfte an die Bürotür.

»Ja, bitte?« Kikis Stimme drang gedämpft zu ihnen heraus.

»Geh rein«, flüsterte Annabelle. »Falls ihr mich braucht, ich bin vorn. Ich hoffe, es ist wirklich nichts Schlimmes.«

»Danke.« Sie hatte es geschafft. Sie war in Sicherheit. Hatte Kikis Büro erreicht, ohne unterwegs die Fassung zu verlieren. *Na also. Ich bin immer noch die unabhängige, starke Frau, die ich kenne. Selbst wenn mein Herz in Stücke gerissen ist.*

Sie öffnete die Tür und hörte Kiki nach Luft schnappen.

»Oh Shit. Was ist passiert?« Kikis Arme legten sich um sie, der Damm brach und die Tränen strömten. Zusammenhangslose Erklärungen quollen aus Janies Mund. *Schluss gemacht. Boyd. Gelogen. Unfair. Liebe ihn.*

»Beruhige dich, Janie. Wir kriegen das hin. Versprochen. Tief atmen, Honey.«

Janie schüttelte den Kopf. »Honey!«, schluchzte sie.

»Sorry!« Kiki hielt sie noch ein bisschen fester. »Schschhh. Alles wird gut. Ich bin bei dir.«

Ein wahrer Wasserfall von Tränen durchnässte Kikis Bluse, ganz gleich, wie viele Papiertaschentücher Kiki ihr in die Hand drückte. Alle Papiertaschentücher dieser Welt reichten nicht aus, um ihre Verzweiflung aufzusaugen. Wie auch? Vermutlich tränkte sie die Bluse gerade mit Blut aus ihrem gebrochenen Herzen.

Das konnte doch alles nicht wahr sein. Vielleicht war es ja nur ein Albtraum. Der schrecklichste, fürchterlichste Albtraum aller Zeiten.

Janie schluchzte, bekam einen Schluckauf und versuchte noch einmal zu erklären, was los war. Aber ihre Brust tat so grauenhaft weh. Offenbar konnten die Splitter eines gebrochenen Herzens Löcher in die Kraft eines Menschen bohren. Dann wurde sie zum Sieb und alles floss heraus. Das Herz, die Seele, die Energie. Tropf, tropf, tropf. Die Tränen wollten einfach nicht versiegen. Kiki redete, aber nichts davon kam bei ihr an.

Später – nach einer Stunde, einem Tag, einem halben Leben? – nahm Kiki sie an den Schultern. »Schau mich an«, sagte sie streng.

Das war ein Witz, den sie schon seit Ewigkeiten immer mal wieder machten, und normalerweise brachte er sie zum Lachen. Doch im Augenblick fehlte Janie sogar die Energie, auch nur den Kopf zu heben. Noch nicht mal für Kiki. Sie wollte einfach bleiben, wo sie war, während ihr das Herz aus den Poren sickerte und ihre beste Freundin sie festhielt. Nur bis … vielleicht … für immer?

Viel später saßen sie auf der Couch in Kikis Büro. Janie hatte keine Tränen mehr. Sie machte nur einen stockenden Atemzug nach dem andern und suchte nach ihrer Stimme.

»Kannst du mir sagen, was passiert ist?«, fragte Kiki noch einmal.

»Er lehnt seinen Studienplatz in Virginia ab.« Sie hatte sich getäuscht. Es gab doch noch Tränen, und zwar jede Menge. Sie liefen ihr über die Wangen wie Blut aus einer frischen Wunde. »Er lehnt ab, Kiki!« Ihr Zorn wurde stärker als ihre Trauer. »Als hätte er nicht immer genau darauf hingearbeitet.«

»Ich verstehe nicht ganz. Er hat mit dir Schluss gemacht und will nicht mehr studieren? Warum denn? Er liebt dich doch so sehr.«

»Nicht *er* hat mit mir Schluss gemacht!«, schluchzte Janie. »Sondern *ich* mit *ihm*.«

Kikis verwunderte Frage kam erst nach einer kurzen Pause. »Warum?«

»Er meint, ich könnte mich ruhig für ein Jahr an die Firma binden und er würde versuchen, einen Studienplatz in der Nähe zu kriegen. Er hat mich angelogen. Er hat gesagt, er würde mich niemals behandeln, als wäre ich anders ...«

»Das tut er auch nicht, Janie. Der Mann behandelt dich wie eine Königin. Wie eine sture, Ich-kann-alles-alleine-Königin.«

Janie musste gleich noch mehr weinen. »Ach ja? Sorry, aber er hat nur so getan als ob. Er will nämlich nicht an die Uni, weil ich blind bin. Er sagt, hier wegzuziehen, wäre nicht gut für mich.« Janie hob das Kinn. Der Zorn half ihr im Kampf gegen die Tränen. »Du musst ihn für mich umbringen. Du hast es versprochen. Selber kann ich es nicht tun, weil ich verdammt noch mal nichts sehen kann!« Sie kippte nach vorn und Kiki fing sie auf, worauf sie prompt in neuen Tränenströmen zerfloss.

»Super Plan«, sagte Kiki.

»Ja, nicht wahr?«, schniefte Janie. »Wenn ich sehen könnte, könnte ich ihn selbst abmurksen.«

»Und jetzt muss ich es tun, weil er dir wehgetan hat.«

»Jap. Danke.« Janie spürte, wie sich ein Lächeln anschleichen wollte. Sie brauchte irgendetwas, was sie vor der bodenlosen, hässlichen Depression rettete, die drohte, sie in die Tiefe zu ziehen.

»Dann komme ich in den Knast und du stehst ohne beste Freundin da«, sagte Kiki ein wenig strenger.

»Ich besuche dich und an den Partnerbesuchstagen

schmuggle ich heiße Typen für dich ein. Oder Sin und ich befreien dich.«

»Sin und du? Ein blindes Huhn und ein Großmaul, das nie irgendwas gebacken kriegt? Ich werde im Gefängnis verrotten, und das bloß, weil du nicht kapierst, dass dein Kerl versucht hat, alles richtig zu machen.«

Janie lehnte sich zurück. »Wie bitte? Auf welcher Seite stehst du eigentlich?«

»Auf deiner. Deshalb plane ich ja bereits den perfekten Mord. Aber um Himmels willen, Janie, siehst du nicht, was los ist?«

Janie hob die Brauen.

»Okay. Schön. Du kannst nicht sehen. Du bist blind. Aber dass du auch gefühlsblind bist, ist mir neu.« Kiki stand auf, und Janie hörte, wie sie hin- und herging. Das tat ihre Freundin nur, wenn sie richtig sauer auf sie war. Und das kam äußerst selten vor.

»Er versucht, dir das Leben nicht unnötig kompliziert zu machen. Ist das so schwer zu verstehen? Ja, er hat über deinen Kopf hinweg entschieden. Aber für mich klingt es, als hätte er es wirklich nur gut gemeint.«

»Ich bin fassungslos. Du weißt, wie wichtig mir meine Unabhängigkeit ist, und verteidigst ihn trotzdem? Besorgte Eltern habe ich schon. Ich brauche nicht noch einen Dad.«

Kiki kniete sich vor Janie hin und nahm ihre Hände. »Jetzt hör mir mal gut zu, Janie Jansen. Ich liebe dich wie eine Schwester, das weißt du. Und ich stehe immer auf deiner Seite. Aber ich lasse dich nicht die Liebe deines Lebens wegwerfen, bloß weil du eine sture, stolze Frau bist. Die Frau, in die sich Boyd verliebt hat. In das ganze Paket. In deine Entschlossenheit, deine Energie, deine Fähigkeit, Dinge anzugehen und Vorhaben in die Tat umzusetzen. Ganz gleich, wie viele Hindernisse du dabei überwinden musst.«

Wieder flossen Tränen über Janies Wangen. Diesmal, weil Kikis Worte wahr waren.

»Aber weshalb hat er dann einfach etwas entschieden, ohne vorher mit mir zu sprechen? Erst heute Morgen habe ich ihm zum ersten Mal gesagt, dass ich ihn liebe.« Sie begann wieder zu schluchzen. Unwirsch wischte sie sich die Tränen ab, doch der Ozean der Traurigkeit, in dem sie zu ertrinken drohte, war einfach zu tief. *Müsste er nicht längst wissen, dass ich sehr wohl selbst beurteilen kann, was für mich gut und richtig ist?*

Janie war verwirrt, verletzt und so verliebt, dass sie gar nicht mehr wusste, wo oben und unten war. »Ich muss mit ihm reden. Verdammt, Kiki. Normalerweise warnst du mich immer vor allen Gefahren. Du hättest mir sagen müssen, dass ich erst auf den Hintern fallen muss, damit jemand mich umhaut.« Sie stand auf, war kribbelig und nervös. Und sie hatte ein schlechtes Gewissen, weil sie Kiki Vorwürfe machte. »Du weißt, dass ich dir in Wahrheit keine Schuld gebe, oder?«

»Natürlich weiß ich das, Janie.«

»Er hat nicht versucht, mich anzurufen. Und eine Nachricht hat er mir auch nicht geschickt. Was, wenn ich für ihn schon Geschichte bin?«

»Dann wäre er von Anfang an nicht der Richtige für dich gewesen.«

Als Janie das Geschäft verließ, klingelte ihr Smartphone. Es war Boyds Klingelton. Noch in der Tür fischte sie es hektisch aus der Tasche.

»Boyd?«

»Janie? Cash hier. Boyd ist verletzt.«

Janies Gehirn setzte aus, Cashs Worte drangen kaum zu ihr

durch. *Decke eingestürzt. Wird untersucht. Krankenhaus.*

Mühsam löste Janie die Finger vom Türgriff und stieg mit zitternden Knien aus dem Taxi.

»Oh, Gott sei Dank«, sagte Sienas Stimme. Dann legten sich ihre Arme um Janie.

»Boyd?«, presste Janie hervor, während Siena sie ins Krankenhaus führte. Der Geruch von Desinfektionsmitteln brachte schlagartig die Erinnerung an den Abend ihres Unfalls zurück. Sofort stiegen ihr wieder Tränen in die Augen. *Bitte mach, dass er okay ist.*

»Er wurde gerade in ein Zimmer gebracht. Er ist okay.«

Er ist okay. Er ist okay.

Siena stieg mit ihr in einen Fahrstuhl. »Er hat riesiges Glück gehabt. Cash sagt, alles sei ganz schnell gegangen. Boyd hat einen Teenager aus den Flammen getragen und die Decke ist über ihm eingestürzt.«

Decke. Eingestürzt. Oh Gott. Boyd.

»… Bein gebrochen.«

Janies Gehirn befand sich im Panikmodus, denken war kaum möglich. Siena brachte sie in Boyds Zimmer, wo Cashs Arme sie umfingen.

»Ihm fehlt nicht viel«, versicherte ihr Cash. »Er ist benommen von den Schmerzmitteln. Hat sich ein Bein gebrochen und eine Gehirnerschütterung ist nicht auszuschließen. Aber das war's auch schon.«

Janie hatte das Gefühl, durch die Hölle zu taumeln. Cashs Hand löste sich von ihrem Rücken, die Tür des Krankenzimmers schloss sich hinter ihr. Als Erstes nahm sie die kalte, sterile Atmosphäre war, dann die Hitze von Boyds Blick.

»Janie.« Seine tiefe Stimme, so erleichtert und so besorgt, zog sie zu ihm.

Sie wollte die Hände nach ihm ausstrecken, doch ihre Arme verweigerten den Dienst. Sie wollte ihn küssen, ihn festhalten, aber sie war in einem Zustand aus Schock und Angst gefangen. Auch wie tief verletzt sie war, spürte sie deutlich. Zu allem Überfluss legten sich Schuldgefühle wie eine Schlinge um dieses wirre Knäuel aus Gefühlen. Und die Schlinge zog sich mit jedem Schritt weiter zusammen. Boyd berührte ihre Hand, holte sie zu sich auf die Bettkante.

Krankenhausbett.

Wie ein heranrasender Zug traf sie die Erkenntnis. Sie hätte ihn heute verlieren können, dann wäre ihr hässlicher Streit das Letzte gewesen, was sie gemeinsam erlebt hatten.

»Janie.« Unausgesprochene Entschuldigungen, aber auch Ungläubigkeit schwangen in seiner tiefen Stimme. Das machte ihr die Suche nach Worten noch schwerer.

»Ich bin mit dem Taxi gekommen.« *Ich bin mit dem Taxi gekommen?* Er hätte sterben können, und das war das Erste, was sie sagte? *Ich bin mit einem verdammten Taxi gekommen?*

Seine Fingerspitzen berührten ihre. »Du hast ein Taxi genommen?«

»Mit der U-Bahn zu fahren, habe ich mich nicht getraut. Ich war viel zu durcheinander.« Tränen glitten über ihre Wangen. »Boyd.« Sie berührte sein Gesicht, spürte ein dickes Pflaster auf einer Schwellung unterhalb des Wangenknochens. Ihre Brust zog sich zusammen, sie schnappte nach Luft.

»Kann ich …« Sie schluckte die Schluchzer hinunter, die aus ihrer Kehle drängten, und presste die Worte hervor. »Kann ich dich in den Arm nehmen? Bist du wirklich okay? Cash hat etwas von einer Gehirnerschütterung gesagt.« Sie musste unbedingt spüren, dass er noch da war, hatte riesige Angst, er könnte plötzlich wieder verschwinden. Bei dieser Vorstellung wurde ihr sofort übel, es tat weh und sie fühlte sich einsam.

»Es tut mir so leid, Honey.« Seine Arme legten sich um sie und sie presste sich an ihn. Sie weinte, sie berührte ihn und hoffte von Herzen, dass er wirklich keine schweren Verletzungen hatte.

»Es tut dir leid?«, flüsterte sie durch die Tränen hindurch.

»Janie«, sagte er im selben Moment, in dem sie »Boyd« sagte.

»Du zuerst«, bot er an.

»Ich …« Sie berührte sein Gesicht, sein Haar, seine Schultern, versuchte, alles gleichzeitig wahrzunehmen und erfasste doch gar nichts. Ihr Puls jagte, und sie hatte das Gefühl, dass sie viel zu schnell atmete. »Ich weiß nicht, wo ich anfangen soll.«

»Ich schon«, antwortete er. Er war ihr Anker, selbst wenn sie gar nicht gewusst hatte, dass sie einen brauchte.

»Ich habe so vieles falsch gemacht.« Er klang so traurig, so ehrlich und echt. »Nicht erst heute, sondern schon in den vergangenen Wochen. Und jetzt bist du hier, dabei habe ich furchtbare Angst gehabt, ich hätte dich verloren. Honey, ich wollte dich niemals verletzen und ich wollte nicht so verschlossen sein.«

»Du bist nicht verschlossen.« Trotz des Gefühlstumults, der in ihr tobte, wollte sie ihn beschützen.

»Doch, das bin ich.«

Sie liebte seine Ehrlichkeit, auch wenn sie jetzt wehtat. Er zeigte seine Gefühle unverstellt, selbst die, die er viel lieber verbergen wollte. Sie dachte an seine Albträume. Behauptete er deshalb, er wäre verschlossen? Denn eigentlich war er ein offenes Buch. Auch ohne die schrecklichen Bilder aus seinen Träumen zu kennen, wusste sie, wie sehr sie ihn quälten. Sie dachte daran, was er heute Morgen zu Chet gesagt hatte, und spürte noch einmal, wie tief getroffen sie war. Das flaue Gefühl kehrte in ihren Magen zurück, Zorn und Ungläubigkeit machten sich wieder bemerkbar. Eine leise Stimme in ihrem Kopf mahnte sie zur Zurückhaltung. Eine lautere brachte die leise zum Schweigen. Er war nicht umgekommen. Er war hier, und er hatte sie verletzt, und solange er Teile von sich vor ihr verbarg, oder wenn er versuchte, über sie zu bestimmen, konnte es mit ihnen nicht weitergehen.

Die Angst griff nach Boyds Herz wie eine eisige Faust. War dies das Ende oder die Chance für einen Neuanfang? Was er tun musste, war ihm klar. Aber das machte es nicht leichter. Er hatte seine Ängste so viele Jahre unter Verschluss gehalten, dass er nicht einmal mehr wusste, ob sie wirklich einen realen Ursprung hatten. Janie zitterte, er zitterte. Und vermutlich aus völlig unterschiedlichen Gründen. Sie hatte gedacht, er wäre schwer verletzt, während er gefürchtet hatte, er hätte sie für immer verloren.

Sie war in einem verdammten Taxi zu ihm gefahren. *In einem Taxi.* Kaum zu glauben. Um zu ihm zu gelangen, hatte sie sich ihrer schlimmsten Angst gestellt. Und er war zu feige, sich seiner Vergangenheit zu stellen.

Sie beobachtete ihn, ohne ihn sehen zu können. Doch er

war sicher, dass sie alles wahrnahm, was ihn bewegte. Sie erahnte seine inneren Abgründe. Wusste, dass er mit sich kämpfte. Sie hob das Kinn und versuchte, Selbstbewusstsein auszustrahlen. Niemals hatte er ihr wehtun wollen. Doch genau das war passiert, und das brachte ihn fast um.

»Ich hätte die Entscheidung über den Studienplatz mit dir gemeinsam treffen müssen. Ich habe dich tatsächlich anders behandelt. Du hattest mich gebeten, das auf keinen Fall zu tun, und ich habe es doch getan. Das tut mir zutiefst leid, Janie. Ich wünschte, ich könnte es ungeschehen machen. Aber ich kann die Zeit nicht zurückdrehen. Das wissen wir beide leider zu gut.«

Ihr bebendes Kinn jagte weitere Dolchstiche in sein Herz.

»Ich hatte kein Recht, an deiner Stelle zu entscheiden. Oder für uns beide. Aber ich dachte, von dir zu erwarten, dass du alles zurücklässt, was du hier hast — deine Arbeit, Kiki, all die anderen liebgewonnenen Menschen —, und mit mir in eine fremde Stadt ziehst, wäre unfair und egoistisch.«

»Du dachtest, es wäre egoistisch, mich zu bitten, ein Teil deines Lebens zu sein? Unfair, mich in deiner Zukunft haben zu wollen? Meine größte Angst ist, dass du mich als Belastung empfinden könntest, dass ich dich von irgendetwas abhalte. Aber es ist mir gelungen, diese Angst von mir wegzuhalten und an deine Liebe zu glauben. Warum glaubst du nicht an meine?«

»Eine Belastung? Janie, du bist ein Geschenk für mich. Und an deiner Liebe habe ich nicht den geringsten Zweifel. Im Gegenteil, ich habe zu sehr an sie geglaubt. Ich weiß, dass du alles aufgeben würdest, um mit mir zusammen zu sein. Aber du hast dir hier ein Leben aufgebaut. Wie könnte ich da meine Ziele in den Vordergrund stellen? Jahrelang habe ich sie stur verfolgt. Das habe ich dir offen gesagt. Es ging dabei immer nur um mich. Von meiner Arbeit mal abgesehen, habe ich meine Pläne unbeirrt Schritt für Schritt in die Tat umgesetzt. Es ging nur darum, Rettungssanitäter, Feuerwehrmann und dann Arzt zu werden. So war das, bis ich dich kennengelernt habe.«

Neue Tränen stiegen ihr in die Augen. Er nahm ihre Hand und küsste sie, hoffte, sie konnte spüren, dass er absolut ehrlich mit ihr war.

»Ich liebe dich, Janie. Aber ich will dein Leben nicht ruinieren. Und über dich bestimmen will ich auch nicht.«

Sie richtete sich auf, ihre Miene war ernst, ihr schöner Mund schmal. »Aber genau das hast du getan. Gott, Boyd. Ich weiß, du bist heute haarscharf an einer Katastrophe vorbeigeschlittert und hättest sterben können. Vielleicht ist das nicht der richtige Moment, aber ich muss es sagen, weil es mich sonst zerreißt.«

Die Worte kamen schnell und klangen wütend. Dass diese Wut ihm galt, war kein gutes Gefühl.

»Heute Morgen habe ich endlich ausgesprochen, dass ich dich liebe. Weil ich dir meine Liebe anvertrauen wollte. Mein Herz und meine Seele. Ich habe gedacht, dir wäre längst bewusst, dass ich niemanden brauche, der mir sagt, was gut für mich ist. Das haben meine Eltern schon oft genug getan.« Sie legte die Hände an seine Wangen, ihre Stimme wurde weicher. »Wenn ich mich für dich entscheide, dann weil ich glaube, dass ich einer gemeinsamen Zukunft mit dir gewachsen bin. Es gibt nicht vieles, was mir Angst macht. Aber heute hatte ich die Hosen gestrichen voll.«

»Und ich erst«, gab er zu. »So einen Fehler mache ich nicht noch mal. Ich habe mir bloß von Herzen gewünscht, dass du glücklich bist. Du hast dich so über deine Beförderung gefreut, ich wollte nicht, dass du meinetwegen darauf verzichtest.«

»Du dachtest, das ist mir wichtiger als wir beide?«

»Nein, Honey, nicht wichtiger. Aber wichtig für dich, was es auch für mich wichtig macht.« Er nahm ihre Hände in seine. »Ich hab's vermasselt, Baby. Kannst du mir das jemals verzeihen?«

»Du hast mich verletzt«, sagte sie. »Tief.«

»Ich weiß. Und ich werde für den Rest meines Lebens alles tun, um es wiedergutzumachen.«

»Vielleicht war ich auch ein bisschen überempfindlich. Kiki meint, manchmal würde ich es in meinem Unabhängigkeitsstreben ein klein wenig übertreiben.«

»Und ich glaube, ich übertreibe es manchmal mit meiner Fürsorglichkeit. Dann treffe ich Entscheidungen für die Menschen, die ich liebe, weil ich sie beschützen will. Dabei brauchst du gar keinen Schutz. Außer vielleicht vor mir und meiner Verbohrtheit. Es tut mir so leid, Honey. Wie kann ich dein Vertrauen zurückgewinnen?«

»Dasselbe könnte ich dich fragen. Wenn ich nicht sofort ausgerastet wäre, hätten wir reden können.«

»Das wäre nicht gegangen. Ich war spät dran und musste dringend zum Dienst in der Feuerwache.« Er hoffte und betete, dass es mit ihnen weitergehen konnte. »Gibst du mir noch eine Chance?«

»Nur wenn du mir auch eine gibst. Ich habe dir ein paar ziemlich üble Dinge an den Kopf geworfen. Über deine Albträume und …«

»Und du hattest recht.« Er kämpfte gegen den tief verwurzelten Reflex, sich weiterhin zu verschließen und die Albträume unter Schweigen zu begraben. Genau wie die schreckliche Brandnacht, die ihr scheußliches Gesicht nur zeigen konnte, wenn er schlief. Wollte er wirklich darüber sprechen? Konnte er es noch, nach all den Jahren?

Er stemmte sich gegen den Drang, die Mauern zwischen seiner Vergangenheit und seiner Zukunft aufrechtzuerhalten. Und er gab sich alle Mühe, etwas zu tun, was er schon sehr lange hätte tun sollen: der Frau, die er liebte, alles von sich zu zeigen. Seine guten und schlechten Seiten, seine Stärken und, so schwer ihm das fiel, auch seine verwundbarsten Stellen.

»In meinen Albträumen höre ich ein Geräusch.« Seine Stimme klang kratzig, gequält. Die Worte brannten in seiner Kehle. Rauchgestank überfiel ihn, Angst griff nach seiner Brust, doch er hielt ihr stand. Es musste sein. Für Janie. »Ich steige aus meinem Bett und suche im Haus nach der Ursache, aber ich kann sie nie finden. Wieder und wieder erlebe ich diese Nacht. Ich renne, jage umher, ringe nach Luft. Flammen lecken an den Böden, klettern an den Wänden hoch und fressen das Haus, während ich immer weiter nach dem Geräusch suche, nach dem ich damals tatsächlich hätte suchen sollen.«

Tränen stiegen ihr in die Augen. »Oh Boyd. Wie furchtbar. Das tut mir so leid.«

»Ich hätte in dieser Nacht alle retten können. Da war dieses seltsame Geräusch. Ich erinnere mich, wie ich aufgewacht bin und dachte, ich müsste aufstehen und nachschauen, aber ich habe es nicht getan. Und ich weiß nicht mal, warum.« Er schluckte gegen den Klumpen an, der sich in seiner Kehle bildete. »Ich hätte sie retten können.«

Sie berührte seine Wange, und er gab sich keine Mühe, seine Tränen zu verbergen.

»Ich möchte das verdammte Geräusch finden. Die Zeit zurückdrehen, damit diese Nacht anders verläuft. Aber das ist unmöglich. Es gibt nur dieses schreckliche, grauenhafte Feuer, und alles, was danach gekommen ist.«

Sie schloss ihn in die Arme und hielt ihn fest, während er weinte. »Du warst ein Kind. Ein kleiner Junge.«

»Das ist egal. Ich hätte etwas tun müssen. Ich werde das vielleicht niemals verwinden, Janie. Verstehst du? Vielleicht verfolgt es mich mein Leben lang. Vielleicht verfolgt es uns ein Leben lang.«

Sie wischte ihm die Tränen ab, und er küsste ihre weg. Ihm war völlig klar, dass er seine Eltern nicht zurückholen konnte, ganz gleich, wie oft er das Feuer in seinen Albträumen durchlebte. Und auch, dass er Janie tief verletzt hatte, konnte er nicht ungeschehen machen. Er hatte versagt, aber ganz anders als damals in der Brandnacht. Er hatte ihr Gesicht gesehen, als sie begriffen hatte, was er zu Chet sagte. Er hatte gehört, wie ihr Herz zersprungen war, genau wie seines. Nie wieder wollte er so etwas erleben.

»Baby, du bist alles, was ich will. Ich kann noch ewig auf einen Studienplatz warten. Aber ich will mir keinen einzigen Tag mehr ohne dich vorstellen. Ich liebe dich. Ganz und gar. Und wenn du in deinem Herzen die Kraft findest, mir zu verzeihen, verspreche ich dir, nie wieder denselben Fehler zu machen. Und ich werde versuchen, mich mit meinen Albträumen auseinanderzusetzen. Ich mache eine Therapie, rede mit meiner Familie, was immer nötig ist.«

»Wir haben beide Fehler gemacht. Und sicher werden noch einige dazukommen. Versprich mir nur, mich genug zu lieben, um mir zuzutrauen, gemeinsam mit dir die richtigen Entscheidungen zu treffen.«

»Das tue ich, Baby. Und das werde ich. An jedem einzelnen Tag.«

Sie schlang die Arme um seinen Hals und küsste ihn mit derselben Wärme, derselben Liebe wie immer.

»Ist es nicht merkwürdig?« Er wischte mit dem Daumenballen ihre Tränen weg und küsste sie. »Hier in diesem Krankenhaus hat es mit uns beiden angefangen. Ich habe bei dir gesessen, mir Mühe gegeben, dich zu beruhigen und abzulenken. Und jetzt sind wir wieder hier. Nur dass diesmal ich derjenige bin, der Hilfe braucht.«

»Du brauchst keine Hilfe, Boyd. Du brauchst nur Hoffnung und Zutrauen.« Janies Lippen kräuselten sich zu dem Lächeln, das ihn so glücklich machte. »Türen zu öffnen, die man jahrelang fest verriegelt hatte, und jemanden reinzulassen, macht Angst. Aber wenn ein fußkrankes blindes Mädchen das schafft, schafft es auch ein fußkranker Medizinstudent.«

»Ich habe das Angebot von der Uni nicht angenommen.«

»Weil du der Meinung warst, das wäre nicht gut für mich. Ich dagegen habe die Beförderung abgelehnt.«

»Nein, Baby. Bitte sag mir, dass das nicht wahr ist.«

»Ist es aber. Ich habe darauf verzichtet. Aber nicht wegen uns, zumindest nicht nur. Wir hatten uns ja quasi getrennt.«

Sein Herz krampfte sich schmerzhaft zusammen. Würde das jemals aufhören? Würde er sich je verzeihen, sie so tief enttäuscht zu haben?

»Ich habe Clay gesagt, dass ich eines Tages mein Geld gerne als Romanautorin verdienen würde. Und dass ich Zeit brauche, um meine Geschichte zu Ende zu schreiben. Da hat er mir angeboten, von zu Hause aus zu arbeiten. Dreißig Stunden die Woche als technische Autorin.«

»Klingt absolut großartig! Und das andere Projekt? Die betriebsinterne Fortbildung?«

»Habe ich abgelehnt. Ein weiser Mann hat mir mal gesagt, das Leben sei zu kurz, um etwas zu tun, was man nicht aus Leidenschaft tut.«

Ein Glücksgefühl breitete sich in ihm aus. »Janie –«

Sie legte einen Finger auf seine Lippen. »Das Einzige, was ich gerne hören möchte, ist, dass du den Studienplatz annimmst und wir zusammen nach Virginia ziehen. Vielleicht kann ich mir dann sogar einen Führhund zulegen.«

»Ich wollte nur sagen, was ich mit dir gerne aus Leidenschaft tue.« Er zog sie zu einem süßen, verheißungsvollen Kuss an sich. »Aber was ist mit Kiki?«

»Für Kiki hält sich deine Leidenschaft hoffentlich in Grenzen.« Sie lachte. »Sie kommt uns mindestens alle sechs Wochen besuchen. Länger kann sie die Finger sowieso nicht von meinen Haaren lassen.«

»Du willst wirklich alles für mich aufgeben, damit ich Medizin studieren kann? Ganz ehrlich, ich kann warten, bis ich einen Platz an einer Uni in der Nähe bekomme.«

»Ich gebe überhaupt nichts auf. Hast du nicht zugehört?«

»Wir ziehen um.« Er küsste sie auf die Lippen. »Haben bald einen Hund.« Er küsste sie aufs Kinn. »Du schreibst Liebesromane.« Er küsste ihre Mundwinkel. »Und ich lasse meiner Leidenschaft für dich freien Lauf.« Boyd drückte den Mund auf ihren. Er wusste, dass der Weg vor ihnen nicht leicht sein würde. Aber es gab nichts, was er sich nicht zutraute, solange Janie an seiner Seite war.

<h1 style="text-align:center">Epilog</h1>

Sechs Monate später …

»Bist du fertig, Honey?« Boyd lehnte am Türrahmen von Janies Schreibzimmer in dem gemütlichen Haus im Ranch-Stil, das sie in Meadowside gemietet hatten. Er sog den Anblick seiner Liebsten in sich auf, während ihre Finger über das Braille-Display flogen.

Friday, benannt nach dem Tag, der Boyds und Janies Leben so gründlich auf den Kopf gestellt hatte, schreckte aus seinem Nickerchen hoch und antwortete mit einem leisen »Wuff«. Ambers Mutter hatte den freundlichen Golden Retriever für Janie zum Führhund ausgebildet und dann mit beiden gemeinsam trainiert. Sie waren das perfekte Gespann. Janie genoss es, den Hund um sich zu haben, und Friday lag gerne zu ihren Füßen, wenn sie schrieb. Seit Boyd mit dem Studium begonnen hatte, hatte sie fürs Schreiben ziemlich viel Zeit.

»Moment. Noch ein Satz. Hm. Okay.« Janie schaltete das Braille-Display aus, ging in die Hocke und knuddelte Friday liebevoll. Vor zwei Wochen hatte sie *Sündige Fantasien* fertiggeschrieben und danach sofort mit dem nächsten Buch, *Verruchte Fantasien*, begonnen. Vielleicht war das ja der Beginn einer ganzen Serie. Vormittags arbeitete sie nach wie vor als technische Autorin für TEC und alle paar Wochen besuchte sie ihre Eltern. Manchmal musste sie noch immer deutliche Grenzen ziehen. Doch sie ertrug die besorgten Fragen nun viel besser.

Sie lächelte Boyd an und richtete sich auf. Auch Friday erhob sich und streckte sich. Er nahm seine Aufgabe als Führhund sehr ernst. Sie waren jetzt eine kleine Familie, und wenn Boyd morgens neben Janie aufwachte, konnte er sein Glück kaum fassen. Diese Frau hatte seine Welt in so vieler Hinsicht verändert.

Nach dem Umzug war er ein Vierteljahr lang regelmäßig zu einem Therapeuten gegangen und wusste inzwischen, dass er in der Brandnacht nie ein Geräusch gehört hatte. Die Albträume waren seine Art gewesen, sich die Schuld an dem Feuer aufzubürden. Und ein Versuch, die schreckliche Nacht anders enden zu lassen. Inzwischen suchten ihn diese Träume nur noch selten heim. Doch wenn es einmal passierte, war Janie da und hörte ihm zu, wenn er ihr davon erzählte.

Er legte ihr einen Arm um die Taille und küsste sie auf die Wange. Seine Hand glitt über ihren hautengen schwarzen Jumpsuit. »Du siehst atemberaubend aus, Catwoman.«

Boyd würde seine Wettschulden bezahlen, indem er nächsten Monat mit ihr zum Romance Writers Festival ging. Und auch Janie hielt sich an die Abmachung. Heute wollten sie mit Kiki, Sin, Cash, Siena, Haylie und Chet zur Comic-Con fahren.

»Oh, Batman«, sie lächelte verführerisch. »Ist das ein Lichtschwert oder freust du dich nur, mich zu sehen?«

»Ich liebe es, wenn du sämtliche Comic-Helden durcheinanderwirfst und es mit Dirty Talk garnierst.« Er küsste sie noch einmal, hörte Kiki ins Zimmer treten und theatralisch aufseufzen. Friday wedelte freudig mit dem Schwanz.

»Macht ihr zwei zwischendurch auch mal was anderes?«, scherzte Kiki. Sie hatte sich dem Anlass entsprechend als Lara Croft aus Tomb Raider gekleidet. »Los, kommt. Sin geht als Thor, und ich muss dafür sorgen, dass sich Haylie bei seinem Anblick nicht allzu offensichtlich besabbert. Cash und Siena knutschen in der Küche. Und wenn wir uns nicht langsam auf den Weg machen, kralle ich mir demnächst deinen Bruder, Boyd.«

»Wir kommen.« Boyd lachte. Die Freundschaft zwischen Janie und Kiki war so eng wie eh und je. Zudem hatte sich Janies Freundeskreis erweitert wie eine herzliche Umarmung. Sie kannte bereits fast jeden im Ort und hatte einen Buchclub gegründet, der sich allmonatlich in Ambers Buchhandlung traf.

»Ja, genau danach sah es gerade aus. Beeilt euch. Sonst verpassen wir die Hälfte.« Kiki verschwand lachend im Flur.

Boyd zog Janie an sich und küsste sie tief.

»Bist du glücklich, Baby?« Obwohl ihn das Studium sehr in Anspruch nahm, verbrachten sie so viel Zeit wie möglich miteinander. Sie wohnten nur eine halbe Stunde von der Uni entfernt und bis ins Stadtzentrum brauchte man zu Fuß gerade mal sieben Minuten. Perfekt für regelmäßige Morgenspaziergänge zum Blumengeschäft.

»Wie könnte es anders sein?« Sie küsste ihn mit ihrem süßen Erdbeermund, dem Mund, von dem er träumte, wenn sie nicht zusammen waren. Dem Mund, der ihm mehrmals täglich sagte, wie sehr sie ihn liebte. Und der einfach noch einmal geküsst werden musste.

Cash und Siena kamen händchenhaltend aus der Küche. Siena war im vierten Monat schwanger, doch selbst in dem süßen roten Star-Trek-Outfit sah man ihr davon noch kaum etwas an.

»Bereit zur Abfahrt, ihr heißen Science-Fiction-Freaks?«, fragte Siena. Sie hatte Janie mit ihrem Bruder Kurt bekannt gemacht, der mit seinen Thrillern einen Bestseller nach dem anderen landete. Er hatte ein bisschen herumtelefoniert und für sie eine Literaturagentin gefunden. Sicher würde es nicht leicht werden, einen Fuß in die Tür der Bücherwelt zu bekommen. Aber Boyd freute sich, dass Janie sich auf den Weg gemacht hatte, ihren Traum zu erfüllen.

Draußen hupte jemand.

»Sagt ihr Haylie bitte, wir sind gleich da?« Boyd zwinkerte den anderen zu, dann zog er Janie noch fester an sich. »Ich möchte nur noch eine Minute mit dir allein sein, bevor wir uns in den Lärm und ins Gedränge stürzen. Und bevor sich zahllose Kerle den Hals nach meiner Schönen verrenken. Womöglich werde ich ein bisschen eifersüchtig reagieren.«

Sie legte zärtlich die Arme um ihn. »Du bist der einzige Kerl, den ich will oder brauche.«

Liebe ließ sein Herz überquellen. »Das hoffe ich. Aber vielleicht ist es gut, wenn du für alle Fälle ein passendes Accessoire hast.«

Janie legte verwirrt die Stirn in Falten. Als Boyd plötzlich vor ihr kniete und ihre Hand in seine nahm, weiteten sich ihre Augen überrascht. Er legte einen Ring an ihre Ringfingerspitze, Friday leckte ihm freudig die Wange.

»Platz«, sagte er zu dem jungen Retriever, der sich sofort artig neben Janie niederließ. Boyd versuchte, den Bienenschwarm zu besänftigen, der durch seinen Magen schwirrte.

»Janie. Mir war vom ersten Moment an klar, dass du etwas ganz Besonderes bist. Weil ich geahnt habe, dass du der einzige

Mensch sein könntest, der mich von meinen Träumen abhalten kann, bin ich anfangs instinktiv auf Distanz gegangen. Aber da wusste ich noch nicht, dass du auch der einzige Mensch bist, der alle meine Träume wahrwerden lässt. Ein Leben ohne dich wäre bloß irgendeine Existenz. Ein Leben mit dir ist erfüllt und ganz. Es ist intensiv und leidenschaftlich und voll unendlicher Hoffnung auf eine noch erfülltere Zukunft. Die wünsche ich mir mit dir, Janie. Ich möchte der Mann sein, mit dem du deine Erfolge feierst und der dich in schweren Zeiten mit seiner Liebe tröstet. Ich will Babys und Bücher und alles, was du dir sonst noch vorstellen kannst. Ich möchte, dass du den Ring meiner Mutter trägst. Denn ganz sicher hätten meine Eltern dich so sehr geliebt wie ich.«

Tränen rannen ihr über die Wangen.

»Willst du …«

Zittrig schob sie den Finger in den Ring und zog Boyd auf die Füße. Ein seliges Lächeln breitete sich über ihre Züge und erreichte ihre Augen. Dann küsste sie ihn hart und herzhaft.

»Ja. Ja. Ja.«

Den hastigen Worten folgte die Hitze, der sie beide nie standhalten konnten. Er ging auf in diesem Kuss, in dem Gefühl von Janies weichem, geschmeidigem Körper an seinem, in allem, was die Frau, die er liebte, ausmachte. Ihr rechtes Bein schob sich an seinem Schenkel nach oben und brachte sie noch näher zusammen. Sekunden später flog die Haustür auf und ihre Freunde stürzten herein.

»Geh spielen«, sagte Boyd zu Friday, der sich sofort freudig unter die applaudierende, lachende Meute mischte.

»Sie wussten Bescheid?«, fragte Janie an Boyds Lippen.

»Ohne deine Truppe, die mit uns feiert, konnte ich mich doch nicht mit dir verloben.«

»Und wenn ich Nein gesagt hätte?«, scherzte sie. Die Frauen umarmten sie nacheinander und Chet klopfte Boyd auf den Rücken.

»Dafür ist meine Truppe da, die hätte mich mit gebrochenem Herzen vom Boden gekratzt.«

Während ihre Freunde ihnen gratulierten, hing Boyds Blick an seiner zukünftigen Frau. Sie lächelte, lachte, zeigte glücklich ihren Ring. Und als sie sich zu ihm drehte und mit den Lippen *Ich liebe dich* formte, wusste er, dass sie ihn besser sehen konnte als je ein Mensch zuvor.

Eins

»Aua!«

Brindle? Schlaftrunken blinzelte Grace in dem dunklen Zimmer umher. Sie hatte ein Flüstern vernommen und brauchte einen Moment, bis sie sich daran erinnerte, dass sie in ihrem Kinderzimmer im Haus ihrer Eltern in Oak Falls, Virginia, war und nicht in ihrem Loft in Manhattan. Mit zusammengekniffenen Augen versuchte sie zu erkennen, welche ihrer fünf Schwestern es darauf abgesehen hatte, sie zu wecken … Sie sah auf die Uhr. *Um halb fünf morgens?*

»Psst. Du bist so ein Tollpatsch.«

Sable. Na klar. Wer sonst außer Brindle, ihrer jüngsten und rebellischsten Schwester, und Sable, der Nachteule, käme auf die Idee, sie um diese Zeit zu wecken?

»Ich bin über einen Koffer gestolpert«, flüsterte Brindle. Ein dumpfes Geräusch folgte. »Mist!« Mit einem Lachanfall fiel sie aufs Bett, riss Sable gleich mit und landete genau auf Grace, die aufstöhnte, während die Katze ihrer Eltern, Clayton, vom Bett sprang und Reißaus nahm.

»Psst! Du weckst Mom und Dad auf und die Hunde gleich mit«, flüsterte Sable kichernd.

»Was treibt ihr hier?« Grace bemühte sich um einen strengen Tonfall, aber das Lachen ihrer Schwestern war ansteckend. Das Letzte, was sie nach einer aufreibenden Woche und einer grauenhaft langen Fahrt gebrauchen konnte, war, zu einer solch unchristlichen Zeit geweckt zu werden. Aber ihre Schwestern freuten sich so, dass sie nach Hause gekommen war. Und wenn Grace ehrlich zu sich selbst war, dann war sie trotz der Berge von Manuskripten, die sie durchzuarbeiten hatte, auch froh darüber, sie zu sehen. Abgesehen von einer kleinen Stippvisite anlässlich der Hochzeit ihrer Freundin Sophie war sie seit Weihnachten nicht zu Hause gewesen, und nun war es schon Mai.

»Steh auf.« Brindle zerrte sie aus dem Bett und tastete den Boden ab. »Wir gehen raus, wie in alten Zeiten.« Sie schleuderte Grace die Hose und die Bluse, die sie am Abend zuvor getragen hatte, ins Gesicht. »Zieh dich an.«

»Ich werde nicht –«

»Halt den Mund und zieh das hier aus.« Ungeachtet der Gegenwehr von Grace zog Sable ihr das seidene Nachthemd über den Kopf. Es war vergebens, das wusste Grace. Was Sable wollte, das bekam sie auch. Obwohl sie und ihre Zwillingsschwester Pepper ein Jahr jünger waren als Grace, hatte Sable sich immer als die Penetranteste von allen gezeigt.

Zögerlich zog Grace die Hose an. »Wohin gehen wir denn?« Sie griff gerade nach ihrer Bürste, als Brindle sie auch schon aus dem Zimmer zerrte. »Warte! Meine Schuhe!«

»Du kannst Moms Stiefel nehmen, die an der Tür stehen«, sagte Sable und hakte sie auf der anderen Seite unter, bevor sie gemeinsam eilig den Flur entlangstolperten.

»Ich werde keine Cowboystiefel anziehen.« Grace hatte sich abgemüht, die Landei-Angewohnheiten abzulegen, die so tief in ihr verankert waren wie die Liebe zu all ihren sechs Geschwistern. Zu diesen Angewohnheiten gehörte es, die Haare zu zwirbeln, dem gedehnten Südstaatenakzent zu frönen und die typischen Kleidungsstücke ihrer Jugend – Jeansshorts mit Cowboystiefeln – zu tragen. Die Hände in die Hüften gestemmt stand sie auf der großen Veranda vor dem Haus und starrte ihre Schwestern an, die darauf warteten, dass sie die

Stiefel ihrer Mutter anzog.

»Nun mach schon oder ich jag dich barfuß diesen Hügel hinauf, und du weißt, dass das kein Spaß wird«, sagte Sable.

»Meine Güte, ihr zwei seid wirklich richtige Nervensägen!« Widerwillig schlüpfte Grace in die Stiefel. *Sind ja nur Stiefel. Die machen nicht gleich all meine Bemühungen zunichte.* Sie mochte zwar aus Oak Falls stammen, aber mittlerweile war sie in der Welt herumgekommen und hatte andernorts Wurzeln geschlagen. Und sie wollte nie, nie wieder dieses Kleinstadtmädchen sein.

Der Mond erhellte den Weg vor ihnen. Der intensive Geruch von Pferden und Heu hing in der Luft, als sie über den Rasen hin zu dem vertrauten Hügel gingen. *Na großartig.* Sie schleppten sie zum *Hottie Hill*, dem »Hügel der heißen Typen«. Grace stöhnte und fragte sich, warum sie die beiden nicht aus dem Zimmer geworfen und die Tür abgeschlossen hatte, anstatt bei ihrem verrückten Wie-in-guten-alten-Zeiten-Plan mitzumachen. Die drei Wochen zu Hause würden Segen und Fluch zugleich werden. Grace liebte ihre Schwestern, aber sie stellte sich vor, wie Sable drei Wochen nächtelang auf ihrer Gitarre klimpern und ihre anderen jüngeren Schwestern ständig mit ihren Hunden und Chaosgeschichten hereinplatzen würden. Ihre Mutter würde immer mal wieder subtile Fragen zu ihrem Liebesleben einwerfen, während ihr Vater versuchen würde, die Antworten darauf nicht mit einem Grummeln zu quittieren.

In ihren Stiefeln und dem kaum vorhandenen Sommerkleid stolzierte Brindle den Hügel hinauf und mied gekonnt die Unebenheiten im Gras, während Grace versuchte, mit ihr Schritt zu halten, und dabei über jede einzelne dieser Unebenheiten stolperte.

Sable kam zuerst oben an. Sie drehte sich auf den Absätzen um, stemmte die Hände in die Hüften und grinste verschmitzt. »Beeilt euch! Ihr verpasst es sonst!«

Es war eine Sache, aus der Ferne mit jeglicher Art von Familienchaos konfrontiert zu werden, wo man nur eine kleine Entschuldigung raushauen musste, um das Telefonat zu beenden. Aber *drei Wochen zu Hause?* Grace konnte ihre Entscheidung noch nicht einmal damit entschuldigen, einen Schwips gehabt zu haben. Sie war stocknüchtern gewesen, als ihre Schwester Amber sie gebeten hatte, ihren Buchladen mit einer Schreibwerkstatt für Theaterstücke zu unterstützen. *Du hast es geschafft, Gracie! Du bist eine Motivation für alle hier*, hatte Amber argumentiert. *Außerdem reist Brindle bald nach Paris ab und wir werden das letzte Mal für lange Zeit alle zusammen sein. Das wird wie früher.* Grace lebte ihren Traum, schrieb und produzierte Stücke für Off-Broadway-Theater, auch wenn das in letzter Zeit alles war, was sie *erlebte*, und ihr das Gehabe in der Branche gerade den letzten Nerv raubte. Abgesehen davon konnte sie Amber, der süßesten Schwester überhaupt, sowieso keinen Wunsch abschlagen.

Grace rutschte aus, fing sich aber gerade noch ab, sodass sie nicht mit dem Gesicht im Gras landete. »Mist! Das hier ist echt das Letzte, wonach mir gerade der Sinn steht.«

»Psst«, fuhr Brindle sie an und griff nach Graces Hand.

Sable rannte den Hügel unverschämt schnell wieder herunter. Während sie den schwarzen Cowboyhut auf ihren langen dunklen Haaren mit einer Hand festhielt, streckte sie die andere nach Grace aus und sagte: »Komm hoch, du Riesenbaby.«

»Ich fass es nicht, dass ihr mich dafür aus dem Bett gezerrt habt. Wie alt sind wir denn? Zwölf?«, flüsterte Grace mit dem ihr eigenen strengen Tonfall.

»Zwölfjährige Mädchen schleichen sich nicht aus dem Haus, um die heißesten Männer von Oak Falls beim Zureiten der Pferde zu beobachten«, sagte Brindle, als sie oben auf dem Hügel ankamen.

»Lügnerin. Das machen wir schon, seit du zwölf Jahre alt warst«, erinnerte Sable sie.

»Dass die das noch immer machen!« *Die*, das waren die Jericho-Brüder, die seit ihrer Teenagerzeit vor Anbruch der Dämmerung Pferde zuritten. Sie behaupteten, es wäre der beste Zeitpunkt, bevor es am Tag zu heiß wurde, aber Grace war überzeugt, dass sie es im Dunkeln einfach aufregender fanden.

Die Jericho-Brüder waren die heißesten Typen in der Gegend. Na ja, zumindest seit Reed Cross nach dem Highschoolabschluss die Stadt verlassen hatte. Grace versuchte, die Gedanken an den Mann zu verdrängen, der ihr die Jungfräulichkeit genommen und ihr seine geschenkt hatte – und der ihr Herz ins Chaos gestürzt hatte. Der Mann, den sie zurückgewiesen hatte, um ihre Karriere als Produzentin zu verfolgen, und mit dem sie seitdem jeden anderen verglichen hatte. Auf keinen Fall wollte sie sich diesen Erinnerungen hingeben.

»Ich bin erledigt«, jammerte Grace, als sie oben auf dem Hügel angekommen waren, von dem aus sie auf die Jericho-Ranch hinunterblicken konnten. Die Jerichos besaßen mehrere Hundert Morgen Land und waren in der Gegend sehr engagiert. So stellten sie zum Beispiel einmal im Monat eine ihrer Scheunen für eine Jamsession zur Verfügung, an der jeder teilnehmen konnte, der ein Instrument spielte. Menschen aller Altersgruppen kamen zusammen, um gemeinsam Musik zu hören, zu tanzen und an verschiedenen Spielen wie Sackhüpfen,

Ringe werfen oder Touch-Football teilzunehmen. Dies war auch eines von vielen dieser Provinz-Events, die Grace ohne Bedauern hinter sich gelassen hatte.

»Als ob ich diese Typen noch nie gesehen hätte«, beschwerte sie sich. »Und außerdem hast du, Brindle, schon öfter mit Trace geschlafen, als du wahrscheinlich noch zählen kannst. Also hast du ihn bestimmt schon mal mit freiem Oberkörper gesehen. Warum sind wir überhaupt –«

»Psst!«, ermahnten Brindle und Sable sie einstimmig, als sie Grace zu Boden zogen.

Sie schaute zu dem unter ihnen liegenden Reitplatz, auf dem die vier Jericho-Brüder Trace, Justus – auch »JJ« genannt – , Shane und Jeb sowie eine Handvoll anderer Kerle mit freiem Oberkörper und Jeans herumschlenderten. Sie liefen immer mit nacktem Oberkörper herum, denn welcher Mann tat das nicht, wenn er beweisen wollte, dass er der männlichste aller Männer war?

»Das mit Trace und mir ist vorbei«, flüsterte Brindle. »Dieses Mal wirklich.« Sie und Trace führten schon seit Ewigkeiten eine On-Off-Beziehung – ein hoffnungsloser Fall von rebellischem Kerl und rebellischer Frau, für jedes Risiko zu haben. Zwei Menschen ohne die geringste Chance, jemals miteinander zur Ruhe zu kommen, die sich aber gegenseitig in ihrem Leben brauchten – oder zumindest in ihren Betten.

»Morgyn hat da aber etwas anderes gesagt«, meinte Sable grinsend. Morgyn war ein Jahr älter als Brindle und ebenso extrovertiert.

»Warum habt ihr nicht sie statt mich aus dem Bett gezerrt?«, beschwerte sich Grace.

»Hätte ich ja, aber sie war nicht zu Hause«, erklärte Brindle. Als Teenager hatten Grace und ihre Schwestern viele

Stunden auf genau diesem Hügel verbracht. Eigentlich hätten sie schlafen sollen, aber stattdessen hatten sie die Jericho-Brüder und die anderen jungen Männer dabei beobachtet, wie sie Wildpferde zuritten und Rinder einfingen. Pepper und Amber waren nur zweimal mitgekommen. Pepper hatte sich die ganze Zeit darüber beschwert, was für eine Verschwendung von Hirntätigkeit dies doch wäre, und Amber war von der Testosteron-Show eher eingeschüchtert als angetörnt gewesen. *Wenn ich doch nur schüchtern geboren worden wäre!*

Sie lachte innerlich. *Schüchtern? Von wegen.* Sie hatte sich in einer Männerwelt behauptet. In ihrem Repertoire war für *schüchtern* kein Platz. Und für diesen Quatsch war auch kein Platz mehr. Sie setzte sich auf. »Brindle, vielleicht ist das mit vierundzwanzig noch witzig, aber ich bin achtundzwanzig. Ich hab heute Vormittag eine Menge Arbeit und hänge schon so weit hinterher, das ist schon nicht mehr witzig.«

»Meine Güte, Grace! Du bist zu einer arbeitssüchtigen Eiskönigin geworden«, flüsterte Sable und zerrte Grace wieder zu Boden. »Und ich, deine dich liebende Schwester, die das Bedürfnis verspürt, dich jung zu halten, beabsichtige, das in Ordnung zu bringen. Und zwar *jetzt.*«

Grace sah sie entnervt an. »*Eiskönigin?* Nur weil ich erwachsen geworden bin und so was hier nicht mehr witzig finde?« Während sie das sagte, verließen die Männer den Reitplatz und lehnten sich – die muskulösen Arme lässig auf dem obersten Balken abgestützt – gegen den Zaun.

»Eiskönigin, weil du dir zu gut bist, um …« Sable hielt inne, als Trace und JJ das riesige Holztor der Scheune aufschoben und ein Wildpferd mit einem Mann, ebenfalls mit freiem Oberkörper, auf den Reitplatz stürmte.

Gebannt schauten die Schwestern auf das Spektakel. Auf

dem Rücken des Pferdes, das ganz offensichtlich zum ersten Mal geritten wurde, saß kein Jericho, und trotz ihrer Proteste spähte Grace nun doch in die Dunkelheit, um sich diesen Inbegriff von Männlichkeit genauer anzuschauen.

»Verdammt noch mal«, gab Brindle mit rauer Stimme von sich.

»Heiliger Bimbam, das ist heiß«, flüsterte Sable. »Siehste, Gracie? Das war es doch wirklich wert.«

Grace nahm die Wölbungen der Schultern des Reiters in sich auf, während das Pferd ihn vor- und zurückschleuderte und er mit seinen kräftigen Armen die Zügel fest im Griff hatte. Das wellige braune Haar und das vertraute markante Kinn des Mannes jagten ihr einen Schauer über den Rücken.

»Aua! Grace! Du bohrst deine Fingernägel in meinen Arm.« Sable löste Graces Hand von ihrem Unterarm.

»Ist das …?« Grace verschluckte sich fast an der Wut und der Erregung, die gleichzeitig in ihr kämpften. Reed Cross hätte sie überall wiedererkannt, selbst auf die Entfernung und nachdem sie ihn all die Jahre nur in ihren Träumen gesehen hatte. Sie stand auf, völlig verwirrt, den verbotenen Geliebten hier zu sehen, für den sie alles riskiert und den sie dann weggeworfen hatte. Was zum Teufel tat er hier in Oak Falls? Und zwar mit genau den Kerlen, die ihn damals nicht hatten ausstehen können? Das Letzte, was sie von ihm gehört hatte, war, dass er nach der Highschool irgendwo in den Mittleren Westen der USA gezogen war.

»Reed …?« Sein Name kam ihr zu leicht über die Zunge, sie stolperte rückwärts. Erinnerungen stürzten auf sie nieder, an seine Umarmung und seine tiefe Stimme, die ihr sagte, dass er sie begehrte, sie liebte. Sie wollte sich nicht an das erinnern, was sie beide einst hatten, und als ihre Schwestern sie wieder ins

Gras ziehen wollten, rannte sie fort.

»Gracie, warte!«, rief Sable flüsternd, während sie und Brindle ihr hinterherliefen.

Grace rannte schnell und ungestüm, wollte den Erinnerungen entkommen. Dabei wusste sie doch, dass es vergebliche Liebesmüh war, und genau das ärgerte sie nur noch mehr. Sie drehte sich abrupt um, Wut und Schmerz brannten in ihr. »Und du bist nicht auf die Idee gekommen, mich vorzuwarnen?«

»Du wärst sicher nicht mitgekommen«, sagte Sable.

»Da hast du verdammt recht.« Sie ging weiter den Hügel hinunter.

»Warte, Grace!« Brindle griff nach ihrer Hand und wollte sie zurückhalten, aber Grace ging weiter und zog ihre Schwester mit sich. »Was ist denn los?«, wollte Brindle wissen. »Warum bist du so sauer?«

Grace wurde langsamer, denn in diesem Moment wurde ihr klar, dass Sable die letzten zehn Jahre ihr Geheimnis nicht preisgegeben hatte. Das hatte sie nicht erwartet. Aber ebenso wenig hatte sie eine solch intensive, bis in ihr Innerstes reichende, aufwühlende Reaktion auf ein Wiedersehen erwartet. Mann, sie hatte überhaupt nicht erwartet, Reed je wiederzusehen. Als Quarterback war er Mitglied der Footballmannschaft der rivalisierenden Highschool gewesen. Damals wurden die Rivalitäten zwischen benachbarten Orten nicht auf die leichte Schulter genommen. Daher waren sie und Reed immer darauf bedacht gewesen, nicht zusammen gesehen zu werden, denn sie hatten Angst, dass Grace als Cheerleaderin ihres Teams von ihren Freunden gemobbt werden könnte. Als der Abschluss näher rückte, war beiden klar, dass Grace ihren Traum verfolgen und in New York City Theaterstücke schreiben und produzieren wollte. Vielleicht wären sie zusammengeblieben, wenn Reed gesagt hätte, dass er eines Tages aus dem kleinen Ort fortziehen würde, aber er hatte immer behauptet, seine Familie nie verlassen zu wollen.

Zumindest bis sie die Beziehung beendet hatte, um ihre Träume zu verwirklichen.

Dann hatte er den Ort für immer verlassen.

Hatte sie jedenfalls gedacht.

Der Stachel saß noch immer schmerzhaft tief, sogar jetzt, als seine sonore Stimme durch die Nacht zu ihr drang und Erinnerungen an die Geheimnisse und die verstohlenen sinnlichen Nächte wachrief, die sie miteinander geteilt hatten.

»Ich dachte, du wärst über ihn hinweg«, sagte Sable vorwurfsvoll.

»Bin ich auch!«, schnaubte Grace. Geistesabwesend strich sie sich über die Lippen, erinnerte sich an den Geschmack von Minze und lustvollen Teenagergefühlen, die sich in endlosen Küssen vermischten. In Küssen, die immer ein schwirrendes Begehren in ihrem Körper hinterlassen hatten. *Na großartig.* Jetzt konnte sie nicht mehr aufhören, an ihn zu denken. Das war übel. Total übel. Sie hätte nicht zulassen dürfen, dass ihre Schwestern sie mitschleppten und Erinnerungen an die Oberfläche zerrten, die sie lieber vergessen würde.

»Über *wen?*«, wollte Brindle wissen, während sie neben Grace durch das Gras stapfte.

Grace ignorierte ihre Frage, denn sie wollte ihr langjähriges Geheimnis nicht offenbaren.

»Was also hast du dann für ein Problem?«, fuhr Sable sie an und ignorierte Brindles Frage ebenso. Sie griff nach Graces Arm und brachte sie zum Stehen.

Im Gegensatz zu Grace hatte Sable keine Skrupel, wenn es

um One-Night-Stands ging oder sie sich von einem Mann nahm, was sie wollte. Egal von welchem Mann, solange er ihr in dem Moment gefiel, so jedenfalls kam es Grace vor. Dass Sable in Bezug auf ihr Liebesleben keine Geheimnisse kannte, war Grace vielleicht manchmal ein bisschen zu viel, aber sie standen sich doch sehr nah, und Sable war die einzige von ihren fünf Schwestern, der Grace je ihre intimen Geheimnisse anvertraut hatte. Sable *wusste*, wie schwer es für sie damals gewesen war, mit Reed Schluss zu machen. Graces Herz hämmerte in ihrer Brust, als sie sich wütend anblickten. Sie dachte, sie wäre über Reed Cross hinweg. Sie *war* über ihn hinweg. Sie hatte ihn aus ihren Gedanken verbannt. *Meistens.*

Klar, in einsamen Nächten hatte sie Reeds Gesicht vor Augen, und sie rief sich sein schiefes Grinsen und unbeschwertes Lachen immer in Erinnerung, um schwierige Produktionen zu überstehen. Aber das war nun wirklich ihr Geheimnis und das hatte sie nicht mit Sable geteilt.

Sie hätte es bei den Wochenenden zu Hause belassen sollen, wie in den vergangenen Jahren. Wochenendbesuche waren sicher. *Kurz.* Brindle hätte Grace niemals aus dem Bett gezerrt, wenn sie vierundzwanzig Stunden später eine lange Autofahrt vor sich gehabt hätte. Sie konnte nicht drei Wochen bleiben, vor allem nicht jetzt, da sie wusste, dass Reed wieder hier war. Morgen würde sie Amber sagen, dass sie den Kurs doch nicht geben konnte, und dann würde sie zurück nach New York fahren, wo sie nicht Gefahr lief, Reed zu begegnen.

Brindle hob flehend die Hände. »Würde mir bitte mal jemand sagen, was hier das Problem ist? Warum machst du dich vom Acker? Und warum bist du sauer auf Sable? Ich war diejenige, die heute Nacht herkommen und Trace sehen wollte. Nicht sie! Ich dachte, es wäre witzig, wie in alten Zeiten.

Lachen, scherzen und darüber reden, wie sexy er ist.«

»Grace.« Sables Tonfall wurde sanfter, und ihr Blick flehte um Vergebung, die Grace ihr nicht geben konnte.

»Es gibt kein Problem, Brin«, brachte Grace hervor und hielt dem Blick von Sable stand. »Ich bin einfach nur ...« *Verwirrt und wütend wegen der blöden Reaktion meines Körpers auf einen Mann, den ich in meinem Leben nicht brauche.* »Ich bin einfach nur erschöpft.« Auch wenn es unsinnig war, weil sie die Beziehung beendet hatte, so fühlte sie doch immer noch diesen schmerzhaften Stich, der sie durchbohrt hatte, als er sie quasi betrogen hatte, indem er seine geliebte Familie – und *sie* – zurückgelassen hatte.

Ende des Auszugs

Wenn Ihnen die Vorschau gefallen hat, können Sie *Von der Liebe umarmt* direkt bei Ihrem Online-Buchhändler bestellen!

Kommen Sie mit nach Seaside!

Die Serie *Seaside Summers* erzählt die unterhaltsamen, prickelnden Geschichten einer Gruppe von Freunden, die jedes Jahr den Sommer gemeinsam in ihren Ferienhäusern am Cape Cod verbringen. Sie sind witzig, sexy und so sympathisch unvollkommen, dass man am liebsten gleich dazugehören würde.

Verlieben Sie sich mit Bella und Caden in *Träume in Seaside* dem ersten Band der Serie *Seaside Summers*

Eins

Bella Abbascia mühte sich mit einer Kloschüssel ab, als sie den Kiesweg in Seaside überquerte, der Feriensiedlung, in der sie ihre Sommer verbrachte. Es war ein Uhr nachts, und Bella hatte einen Streich für Theresa Ottoline in petto, einer sittenstrengen Bewohnerin von Seaside und der gewählten Verwalterin der Siedlung. Bella und zwei ihrer besten Freundinnen, Amy Maples und Jenna Ward, hatten zwei Flaschen Wein namens Middle Sister geleert, während sie darauf gewartet hatten, dass die anderen Ferienhausbewohner sich zur Nachtruhe begaben. Jetzt, in Nachthemdchen und mit einem kleinen Schwips, versuchten sie krampfhaft, nicht die Kloschüssel fallen zu lassen, die Bella in den vergangenen zwei Tagen hellblau angemalt, mit bunten Blumen bepflanzt und mit Muscheln verziert hatte. Sie trugen ihr Werk zu Theresas Auffahrt, um Regel Nummer 14 der Richtlinien des Eigentümervereins zu brechen: *Vor den Ferienhäusern sind keine geschmacklosen Dekorationsobjekte aufzustellen.*

»Bist du sicher, dass sie schläft?«, fragte Bella, als sie den Rasen vor dem Haus der vierten Freundin, Leanna Bray, erreichten.

»Ja, sie hat um elf das Licht ausgemacht. Wir hätten das Klo nicht in meinem Garten verstecken sollen. Es ist so weit. Können wir mal kurz anhalten? Das Ding ist sauschwer.« Amy zog ihre dünn gezupften Augenbrauen zusammen.

»Ach, komm, wirklich jetzt? Ist doch nicht mehr weit.« Bella deutete mit dem Kopf auf Theresas Auffahrt, die auf der anderen Seite der Straße gegenüber von ihrem Ferienhaus lag, etwa dreißig Meter weiter.

Amy sah Jenna flehend an. Jenna nickte, und die beiden ließen die Kloschüssel langsam Richtung Boden sinken, sodass Bella ihre Seite fast aus den Händen fiel.

»Viel besser!« Jenna strich sich ihre glatten braunen Haare hinter die Ohren und schüttelte die Arme aus. »Wir stemmen ja nicht alle schon zum Frühstück Gewichte.«

»Von wegen! Das Einzige, was ich den Sommer über stemme, sind Weinflaschen«, sagte Bella. »Solche Möpse herumzuschleppen, wie du sie hast, das nenne ich Fitnesstraining.«

Jenna war etwa eins fünfzig groß, hatte Brüste wie Bowlingkugeln und eine zierliche Taille. Sie hätte für eine moderne Barbiepuppe Modell stehen können, während Bellas Figur eher der einer fast dreißig jährigen Frau entsprach. Sie war groß, muskulös und relativ schlank, weigerte sich aber, auf kulinarische Seelentröster zu verzichten, was ihr an manchen Stellen weiche Rundungen bescherte und ihre Figur aussehen ließ wie die von Julia Roberts oder Jennifer Lawrence.

»Die trag ich ja nicht mit meinen Armen durch die Gegend.« Jenna sah an sich hinunter und umfasste ihre Brüste mit den Händen. »Aber stimmt schon, das wäre ein großartiges Training.«

Amy verdrehte die Augen. Spindeldürr und nahezu flachbusig war sie die Bescheidenste der Truppe, und in ihrem langen T-Shirt und der Unterwäsche wirkte sie neben der kurvigen Jenna fast wie ein Teenager. »Eine Sekunde noch, Bella.«

Sie drehten sich um, als sie ein leidenschaftliches Stöhnen aus Leannas Ferienhaus hörten.

»Sie hat schon wieder vergessen, das Fenster zu schließen. Typisch Leanna. Ich mache es nur schnell zu«, flüsterte Jenna und schlich zum Haus.

Leanna hatte sich im vergangenen Sommer in den Bestsellerautor Kurt Remington verliebt, und obwohl sie ein Haus an der Cape Cod Bay auf der Westseite des Kaps hatten, waren sie oft in dem Drei-Zimmer-Ferienhaus, damit Leanna Zeit mit ihren Sommer-Freundinnen verbringen konnte. Die Seaside-Ferienhäuser in Wellfleet waren seit Jahren im Besitz der Familien der Mädels, und seit Kindertagen hatten sie die Sommer dort gemeinsam verbracht.

»Warte, Jenna. Lass uns zuerst das Klo zu Theresa bringen.« Bella stemmte die Hände in die Hüfte, damit alle wussten, wie ernst es ihr war. Jenna hielt an, und Bella merkte, dass es ohnehin vergebliche Liebesmüh gewesen wäre. Jenna hätte einen Hocker gebraucht, um an das Fenster zu kommen.

»Oh … Kurt.« Leannas Stimme drang durch die Nacht.

Amy hielt sich die Hand vor den Mund, um ein Lachen zu unterdrücken. »Okay, aber beeilen wir uns. Der armen Leanna wird es so peinlich sein, wenn sie merkt, dass sie wieder das Fenster aufgelassen hat.«

»Ich bin die Letzte, die sie beim Sex hören will. Von Männern habe ich fürs Erste genug, zumindest von ernsthaften Beziehungen, bis mein Leben wieder in geordneten Bahnen läuft.« Seit letztem Sommer, als Leanna Kurt kennengelernt, ihre eigene Marmeladen-Firma in Gang gebracht hatte und ganz ans Cape gezogen war, hatte Bella darüber nachgedacht, selbst auch einiges in ihrem Leben zu verändern. Leannas Erfolg hatte sie dazu ermutigt, es endlich in Angriff zu nehmen. Na ja, das und die Tatsache, dass sie den Fehler gemacht hatte, eine Beziehung mit einem Kollegen namens Jay Cook anzufangen. Ihre Trennung lag Monate zurück, aber sie hatten an derselben Highschool in Connecticut unterrichtet, und bis sie zu ihrem

Sommerurlaub aufgebrochen war, hatten sie sich zwangsläufig täglich gesehen. Es war der letzte kleine Schubs gewesen, den sie gebraucht hatte, um den Sprung in ein neues Leben zu wagen, zu kündigen und neu anzufangen. *Neuer Job, neues Leben, neuer Ort.* Ihren Freundinnen hatte sie es allerdings noch nicht gesagt. Eigentlich hatte sie es ihnen sofort nach ihrer Ankunft in Seaside erzählen wollen, vielleicht wenn sie alle zusammen bei einer Flasche Wein oder am Strand säßen. Aber Leanna hatte eine Menge Zeit mit Kurt verbracht, und wenn sie dann doch mal alle vier beisammen gewesen waren, hatte sie es nicht herausgebracht. Sie wusste, dass die anderen sich Sorgen machen und Fragen stellen würden, und sie wollte erst einiges für sich selbst klären, bevor sie ihren Freundinnen Antworten gab.

»Bella, du kannst doch nicht die Männer aufgeben. Jay war eben einfach nur ein Blödmann«, meinte Amy und legte die Hand auf Bellas Arm.

Sie musste ihnen wirklich bald die ganze Sache mit Jay und der Kündigung erzählen. Über Jay war sie lange hinweg, aber Bella galt als die Gefestigte in der Gruppe, und das Gespräch über ihre plötzliche Veränderung erforderte andere Umstände als den Kampf mit einer schweren Kloschüssel.

»Stimmt, du hast recht, aber ich werde all meine zukünftigen Entscheidungen unabhängig von irgendeinem Mann treffen. Also, bis mein Leben wieder in geordneten Bahnen verläuft, lasse ich mich auf keinen Mann ernsthaft ein.«

»Das gilt nicht für mich. Ich würde alles dafür geben, so etwas zu haben wie Kurt und Leanna«, sagte Amy.

Bella hob ihre Seite der Kloschüssel mühelos an, während Jenna und Amy sich abrackerten, um ihre Seite vom Boden zu hieven. »Habt ihr's?«

»Ja, mach schnell. Dieses blöde Ding ist wirklich sauschwer«, sagte Jenna, als sie über das Gras stiefelten.

»Mehr …«, hörten sie Leanna flehen.

Amy stolperte und ließ los. Das Klo fiel auf den Boden und Jenna schrie auf.

»Pssst. Du weckst ja die ganze Siedlung auf!« Bella kam zu ihnen herüber.

»Oh, Kurt!« Jenna machte eindeutige Beckenbewegungen. »Mehr, Baby, mehr!«

»Dein Ernst?« Bella versuchte, keine Miene zu verziehen, aber als Leanna erneut laut stöhnte, bog sie sich vor Lachen.

Amy, stets die Stimme der Vernunft, flüsterte: »Kommt schon, wir *müssen* ihr Fenster schließen.«

»Ja!«, schrie Leanna.

Erneut brachen sie in Gelächter aus und stolperten zu Leannas Ferienhaus.

»Ich könnte Popcorn machen«, sagte Jenna, während sie sich um einen ernsten Ausdruck bemühte.

»Als du das das letzte Mal gemacht hast, war sie stinksauer«, ermahnte Amy sie. Sie griff nach Bellas Hand und flüsterte ihr zu: »Nimm das Fliegengitter weg, damit du das Fenster schließen kannst, bitte.«

»Ich hab doch gesagt, wir hätten draußen an ihrem Fenster ein Schloss anbringen sollen«, erinnerte Jenna sie. Im vergangenen Sommer, als Leanna und Kurt gerade zusammengekommen waren, hatten die beiden oft vergessen, das Fenster zu schließen. Um Leanna die Peinlichkeit zu ersparen, hatte Jenna angeboten, Kontrollgänge zu unternehmen und das Fenster zu schließen, sollte Leanna es mal vergessen. Einige Drinks später hatte sie die Idee für den restlichen Sommer unglücklicherweise aufgegeben.

»Während ihr das Fenster zumacht, hole ich schon mal das Schild für das Klo.« Amy eilte in ihren Boxershorts und dem T-Shirt zurück zu Bellas Veranda.

Bella schob das Fliegengitter zur Seite, damit sie das Fenster herunterziehen und schließen konnte. An dieser Seite von Leannas Haus fiel das Gelände ein wenig ab, und obwohl Bella groß war, musste sie sich auf Zehenspitzen stellen, um den Fensterrahmen zu fassen zu bekommen. Dabei rutschte der Saum ihres T-Shirts hoch und legte den Blick auf ihr üppiges Hinterteil frei.

»Süßes Seidenhöschen.« Jenna wollte Bellas T-Shirt nach unten ziehen und Bella gab ihr einen Klaps.

Bella drückte nun mit aller Kraft von oben auf das Fenster, wobei sie gleichzeitig versuchte, das sinnliche Stöhnen und das Quietschen der Bettfedern, das aus dem Haus drang, zu ignorieren.

»Das verdammte Ding klemmt«, flüsterte sie.

Jenna stellte sich neben sie und streckte sich. Ihre Fingerspitzen reichten gerade mal an den unteren Rand.

Amy eilte zu ihnen und wedelte mit einem langen Stab herum, an dessen Ende ein Papierschild mit der Aufschrift WILLKOMMEN ZU HAUSE angebracht war.

Leanna stöhnte wieder, Jenna lachte und verlor das Gleichgewicht. Als Bella die Hand nach ihr ausstreckte, knallte das Fenster zu und klemmte Bellas Haare ein. Daraufhin fing Leannas Hund Pepper an zu bellen und löste weitere Lachanfälle bei Amy und Jenna aus.

Mit den Haaren im Fenster gefangen und dem Kopf ans Fensterbrett geklemmt legte Bella einen Finger auf die Lippen. »Psst!«

Scheinwerfer fielen auf Leannas Ferienhaus, als ein Auto in

den Kiesweg einbog.

»Oh nein!« Bella stellte sich auf Zehenspitzen und versuchte krampfhaft, das Fenster hochzuschieben und ihre Haare zu befreien. Es fühlte sich an, als risse man ihr den Schopf vom Schädel. Die Vorhänge wurden aufgerissen und Leanna schaute hinaus. Bella winkte ihr zu. *Mist.* Sie hörte, dass Leannas Haustür geöffnet wurde, und schon kam Pepper um die Ecke geflitzt, bellte wie von Sinnen und riss Jenna um. Genau in dem Moment hielt ein Polizeiauto vor ihnen an und die Scheinwerfer strahlten direkt auf Bellas Hintern.

Caden Grant gehörte erst seit drei Monaten dem Wellfleet Police Department an. Nachdem sein Partner, mit dem er neun Jahre lang zusammengearbeitet hatte, im Dienst getötet worden war, hatte er sich versetzen lassen. Mit seinem heranwachsenden Sohn Evan war er in die kleine Stadt gezogen, um in einer sichereren Umgebung arbeiten zu können. Bisher hatte er den Eindruck, dass die Bevölkerung von Wellfleet die Bemühungen der örtlichen Polizeibeamten mit Respekt und Dankbarkeit quittierte, was eine willkommene Abwechslung von Boston war, wo an jeder Straßenecke Aggressivität an der Tagesordnung war. In Wellfleet waren in der letzten Zeit eine Reihe von kleineren Diebstählen verübt worden, es gab aufgebrochene Autos und durchwühlte Ferienhäuser. Daher fuhr die Polizei nun öfter Streife in den Siedlungen an der Route 6. Caden fuhr den Kiesweg von Seaside entlang und entdeckte einen Hund, der um eine auf dem Boden liegende Person herumrannte.

Er schaltete den extra Scheinwerfer ein, wurde langsamer

und hielt schließlich an. *Meine Güte! Was ist da denn los?* Rasch erfasste er die Situation. Eine blonde Frau hämmerte mit beiden Händen gegen ein Fenster. Ihr T-Shirt war hochgerutscht und das schwarze Seidenhöschen verdeckte kaum den hinreißendsten Hintern, den er seit Langem gesehen hatte.

»Mach das dämliche Fenster auf!«, brüllte sie.

Caden stieg aus dem Auto. »Was ist hier los?« Er machte einen Bogen um die dunkelhaarige Frau, die sich auf dem Boden hysterisch lachend von einer Seite auf die andere schmiss, und den fluffigen weißen Hund, der um sein Leben zu bellen schien, und erkannte schnell, dass die Haare der blonden Frau im Fenster eingeklemmt waren. Hinter ihm kauerte noch eine Blondine auf dem Boden und lachte so sehr, dass sie immer wieder schnaubte. *Warum zum Henker hat keine von euch eine Hose an?*

»Leanna! Ich hänge fest!«, rief die Blonde am Fenster.

»Officer, es tut uns leid.« Die Blondine hinter ihm stand auf und zupfte an ihrem T-Shirt, um ihre Unterwäsche zu verbergen, dann hielt sie die Hand vor den Mund, als der Lachanfall sich wieder durchsetzte. Der Hund bellte und kratzte an Cadens Schuhen.

»Kann mir bitte mal jemand erzählen, was hier los ist?« Caden wollte nicht mal versuchen, sich selbst einen Reim auf alles zu machen.

»Wir haben ...« Die Brünette fing wieder an zu lachen, als sie aufstand und versuchte, ihr Top zurechtzurücken, das für ihre riesigen Brüste kaum ausreichte. Ihr Blick wanderte von oben bis unten über Cadens Körper. »Aber *hallo*, schöner Mann!« Sie fiel nach hinten und lachte wieder.

Na super. Genau das brauchte er: drei betrunkene Frauen.

Die Brünette im Ferienhaus öffnete das Fenster und befreite

so die Haare der Blonden, die dadurch ins Wanken geriet, nach hinten stolperte und geradewegs gegen seinen Oberkörper prallte. Die verführerischen Kurven unter dem dünnen Stoff konnte man nicht ignorieren. Ihre Haare waren dicht und zerzaust, und sie sah zu ihm auf, mit kakaobraunen Augen und so süßen Lippen, dass er sie zu gern gekostet hätte. Die Luft um sie herum schwirrte vor Hitze. Mann, war sie schön.

»Hoppla! Alles okay?«, fragte er. Er befahl seinen Armen, sie loszulassen, aber die Verbindung zum Hirn schien unterbrochen, und so blieben seine Hände an ihrer Taille.

»Es … es ist ganz anders, als es aussieht.« Ihr Blick fiel auf ihre Hände, die seine Unterarme umklammerten, und als hätte sie sich verbrannt, lies sie ihn sofort los. Sie trat einen Schritt zurück und half der Brünetten beim Aufstehen. »Wir haben …«

»Sie haben versucht, unser Fenster zu schließen, Officer.« Ein großer, dunkelhaariger Mann kam um die Ecke des Hauses herum, bekleidet mit einer Jeans und sonst nichts. »Kurt Remington.« Er streckte Caden seine Hand entgegen und sah kopfschüttelnd zu den Frauen, die sich nun aneinander festhielten, kicherten und flüsterten.

»Officer Caden Grant.« Er gab Kurt die Hand. »Wir hatten in letzter Zeit Probleme mit Einbrüchen. Kennen Sie diese Frauen?« Sein Blick wanderte zu der großen Blonden. Er folgte den Kurven ihrer Oberschenkel, bis sie unter ihrem Shirt verschwanden, dann hinauf zu ihren vollen Brüsten und erreichte schließlich ihre schönen dunklen Augen. Es war lange her, dass er sich so zu einer Frau hingezogen gefühlt hatte.

»Natürlich kennt er uns.« Die heiße Blondine trat vor, die Arme verschränkt und die Augen nun nicht mehr aufgerissen und freundlich, sondern zusammengekniffen und wütend.

Männer, die Frauen anstarrten, konnte er nicht ausstehen,

aber er war machtlos und musste ihren Anblick noch eine letzte Sekunde in sich aufsaugen. Die anderen beiden Frauen waren auf ihre Art auch hübsch, aber kein Vergleich zu der großen Blonden mit dem Feuer in den Augen und einem Körper, der für die Liebe geschaffen schien.

Kurt nickte. »Ja, Officer, wir kennen sie.«

»Mensch, Leute, was treibt ihr denn da?«, fragte die Dunkelhaarige durch das geöffnete Fenster.

»Du hast Tote geweckt, so laut warst du«, antwortete die große Blonde.

»Oh Mist, tut mir leid, Officer«, sagte die Brünette durchs Fenster. Sie wurde rot, zog ihren Kopf zurück und schloss das Fenster.

»Ich kann Ihnen versichern, dass hier alles in Ordnung ist.« Kurt warf der heißen Blonden einen wütenden Blick zu.

»Okay, ja dann … Wenn Ihnen irgendwelche verdächtigen Aktivitäten auffallen, wir sind nur einen Anruf entfernt.« Er ging einen Schritt auf sein Auto zu.

Die große Blonde stellte sich ihm rasch in den Weg. »Hat jemand von Seaside die Polizei gerufen?«

»Nein, ich bin hier nur Streife gefahren.«

Sie hielt seinen Blick gefangen. »Nur hier Streife gefahren? Niemand fährt in Seaside *Streife.*«

»Bella«, zischte die andere Blonde.

Bella.

»Im Ernst. Niemand fährt in unserer Siedlung Streife. Noch nie.« Sie hob ihr Kinn auf eine Art, die wohl provokant wirken sollte, aber es hatte die gegenteilige Wirkung. Sie sah unglaublich süß aus.

Caden trat näher an sie heran und versuchte, einen ernsten Ausdruck beizubehalten. »Sie heißen Bella?«

»Vielleicht.«

Auch noch frech. Das gefiel ihm. »Nun, Bella, Sie haben recht. In Ihrer Siedlung sind wir in der Vergangenheit nicht Streife gefahren, aber die Dinge haben sich geändert. Wir werden nun öfters Streife fahren, um für Ihre Sicherheit zu sorgen, bis wir die Leute finden, die in der Gegend Einbrüche verübt haben.« Er beugte sich vor und flüsterte: »Aber Sie sollten darüber nachdenken, ob Sie bei Ihren Fenster schließenden Nachtspaziergängen nicht lieber eine Hose anziehen. Man kann nie wissen, wer sich hier so herumtreibt.«

Wenn Ihnen die Vorschau gefallen hat, können Sie *Träume in Seaside* direkt bei Ihrem Online-Buchhändler bestellen!

Problemen zu kämpfen hat als er selbst. Sein Leben lang hat Truman keine Hilfe gebraucht, und als die schöne Gemma Wright versucht, ihm unter die Arme zu greifen, reagiert er nicht gerade charmant. Aber Gemma hat ihre ganz eigene Art und schafft es schließlich, den Panzer um sein Herz zu durchdringen. Als Trumans dunkle Vergangenheit seine Zukunft in Gefahr bringt, steht seine Loyalität auf dem Prüfstand und er muss die schwerste aller Entscheidungen treffen.

Bestellen Sie *Tru Blue – Im Herzen stark* bei Ihrem Online-Buchhändler.

Neu bei »Love in Bloom – Herzen im Aufbruch«?

Ich hoffe, Ihnen hat es genauso viel Vergnügen bereitet, die Remingtons und ihre Freunde kennenzulernen, wie mir, über sie zu schreiben. Falls dieser Band Ihr erstes Buch aus der Reihe »Love in Bloom – Herzen im Aufbruch« ist, warten noch jede Menge Geschichten über unsere sexy, selbstbewussten und loyalen Heldinnen und Helden auf Sie.

Die Remingtons ist nur eine der Serien aus meiner großen Sammlung von Liebesromanen mit Tiefgang, Humor und Happy-End-Garantie. In allen Büchern finden Sie eine abgeschlossene Geschichte, die auch für sich allein gelesen werden kann. Figuren aus den einzelnen Serien und Büchern der weitverzweigten »Love in Bloom – Herzen im Aufbruch«-Familien tauchen immer wieder auch in den anderen Bänden auf. So verpassen Sie nie eine Verlobung, eine Hochzeit oder eine Geburt. Wenn Sie mögen, lernen Sie doch auch die anderen Serien der Reihe kennen! Eine vollständige Liste aller auf Deutsch erschienenen und geplanten Bücher gibt es am Ende des Buches und unter dem folgenden Link finden Sie weitere Informationen:

www.MelissaFoster.com/Herzen-im-Aufbruch

Danksagung

Auf Janies Geschichte bin ich wirklich stolz und ich schulde Mel Finefrock große Dankbarkeit für ihre Unterstützung. *Von der Liebe berührt* war mein bislang schwierigstes Buch. Die ursprüngliche Idee geht auf einen Unfall zurück, den Mel erlitten hat. Mel und ich haben uns kennengelernt, nachdem sie meinen Roman *Have no Shame* gelesen hatte, und wir waren vom ersten Augenblick an Herzensschwestern. Sie hat mir erlaubt, ihr endlos viele Fragen zu stellen, nicht nur zu ihrem Alltag als blinde Frau, sondern auch zur Zapfen-Stäbchen-Dystrophie, einer degenerativen Augenerkrankung. Ich habe mir jedoch in dieser Geschichte künstlerische Freiheiten erlaubt, und falls es Fehler geben sollte, gehen sie einzig und allein auf meine Kappe. Vielen Dank für alles, Mel, auch dafür, dass du mir klargemacht hast, dass Janie erst auf den Hintern fallen muss, damit jemand sie von den Füßen reißen kann.

Auch Lieutenant Bruce J. Stark von der Fire-and-Rescue-Einheit in Fairfax County bin ich genau wie dem Rettungssanitäter und Feuerwehr-Chief John Streeter zu großem Dank verpflichtet. Ihr habt meine unzähligen Fragen mit Engelsgeduld beantwortet und die Gespräche mit euch haben mir einen Riesenspaß gemacht. Vielen Dank, dass ihr mich an eurem Wissen habt teilhaben lassen, und bitte verzeiht mir die Freiheiten, die ich mir herausgenommen habe.

Ein herzlicher Dank geht auch an Tina Snook aus dem Kreis meiner treuen Unterstützerinnen und Unterstützer. Ihr verdanke ich den Kontakt mit John. Danke, Tina!

Meine gute Freundin Bonnie Trachtenberg ist immer für mich da, wenn ich in New York City bin. Danke für deine Ideen für Orte, an denen meine Handlung spielen konnte, und für deine hilfreichen Wegbeschreibungen.

Dieses Projekt hat mich vor besondere Herausforderungen gestellt. Ich musste auf etwas verzichten, was in Liebesromanen normalerweise eine große Rolle spielt: auf sichtbare Eindrücke. Ich musste andere Möglichkeiten finden, Gefühle zu erzeugen und darzustellen, und habe versucht, mich dabei nicht allzu oft zu wiederholen. Ich hoffe, es ist mir gelungen. Zudem wollte ich unbedingt zeigen, was für ein wunderbares Leben Janie führt. Ich wollte deutlich machen, wie ungeheuer wichtig ihr ihre Unabhängigkeit ist, wie sie Hindernisse angeht und bewältigt. Was ich nicht wollte, war, Mitleid für sie zu erregen. Mitleid wäre Janie nämlich absolut zuwider. Ich hoffe, ich habe das hingekriegt. Mit dieser Geschichte sollte eine blinde Heldin eine Stimme bekommen und eine Liebesgeschichte erleben, in der sich auch meine sehenden Leserinnen und Leser wiederfinden können.

Und dann Boyd. Er hat mich schlichtweg im Sturm erobert. Ich liebe und bewundere sein großes Herz, seine Zielstrebigkeit und die Hartnäckigkeit, mit der er an der Erfüllung seines Lebenstraums arbeitet. Aber vor Überraschungen ist nun mal kein Herz sicher. Ich bin so froh, dass er sich die Zeit genommen hat, seines heilen und zu einem Ganzen werden zu lassen.

Mit Freude verrate ich Ihnen, dass Boyds Schwester Haylie und sein Bruder Chet genau wie Janies Freunde Kiki und Sin auch in zukünftigen Büchern in Erscheinung treten werden, unter anderem in der Serie *Die Bradens & Montgomerys*.

Ein herzlicher Dank geht wie immer an alle meine Fans, meine Leserinnen und Leser, die meine Bücher weiterempfehlen, in den sozialen Medien mit mir chatten oder mir E-Mails schreiben. Sie sind meine tägliche Inspiration, und ich kann mir nicht vorstellen, ohne unseren ständigen Austausch Romane zu schreiben. Nach manchen meiner Fans habe ich sogar schon Figuren benannt, was uns einen Riesenspaß bereitet. Vielen Dank für alles.

Falls Sie mir noch nicht auf Facebook folgen, fühlen Sie sich herzlich eingeladen! Wir unterhalten uns dort angeregt über unsere liebenswerten Helden und selbstbewussten Heldinnen. Ich versuche, meine Fans immer auf dem Laufenden zu halten, was gerade im Leben unserer fiktiven Traummänner passiert. www.facebook.com/groups/MelissaFosterFans

Auf meiner Facebook-Autorenseite bleiben Sie in Bezug auf Ihre Lieblingshelden immer auf dem Laufenden. Zudem erfahren Sie alles über Neuerscheinungen, besondere Angebote und Events: www.facebook.com/MelissaFosterAuthor

Wenn Sie sich für den Familienstammbaum, Erscheinungstermine, Serienübersichten und Ähnliches interessieren, sollten Sie unbedingt meine »Reader Goodies«-Seite (in englischer Sprache) besuchen. Die Serien-Checkliste gibt es jetzt auch auf Deutsch: www.MelissaFoster.com/Reader-Goodies

Last but not least möchte ich auch meinem wunderbaren Team von Lektorinnen und Korrektorinnen: Kirsten Weber, Penina Lopez, Jenna Bagnini, Juliette Hill, Marlene Engel, Lynn Mullan und Justinn Harrison, genauso wie meinem deutschen Team: Usch Pilz, Stephanie Schottenhamel und Judith Zimmer, ganz herzlich danken.

Die Bradens (Peaceful Harbor)

Geheilte Herzen
Voller Einsatz für die Liebe
Liebe gegen den Strom
Vereinte Herzen
Melodie der Liebe
Sieg für die Liebe
Endlich Liebe – ein Braden-Flirt

Die Remingtons

Spiel der Herzen
Im Dschungel der Liebe
Herzen in Flammen
Herzen im Schnee
Liebe zwischen den Zeilen
Von der Liebe berührt

Die Bradens & Montgomerys (Pleasant Hill and Oak Falls)

Von der Liebe umarmt
Alles für die Liebe
Pfade der Liebe
Wilde Herzen
Schenk mir dein Herz
Der Liebe auf der Spur
Verrückt nach Liebe
Liebe süß und sündig

…

Die Whiskeys: Dark Knights aus Peaceful Harbor

Tru Blue – Im Herzen stark
Truly, Madly, Whiskey – Für immer und ganz
Driving Whiskey Wild – Herz über Kopf
Wicked Whiskey Love – Ganz und gar Liebe
Mad About Moon – Verrückt nach dir
Taming My Whiskey – Im Herzen wild
The Gritty Truth – Kein Blick zurück
In For A Penny – Süßes Glück

…

Seaside Summers

Träume in Seaside
Herzen in Seaside
Hoffnung in Seaside
Geheimnisse in Seaside

…

Entdecken Sie Melissa Fosters Bücher auch auf:
www.MelissaFoster.com/Herzen-im-Aufbruch